JAYE FORD

Blut an ihren Händen

Buch

Haven Bay ist ein abseits gelegenes kleines Städtchen an der Küste Australiens, und genau das ist auch der Grund, warum Rennie Carter hiergeblieben ist. Ihr ganzes Leben lang war sie auf der Flucht, und nun hat sie nur einen Wunsch: Sie will die Dämonen ihrer Vergangenheit ein für alle Mal vergessen und an der Seite ihres Freundes Max ein ruhiges und normales Leben führen. Aber die Idylle trügt, und als der Mann, den sie liebt, plötzlich spurlos verschwindet, wird Rennie jäh der Boden unter den Füßen weggerissen.

Doch sie ist die Einzige, die überzeugt ist, dass Max in Lebensgefahr schwebt: Keiner seiner Freunde nimmt ihre Sorgen um ihn ernst, nicht einmal die Polizei scheint mit der nötigen Dringlichkeit zu ermitteln. Doch Rennie ahnt, dass sie sich dem dunklen Geheimnis ihrer eigenen Vergangenheit stellen muss, um Max zu retten. Und dafür muss sie ihn finden, bevor es zu spät ist…

Autorin

Jaye Ford war Journalistin und Werbeberaterin, bis ihr mit 40 klar wurde, dass sie ihren Traum vom Schreiben nie würde realisieren können, wenn sie sich nicht sofort an den Schreibtisch setzen und mit ihrem Roman anfangen würde. Sie lebt mit ihrem Mann am Lake Macquarie in Australien. *Blut an ihren Händen* ist ihr dritter Thriller bei Blanvalet.

Von der Autorin bereits erschienen:

Die Beute (37866), Ich kann dich sehen (38199)

Jaye Ford

BLUT AN IHREN HÄNDEN

Thriller

Deutsch von Christiane Winkler

blanvalet

Die australische Originalausgabe erschien 2013 unter dem Titel »Blood Secret«
bei Bantam book, Random House Australia Pty Ltd, Sydney.

MIX
Papier aus verantwortungsvollen Quellen
FSC® C014496

Verlagsgruppe Random House FSC® N001967
Das FSC®-zertifizierte Papier *Holmen Book Cream* für dieses Buch
liefert Holmen Paper, Hallstavik, Schweden.

Besuchen Sie uns auch auf www.facebook.com/blanvalet
und www.twitter.com/BlanvaletVerlag.

1. Auflage
Deutsche Erstveröffentlichung Juni 2015 bei Blanvalet,
einem Unternehmen der Verlagsgruppe Random House GmbH,
München

Umschlaggestaltung: © www.buerosued.de
Umschlagmotiv: © Trevillion Images/Ilona Wellmann;
Getty Images/STOCK4B/Arne Pastoor
Redaktion: Ingola Lammers
BS · Herstellung: sam
Satz: Uhl + Massopust, Aalen
Druck und Einband: GGP Media GmbH, Pößneck
Printed in Germany
ISBN: 978-3-7341-0095-6

www.blanvalet.de

Für Mark und Claire

Erster Teil

WEG

1

Max bog am Seeufer ab, wandte seinen Blick von der Straße und genoss die prächtigen Farben des atemberaubenden roten Sonnenuntergangs. Schon sein ganzes Leben lang hatte er die Sonne über dem Wasser auf- und wieder untergehen sehen, und dennoch verschlug es ihm immer wieder die Sprache. Eine leichte Brise fuhr heute Abend über die Wasseroberfläche und verwandelte das perfekte Spiegelbild der Sonne in unzählige kleine Splitter. Wäre er ein Philosoph, hätte er jetzt vielleicht irgendeinen Unsinn über sein Leben und die Windböen geschwafelt, die ihn auf seinem Weg begleiteten, doch das war er nicht, also ließ er den Gedanken wieder fallen.

Der schmale Kreisverkehr vor ihm war nur ein kleiner Knick in der geradeaus verlaufenden Asphaltstraße, trotzdem schaltete er einen Gang zurück. Er hatte es nicht eilig und überlegte, wann das Auto, das von links kam, endlich langsamer fahren würde. Er stand schon fast im Kreisverkehr, als der andere Wagen auf die Kreuzung schoss und etwas Weißes ihm die Sicht versperrte.

Max trat auf die Bremse. Rennie schnappte nach Luft. Beide wurden gegen ihre Sicherheitsgurte geworfen und dann zurück auf die Sitze gedrückt. Als der kleine Geländewagen an ihm vorbeirauschte, sah er einen jungen Burschen mit blondem Schopf, der ihn durch das Fahrerfenster ansah. Auf seinem Gesicht war keine Spur von Angst oder Reue zu sehen.

»Super gemacht, Kumpel«, formte Max die Worte lautlos mit den Lippen, sodass der Bursche sie nicht missverstehen konnte, dann drückte er auf die Hupe und verlieh seiner Botschaft Nachdruck. Doch das brachte nichts. Der Wagen fuhr einfach weiter, und der Fahrer hob seine Faust zum Fenster und zeigte ihm den Mittelfinger.

»Arschloch«, sagte Max und rammte den Gang rein. »Alles in Ordnung?«

Rennies Hand lag noch immer flach auf ihrer Brust. »Ja, es geht schon wieder. So ein Idiot.«

»Der Kerl sieht so jung aus, als hätte er den Führerschein erst vor fünf Sekunden gemacht.« Max fuhr weiter, blickte in den Rückspiegel und sah, dass der Geländewagen eine weitere Schleife um die Verkehrsinsel zog. Idiot.

»Du hast ziemlich gute Reflexe«, sagte sie.

»Du magst meine Reflexe?«

»Eine deiner besten Eigenschaften.« Sie lächelte und sah sich im Wagen um. »Wir haben den Wein vergessen.«

Aber das sollte nicht die einzige Dummheit heute Abend bleiben. »Wir können unterwegs noch welchen kaufen.«

Sie nickte und sah ihn einen Augenblick lang an. »Also das von vorhin …«

»Zerbrich dir mal darüber nicht den Kopf.«

»Es ist nur … Ich dachte nicht, dass …« Sie schwieg kurz und setzte dann erneut an. »Alles in Ordnung?«

Nichts war auch nur annähernd in Ordnung. »Ja, Schatz. War einfach nur 'ne lange Woche.«

»Willst du darüber reden?«

Momentan machte ihn schon der Gedanke daran krank. »Nein.«

Sie verschränkte die Arme vor der Brust und sagte nichts mehr.

»Lass uns einfach zu Trish fahren und ihren Geburtstag feiern«, sagte er. »Ein paar Gläschen trinken und etwas entspannen, okay?« So wie er das sagte, klang es, als wollte er sagen: »Ist das okay für dich?« In Wahrheit meinte er wohl eher: »Lass es uns dabei belassen, okay?«

Sie bedrängte ihn nicht weiter, was nicht hieß, dass sie das Thema damit abgehakt hatte.

Er folgte der Straße, die sich wie ein dunkler Pfad am Ufer entlangwand. Rennie saß neben ihm und drehte ihre Haare zu einem Knoten zusammen.

»Lass sie offen«, sagte er. »Das steht dir gut.«

»Soll das ein Witz sein? Ich hatte keine Zeit, sie ordentlich zu föhnen. Sie sind total durcheinander.«

Er konnte keinen Unterschied ausmachen. Für ihn waren sie wie immer. Sie waren nicht richtig blond, aber auch nicht ganz braun, und wirklich ordentlich sahen sie nie aus. »Ich finde sie schön so.«

»Gute Reflexe, kein Geschmack.«

»Was zum …?«

»Was denn?«

Der Kreisverkehr lag bereits vier oder fünf Kurven hinter ihnen. Max hatte gedacht, der junge Bursche würde sich nur einen Spaß daraus machen, im Kreisverkehr ein wenig Gummi zu verbrennen, und dann weiterfahren. »Da ist wieder der Wagen vom Kreisverkehr. Er fährt direkt hinter uns.«

Rennie drehte sich auf ihrem Sitz um und wollte selbst nachsehen, doch er stoppte sie mit seiner Hand. »Schau nicht hin.«

»Warum nicht? Was macht er denn?«

»Er ist uns dicht auf den Fersen.«

»Was, verfolgt er uns etwa?«

»Sieht ganz so aus.«

Rennie zog den Kopf ein und spähte in den Beifahrerspiegel. »Ich sehe ihn nicht. Wie nah ist er denn?«

»Nah genug, dass er Nasenbluten bekommen würde, wenn ich ein wenig auf die Bremse stiege.«

Der Bursche war jetzt nicht mehr nur ein wichtigtuerisches Kerlchen, sondern richtig gefährlich. Mit den rechten Reifen fuhr er auf der entgegengesetzten Fahrbahn der schmalen, kurvigen Straße. Max hielt das Lenkrad fest umklammert und biss wütend die Zähne zusammen. Heute Abend hatte er nicht die Geduld für so was. Er sah noch einmal in den Rückspiegel. Der kleine Geländewagen war jetzt so nah, dass die Frontscheinwerfer nicht mehr zu sehen waren, er konnte die Umrisse von zwei Leuten erkennen. Der Fahrer saß nach vorne gebeugt hinter dem Lenkrad und fuchtelte wild in der Dunkelheit herum; der Beifahrer hatte einen kleinen Kopf und saß auf seinem Sitz. Max wäre am liebsten ausgestiegen und hätte dem Burschen die Meinung gesagt.

»Max, das ist ein Trottel. Fahr einfach zum Parkplatz, und tu so, als sei nichts gewesen. Als würdest du ihn nicht einmal bemerken.«

Sie hatte recht. Nur ein Trottel drängelte in der Dämmerung mit sechzig Sachen in den Kurven, doch ihm das zu erklären hätte wohl keinen Sinn gehabt, er war zu dumm, er hätte es sowieso nicht kapiert. Max zwang sich langsam zu fahren und kurvte mit zehn Stundenkilometern unter der Geschwindigkeitsbegrenzung den langen Weg um die Reihe kleiner Läden herum – das sollte ein Statement sein –, dann bog er nach links ab und fuhr schnell am Café vorbei. Drinnen war die Party bereits in vollem Gange, überall standen Leute herum, Luftballons hingen an der Decke, auf einem Tisch am Fenster stapelten sich Geschenke. Heute Abend bezahlte niemand. Und vor der Tür gab es keinen Parkplatz. Er wendete zwischen Zeitungsladen und Getränkemarkt und fuhr auf den Parkplatz dahinter.

»Ist er immer noch da?«, fragte Rennie.

»Ja.« Er war ihm bis auf den Parkplatz gefolgt.

Max fuhr in die nächste freie Parklücke nach einem halben Dutzend Wagen. Der Junge fuhr weiter, beschleunigte, als er in die Reihe einfuhr, und bremste dann mit quietschenden Reifen an der Ecke. Max stellte den Motor ab und sah dem Wagen nach, der bei der Ausfahrt anhielt. »Gut, Leute, die Show ist vorbei. Vorwärts.«

Doch der Geländewagen stand immer noch da, seine Rücklichter leuchteten, als Max ausstieg und den Wagen absperrte. Er blieb neben Rennie bei der Stoßstange stehen, und sie starrten über den Parkplatz zu dem Wagen.

»Was macht er da?«, fragte Rennie.

»Wahrscheinlich hat er das GPS eingeschaltet, um sein Hirn wiederzufinden. Vergiss ihn, komm, lass uns reingehen und gratulieren.«

Er nahm Rennies Arm, sie stupste leicht seine Schulter an. Sie mochte Zärtlichkeiten in der Öffentlichkeit nicht besonders und ging lieber zügig voraus, als sich an ihn zu schmiegen. Er wusste, was sie ihm signalisieren wollte. Dass bei ihnen alles in Ordnung war. Jedenfalls vorerst.

Fast am Ende der Reihe hörte Max ein Geräusch, sah sich um und spürte, wie sich ihm die Nackenhaare aufstellten. Der Kerl kam zurück, aber nicht, weil er auf der Suche nach einem Parkplatz war, so viel war verdammt noch mal sicher. Er raste an der nächsten Reihe parkender Autos vorbei und deutete provozierend mit dem Finger auf sie.

Max packte Rennie fester am Arm. »Komm, wir warten einen Moment hier.«

Kieselsteine flogen, als der Geländewagen am Ende der Reihe um die Ecke bog, und noch mehr, als er stehen blieb und das Ende der Parkplätze blockierte. Max ging einen halben Schritt vor Rennie her.

»Max«, sagte sie warnend.

»Komm, ich will nur wissen, was er will.«

Das Fenster auf der Beifahrerseite ging herunter, und

während Max darauf wartete, dass der Bursche irgendeine Bemerkung machte, sah er sich den Kerl näher an. Er war sauber rasiert, trug ein hübsches Hemd und hatte gepflegte Zähne, die seine Eltern ein Vermögen gekostet haben mussten. Er sah nicht aus, als ob er schon achtzehn war. Und der Wagen war keinesfalls für Straßenrennen geeignet – es war ein Geländewagen, der vermutlich noch nie so was wie eine Bodenwelle oder verschmutzte Straßen gesehen hatte.

Der Junge ließ die Hände am Lenkrad, hob herausfordernd das Kinn und fragte im Schulhofjargon: »Was hast du gerade gesagt?«

Max hatte bisher noch gar nichts gesagt, außer der Kerl meinte das vom Kreisverkehr. »Ich sagte: ›Gute Fahrt, Kumpel.‹«

Der Schrei kam plötzlich und mit erstaunlicher Heftigkeit. »Du bist ein beschissener Fahrer! Du hättest mich rammen können. Kennst du die verdammten Verkehrsregeln nicht?«

Max zögerte. Normalerweise hätte er vielleicht auf Aggression mit Aggression reagiert, doch das hier war zu viel des Guten. Im Plauderton sprach er weiter. »Klar kenne ich die Verkehrsregeln. Du hättest rechts Vorfahrt gewähren müssen, Arschloch. Bist du überhaupt schon alt genug für den Führerschein?« Als bedürfte die Frage keiner Antwort, nickte er Rennie zu und ging los.

Erst jetzt bemerkte Max das Mädchen auf dem Beifahrersitz. Sie war höchstens sechzehn und hübsch, soweit er auf den ersten Blick erkennen konnte – sie trug ein nettes Kleid, und ihr Haar glänzte. Sie hatte sich ein wenig geschminkt und achtete offenbar auf ihr Aussehen; bestimmt küsste sie ihre Eltern zum Abschied. Max sah ihr kurz in die Augen. Sie senkte den Blick. Die Sache schien ihr peinlich zu sein.

Als sie auf Höhe des vorderen Kotflügels ankamen, sprang der Wagen an. Es war kein schnelles Brummen, als der Gang eingelegt wurde, sondern ein heftiges Dröhnen, weil der Kerl das Gaspedal durchdrückte. Der Fahrer sagte kein Wort, auch der Wagen bewegte sich nicht von der Stelle, trotzdem begann Max' Haut als Reaktion auf diese offensichtliche Bedrohung zu prickeln. Rennie ging ruhig weiter, ließ aber ihre Tasche von der Schulter in die Hand rutschen und schlang den Riemen fest um ihre Faust.

Der Wagen rollte langsam vorwärts, er hielt mit ihnen Schritt, die Kotflügel befanden sich auf gleicher Höhe mit ihnen. Dann blieb er stehen und berührte mit der Stoßstange beinahe das Heck des letzten geparkten Autos in der Reihe und blockierte ihnen so den Weg.

Jetzt machte der Bursche ihn wirklich wütend. Max ging zum Fahrerfenster, blieb aber außer Reichweite. »Was hast du für ein Problem?«

»Ich war zuerst im Kreisverkehr«, sagte der Junge. »Die Verkehrsregel besagt, dass derjenige fahren darf, der zuerst im Kreisverkehr steht.«

Das war also kein Wettrennen. »Ich habe keine Ahnung, wo du Fahren gelernt hast, aber du solltest unbedingt dein Geld zurückverlangen.«

Der Bursche schob wieder sein Kinn nach oben. Er versuchte ein spöttisches Grinsen, aber es gelang ihm nicht. »Glaubst du mir nicht? Du hast mich Lügner genannt?«

Max hätte am liebsten laut aufgelacht. Wer provozierte schon einen Streit über *Verkehrsregeln*? Wer begann denn einen Streit unter einem so blödsinnigen Vorwand? Doch eine instinktive Vorsicht hielt ihn zurück. Der Bursche saß auf einer Tonne Metall, die er in dieser Auseinandersetzung vielleicht nutzen würde. Er musterte einen Augenblick lang das Gesicht des Jungen und versuchte ihm mit Blicken zu signalisieren, weitere Sprüche bleiben zu lassen. Rennie legte ihre Hand auf seinen Unterarm.

»Komm«, murmelte sie.

Er wehrte sich, denn er wollte die Sache nicht auf sich beruhen lassen und vor der Rotznase nicht klein beigeben. Doch sie zog ihn am Arm, und er sah den beunruhigten Blick in ihren Augen. Max, komm, lass es. Du bist hier der Erwachsene. Aber so erwachsen nun auch wieder nicht, als dass er nicht das letzte Wort haben wollte.

»Nein, Kumpel, *und du bist wirklich ein Held*. Einen schönen Abend noch.« Er trat vom Fenster zurück und warf dem Mädchen einen Blick zu. Sie hatte ihr Gesicht abgewandt, Schamröte war ihr in den Nacken gestiegen.

»Den werde ich haben«, bellte er lässig durch das Fenster, als hätte er soeben eine Rauferei gewonnen. Demonstrativ drückte er den ersten Gang rein und raste den schmalen Weg entlang zur Straße. »Reiche Arschlöcher.« Hätte er das nicht gesagt, wären sie vielleicht einfach nur ein wenig aufgewühlt zum Getränkemarkt rübergelaufen und hätten sich gefragt, was zum Teufel da gerade passiert war. Doch diese letzten Worte unterstrichen die Absurdität des Vorfalls noch. Max sah Rennie an und zog die Augenbrauen hoch.

Sie zog auch die Augenbrauen hoch und sah ihn an. »Der denkt, wir sind reich.«

»Er hätte mal unser Bankkonto kontrollieren sollen, bevor er uns so eine Bemerkung an den Kopf knallt.«

Sie mussten beide lachen, als sie auf die Fahrbahn hinaustraten, und ihre Nervosität verflog. *»Du nennst mich einen Lügner?«*, sagte Max und imitierte Robert De Niro in dem Film *Wie ein wilder Stier*. Er achtete nicht auf Fahrgeräusche, bis er das Reifenquietschen wahrnahm. Die Bremslichter des Geländewagens leuchteten rot durch die Gummirauchwolke, als der Wagen im Rückwärtsgang schnell wieder auf sie zufuhr.

2

Max konnte Rennie gerade noch auf den Gehsteig ziehen; der Wagen blieb quietschend neben ihnen stehen.

Sie standen jetzt auf der Beifahrerseite. Das Mädchen starrte geradeaus und hatte den Blick auf die Windschutzscheibe geheftet, als das Fenster herunterging. Der Junge schrie an ihr vorbei. »Lachst du etwa über mich?«

»Mensch, beruhig dich doch. Du fährst eine tödliche Waffe, kein verdammtes Spielzeug.«

»Sag mir verdammt noch mal nicht, was ich zu tun habe. Du bist hier der beschissene Fahrer. Du bist ein verdammtes Arschloch!«

Was für ein Feigling, dachte Max. Schimpfwörter über den Schoß eines Mädchens zu rufen und sich dabei hinter einem Lenkrad zu verschanzen. Er überlegte, um das Fahrzeug herumzugehen und den Burschen aus dem Wagen auf den Gehsteig zu zerren, doch da begann Rennie zu reden.

»Okay, du hast uns deine Meinung gesagt, jetzt kannst du wieder gehen.« Ihre Stimme klang ruhig und beschwichtigend, doch ihre Handtasche hing zum Schlag bereit an ihrer Hand, und sie schien jeden Moment loslaufen zu können.

Der Bursche ignorierte sie und zeigte mit dem Finger auf Max. »Ich weiß, was für einen Wagen du fährst.«

Max spannte seine Schultern an. »Was soll denn das heißen?«

»Denk drüber nach, du Schwanzlutscher.«

»Soll das etwa eine Drohung sein?«

»Ja, das ist eine verdammte Drohung.« Der Bursche hatte eine Hand am Lenkrad, beugte sich nach vorne über den Beifahrersitz, das Mädchen zuckte zusammen.

Max ballte immer wieder die Fäuste. Rennie beugte sich zum Beifahrerfenster vor und sagte laut und nachdrücklich: »Alles in Ordnung?«

Das Mädchen sah sie nicht an.

»Du musst nicht da drin sitzen bleiben, wenn du dich nicht sicher fühlst.«

»Hey!«, schrie der Junge Rennie an.

»Hey!«, schrie Rennie zurück. »Du bist nicht der Einzige im Wagen.«

»Was geht dich das verdammt noch mal an?«

Die Beleidigung war gegen Rennie gerichtet, und im ersten Moment hätte Max dem Burschen am liebsten einen Kinnhaken verpasst. Aber Rennie hatte recht, hier ging es nicht nur um ihn. Bei jedem Schlag wären Rennie und das Mädchen mittendrin gewesen. Er biss die Zähne zusammen und senkte herablassend die Stimme. »Du fühlst dich wohl als Held, hinter einem sicheren Autofenster eine Frau zu beleidigen.« Max winkte ab, als wäre es die Sache nicht wert. »Komm Schatz.«

Er stellte sich zwischen Rennie und den Wagen und nahm sie am Arm.

Der Junge brüllte noch irgendwas hinter ihnen her, als sie zum Getränkeladen liefen. Dann war plötzlich alles still. Nur ihre Schritte waren zu hören. Inzwischen war es fast völlig dunkel geworden, der Geländewagen hinter ihnen lief im Leerlauf. Er bewegte sich nicht. Fuhr nicht los.

»Alles in Ordnung?«, fragte Max Rennie leise.

»Was zum Teufel macht er da?«

»Vermutlich zeigen, dass er ein richtiges Arschloch ist.«

»Das kriegt er ja ziemlich gut hin.«

Der Getränkemarkt lag ein wenig abseits von der Straße, davor gab es zwei Parkplätze und eine Lieferauffahrt, die zu einer großen Glastür führte. Als sie zur Auffahrt gingen, kam der Motor hinter ihnen plötzlich wieder auf Touren. Max lauschte dem Geräusch, das langsam näher kam, und hörte die Reifen auf dem Kies knirschen. Der Getränkemarkt war hell erleuchtet, Menschen standen Schlange vor der Kasse, warteten darauf, bedient zu werden, und hatten keine Ahnung, was draußen vor sich ging. Der Geländewagen rückte immer näher – er fuhr nicht zur Straße, sondern direkt auf sie zu, seine Scheinwerfer leuchteten im Fenster des Geschäftes auf, als er wie ein bedrohliches Tier langsam näher kroch.

Max legte seine Hand auf Rennies Rücken, schob sie vor sich her und sah dann den Kühlergrill, der auf sie beide gerichtet war, und die Stoßstange, die auf ihre Waden zukroch. Gleich darauf spürte er die Hitze des Wagens an seinem Oberschenkel, irgendwas in ihm krampfte sich zusammen. Er legte seinen Arm um Rennies Hüfte und zog sie an die Seite. Der Wagen blieb einfach am Eingang stehen und blendete sie mit den Scheinwerfern. Kein Geschrei, kein hochtouriges Motorengeräusch. Das war auch gar nicht nötig, die Drohung war deutlich genug.

Herrgott, würde der Bursche sie tatsächlich umfahren? Vor einem Getränkemarkt? Bisher hatte er sich noch nicht durch Vernunft ausgezeichnet, es gab also keinen Grund zu erwarten, dass er jetzt eine vernünftige Entscheidung treffen würde.

Max sah Rennie an. Sie stand unbeweglich und gefasst neben ihm, als könnte die leiseste Bewegung die Bestie in Aktion bringen. Dann sah er ihr Gesicht. Während der fünf Jahre, die sie nun schon zusammen waren, hatte sie ihm nur bruchstückhaft von ihrer hässlichen Vergangenheit erzählt, und er fragte nie mehr, als sie freiwillig erzählen wollte, weil er wusste, dass sie es hinter sich lassen wollte. Doch jetzt fragte er sich, ob der Bursche oder ihre Erinnerungen dafür verantwortlich waren, dass sie wie angewurzelt dastand. Egal was es war, er wollte ihr die Angst nehmen. Er wollte sie nicht dulden, zumindest nicht, solange er bei ihr war.

»Renée, geh weiter«, sagte er leise.

Als sie sich wegdrehte, ging er zur Fahrerseite, während das Adrenalin in seinen Muskeln pochte. Es war lange her, seit er das letzte Mal einen Boxhieb ausgeteilt hatte. Darauf hatte es der Bursche ja wohl abgesehen, er forderte es regelrecht heraus. Er war zwar jung, doch Max war reifer, größer und erfahrener.

Der Bursche streckte einen Arm durch das Fenster, zeigte ihm immer wieder den Stinkefinger und schrie irgendwas. Max verstand es nicht, doch das war egal. Er wusste, worum es ging.

Rennies Stimme hielt ihn auf. Sie stand mit dem Handy in der Hand vor dem Fenster des Getränkemarktes.

»Ich ruf jetzt die Polizei. Ich habe dein Kennzeichen«, schrie sie und las wie bei einem Sehtest laut die Nummern vor, die auf dem Schild standen. Sie klang jetzt nicht mehr entmutigt, sondern cool, entschlossen und kontrolliert. Sie wartete keine Antwort ab, sondern eilte zum Shop, drückte die Tür auf, fuchtelte mit den Armen herum und schrie: »Der Bursche da draußen bedroht uns mit seinem Wagen.«

Köpfe drehten sich nach ihr um, der Junge hinter dem Tresen sah zuerst sie an und dann hinaus zur Auffahrt.

Das war für den Feigling hinter dem Lenkrad zu viel. Er trat noch einmal wütend auf das Gaspedal, fuhr zurück und dann mit quietschenden Reifen zur Straße. Max stand auf der Fahrbahn und sah ihm nach. Er war stolz auf Rennie und schämte sich ein wenig, dass er sich so schnell für Gewalt entschieden hatte.

Als er zu ihr kam, stand sie vor den Rotweinregalen. Keiner der Gäste war zur Auffahrt gerannt und ihnen zu Hilfe geeilt. Hier drinnen waren auch keine Helden versammelt.

»Alles in Ordnung?«, fragte er sie.

Sie wich ihm aus, als er seinen Arm um sie legen wollte, und sah stattdessen den Wein an. »Was trinkst du?«

»Was? Ich weiß nicht. Rennie?«

Sie ignorierte ihn.

»Renée?«

Sie schwang herum. »Was, Max? Was zum Teufel hattest du da draußen vor?«

»Bist du etwa sauer auf mich?«

»Ja, bin ich.« Sie kniff einen Augenblick die Augen zusammen. »Nein, bin ich nicht.«

»Rennie, es ist nichts passiert. Er ist weg.« Er legte seine Hand auf ihren Oberarm und spürte, wie sie zitterte. »Wir kaufen einen Wein. Wir gehen auf eine Party.«

»Mist.«

Er wusste nicht, ob das ihm, dem Burschen oder der ganzen Situation galt. »Alles okay?«, fragte er und meinte sie beide. »Lass uns die Sache vergessen, okay?«

Sie verschränkte die Arme vor der Brust, atmete tief durch, wandte sich wieder dem Weinregal zu und fragte: »Rot oder weiß?«

Es war schon ziemlich warm im Skiffs, und Rennie wurde bewusst, wie spät sie eigentlich dran waren. Pav war sicher schon völlig verzweifelt.

»Rennie! Max!« Falls Trish die Verspätung aufgefallen war, ließ sie sich nichts anmerken. Sie ging mit ausgebreiteten Armen auf sie zu, hielt ein Glas Champagner in der Hand und trug weder eine Schürze noch Businessdress. Sie wirkte völlig entspannt.

»Alles Gute zum Geburtstag!«, sagte Rennie und wartete,

bis Trish sie umarmte. »Tut mir leid, dass wir so spät kommen.«

»Schatz, heute Abend gibt es keine Stechuhr. Eliza ist auch da, sie arbeitet bereits ihr Geburtstagsgeschenk ab.« Als Trish und Pav die Gästeliste zu ihrem fünfzigsten Geburtstag verkleinern wollten, weil sie eine Kostenexplosion fürchteten, hatte die gesamte Belegschaft ihr das gemeinsame Geschenk verkündet: Jeder wollte ein paar Stunden in der Küche oder im Foyer aushelfen, es musste also nur noch für das Essen gesorgt werden. Trish hatte ein paar Tränen vergossen. Rennie vermutete, dass sie bis zum Ende des Abends wohl noch mehr vergießen würde, doch jetzt hielt sie Max ihre Wange hin, um sich von ihm küssen zu lassen, bevor sie vielsagend die Augenbrauen hob und die beiden ansah. »Ich hoffe, ihr wurdet von etwas Vergnüglichem aufgehalten.«

Rennie sah Max flüchtig und ausdruckslos an. »Leider nicht.«

»Ein Bursche hat gerade versucht, uns mit seinem Wagen auf dem Parkplatz zu überfahren«, erzählte Max.

»O mein Gott. Alles in Ordnung?«

»Wir sind nur etwas aufgewühlt«, sagte Max und warf Rennie einen verhaltenen Blick zu.

»Na dann holt euch erst mal einen Drink, und vergesst die Sache. Ihr sollt euch heute Abend amüsieren. Auf meine Kosten.«

Trish amüsierte sich offenbar bereits. Sie nahm Rennie an der Hand und tänzelte mit ihr zum Tresen, wo der Champagner in Eiskübeln kühlte. »Bedient euch, meine Süßen.«

»Meine Süßen?«, Rennie hob belustigt eine Augenbraue.

»Na wenn sich das herumspricht…«, sagte Max.

»Das ist meine Party, und ich werde süß nennen, wen immer ich will«, sagte Trish und tänzelte zu einem neuen Gast an der Tür.

Während Max die Gläser einschenkte, sah Rennie sich im Raum um. Viele bekannte Gesichter waren da. Kunden, Freunde. Trish und Pav machten da keine großen Unterschiede.

Max hielt ihr ein Glas hin. »Hier, trink was«, sagte er, als müsse das reichen, bis er ein Beruhigungsmittel besorgt hätte.

Sie wusste genau, was er in ihrem Gesicht sah, sie konnte es förmlich spüren. Ja, sie war aufgewühlt, aber nicht wegen seiner Gedanken. In dem Moment, als sie in der Auffahrt zum Getränkemarkt standen und den Geländewagen im Leerlauf gehört hatten, war sie wieder von den Schatten der Vergangenheit übermannt worden. Fünf Sekunden furchtbarer Angst, ein schnelles Abwägen der Fluchtmöglichkeiten – dann war es vorbei, und sie sagte sich, es sei nichts, sie war in Haven Bay und fragte sich, seit wann sie so langsam reagierte? Und jetzt, eine Viertelstunde später, war sie nur noch wütend auf sich und machte sich Vorwürfe. Das alles hatte mit Max und gleichzeitig auch nichts mit ihm zu tun, trotzdem war sie sauer, und er behandelte sie, als würde sie gleich in Ohnmacht fallen.

»Es geht mir gut«, zischte sie. Sie nahm ihm das Glas Champagner aus der Hand, nippte daran, als wolle sie nur kosten, und suchte dann in der Menge nach Pav – groß und kahlgeschoren, mit Holzfällerschultern. Meist fand man ihn schnell, doch diesmal war er nirgends zu sehen. Schuldgefühle versetzten ihr einen Stich. »Ich helfe Pav in der Küche.«

»Ich sehe mal nach dem Wagen«, sagte Max.

»Was?« Als er sich zum Gehen wandte, packte Rennie ihn am Ellenbogen. »Mach dich nicht lächerlich. Der Bursche ist wahrscheinlich noch irgendwo da draußen.«

»Ja, und vielleicht randaliert er ja gerade am Wagen. Du hast doch gehört, was er gesagt hat.«

»Du bist versichert. Besser der Wagen als du.«

»Diese verdammte Rotznase. Man sollte ihn …«

»Max, sei kein Idiot.«

Einen Augenblick sagte er nichts, sondern sah sie nur beleidigt an. »Was, Rennie? Worum geht es hier eigentlich? Darum, was gerade passiert ist, oder darum, was vorher einmal war?«

Das Vorher ließ sie aufhorchen, und sie fragte sich, ob er in den vergangenen fünf Jahren immer nur genickt und so getan hatte, als würde er ihr zuhören und beipflichten, während er stattdessen an Fußball oder seine Arbeit oder sonst was gedacht hatte… wer zum Teufel konnte das schon sagen? »Ich dachte, du willst nicht darüber reden.«

»Es geht also doch um das Vorher.«

Sie schüttelte frustriert den Kopf. »Ich muss jetzt gehen.«

»Komm schon, Rennie, jetzt sag doch was.«

»Jetzt willst du plötzlich darüber reden, was? Ausgerechnet auf Trishs Party? Wo ich eigentlich Pav helfen sollte?«

»Nein, du hast recht. Lass uns nicht darüber reden. Lass es uns einfach zu all den anderen Geschichten packen, die du mir auch nie erzählt hast.«

Sie seufzte. »Was soll denn das schon wieder heißen?«

»Gar nichts. Vergiss es. Vergiss das alles. Hilf Pav.« Er schnappte sich eine Champagnerflasche aus dem Eiskübel und tauchte in der Menge unter.

3

»Rennie, Rennie, Liebes!«, rief Pav in der Küche über die Arbeitsplatte. Völlig verzweifelt klang er eigentlich nicht.

Der kleine Raum duftete nach frischem Koriander und Minze und dem feurigen Aroma von Knoblauch auf den marinierten Rindfleischspießchen, die auf dem Grill brutzelten.

»Ich bin nicht dein Liebes!« Rennie winkte Toby, dem siebzehnjährigen Tellerwäscher und Handlanger, zu und stellte sich gegenüber von Pav an die Arbeitsplatte. Zwischen ihnen stand ein halb voller Servierteller mit Reispapierröllchen. »Ich bin dein Manager, Oberkellner, Barmann auf Abruf und freies Partypersonal. Kann ich schon mal was rausbringen?«

»In zwei Minuten. Hey, du zitterst ja. Möchtest du ein bisschen Brot?« Er hatte alle Hände voll damit zu tun, die Platte zu füllen, also deutete er mit dem Kopf über ihr zitterndes Champagnerglas hinweg auf den Korb mit türkischem Fladenbrot, der hinter ihr stand.

»Ich habe keinen Hunger, das ist das Adrenalin. Ein junger Kerl hat uns bis zum Parkplatz gedrängelt und dann versucht, uns mit seinem Geländewagen zu überfahren.«

»Na, dann trink erst mal einen Schluck.« Er stieß an ihr Glas, schob es zu ihr und gab dabei gluckernde Geräusche von sich, die auf Polnisch so was wie »hoch, hoch« oder so bedeuteten. Oder vielleicht auch irgendwas in einer anderen Sprache, die er zwischen Warschau und Haven Bay aufgeschnappt hatte. Sie kippte den Champagner hinunter, spürte, wie der Alkohol sie belebte, und war gleichzeitig enttäuscht, dass sie ihn dringender brauchte, als sie gedacht hätte.

»Die Straßenrowdys sind also mittlerweile bis Haven Bay vorgedrungen, was?«, sagte Pav.

»Wer hätte das gedacht?«

»Ich hatte auch einmal eine Auseinandersetzung mit einem Straßenrowdy. Der Kerl hatte mich mit dem Messer bedroht.«

»Ach was, echt? Ein Messer?«, rief Toby vom Spülbecken aus.

Rennie wurde kurz übel. Sie fragte sich, warum der Junge im Auto geblieben war. Hatte er sie verhöhnt, damit er nahe genug an sie herankommen konnte, um dann eine Waffe zu ziehen? Herrgott, und Max war direkt auf ihn zugegangen. Sie schüttelte den Gedanken ab. Hier waren sie in Haven Bay. »Lass mich raten. Berlin.«

»Nein, Kings Cross, Sydney. Der Kerl hatte sich wegen eines Parkplatzes aufgeregt, mich angeschrien und dann ein Messer gezückt.«

»Was für ein Messer?«, fragte Toby.

»Irgend so ein Taschenmesser. Keine echte Waffe«, sagte Pav, hielt das dicke Fleischmesser hoch und grinste.

»Und was hast du gemacht?«

»Ich habe ihm die Narbe gezeigt, die ich mir mit dem Filiermesser zugezogen habe«, sagte Pav und drehte seine Hand mit der Handfläche nach oben. Er trug zwar Handschuhe, doch Rennie kannte die alte, zackige Narbe, die wie eine Lebenslinie von der Innenseite seines Daumens zu den Venen an seinem Handgelenk verlief – eine Warnung an alle Anfänger, die sich glitschigen toten Tieren näherten. »Ich habe ihm gesagt, dass ich beim KGB arbeite, eine Schlägerausbildung habe und sein Gesicht zerquetschen könne, noch bevor er nah genug bei mir stünde, um mich zu verletzen.«

»Echt?«, sagte Toby wieder.

Rennie grinste halb amüsiert, halb ungläubig. »Im Ernst?«

Er zuckte die Achseln. »Er war ein Idiot. Er wollte wissen, ob ich Gorbatschow kenne. Dann hat er mir einen Drink ausgegeben, und ich habe ihm allen möglichen Mist erzählt. Hier, die ist fertig.« Er schob Rennie den Servierteller hin, zu den Reispapierröllchen gab es Hähnchen Satay. »Eine Delikatesse des Kreml.«

Sie nahm den Servierteller und überlegte, wie viel an dem, was Pav heute Abend erzählte, dran war. Er war ganz sicher kein Exagent des KGB, aber ein Heiliger war er auch nicht. Er war mit fünfzehn von zu Hause weggegangen, hatte überall auf der Welt gelebt und in allen möglichen Küchen und an sonstigen Orten gearbeitet, über die er nicht sprach. Wenn auch nur die Hälfte von dem stimmte, was er erzählte, verstand sie, warum er hierblieb. In Haven Bay passierte nie irgendwas. Es war der sicherste Platz auf Erden. Einer der Gründe, weshalb auch sie noch hier war.

Als Rennie rausging, schnappte sie sich noch einen Stapel Servietten, dann plauderte sie locker mit den Gästen und lief mit einem Tablett Fingerfood durch das Lokal. Kunden stellten ihr ihre Begleitung vor, ein paar Leute lachten und sagten, sie hätten sie ohne ihre schwarze Arbeitskleidung gar nicht erkannt, und irgendwer riss Witze von wegen Servierhäubchen.

Naomi winkte sie zu einem der Tische, der nicht in den Hof verfrachtet worden war. Sie brauchte einen Augenblick, um auf die Füße zu kommen, während Rennie den Servierteller in die Hüfte stemmte, sodass sie sie umarmen konnte, ohne ihren schwangeren Bauch zu zerdrücken.

»Ich schwöre, du bist noch dicker als vor zwei Tagen«, sagte Rennie.

»Und ich schwöre, das Baby kommt jeden Moment«, sagte Naomi grinsend, sah aber müde aus.

»Du siehst toll aus«, sagte Rennie. Obwohl sie im neunten Monat schwanger war und um die Augen ein wenig aufgedunsen schien, sah sie umwerfend aus. Und das nicht nur wegen ihres seidig dunklen Haares und der perfekten Haut. Ihre Schönheit kam von innen, sie strahlte etwas Liebliches aus, das sie vielleicht noch heller leuchten ließ, weil sie sich dessen nicht bewusst war. »Die Farbe steht dir wirklich gut.«

»Äh, danke. Würdest du bitte zu mir ins Badezimmer ziehen und das so lange wiederholen, bis ich wieder meinen normalen Umfang angenommen habe?« Sie nahm ein Satay-Spießchen. »Das könnte noch eine ganze Weile dauern.«

»Klar, kein Problem, aber James wird nicht erfreut darüber sein.« Sie stellte sich auf die Zehenspitzen und sah sich schnell im Lokal um, entdeckte aber nirgends die größere Ausgabe von Max. »Wo ist er eigentlich?«

Sie verzog das Gesicht. »Er arbeitet. Wahrscheinlich würde es ihm gar nicht auffallen, wenn du im Badezimmer wohntest. Er macht unglaublich viele Überstunden, ich sehe ihn fast nie. Ist das bei Max auch so?«

Max und James waren Cousins. James und Naomi waren verheiratet, darum behauptete Naomi auch, Rennie gehöre zur Familie und sie wären eine Art verschwägerte Cousinen oder so ähnlich. Das war zwar ein wenig weit hergeholt, aber schließlich hatte Rennie auch gar keine Lust, irgendeiner anderen Familie anzugehören. Das hatte nichts mit Genen zu tun, jedenfalls war es nett, dass Naomi sie einbezog. Max und James waren außerdem Geschäftspartner. Sie führten eine Filiale der Franchisefirma MineLease, die schweres Gerät an die Kohlebergwerke um Hunter Valley vermietete.

»Er ist die ganze Woche bis spätabends im Büro geblieben«, sagte Rennie. Dass er besorgt wirkte und etwas gereizt war, erwähnte sie nicht. Sogar mehr als etwas.

»Nur diese Woche? Na ja, wenigstens ist er nach Hause

gekommen. James hat einen Monat oder vielleicht länger bis spät in die Nacht gearbeitet. Er behauptet, nicht arbeiten zu können, wenn ich um ihn herumwatschle, und ist deshalb gleich im Büro geblieben.«

»Vielleicht will er seine Termine abhaken, bevor das Baby kommt.«

»Vielleicht. Arbeiten sie beide am selben Projekt?«

Rennie zuckte die Achseln. »Keine Ahnung. Ich habe nicht gefragt. Ich habe viel gemalt.« Und bin jeden Abend so spät vom Atelier nach Hause gekommen, dass Max schon im Bett war.

»Oh, was ich noch sagen wollte«, sagte Naomi, drehte sich um und breitete ihre Arme aus. »Ich liebe es! Zwar nicht so wie das Bild, das du für das Kinderzimmer gemalt hast, aber es ist großartig!«

Rennie warf einen Blick auf die große Leinwand, die an der Wand hing. Sie hatte das Bild schon gestern Trish überreicht – ihrem eigentlichen Geburtstag. Sie und Pav hatten es wohl extra für die Party hier aufgehängt. Schon das war ein Geschenk, obwohl es eigentlich andersherum hätte sein sollen. »Danke.«

»Freust du dich darüber?«

Soweit Rennie es beurteilen konnte, hatte sie keinen Grund, unglücklich zu sein. Wären Trish und Pav nicht gewesen, würde sie gar nicht malen, und Zeit und Energie für beide aufzubringen, erfüllte sie stets mit Genugtuung. »Es geht nicht um mich, doch immerhin hängt es an ihrer Wand, also muss es ihnen wohl gefallen.«

»Und ob. Trish hat es jedem gezeigt, der durch die Tür gekommen ist.« Naomi verzog das Gesicht und schob die Hände ins Kreuz. »Ich muss mich einen Augenblick setzen. Komm ab und zu mal vorbei.«

Rennie beendete ihre Runde und ging wieder in die Küche. Inzwischen waren auch ein paar andere Bedienungen aufgetaucht, die sie mit neuen Tellern rausschickte, dann befahl sie Pav hinauszugehen und sich zu seiner Frau zu gesellen, und band sich eine Schürze um. Sie war zwar keine Köchin, aber mit einer Kaffeeküche kam sie allemal zurecht. Pav hatte bereits das meiste erledigt, sie musste nur dafür sorgen, dass immer Essen auf dem Grill lag oder in den Ofen oder aus den Kühlschränken kam.

So viel Arbeit war das also nicht. Ab und zu mischte sie sich unter die Partygäste, sammelte leere Teller und Speisereste auf und plauderte mit den Gästen. Als Trish ihre Ansprache hielt, prostete sie ihr zu, trank hastig ein Glas Champagner und spürte, wie sie sich langsam entspannte. Max stand umringt von anderen Gästen am Gabentisch. Sie hatte keine Ahnung, wo der Rotwein war, den sie gekauft hatten, hoffte aber, dass er seine Laune ein wenig hob.

Egal was mit ihm los war, ihre Anwesenheit schien es nur zu verschlimmern.

Kurz nach elf Uhr befand Trish, dass Rennie ihr genug geholfen hatte, und drängte sie aus der Küche. Sie setzte sie in einen Kreis später Partygäste und schob ihr noch mehr Champagner hin.

Na gut, wenn sie darauf bestand. Rennie machte es sich auf dem Stuhl bequem, streckte sich aus, schlug die Beine übereinander und sah sich um. Naomi saß neben ihr und massierte ihren Bauch. Trish redete noch immer wie ein Wasserfall. Morgen hatte sie bestimmt höllische Kopfschmerzen. Auf der anderen Seite des Raumes saß noch ein Grüppchen Frauen, die ihre Schuhe ausgezogen hatten und Dessertreste von den Tabletts pickten. Genau genommen waren die Frauen drinnen, während die Männer draußen kampierten, nach dem dunklen Gelächter zu urteilen, das hereindrang. Das war mal wieder typisch, dachte Rennie.

Sie legte den Kopf in den Nacken und spähte durch die Tür auf die Straße. Sie erkannte nur Pav, der an einem Parkschild lehnte und lachte. Sie stellte sich vor, dass Max in einer Gruppe etwas weiter die Straße hinunter stand und sich amüsierte – sie mussten mindestens zu acht sein. Rennie hätte am liebsten ihren Stuhl verschoben und ihn beobachtet. Bestimmt war er schon ganz entspannt, hatte ein paar Drinks intus und den Vorfall vom Beginn des Abends vergessen. Mit seinem Charisma zog er immer wieder Menschen an. Auch sie hatte er auf diese Art in seinen Bann gezogen, und nun war sie bereits länger bei ihm, als sie eigentlich geplant hatte.

Später kam Pav herein und hielt ein paar Gläser in der Hand. Erstaunt zog er die Augenbrauen hoch, als er Rennie entdeckte. »Ich dachte, du seiest schon gegangen.«

»Nicht, solange es noch Champagner gibt«, sagte sie und hielt ihr halb volles Glas hoch.

»Wie kommt ihr nach Hause?«

Sie verdrehte die Augen. »Hat Max etwa zu viel getrunken?« Er wäre heute Abend mit Fahren dran gewesen. Aber es machte nichts, sie konnten auch laufen. Das gab ihnen Gelegenheit, sich zu versöhnen, bevor sie nach Hause kamen.

»Keine Ahnung. Wo ist er denn?« Pav sah sich schnell im Café um.

»Ich dachte, er wäre draußen bei dir.«

»Nein.«

Rennie sah durch die Tür. Terry Bickson lehnte an einem Parkschild, er hatte im Café die Frühschicht übernommen. Rennie schob Naomis Füße von ihrem Schoß, ging zur Eingangstür und steckte ihren Kopf raus. Sechs Männer hatten sich um das Straßenschild versammelt, zwei lehnten an einem Wagen, die anderen standen mit gespreizten Armen und Beinen da, wie bei einem Kinderspiel. James stand bei ihnen, es war das erste Mal, dass sie ihn an diesem Abend sah. Max war nirgendwo zu sehen.

Rennie beugte sich weiter vor und spähte die Straße entlang. Auf dem Weg entlang zum See war niemand. In der anderen Richtung saßen zwei Männer auf der Bordsteinkante. Beide hatten breitere Schultern als Max.

Sie sah sich verwirrt im Café um und überlegte, ob er vielleicht irgendwo eingenickt war, während er auf sie wartete, doch drinnen war er auch nicht.

»Wann hast du ihn das letzte Mal gesehen?«, fragte sie Pav, der an der Bar stand.

Er hörte auf, die Eiskübel ineinanderzustapeln, und überlegte. »Das ist schon eine ganze Weile her.«

»Was heißt das?«

»Eine Stunde. Vielleicht zwei.«

So lange? Wann hatte sie ihn das letzte Mal gesehen?

Während der Ansprachen. Sie hatte ihm zugewunken, versucht, seine Aufmerksamkeit auf sich zu lenken, doch Trish hatte gerade vor ihrem Gemälde ihre Dankesrede gehalten, und er hatte sie nicht gesehen.

Rennie ging zu den letzten Gästen und fiel Trish ins Wort. »Hat irgendjemand Max gesehen?« Doch alle schüttelten den Kopf, Naomi gähnte. Na schön, vermutlich war er weggegangen und führte irgendwo ein alkoholschwangeres, tiefgreifendes Gespräch mit jemandem. Das wäre nicht das erste Mal. Sie ging hinaus, schob sich zwischen Terry und Gordon Frey und fragte sie, ob sie ihn gesehen hätten. Angus McDonald lehnte an einem Wagen und zeigte mit dem Daumen die Straße entlang.

»Er wollte nach dem Wagen sehen.«

»Wann?« Angst kroch in ihr hoch.

»Keine Ahnung, so vor einer Stunde.«

Sie sah die Straße entlang zu den zwei Leuten, die am Straßenrand hockten, dachte an den Angriff auf Pav auf dem Parkplatz und hörte den Jungen in ihrem Kopf sagen: *Ja, das ist eine verdammte Drohung.*

4

Der Getränkemarkt war schon geschlossen, und die Straße war dunkler als bei ihrer Ankunft. Der Pub auf der gegenüberliegenden Seite des Parkplatzes hatte noch geöffnet, doch auch an dessen hell erleuchteter Rückseite regte sich nichts, nur das dumpfe Dröhnen der Musik war zu hören. Und die Schritte derjenigen, die mit Rennie zum Wagen liefen.

James hatte einen Suchtrupp zusammengetrommelt, und Terry hatte sich gleich mit einem begeisterten »Jau« gemeldet, obwohl Rennie befürchtete, dass sein Alter und der Alkohol eher dagegensprachen. Von der Tür aus rief sie nach Pav. Er war groß, redete laut und konnte sich vermutlich sogar aus einer Messerattacke herausquatschen.

Als sie den Parkplatz ganz einsehen konnte, verlangsamte sie ihre Schritte. Die Beleuchtung vom Pub und von der Straße sowie zwei trübe Laternen warfen ein schwaches Licht auf die dunklere Mitte des Parkplatzes. Es standen nur noch ein paar Autos da; ein heller Sedan in der ersten Reihe, Max' grüner Subaru und ein paar andere Autos. Weit und breit war kein kleiner weißer Geländewagen zu sehen.

Was nicht hieß, dass er nicht noch einmal zurückgekommen war.

Pav und James überholten sie und liefen zum Subaru, sie gingen um den Wagen herum. Dann warfen sie sich vielsagende Blicke zu, und Rennie spürte, wie ihre Angst größer wurde.

»Ist irgendwas?«, rief sie.

»Nein.« James wandte sich ab und sah sich in der Dunkelheit um.

Pav ging an der anderen Seite des Wagens entlang, prüfte die Karosserie und blieb an der hinteren Tür stehen. »Hier ist eine Beule.«

»Die war schon da«, sagte Rennie. Ein Unbekannter hatte vor drei Monaten seine Tür gegen den Wagen gerammt.

»Wir sollten uns auch auf dem Parkplatz umsehen«, sagte James. »Ich nehme die Seite zum Pub.«

Pav eilte zur Ausfahrt, Terry stolperte neben Rennie her, als sie die Rückseite der Geschäfte überprüfte und über jeden Zaun schaute. Fünf Minuten später standen sie wieder beim Subaru.

»Es ist zu dunkel, man sieht so gut wie nichts«, sagte Rennie.

»Was sollte er denn da?«, fragte James.

Sie verschränkte beunruhigt die Arme vor der Brust. »Vielleicht hat er es ja gar nicht geplant.«

»Nee. Da braucht es schon mehr als einen jungen Burschen und ein kleines Mädchen, um ihn über den Zaun zu hieven«, lallte Terry.

»Außer der Kerl ist mit seinen Kumpels zurückgekommen«, sagte sie.

Pav sah sich noch etwas länger um. »Vielleicht. Vielleicht ist er auch zum Café zurückgegangen. Hast du auf den Toiletten nachgesehen oder weiter hinten im Hof?«

Nein, sie war einfach gleich vom Schlimmsten ausgegangen. Alte Gewohnheiten lassen sich nur schwer abstreifen.

Auf der Toilette im Café war er nicht, und auch nicht hinten bei den Mülleimern. Bei den gestapelten Tischen, den Türen, die auf die Straße führten, oder den öffentlichen Toiletten am Ende der Straße gab es ebenfalls keine Spur von Max. Terry ging zum Skiffs zurück, er war zu müde und zu betrunken, um weiter mitzumachen, doch Pav und Jason begleiteten sie zum Park. Als die Lichter der Geschäfte langsam hinter ihnen verschwanden, standen sie in der Dunkelheit und sahen sich um, erkannten aber nur die hageren Umrisse der Bäume und die Geräte des Spielplatzes, die sich gegen das Licht abhoben, das von der anderen Seeseite herüberfiel.

»Max!«, rief Rennie und hoffte, dass sich irgendeine Gestalt aus den Schatten lösen und Max auftauchen würde, der sich die ganze Aufregung nicht erklären könnte.

Pav legte die Hände trichterförmig an seinen Mund. »Max!« Sein Ruf schwebte über dem Wasser und löste sich dann auf. James machte ein paar Schritte in die andere Richtung und rief. Keine Antwort, keine Bewegung.

Rennie wollte zum Ufer gehen, doch Pav hielt sie davon ab. »Da wird er auch nicht rauskommen.«

Verunsichert zögerte sie. Max würde niemals alleine in der Dunkelheit umherwandern, nicht nach allem, was er durchgemacht hatte. »Der Bursche war völlig außer Kontrolle. Er könnte … Ich weiß es nicht, wenn er ihn am Ufer erwischt hat … Wenn er … Wir sollten …«

»Okay, lass uns nachsehen.« Sie stolperte über irgendwas in der Dunkelheit, James fasste sie an ihrem Ellenbogen. Er hatte nicht den Charme von Max, konnte distanziert und mürrisch sein, aber er war groß und hatte breite Schultern, und sie war dankbar, dass er mit ihr hier draußen war. Das Licht von der gegenüberliegenden Bucht verlieh der Küstenlinie ein wenig Klarheit, also rief sie in beide Richtungen Max' Namen. Doch sie sah nichts als Wasser, das leise ans Ufer plätscherte. Es war das einzige Geräusch in der Nacht.

»Hier ist er nicht«, sagte Pav schließlich.

Sie fuhr sich mit den Fingern durchs Haar, biss die Zähne zusammen und schluckte die Angst hinunter, die in ihrer

Kehle aufstieg, auch das war eine alte Gewohnheit. Oder eine Vorahnung.

»Wir können uns noch weiter umschauen, wenn du willst, aber wir werden nicht viel sehen«, sagte James.

Sie konnten zu den Straßenabsperrungen fahren und das Fernlicht einschalten, dachte sie, doch der Park war nur ein kleiner Bereich in einem Reservat, das sich am Seeufer entlang über Kilometer erstreckte. »Nein. Das bringt nichts. Lasst uns zum Skiffs zurückgehen.«

Als sie zurückkamen, waren nur noch ein paar Gäste da, Trish hatte sie gebeten, ihr zu helfen, für den nächsten Morgen die Tische und Stühle wieder ordentlich hinzustellen. »Vielleicht ist er ja nach Hause gegangen«, meinte sie, als Rennie von der Suchaktion erzählte.

»Sein Wagen steht aber noch immer da draußen.«

»Vielleicht ist er gelaufen, damit du nach Hause fahren kannst.«

»Er wäre nicht einfach gegangen, ohne mir was zu sagen.«

»Hast du auf dein Handy gesehen? Vielleicht hat er versucht dich anzurufen.«

Sie rannte in die Küche, gefolgt von Trish, und hoffte, Trish hätte recht. Gleichzeitig fragte sie sich aber auch, warum er sie anrufen sollte, wo sie doch im Café war. War er etwa immer noch sauer?

Sie kramte in ihrer Tasche und dachte an den Heimweg in der Dunkelheit. Und den Jungen im Auto, der gedroht hatte, dass er ihn finden würde.

Auf dem Handy war eine Nachricht von Max.

Liebe d b

Rennie las die Nachricht zwei Mal durch und runzelte die Stirn.

»Ist was?«, fragte Trish.

Sie hielt ihr das Handy hin und zeigte ihr die Nachricht.

»Was soll denn das b bedeuten?«

»Keine Ahnung. Vielleicht konnte er den Satz nicht zu Ende schreiben.« Vielleicht hatte der Kerl ihn beim Schreiben unterbrochen. Sie kontrollierte die Uhrzeit der Nachricht. »Neun Uhr siebenundfünfzig. Das war vor fast drei Stunden.« Sie drückte die Schnellwahltaste.

Trish kam näher heran. »Wen rufst du denn an?«

»Max.« Sie legte auf. »Da geht gleich die Mailbox dran. Ich versuche es mal zu Hause.« Sie lächelte Trish dünn an und lauschte dem Klingelton. Pav kam auch in die Küche und sah ihr zu.

»Max, ich bin's«, sagte Rennie auf den Anrufbeantworter. »Bist du da? Geh dran.« Sie sah erst Trish und dann Pav an und schüttelte den Kopf. »Falls du das abhörst, ruf mich an.« Sie machte das Handy aus und schloss die Augen. Sie waren hier in Haven Bay, dem sichersten Ort der Welt. »Ich rufe die Polizei.«

»Es war ein weißer Suzuki, ein fünftüriger Geländewagen«, sagte Rennie dem Beamten. Sie war immer noch in der Küche und lief nervös zwischen Arbeitstisch und Herd hin und her, während sie in ihr Handy sprach. Pav lief stumm umher, verteilte das restliche Essen in die Kühlschränke und wischte die Tresen ab. Vermutlich hörte er zu, aber das machte ihr nichts aus.

Rennie wiederholte das Kennzeichen, das sie beim Getränkemarkt laut rausgeschrien hatte.

»Haben Sie den Fahrer gesehen?« Der Beamte war ein Mann, seine Stimme klang jung, und die Geschichte vom vermeintlichen Straßenrowdy schien sein Interesse geweckt zu haben. Sie beschrieb ihm den wütenden Jugendlichen und die Beifahrerin – Haare, Kleidung, Augenfarbe, seine Uhr, ihren Schmuck. Alles, was ihr aufgefallen war.

»Die Beschreibung ist ziemlich detailliert. Haben Sie die beiden vorher schon mal gesehen?«, fragte er.

»Nein. Ich habe einfach aufgepasst.«

»Kennt Mr. Tully eine von den beiden Personen?«

»Nein.«

»Gäbe es irgendeinen Grund, weshalb Mr. Tully die Party vorzeitig verlassen haben könnte, ohne jemandem etwas davon zu sagen?«

»Nein.«

»Hatte er vielleicht mit jemandem Streit?«

Sie beide hatten sich gestritten. Aber das meinte der Beamte nicht. »Nein.«

»Hat er Probleme im Job?«

Sie musste an das Gespräch mit Naomi denken. »Nicht dass ich wüsste.«

»Kämen irgendwelche medizinischen Gründe in Frage?«

»Nein.«

»Will er sich vielleicht etwas antun?«

Nicht, solange sie ihn kannte. »Nein.«

»Okay. Ich gebe alles in den Computer ein. Wenn Sie bis morgen nichts von ihm hören, kommen Sie bitte aufs Revier und machen eine Aussage. Und bringen Sie ein aktuelles Foto mit.«

»Er könnte überall sein.« James stand in der Tür.

»Ich weiß. Aber ich kann doch nicht einfach nach Hause fahren, ohne vorher nach ihm zu suchen. Ich fahre am Fluss entlang zurück. Vielleicht wollte er ja laufen, und der Kerl hat ihn gefunden. Oder er ist in der Dunkelheit gestürzt.« Sie warf ihr Handy in die Tasche und zog die Autoschlüssel raus.

»Kannst du noch fahren?«, mischte Pav sich ein und zog die Schürze über den Kopf. »Wie viel hast du getrunken?«

»Nicht viel, außerdem fühle ich mich momentan stocknüchtern.«

»Ich habe zwar zu viel getrunken, aber ich komme trotzdem mit«, sagte er.

»Ich nehme die Lakeview Road, wir treffen uns bei dir zu Hause«, sagte James und sah ihre fragenden Gesichter. »Es geht mir gut, ich habe nur ein paar Bier getrunken.«

»Was ist mit Naomi?«, fragte Rennie.

»Sie ist schon gegangen. Eliza hat sie und Trish nach Hause gefahren.«

Rennie empfand plötzlich große Dankbarkeit. Das waren Freunde. Sie waren einer der Gründe, warum sie in Haven Bay geblieben war. »Okay, lasst uns gehen.«

Sie fuhr langsam die Straße zurück, auf der sie mit Max hergefahren war. Das Wasser wirkte wie schwarzer Seidensatin, der sich bis zum gegenüberliegenden Ufer erstreckte. An der Küste unterhalb der Straße war nicht zu erkennen, wo die Felsen aufhörten und der See begann. Rechts mündete der raue Asphalt in Rasen, der sich nach oben zu den dunklen Häusern erstreckte. Einzige Lichtquellen waren der leuchtend helle Mond, die großzügige Straßenbeleuchtung und Rennies Fernlicht.

Am Kreisverkehr verminderte sie das Tempo. »Hier hat alles angefangen«, sagte sie zu Pav. Auf dem Asphalt waren noch schwarze Reifenspuren zu sehen.

Dann bog sie in ihre Straße ein und fuhr auf das alte Holzhaus zu. Auf der Veranda brannte Licht, das sanft auf die frisch gestrichenen dunkelgrauen Wände fiel. Zuerst war sie erleichtert, doch dann wusste sie nicht mehr, ob sie das Licht beim Weggehen angelassen hatten.

Als sie auf den Parkplatz fuhr, stand James' großer, dunkelblauer Geländewagen bereits in der Einfahrt. Er öffnete die Tür. »Ich habe auf dem Weg hierher keine Spur von ihm entdeckt. Ich habe mich schon mal ein wenig hier hinten umgesehen, aber es ist ziemlich dunkel.« Sie war wohl langsamer gefahren, als sie gedacht hatte, wenn er schon so viel Zeit gehabt hatte.

Sie stieg aus und blickte zum Haus. Nur das Licht auf der Veranda brannte.

»Vielleicht ist er schon ins Bett gegangen«, sagte Pav.

Das wäre natürlich am besten. Am liebsten hätte sie Max' großen, starken Körper im Bett vorgefunden, ihre Hand auf seine Stirn gelegt und gefühlt, ob er Fieber hatte. Ob er krank war. So krank, dass er ein Taxi gerufen oder mit einem Gast mitgefahren war und nicht mehr die Kraft besessen hatte, sie anzurufen. Und sie ihm verzeihen musste, obwohl er sie so erschreckt hatte.

Sie sperrte die Haustüre auf und tastete nach dem Lichtschalter. Doch noch bevor die Dunkelheit vom Licht verdrängt wurde, sah sie vor ihrem geistigen Auge einen blutüberströmten Körper. Gleich darauf war er verschwunden, dem grellen Licht gewichen, das den Flur, die regungslose, kühle Stille durchflutete.

Sie rief nicht nach ihm. Sie waren zwar in Haven Bay, doch manches ließ einen niemals los.

Pav und James gingen an ihr vorbei. Ihre Gegenwart strahlte etwas Beruhigendes aus. Die Lichter gingen an, ein müder Ventilator begann sich zu drehen, die Hintertür wurde aufgeschoben. Rennie ging leise durch den Flur zu der angelehnten Schlafzimmertür und steckte ihren Kopf hinein. Fahles Licht fiel durch das Fenster und zeichnete quadratische Muster auf die Bettdecke und die achtlos hingeworfenen Kleidungsstücke. Ihr farbverschmierter Overall und ein BH, sein T-Shirt und seine Shorts – Überbleibsel der spontanen Leidenschaft, die sie vor der Fahrt zur Party überkommen hatte. Max lag nicht auf dem Bett, auch nicht auf dem Boden oder bei der Garderobe.

»Draußen ist er nicht«, sagte James, als sie zu ihm und Pav ins Wohnzimmer kam.

»Drinnen auch nicht«, ergänzte Pav.

»Im Schlafzimmer sieht alles unberührt aus.«

Rennie blickte durch die Glaswand des Wohnzimmers. Die Scheinwerfer waren jetzt an, sie beleuchteten die Terrasse, den Garten und die umgebaute Garage. »Ich kann mal im Atelier nachsehen.«

»Da draußen ist doch nur dein Malzeug, oder?«, fragte James, als er und Pav ihr folgten.

»Max bewahrt da auch ein paar Sachen von sich auf. Außerdem haben wir uns gestritten. Vielleicht …«

»… ist er in die Hundehütte gezogen«, beendete James ihren Satz.

»Ja, vielleicht.«

Das hatte er allerdings noch nie getan. Max war der festen Überzeugung, dass ein Streit immer vor dem Einschlafen geschlichtet werden sollte, egal, wie lange es dauerte. So etwas hätte Rennies Familie nie nachvollziehen können, doch seine Familie lebte nach diesem Prinzip und schien gut damit zu fahren. Max hatte eine gescheiterte Ehe hinter sich und nahm gerne Expertenrat an.

Penetranter Farbgeruch wehte in die Nacht hinaus, als sie die Tür aufstieß. Das einzelne Zimmer war ein Jahr lang ihr Zuhause gewesen, bis Max sie davon überzeugt hatte, bei ihm einzuziehen. Ihr altes Bett stand immer noch da, Leinwände lehnten an der Wand, in einer Ecke standen Farbtöpfe und Müll. Die Mitte des Raums war leer, nur eine Staffelei mit ihrer neuesten Arbeit stand da. Doch von Max keine Spur.

»Hast du nachgeschaut, ob vielleicht irgendwo ein Zettel liegt?«, fragte sie Pav, als sie wieder im Wohnzimmer waren.

»Ich habe keinen entdeckt.«

»Okay«, sie nickte. »Alles klar. Danke. Scheiße.« Sie kniff die Augen zusammen. Rennie, es ist nicht so, wie du denkst. »Okay. Dann warten wir ab.«

Pav und James sahen sich an, ihr wurde klar, was sie dachten. Das *Wir* stammte auch aus ihrer Vergangenheit, als sie und ihre Schwester schnelle Entscheidungen treffen mussten. »Nein, tut mir leid, damit habe ich nicht gemeint, dass ihr Jungs auch warten müsst. Geht nach Hause.«

»Es macht mir nichts aus zu bleiben«, sagte Pav.

»Mir auch nicht«, fügte James hinzu.

Pav hatte um sechs Uhr das Skiffs aufgemacht und dann bis zur Party ununterbrochen gearbeitet. Und James hatte am Samstag im Büro Überstunden gemacht. »Danke, ihr seht beide fertig aus.«

Und besorgt. Pav stemmte die Hände in die Hüften, James' Blick schweifte unruhig umher, als erwarte er, Max in einer Ecke zu entdecken. »Ich rufe euch an, wenn er auftaucht«, sagte sie und lief zur Haustür. »Nachdem ich ihm eine reingehauen habe.«

»Und dann kannst du ihm ja gleich den Hörer an den Kopf halten, damit ich ihm sagen kann, was er für ein Schwein ist, dass wir seinetwegen einen Suchtrupp bilden mussten«, sagte James und ging an ihr vorbei.

Pav umarmte sie kurz, aber herzlich. »Ich hau ihm eine runter, wenn er morgen ins Café kommt.«

Rennie lächelte leicht und versuchte daran zu glauben. Als sie weg waren, wählte sie zum fünften Mal Max' Handynummer, lauschte auf die ersten Worte seiner Mailbox und legte dann auf. Sie wollte seinen Anrufbeantworter nicht mit der Bitte um Rückruf vollquatschen, wo es Wichtigeres gab, was sie ihm sagen konnte.

Was zum Beispiel, Rennie? Hier ging es um Max, nicht um ihre Schwester. Damals hatte sie Joanne gesagt, wo sie sie treffen konnte. Jetzt gab es nichts Wichtigeres zu sagen als »Sag mir, wo du bist«.

Sie hielt das Handy in der Hand und sah sich im Zimmer um. Max hatte das alte Landhaus geerbt, bevor Rennie ihm begegnet war – es war eines der letzten originalen Bergarbeiterhäuser in Haven Bay und stand auf einem kleinen Hügel, der sanft zum See abfiel. Max hatte im Laufe der Jahre immer mal wieder im Atelier gewohnt. Als Rennie dort einzog, renovierte er gerade das Haus. Er blieb nächtelang wach, riss Wände ein und verwandelte die kleinen alten Zimmer auf dieser Flurseite in einen großen Wohnraum mit Küche, der nun nach hinten zur Straße und dem See hinausging.

Vielleicht hatte er eine Nachricht hinterlassen. An irgendeiner Stelle, die nur für Max offensichtlich war. Sie ging die Zettel durch, die mit Magneten am Kühlschrank befestigt waren, und sah dann den Papierkorb unter dem Telefon durch. Vielleicht war er abgelenkt oder in Eile gewesen. Sie schüttelte das Telefonbuch aus, durchsuchte die Bücherregale und sah auf dem Couchtisch, dem Buffet und im Zeitungsständer nach. Vielleicht war ihm schlecht geworden, oder er war verwirrt und irrte betrunken umher. Sie öffnete den Kühlschrank und das Gefrierfach, sah in der Speisekammer, den Schränken, dem Ofen und dem Fernsehschrank nach. Dann ging sie zur Glaswand hinten im Raum und blickte in den dunklen Garten hinaus. Sie war frustriert, besorgt, gereizt. Wo zum Teufel steckte Max?

Okay, denk nach. Falls er nach Hause gekommen war, war er vielleicht in sein Arbeitszimmer gegangen. Sie ging durch den Flur und riss die Tür zum dritten kleinen Schlafzimmer auf, in dem sein Schreibtisch und ein paar Regale standen. Das Zimmer glich einem Schlachtfeld, aber das war normal. Organisiertes Chaos, wie er es nannte. Realitätsverweigerung, in ihren Augen.

Überall klebten Notizen. Post-its pappten wie bunte Flaggen an den Regalrändern über dem Schreibtisch. Sie ging sie kurz durch – Daten, Telefonnummern und geheimnisvolle Notizen. Aber auf keinem stand »Hallo, Rennie, ich muss …«

Es gab keinen Grund, warum er in das zweite Schlafzimmer hätte gehen sollen, trotzdem sah sie nach. Es sah genau wie die letzten zwei Wochen aus – Doppelbett, offene Vorhänge, geschlossener Schrank. Im Bad hing ein Handtuch, in der Badewanne lagen Badeshorts von Max, sein Rasierapparat steckte immer noch in der Steckdose. Max' übliche Schlamperei.

Sie ging weiter zum gemeinsamen Schlafzimmer und riss auf seiner Bettseite die Schranktüren auf. Ein paar Klamotten lagen zusammengeknüllt in den Schubladen, in die Regale waren Oberteile hineingestopft, Kleiderbügel bogen sich unter dem Gewicht seiner Jeans, seine Schuhe lagen wahllos im Schrank verteilt. Auf einem Regalbrett lag sein Hosentascheninhalt: Geld, Taschentücher, einzelne Socken, Stifte, eine Tube Sonnencreme. Sie nahm ein Bündel Zettel in die Hand, die neben einem alten Aschenbecher lagen, und sah die Kassenzettel, eine Lottoquittung und einen fälligen Versicherungsschein durch. Im Aschenbecher lag lauter Kleinkram, ein USB-Stick, ein Manschettenknopf. Aber kein Zettel für sie. Kein Hinweis darauf, wo er war.

Sie schloss die Tür, sah sich im Zimmer um und hörte wieder die Stimme ihrer Schwester in ihrem Kopf. *Am sichersten ist man, wenn man gleich vom Schlimmsten ausgeht.*

Rennie hatte das alles vor fünf Jahren verdrängt, doch es saß so tief, dass sie immer noch keinen anderen Weg sah.

Heute Nacht war sie vom Schlimmsten ausgegangen und hatte dementsprechend gehandelt. Zwar nicht ganz so, wie sie und ihre Schwester es normalerweise handhabten, doch immerhin hatte sie bereits die Polizei verständigt, die Straße und das Haus abgesucht und stand jetzt hier, sah seine Kleider auf dem Boden durch, während sie an Max' Hände dachte, die sie auszogen, seine Lippen auf ihrer Haut, seinen Atem auf ihrem Gesicht und die bösen Worte, die danach gefallen waren.

Und ein weiteres Horrorszenario ging ihr durch den Kopf.

5

Sie las wieder Max' SMS.

Liebe d b

Im Café dache sie noch, b stünde vielleicht für Baby oder so. Er hatte schon mal solche Nachrichten verschickt. Vielleicht bedeutete es aber auch *ich liebe dich, bin gleich zurück*. Satzzeichen setzte er nie – das war für ihn einfacher, aber schwerer zu lesen. Nun überlegte sie, ob es etwas anderes bedeuten konnte.

Liebe dich bis auf …

Bis auf was? Ich brauche Abstand. Zeit zum Nachdenken. Ich halte das nicht mehr aus. Halte dich nicht länger aus. Oh, verdammt, hatte er sie etwa verlassen?

Sie sammelte die Kleider auf, legte sie aufs Bett, setzte sich daneben und hörte wieder die Stimme ihrer Schwester im Kopf. *Wir werden nie das haben, was andere haben. Wenn du das glaubst, bist du eine verdammte Idiotin.*

Ein Klingeln zerriss die Stille. Rennie stieß sich vom Bett ab und griff nach dem Telefon auf dem Nachtkästchen. »Max?«

Schweigen. »Ist Dad da?«

»Hayden?«

»Wie viele Kinder hat er denn?«

Rennie biss die Zähne zusammen. Hayden verhielt sich wie nach einem Drehbuch, das in Neonschrift über seine Stirn flimmerte: *Meine Eltern nerven, ihre Partner sind Hundescheiße an meinen Schuhen.* Und das war das Letzte, was sie am Telefon hören wollte. »Max ist nicht da.«

»Er geht nicht ans Handy.«

»Nein.« Von Kindererziehung verstand sie nicht viel und auch nicht, wie man mit vierzehnjährigen Jungs umging, aber sie wusste, dass es mehr Schaden als Nutzen anrichten würde, wenn sie ihm sagte, dass sein Vater vermisst wurde. Und vielleicht wurde er ja auch gar nicht vermisst. Vielleicht kam er gleich zurück. »Soll ich ihm was ausrichten?«

»Sag ihm, er soll mich in fünfzehn Minuten vom Bahnhof abholen.«

Sie sah auf den Wecker. »Du sitzt im Zug?« Es war neun Minuten nach drei Uhr morgens.

»Ja, was denn sonst.«

Sie ignorierte den Sarkasmus in seinem Ton und dachte wieder an die Nachricht. *Liebe d b … bin auf dem Weg zu Hayden.* Vielleicht hatte der Zug Verspätung, oder Hayden hatte den früheren verpasst, und Max wartete die ganze Zeit am Bahnhof, und der Akku seines Handys war leer. »Weiß Max, dass du kommst?«

Haydens Antwort klang defensiv und feindselig. »Dad hat gesagt, dass er mich jederzeit holen würde. Also sag ihm, dass er mich holen soll, okay? Ich bin in fünfzehn Minuten da.«

Die Verbindung brach ab, Rennie warf das Telefon aufs Bett. Sie hätte am liebsten zu Hause gewartet, in der Nähe des Festnetzanschlusses, damit sie Max hereinlassen konnte, wenn er kam, und sich vergewissern, dass es ihm gut ging.

Notfalls würde sie sich sogar entschuldigen. Warum musste Hayden ausgerechnet heute Nacht kommen? Sie kritzelte eine Nachricht für Max auf einen Zettel: Hole Hayden am Bahnhof ab. Bin gleich wieder da. Bitte geh nicht. Sie schnappte ihre Jacke und ihre Tasche und ließ das Licht für ihn brennen, als sie aus dem Haus ging.

Als sie mit ihrem Wagen auf den Parkplatz fuhr, saß Hayden auf den Stufen unter einer Straßenlaterne. Er schlenderte zu ihr herüber, als habe er alle Zeit der Welt, schmiss seinen Rucksack in den Kofferraum und öffnete die Beifahrertür.

»Ach, du bist das. Wo ist Dad?«

Hi Renée, danke, dass du mitten in der Nacht kommst, um mich abzuholen. »Er ist heute Nacht nicht zu Hause. Alles in Ordnung?«

»Ja.« Er antwortete, als habe sie ihn gefragt, ob er ein Mensch sei, schnallte sich an und starrte neben sich aus dem Fenster. Er stank nach Zigarettenrauch, Schweiß und fettigem Fastfood. Mit seinen schokoladenbraunen Augen, den leicht gewellten Haaren und vollen Lippen sah er Max ein wenig ähnlich. Sie wollte ihn mögen, Max zuliebe.

Sie fuhr zum Ausgang des Parkplatzes. Okay, egal was Hayden dazu gebracht hatte, mitten in der Nacht in einen Zug zu springen, er wollte nicht mit ihr darüber reden. Auch gut. Falls er sich wieder mit seiner Mutter gestritten hatte, wollte sie nicht hineingezogen werden, außerdem würde er sowieso nicht hören wollen, was sie vielleicht dazu zu sagen hatte. Max sagte immer, sie sollte daran denken, wie es war, als sie in dem Alter gewesen war. Er redete von Jugendangst, Hormonschwankungen und dem Testen der eigenen Grenzen. So etwas kannte sie aus ihrer eigenen Jugend nicht, außerdem hatte Hayden Eltern, die ihn liebten, und zwei sichere Zuhause. Sie hätte alles dafür gegeben, wenn sie in seinem Alter auch nur eines gehabt hätte.

Sie versuchte locker zu klingen. »Wann hast du zum letzten Mal mit Max gesprochen?«

»Ich spreche ständig mit ihm, klar.«

Er musste sie heute Nacht wohl für die aufdringliche Stiefmutter halten. Dabei war er nie auch nur einen Moment so weit aus seinen Hormonschwankungen aufgetaucht, um zu begreifen, dass sie keinen Elternteil ersetzen wollte. »Hast du mit ihm gesprochen, bevor du in den Zug gestiegen bist?«

»Nein.«

»Und sonst irgendwann heute?«

»Nein.«

»Du bist also ganz spontan hergekommen?«

»Ja.«

»Und das macht deiner Mutter nichts aus?« Es hatte schon früher hitzige Auseinandersetzungen darüber gegeben, wann und wie lange Hayden seinen Vater besuchen durfte und ob Max tatsächlich am Bahnhof stehen und ihn abholen würde.

Er zuckte die Achseln.

»Sie weiß doch, dass du hier bist, oder?«

»Nein. Das reicht jetzt, okay?«

Mist. Er war abgehauen. Und Max war nicht da.

Um zehn vor vier waren sie zu Hause. Die Türen waren verschlossen, aber das Licht brannte immer noch. Auf dem Anrufbeantworter war keine Nachricht, auch der Zettel auf der Arbeitsplatte lag noch unberührt da. Allmählich bekam sie Kopfschmerzen von dem Alkohol, den sie auf der Party getrunken hatte. Rennies Augen fühlten sich an, als hätte ihr jemand Salz hineingestreut. Hayden ließ seinen Rucksack im Wohnzimmer auf den Boden fallen, warf sich aufs Sofa und machte den Fernseher an.

Über die dröhnenden Lautsprecher des Fernsehers hinweg rief Rennie: »Mach das aus, und ruf deine Mutter an.«

»Ich schreib ihr eine Nachricht.«

Rennie nahm das Telefon von der Wand, stellte den Fernseher ab und hielt es ihm hin. »Ruf an.«

»Es ist mitten in der Nacht.«

»Eben.«

Er fluchte leise. »Und, bleibst du hier stehen und hörst mit?«

»Ja.« Im einsilbigen Antworten war sie auch gut.

»Vertraust du mir nicht?«

»Nein.«

Er ließ sich bockig in die Kissen zurückfallen, wählte die Nummer und machte sich nicht mehr die Mühe, nur leise vor sich hinzufluchen. Es klingelte einmal, dann hörte sie Leannes Stimme. »Hayden?«

An ihrem schrillen Tonfall erkannte Rennie die Dringlichkeit und wünschte sich, Hayden möge schnell machen, falls Max anzurufen versuchte. Doch der Junge ging davon aus, dass sein Vater heute Nacht nicht nach Hause kommen würde und seine Mutter ein paar beschwichtigende Worte verdient habe. Rennie blieb noch so lange stehen, bis sie sicher sein konnte, dass Hayden die richtigen Informationen weitergab, dann ließ sie ihn alleine.

Mit dem Handy in der Hand lief sie noch einmal durchs Haus und kontrollierte die Zimmer, die Zettel am Kühlschrank, die Schlösser an der Hintertür und spähte unruhig in die Nacht hinaus.

Sie erstarrte.

Sie trat dichter an die Scheibe heran und versuchte, weit in den Garten zu spähen, wo das Flutlicht auf die Hecke beim Zaun traf. Irgendwas da draußen hatte sich bewegt. Sie schob den Riegel beiseite und stieß die Tür auf, blieb in dem Rahmen stehen und lauschte. Der Himmel wirkte wie eine dunkle, sternenlose Kuppel, die Luft war warm und kühl zugleich. Sie atmete den süßen Duft von Jasmin und den erdigen Gestank von Blut und Knochen ein. Dann hörte sie einen leisen, dumpfen Schlag. Als wäre ein schwerer Gegenstand gegen den Lattenzaun gefallen.

Leise machte sie ein paar Schritte auf die Veranda hinaus, blieb lange schweigend stehen und überlegte, wie sie die Geräusche einordnen sollte. Das Handy piepte in ihrer Hand, sie zuckte zusammen, als hätte sie einen Stromschlag bekommen.

Eine Nachricht von James:

Er ist nicht im Büro, hast du was gehört?

Es beruhigte sie ein wenig zu wissen, dass auch noch jemand anderer sich Sorgen machte. Sie tippte schnell eine Antwort. Nicht zurück. Keine Nachricht. Danke, dass du nachgesehen hast. Hayden ist da. Hab ihm nichts gesagt. Sprechen uns später.

Sie schaltete das Display aus, ging bis ans Ende der Veranda, spürte förmlich, wie das Flutlicht die Dunkelheit im Zaum hielt, und lauschte erneut. Sie zitterte, als wieder eine Erinnerung in ihr aufstieg, die sie daran erinnerte, dass Dunkelheit gute und schlechte Seiten haben konnte.

»Max?«, rief sie leise. Ihr Ruf war weit von einem Schrei entfernt, hörte sich in der Stille der Nacht und der frühen Morgenstunde aber an, als hätte sie durch einen Lautsprecher geschrien. Keine Antwort. Kein Mucks. »Max?«, sagte sie lauter und ein wenig eindringlicher. Doch wieder hörte sie nur ihr eigenes Herz schlagen.

Auf der anderen Seite des Zauns lag das Naturschutzgebiet, eine Fortsetzung des Parks, der die Geschäfte umgab. Ein Fuß- und Fahrradweg führte hindurch und diente gleichzeitig den Anwohnern als Abkürzung von der Hauptstraße zur hiesigen Buchtseite. Vielleicht hatte er die Abkürzung genommen, sich am Fußknöchel verletzt und ewig lange nach Hause gebraucht. Rennie hüpfte leise von der Veranda hinunter in den Lichtkegel. Vielleicht kam er keinen Schritt weiter, jetzt, wo er zu Hause war. Während sie über den Rasen zum Tor ging, wurde das Licht auf dem Gras zu ihren Füßen immer schwächer, ihre Schritte immer zögerlicher.

Irgendetwas ließ sie innehalten. Sie hätte nicht sagen können, was es war, doch sie blieb aufs Äußerste gespannt wie angewurzelt ein paar Meter vor dem Lattenzaun stehen. Sie lauschte und wartete. Kein Geräusch, keine Brise regte sich. Beklommenheit stieg in ihr auf.

»Max?«, hauchte sie.

Ein Flüstern drang hinter dem Zaun hervor, und sie war schon in Bewegung, bevor ihr Gehirn sich einschalten konnte – geduckt rannte sie schnell zur Hecke. Sie warf sich auf den Boden, rollte ab und war sofort bereit, wieder loszurennen. Und das hätte sie am liebsten auch getan. Doch sie zwang sich zu bleiben. Um Himmels willen, bleib. Es könnte Max sein. Sie blickte durch den Garten zum Zaun, sie spürte ein Kribbeln, Panik drohte in ihr aufzusteigen. Falls das Max war, war er nicht auf dieser Seite des Zauns. Sie sah nach oben und erkannte in der Dunkelheit das Ende des Lattenzauns. Das Herz schlug ihr bis zum Hals. Mist, Mist. Rennie, hole dir eine Taschenlampe. Und irgendwas, womit du zuschlagen kannst.

Sie rannte zum erleuchteten Haus und spürte, wie die Angst mit der Dunkelheit hinter ihr schwand und sie die letzten Reste abschüttelte, als sie durch die Tür hineinging. Sie wühlte in der Schublade der Anrichte und fand eine Taschenlampe. Ihre Hände zitterten. Komm schon, reiß dich zusammen.

Als sie plötzlich wieder das dumpfe Hämmern der Lautsprecher hörte, wirbelte sie herum. Hayden hatte aufgelegt, sich auf dem Sofa ausgestreckt und die Beine auf den Couchtisch gelegt.

»Mach ihn aus«, sagte sie leise.

Er fischte nach der Fernbedienung und stellte den Ton leiser.

»Hayden, mach ihn aus«, fauchte sie.

Er drehte den Kopf und wollte schon meckern, änderte dann aber seine Meinung. Der Ton erstarb mit dem Bild auf dem Fernseher, und durch das offene Fenster drang wieder die Stille der Nacht. Rennie warf kurz einen Blick in den dunklen Garten, ging dann durch das Zimmer zur Küche und zog ein langes Tranchiermesser aus dem Messerblock.

»Was machst du denn da?«, fragte Hayden mehr zynisch als neugierig und folgte ihr zur Tür.

»Bleib hier.« Sie meinte schon seine Schritte hinter sich zu hören, die ihr zur Tür folgten, als sie über die Veranda ging, doch als sie nichts hörte, schrieb sie das eher seinem Desinteresse als Gehorsam zu.

Zögern bedeutet Angst, sagte sie sich, nahm das Messer in die rechte Hand, die Taschenlampe in die linke und ging entschlossen voran. Hocherhobenen Hauptes ging sie mit großen Schritten nach draußen. Das war alles nur Fassade, aber es ging ihr besser damit.

Sie blieb an der Stelle stehen, an der sie sich kurz zuvor geduckt hatte, festigte ihre Stimme und sagte dann fast im Flüsterton: »Max, bist du das?« Keine Antwort. Nur ein Rascheln in den Gummibäumen, die entlang des Weges standen, als eine leichte Brise aufkam. Sie spannte ihre Kiefermuskeln an, ging zum Tor, riss es weit auf, stellte sich in die Öffnung, hob die Taschenlampe und legte ihre Hand fest um den Griff des Messers. Hier vorne war nichts. Auch links von ihr war nichts zu sehen. Sie ließ den Lichtstrahl im Halbkreis nach rechts kreisen, und der Atem stockte ihr. Am äußeren Rand des Lichtkegels, hinter dem Gartenzaun in der Nähe des Nachbarzauns, lag etwas.

Verdammt. Ein Körper.

Nein. Warte.

Mit dem Rücken an den Lattenzaun gedrückt, schlich sie langsam weiter. Weil sie es wissen, nicht unbedingt weil sie es sehen wollte. Falls das Max war, regte er sich nicht. Wieder erhob sich eine Brise, irgendetwas Dunkles flatterte an der Seite auf. Ein Mantelzipfel? Max hatte keinen Mantel angehabt. Ein Hemd? Er hatte ein hellblaues Hemd getragen. Sie war nur vier Schritte entfernt und wusste, dass es eine Plane war, sie sah eine helle, metallene Öse und hörte das Flattern von schwerem Plastik – ihre Haut wurde kühl. Was war darin eingewickelt? Nein. Herrgott, nein. Am liebsten hätte sie kehrtgemacht und wäre einfach weggelaufen, ohne sich noch einmal umzudrehen. Nein, Rennie. Das ist es nicht. Sie blieb stehen, schloss ihre Hand fester um den Messergriff und streckte den Arm mit der Taschenlampe aus, um das Zittern zu stoppen, und schlich näher.

Für einen menschlichen Körper hatte der Haufen nicht die richtigen Umrisse. Er war zu quadratisch, zu … flach. Dann stand sie darüber, beugte sich herab und blickte auf das Gras, das unter der Plane hervorlugte. Sie streckte einen Fuß aus und stieß dagegen. Es fühlte sich weich, unförmig und lose an, nicht aber wie ein Körper. Sie war erleichtert und besorgt, erschrocken und wütend zugleich. Hier war sie in Haven Bay. Hier gab es keine Leichen, und sie musste auch nicht mit einem Messer herumlaufen. Max ging es gut. Er würde zurückkommen. Es gab bestimmt eine Erklärung. Nur kannte sie die noch nicht.

Sie wollte sich umdrehen und gehen, doch dann fiel ihr auf, dass sie immer noch wie angewurzelt dastand. Als stünde da ihr zweites Ich. Misstrauisch, vorsichtig und wachsam – und anderes, worüber sie nicht nachdenken wollte. Das hieß nicht Renée, und es warnte sie, auf der Hut zu sein. Und hier in der Dunkelheit mit dem Messer in der Hand war Rennie auf der Hut.

Sie leuchtete mit der Taschenlampe ihre Umgebung aus, blieb dicht an den Zaun gedrückt und schlich wieder zum Tor zurück. Sie zog es fest hinter sich zu, rannte über den Rasen und sah Hayden, der hinter der Scheibe stand und sie beobachtete.

»Was hast du da gemacht?«, fragte er, als sie reinkam. Er versuchte seiner Stimme einen sarkastischen Ton zu verleihen, doch das war nicht so einfach, denn sie hatte schließlich ein Messer in der Hand.

»Ich habe das Tor überprüft. Du solltest ins Bett gehen.«

Er folgte ihr in die Küche. »Wozu hast du ein Messer mitgenommen?«

»Ich dachte, ich hätte was gehört. Dein Bett ist gemacht. Hol dir ein Handtuch aus dem Schrank im Flur.«

Er ignorierte ihre Worte und blieb am Ende der Arbeitsplatte stehen, während sie das Messer unter den Wasserhahn hielt und ihren Schweiß davon abspülte.

»Was wolltest du denn damit machen?«

Sie trocknete es mit einem Geschirrtuch ab, um ihre Hände zu beschäftigen und das Zittern zu verbergen.

»Wolltest du damit etwa eine Grille abstechen oder was?«

Sie steckte das Messer in den Messerblock zurück.

»Wolltest du da unten etwa hexen? Wuhuuu, abrakadabra.«

Sie blickte auf, als sie das dreckige Lachen hörte. Er war ein launischer, zorniger, selbstsüchtiger Teenager, der seine Eltern gegeneinander ausspielte und verletzend war. Er hielt sich für taff und dachte wahrscheinlich, dass es cool sei, mitten in der Nacht in einen Zug zu steigen. Sie war kurz davor, ihm die Wahrheit zu sagen – nämlich dass sein Vater vermisst wurde und es Momente im Leben gab, in denen ein Messer in der Hand genau das Richtige war. Doch im Grunde war er ja nur ein zartes, bedürftiges Kind. Sie wollte einfach nur, dass Hayden ging, damit sie sich darauf konzentrieren konnte, Max zu finden.

»Kommt deine Mutter dich holen?« Das war nicht das Wochenende, an dem Hayden bei Max war, und Leanne bestand auf die Einhaltung der Vereinbarungen, die sie getroffen hatten.

»Nee. Sie sagt, dass vor dem Flug nicht mehr genügend Zeit ist. Ich muss also dableiben.«

»Was für ein Flug?«

»Nach Cairns.«

»Du solltest nach Cairns fliegen?«

»Ja.« Er lächelte triumphierend. »Ich habe ihr ja gesagt, dass sie mich nicht dazu zwingen kann. Wir waren schon letztes Jahr in dieser Ferienanlage. Das war beschissen.«

Rennie spannte ihre Kiefermuskeln an. Das zarte, bedürftige Kind hat seine Mutter auf einen Höllentrip geschickt, weil ihm der Urlaubsort nicht gefiel.

Verdammt, Max. Wo steckst du?

6

Rennie schlief ein paar Stunden, wenn man mit geschlossenen Augen Dahindämmern als Schlafen bezeichnen konnte. Ihr Gehör war derart trainiert, dass sie jedes Geräusch registrierte, ihr Körper spürte, dass der Platz neben ihr im Bett leer war, ihr Verstand sprang abwechselnd zwischen Angst und Besorgnis hin und her. Erinnerungen, die nicht hierhergehörten und mit Max nichts zu tun hatten, sie aber immer noch belasteten, kamen langsam, aber stetig hoch.

Als sie das letzte Mal aufwachte, fiel in der Morgendämmerung das Licht von der Veranda durch das Fenster ins Zimmer, und einen Augenblick lang dachte sie, Max sei nach Hause gekommen, wäre neben ihr unter das Laken geschlüpft, und sie wäre wieder in dem Leben, das sie sich immer gewünscht hatte. Sie hatte sogar seine Wärme an ihrem Rücken und seinen Arm über ihrer Hüfte gespürt. Er hatte sich gestreckt und verschlafen aufgestöhnt, so wie immer, wenn er sich morgens mühsam aus dem Schlaf quälte. Sie kannte das seit fünf Jahren und musste immer noch darüber lächeln.

Rennie hingegen hatte zu lange ein anderes Leben geführt, sie war stets sofort hellwach. Max blinzelte stattdessen erst einmal und räusperte sich ausgiebig. Dann setzte er sich schlaftrunken auf, kratzte sich am Kopf und fuhr sich mit den Händen über das Gesicht. Sie hatte inzwischen begriffen, dass es aussichtslos war, ihm irgendetwas Sinnvolles zu entlocken, bevor er aus dem Nebel aufgetaucht war. Meistens überließ sie ihn sich selbst und zog ihre Laufsachen an, während er missmutig dreinblickte, und freute sich für ihn, dass sich seine Albträume auf die Nacht beschränkten und nicht die Welt um ihn betrafen.

Doch an diesem Morgen hatte sie seine Anwesenheit nur geträumt. Er war nicht da, und sie hatte keine Ahnung, wo er war und wo sie nach ihm suchen sollte.

Sie stand am Fenster, durch das man die Bucht sehen konnte, wärmte ihre Hände an einer Tasse Pfefferminztee und beobachtete den Sonnenaufgang. Dabei fiel ihr ein, dass Max den Tee als Katzenpisse bezeichnete. Und immer wieder sah sie den jungen Burschen im Geländewagen vor sich, der sie mit wutverzerrtem Gesicht durch das Autofenster beschimpft hatte. Wieder ergriffen Anspannung und Nervosität von ihr Besitz – Gefühle, die sie nur zu gut kannte.

Rennie hatte ihr ganzes Leben mit dem dumpfen Gefühl des Grauens im Magen zurechtkommen müssen. Sie erkannte es, wie andere Hunger und Müdigkeit spürten. Sie war drei, als ihre Mutter mit ihr und ihrer älteren Schwester vor dem immer schlimmer werdenden Verfolgungswahn und den Gewaltausbrüchen ihres Vaters geflohen war. Das hatte ihnen das Leben gerettet, nur wusste sie damals nicht, dass dem eine Besessenheit folgte, die sie ein Leben lang gefangen halten sollte.

Als Rennie ein Kind war, träumte sie sich oft in eine eigene, bessere Welt hinein. Die bestand aus leuchtenden Farben – Limettengrün, rosafarbene Töne und unterschiedliche Schattierungen von Himmelblau – statt der dunklen, gedämpften Farben der Angst. Und wenn sie wach war, sagte sie sich oft, dass sie dieses Mädchen hätte sein können, wenn das Schicksal es besser mit ihr gemeint hätte.

In den letzten elf Jahren hatte ihr Vater sie und Joanne nicht mehr verfolgt, doch die Angst war geblieben, jedenfalls bei Rennie. Diese Melodie begleitete ihr Leben, nur die Lautstärke änderte sich, je nachdem, in welcher Situation sie sich befand. Die letzten fünf Jahre in Haven Bay war sie zu einem Flüstern geworden, manchmal war sie sogar so leise, dass sie sie kaum noch hörte.

Doch heute Morgen wäre sie am liebsten laufen gegangen. Sie wollte nicht wegrennen, so wie letzte Nacht, sondern spüren, wie es sich anfühlte, wenn der Adrenalinspiegel nach einem schnellen, anstrengenden Lauf wieder abfiel. Ihre Anspannung herauszuschwitzen, hatte ihr immer das Gefühl gegeben, unverwundbar und leistungsfähiger zu sein. Noch immer lief sie täglich, fast immer am See entlang, vor allem, weil sie es liebte. An die anderen Gründe versuchte sie nicht zu denken.

Und diese Gedanken schob sie auch jetzt beiseite.

Die Sonne hatte die letzten Schatten der Dämmerung vertrieben, sie ging nach draußen, sah blinzelnd kurz zum stillen Wasser des Sees hinunter, das hinter dem Zaun lag, und ging wieder über den Rasen.

Das Stück Garten hinten am Zaun lag nun in voller Farbenpracht da. Keine Spur mehr von den dunklen Schatten der vergangenen Nacht. Vor einer hüfthohen Hecke aus glänzenden Blättern wuchsen lilafarbener Lavendel, eine Gardenie, die ihre ersten Knospen trieb, Ziergräser und andere Pflanzen, deren Namen Rennie nicht kannte. Max war der Gärtner. Sie schaufelte und grub nur da, wo man es ihr sagte, goss und zeigte dann stolz auf das Gemüse, das wuchs, als hätte sie etwas damit zu tun. Gestern Nachmittag hatte Max voller Elan die Erde im Garten umgegraben, es hatte eher wie ein Training als eine Freizeitbeschäftigung gewirkt. Dann hatte er Kompost daraufgeschüttet oder was immer er in großen Säcken aus der Gärtnerei angeschleppt hatte. Einmal wollte er sie in die Kunst einweihen, und sie hatte für ungefähr eine halbe Minute Interesse vorgetäuscht. Doch heute Morgen war sie für seine Begeisterung dankbar, denn nun war die Erde so locker und aufnahmefähig, dass man problemlos Fußspuren erkennen konnte.

Sie ging am Beet entlang, konnte aber nur eine Vertiefung an der Stelle entdecken, an der sie sich nachts zusammengekauert hatte. Sie öffnete das Tor und ging hinaus. Eine Elster erhob sich kreischend aus der Krone eines Gummibaumes am Seeufer. Der Wind fuhr durch die Blätter und brachte sie zum Singen, als verstecke sich in den Zweigen ein Chor und riefe leise »bssssss«. Rechts und links waren nur lange Grünstreifen und der Fahrradweg, auf der einen Seite Zäune, auf der anderen Eukalyptusbäume und Wasser. Der Haufen aus gemähtem Gras, vor dem sie sich letzte Nacht so gefürchtet hatte, sah bei Tageslicht nicht annähernd wie ein menschlicher Umriss aus. Vielleicht hatte er das letzte Nacht auch nicht.

Sie lief zum Seeufer, ließ ihren Blick über die Boote an den Anlegeplätzen schweifen und trat auf den feuchten Kiesstrand, damit sie besser in beide Richtungen sehen konnte. Nur Schlauchboote, die sich wie kleine Hügel vom Wasser abhoben, unterbrachen die sanfte Krümmung der Bucht.

Erst als sie wieder zum Tor zurückging, fiel ihr auf, weshalb die Plane auf dem Grashügel an einer Seite lose war und im Wind flatterte. An drei Seiten lagen Ziegelsteine und hielten sie auf dem Boden. Ein vierter lag ungefähr einen Meter weit von der Plane entfernt abseits von ihrem Garten. Sie musste an das Geräusch denken, das sie aus der Richtung der Hintertür gehört und das sie veranlasst hatte, wie angewurzelt stehen zu bleiben, als sie durch den Garten gegangen war. War jemand durch ihre Gartentür gegangen und hatte sich erschreckt, als er sie kommen hörte? War er in der Nähe des Zauns stehen geblieben und hatte bei seiner Flucht den Ziegelstein weggestoßen?

Sie ging zum Haus zurück und sagte sich, dass der Ziegelstein vermutlich seit Tagen so dalag, dass die Kinder ihn vielleicht verschoben hatten, die auf ihren Fahrrädern die Straße entlangfuhren. Sie versuchte das Bild zu verdrängen, dass jemand sie in der Dunkelheit mit einer Taschenlampe und einem Messer beobachtet hatte, wie sie herumlief und panisch nach Max rief.

Als Rennie wieder im Haus war, suchte sie Max' altes Adressbuch heraus, blätterte die Seiten voller Eselsohren durch und rief Pete, seinen Segelkumpel, an.

Er ging sofort dran und rief ins Telefon: »Hey, Max. Hab mit ihm geredet. Ist alles geklärt. Danke.«

Und sie hatte gedacht, sie würde ihn wecken. »Pete, ich bin's, Renée.«

»Oh, hallo, wie geht's dir?«

Sie erschrak, als sie seine fröhliche Stimme hörte. »Es ging mir schon mal besser.« Sie erzählte von der Party und der Suche danach. »Hast du was von ihm gehört?«

Petes Stimme wurde leiser und klang jetzt besorgt. »Nein, heute Morgen nicht. Ich habe das letzte Mal am Freitagnachmittag mit ihm geredet. Er hatte einen Ersatz für die heutige Regatta gefunden.«

Heute war Sonntag und Wettkampftag im Jachtklub. Max und Pete segelten schon seit ihrer Kindheit zusammen auf dem See. Sie hatten in einem Optimisten begonnen – die Trophäen bewahrten sie bis heute auf – und hatten dann alles versucht, einer Mannschaft beizutreten, bis Pete endlich genügend Geld hatte, um eine eigene Rennjacht zu kaufen. Max war jahrelang sein Taktiker gewesen – auch das mit großem Erfolg –, doch seit Rennie ihn kannte, war er nur in der Mannschaft eingesprungen, wenn Pete völlig verzweifelt war. Seit er sich vor acht Jahren in einer Mine die Hüfte gebrochen hatte, konnte er nicht mehr auf einem Boot herumkriechen, außerdem wollte er sich für Hayden die Wochenenden freihalten. Stattdessen wurde er zum rettenden Engel der Mannschaft. Max schaffte es sogar, während einer nationalen Meisterschaft einen Ersatzsegler zu finden, wenn Pete einen brauchte.

»Rufst du mich an, wenn du was von ihm hörst?«, fragte Rennie.

»Mir fällt sogar noch was Besseres ein. Ich könnte mal rumtelefonieren und nachfragen.«

»Danke, Pete. Sagst du den Leuten bitte auch, dass sie mich nur anrufen sollen, wenn sie tatsächlich was von ihm gehört haben? Ich möchte das Telefon gerne freihalten.« Sie gab ihm ihre Handynummer und rief dann den Leiter des Segelklubs in Haven Bay an. Er war gleichzeitig Vorsitzender des Fußballklubs und Mannschaftskapitän des Teams, das Max trainierte. Sie entschuldigte sich, dass sie so früh anrief. Dann rief sie Amanda, Max' Büroleiterin, an, doch mit der hatte James bereits gesprochen. Danach kontaktierte sie zwei Freunde aus der Zeit, als Max noch in der Mine arbeitete. Die Anrufe gingen um den ganzen See.

Sie steckte das Telefonbuch und ihr Handy in die Handtasche und hinterließ zwei Nachrichten: eine für Hayden, auf die sie schrieb, dass sie später zurückkommen würde und er sich das Frühstück selber machen solle; die andere an Max: *Ich mache mir Sorgen, ruf mich an. Bitte.* Die Nachricht für ihn steckte sie allerdings in einen Briefumschlag, auf den sie seinen Namen schrieb, falls Hayden vorhatte zu schnüffeln. Sie nahm einen Bilderrahmen von der Anrichte, zog das Foto heraus und steckte es in die Tasche.

Dann steckte sie noch einmal ihren Kopf in das zweite Schlafzimmer und schnupperte. Hayden war erst seit drei Stunden da drinnen, trotzdem stank es jetzt schon nach Schweißfüßen. Er lag in Boxershorts und T-Shirt mit weit ausgebreiteten Armen, verdrehten Beinen und offenem Mund flach auf dem Rücken auf der Decke und sah aus, als hätte man ihn k. o. geschlagen und er wäre von der Zimmerdecke geplumpst.

Er hatte ihr noch gesagt, er müsse am Montag nicht zur Schule, als sei sie dämlich – er besuchte eine Privatschule, die bereits drei Wochen vor Weihnachten Ferien machte. In den ruhelosen Stunden am Morgen hatte sie noch überlegt, ob sie ihn nicht zum Flughafen fahren und zu seiner Mutter ins Flugzeug setzen sollte, denn Rennie wollte nicht, dass er da war, solange Max vermisst wurde. Natürlich konnte Max auch jeden Moment zurückkommen. Er konnte durch die Tür schneien und »hey, Baby« rufen. Doch in diesem Fall wollte sie nicht, dass Hayden mithörte, wenn Max erklärte, warum er die ganze Nacht fortgeblieben war; sie hatte keine Lust auf Haydens spöttisches Teenagergrinsen, wenn es zwischen ihnen zu einer Auseinandersetzung kam. Und falls Max doch nicht auftauchte, falls er weiterhin vermisst wurde oder … doch gefunden wurde, wollte sie ebenfalls nicht, dass Hayden in der Nähe war, während sie versuchte, damit klarzukommen.

Und Hayden würde auch ihr Verhalten nicht begreifen, sollten sich ihre schlimmsten Befürchtungen bewahrheiten. Sie hatte keine Ahnung, wie man mit Kindern umging. Sie hatte nie eigene gehabt und auch nicht vor, welche zu bekommen. Ihre Gene waren nicht gut, alle Mitglieder ihrer Familie waren verkorkst und verstört, und sie hatte nicht die Absicht, das auf ein Kind zu übertragen. Außerdem hatten das Leben und ihre Erfahrungen ihr nicht die Fähigkeit verliehen, ein normales Menschenwesen aufzuziehen.

Sie machte einen Umweg, bevor sie zur Polizeistation nach Toronto fuhr. Sie fuhr die Straße zurück, die sie zur Party gefahren waren. Das war nicht unbedingt der schnellste Weg zum Café gewesen, und sie erinnerte sich noch, wie ungeduldig sie geworden war, als Max diesen Weg eingeschlagen hatte. Sie hatte gesehen, mit welch wehmütigem Blick er den Sonnenuntergang beobachtet hatte, und ging davon aus, dass die Verlockung zu groß geworden wäre, wenn er ihn von der Spitze des Hügels aus beobachtet hätte.

Jetzt fuhr sie langsam um die Kurve und sah immer wieder zu den Felsen am Seeufer und den Rasenflächen vor den Häusern, obwohl sie nicht genau wusste, wonach sie eigentlich suchte. Nach Fußabdrücken, Schleuderspuren, Bekleidung, einer Brieftasche?

Sie fuhr zur Hauptstraße weiter, bog ab zu der Ladenzeile, der Bäckerei und dem Geschenkartikelladen, zwischen denen das Skiffs lag und die an diesem frühen Sonntagmorgen menschenleer war. An der Kreuzung, an der die Straße wieder auf den See traf und sie sich mit Pav und James getroffen hatte, um im Park nach Max zu suchen, fuhr sie rechts und weiter nach Garrigurrang Point.

Der Ort lag an der Spitze einer Landzunge, die in den Lake Macquarie ragte, auf der Südseite die Winsweep Bay bildete und auf der Nordseite die sichere Bucht von Haven Bay. Die Straße führte in einer Schleife um den Fuß des Hügels, der die Landzunge teilte.

Sie sah zu den noch schlafenden Häusern. Die Garagentore und Fensterläden waren geschlossen, nur ein einzelner Spaziergänger war mit seinem Hund unterwegs. Sie fuhr langsam um die Spitze der Landzunge herum und warf einen Blick zu den Picknickplätzen. Am Ende, in der Nähe des kleinen Steges, parkte ein einzelner Wagen, vermutlich gehörte er dem Mann und dem Kind, die am Kai angelten. Sie fuhr auf der Südseite zurück, überquerte dann wieder die Hauptstraße und fuhr diesmal schnell aus Haven Bay Richtung Schnellstraße und Polizeirevier.

Haven Bay war klein, darum gab es kein eigenes Polizeirevier. Es gehörte zu einer Reihe kleiner Gemeinden am Westufer des Lake Macquarie. Obwohl es umgeben von einem großen Nationalpark am Ufer des größten Salzwassersees Australiens lag und man hervorragend segeln und fischen konnte, fuhren die meisten Touristen daran vorbei zu den Weinbergen in Hunter Valley, den atemberaubenden Stränden von Newcastle oder weiter nach oben an die Nordküste. Der Ort lag zu nahe an Sidney und zu weit von der Autobahn entfernt, sodass die meisten Leute keine Lust auf einen Umweg verspürten. Das kam den Einheimischen gerade recht, vor allem Rennie.

Zwanzig Minuten später stand Rennie vor dem Polizeirevier, parkte am Straßenrand und fühlte sich absolut nicht wohl. In so vielen Erinnerungen spielten Polizisten eine Rolle, meistens ging es um Sirenen und Blaulicht und den Drang wegzulaufen und sich zu verstecken. Sie stieg aus dem Wagen und ermahnte sich, ruhig zu bleiben. Manche Polizisten hatten ihr auch geholfen – und jetzt brauchte sie Hilfe.

Sie sprach mit einer jungen Beamtin am Empfang, nicht dem Kerl von gestern Abend. Doch das machte nichts, die Einzelheiten waren bereits im Computer. Rennie überreichte das Foto – darauf war Max bei ihrem Geburtstagsdinner vergangenes Jahr zu sehen. Er hatte eine Grillparty veranstaltet, Pav hatte in Koriander und Chili marinierte Meeresfrüchte mitgebracht, Trish hingegen eine Ladung unglaublich teurer Farben und Pinsel, die Rennie in Begeisterung versetzten. Naomi und James waren auch da gewesen, und Naomi war überglücklich, dass sie endlich ein Baby bekamen, während man bei James wie immer nicht wusste, was er davon hielt. Das Foto war auf der Terrasse gemacht worden, als Max glücklich lächelnd am Grill stand.

Die Polizistin holte das Formular für eine Vermisstenanzeige und einen Stift. »Haben Sie gestern Nacht angerufen?«

»Ja.«

Sie las vom Bildschirm ab. »Sind Sie Renée Carter?«

Sie zögerte. »Ja.«

»In welchem Verhältnis stehen Sie zu Mr. Tully?«

»Ich bin seine Partnerin.«

»Im Leben oder beruflich?«

Beides erklärte ihre Beziehung nicht. Sie würde niemals heiraten und auch nicht für immer bleiben, aber sie waren … zusammen, verbunden. Sie empfand mehr für Max, als sie jemals gedacht hätte. »Im Leben.«

Die Polizistin bat sie, noch einmal die Einzelheiten zu schildern, und schrieb alles mit der Hand auf – wann sie Max zum letzten Mal gesehen hatte, wo sie gewesen waren, mit wem sie zusammen waren, was er angehabt hatte, wo sie gesucht hatte, die SMS. Und den Zwischenfall mit dem Jungen im Geländewagen. Rennie erinnerte sich problemlos an das Kennzeichen. Solche Einzelheiten vergaß sie nicht. Dann unterzeichnete sie die Aussage, und damit war es offiziell: Max wurde vermisst.

7

»Hat Mr. Tully irgendwelche Lieblingsplätze?«, fragte die Beamtin.

Rennie sah ungeduldig auf die Uhr, offenbar hatte die Polizistin keinerlei Eile bei ihrer Befragung und notierte alles sauber und ordentlich. Es war nach acht Uhr, Max war inzwischen seit fast zwölf Stunden verschwunden, Rennie wurde immer nervöser. Doch sie hatte genug Erfahrung mit der Polizei und wusste, dass sie ihre ganz eigene Vorgehensweise hatte, der sie Schritt für Schritt folgte, ob sie sich nun aufregte oder nicht. Sie atmete tief durch und versuchte zu überlegen, wo Max hingegangen sein könnte.

Er war ein geselliger Typ, in Haven Bay gab es nur wenige Leute, die er nicht kannte, außerdem ging er gerne mit seinen Kumpels oder mit James auf ein Glas. Aber er kam auch gerne nach Hause zurück. Er gehörte nicht zu denen, die wegblieben und die Zeit vergaßen oder bei irgendwem im Wohnzimmer übernachteten oder im Auto schliefen, wenn es spät war und ihnen die Fahrt zu lange dauerte. Er rief an oder schickte eine SMS, wenn es spät wurde, und kam dann nach Hause. »Sein Büro vielleicht. Aber sein Cousin hat da auch schon nachgesehen, er ist nicht dort. Ich habe mit Freunden telefoniert. Niemand hat ihn gesehen oder etwas von ihm gehört.«

»Geht er gerne irgendwo alleine hin?«

Er liebte den See über alles. Dort hatten sie Sonnenaufgänge, Sonnenuntergänge und Stürme beobachtet, die über ihn hinwegzogen. Doch da ging er nicht alleine hin. Er war nicht gerne alleine – das war vorbei, seit er einmal alleine in einem Bergwerk eingeschlossen geblieben war.

»Vielleicht das Reservat am Garrigurrang Point. Manchmal haben wir uns dort draußen Fish and Chips gekauft.« Im Sommer aßen sie sie auf dem Steg, im Winter blieben sie vor dem Wind geschützt im Auto sitzen. Abgesehen davon konnte man in Haven Bay nach zehn Uhr sonst nirgendwo Fish and Chips kaufen.

Die Polizistin notierte alles. »Könnte er sonst irgendwo außerhalb des Ortes hingefahren sein? Zu Familie oder Freunden?«

Seine Eltern waren weit weg an die Nordküste nach Yamba auf ihren alten Feriensitz gezogen, und seine Schwester lebte in Perth. Das waren nicht unbedingt Orte, wo er einfach so hinfahren konnte. Er hatte ein paar Schulfreunde in Sydney, mit denen er sich ab und zu traf, doch Rennie glaubte nicht, dass er bei ihnen war. »Nein.«

»Nimmt er irgendwelche Medikamente, die ihn verwirren könnten?«

»Nein.«

»Hat er sich in letzter Zeit nicht wohlgefühlt?«

»Nein.«

»Gibt es irgendeinen Grund, weshalb er vielleicht für eine Weile verschwinden möchte?«

»Nein.«

»Hat er sich mit irgendwem gestritten?«

»Nur mit dem jungen Burschen im Geländewagen.«

»Okay.« Die Polizistin legte den Stift beiseite und sammelte die Formulare ein, die sie ausgefüllt hatte. »Danke für Ihre Hilfe. Ich gebe das in den Computer ein und stelle Ihnen dann noch ein paar Fragen.«

Und das war's? »Haben Sie die Nummer des Kennzeichens überprüft, die ich Ihnen gegeben habe?«

»Wir gehen der Sache nach.«

»Wie sieht es mit den Krankenhäusern aus?« Letzte Nacht hatte sie sich vorgestellt, dass er irgendwo verletzt lag, doch vielleicht steckte ja mehr dahinter. »Vielleicht war er verletzt, irgendwer hat ihn gefunden und ihm ärztliche Hilfe zukommen lassen.«

»Wir rufen natürlich auch die örtlichen Krankenhäuser an.«

»Der Kerl hat ihm gedroht. Vielleicht hat er ihn überfallen und seine Brieftasche geklaut. Vielleicht liegt er ohnmächtig oder verwirrt und ohne Personalausweis in einem Krankenhaus.«

Die Beamtin nickte weder beipflichtend, noch schien sie einen Augenblick darüber nachzudenken oder ihre Theorie zu bestätigen. »Miss Carter, denken Sie daran, dass täglich jemand vermisst gemeldet wird. Die meisten Leute tauchen schnell und auch ohne unsere Hilfe wieder auf. Wie gesagt, wir gehen Ihren Angaben nach. Bitte seien Sie außerdem so freundlich und benachrichtigen uns, falls Sie etwas von Mr. Tully hören oder herausfinden sollten, wo er sich aufhält.«

Ihr Ton war nachdrücklich, aber nicht unfreundlich, und ihre Botschaft kam klar und deutlich rüber. Straßenrowdy hin oder her, die Polizei würde nicht einfach so eine Suchaktion starten. Immer wieder wurden Leute vermisst, es gab keinen Grund, sich gleich aufzuregen.

Leichter gesagt als getan, dachte Rennie und eilte zum Wagen zurück. Die Polizei kannte Max nicht so, wie sie ihn kannte.

Sie hatte ihm nur Bruchstücke aus ihrer Lebensgeschichte erzählt – nur wenige Menschen kannten die ganze Wahrheit. Die Tatsache, dass er nicht mehr von ihr wissen wollte, als sie sich kennenlernten, war einer der Gründe gewesen, weshalb sie geblieben war. Sie wollte herausfinden, was sich hinter seinem albernen Grinsen verbarg. Und wie sich herausstellte, war er ein besserer Mann, als sie gedacht hatte. Er war beinahe zu gut, um wahr zu sein, als sie ihm so kurz nach der Therapie begegnete, die das Gericht angeordnet hatte.

Doch er hatte seine eigene schmutzige Geschichte und wusste, wie es war, wenn man alleine gelassen wurde. Er wusste, was es bedeutete, wenn man von vorne beginnen und sich Vertrauen wieder hart erkämpfen musste.

Rennie fuhr nach Haven Bay zurück, aber nicht nach Hause, sondern direkt zum Skiffs. Falls Max anrief, würde er es zuerst auf ihrem Handy versuchen – außerdem ertrug sie den Gedanken nicht, zu Hause auf und ab zu laufen und darauf zu warten, bis die Polizei einen Finger rührte, und sie wollte Hayden nicht über den Weg laufen, wenn er hungrig und schlecht gelaunt aufwachte.

Sie hatte vor, selbst im Krankenhaus anzurufen, aber vorher wollte sie sich bei Tageslicht noch einmal auf dem Parkplatz umsehen. Vielleicht fand sie irgendeinen Hinweis darauf, was letzte Nacht passiert war. Falls überhaupt irgendwas passiert war. Sie konnte außerdem einen Liter von Pavs doppeltem Cappuccino gebrauchen. Er war inzwischen bestimmt schon im Café, auch wenn gestern Party gewesen und es spät geworden war. Vielleicht kam Trish ja auch – außerdem konnte die Gesellschaft der beiden auch nicht schaden.

Es war nach neun, als sie diesmal auf die Hauptstraße bog. Ein warmer, sonniger Sonntagmorgen lag vor ihr, eine Mischung aus spätem Frühling und frühem Sommer. Noch hatte die große Hitze um Weihnachten nicht eingesetzt, und viele Bewohner von Haven Bay waren unterwegs und genossen den Tag. Es gab nicht genügend Geschäfte oder Einheimische für eine Menschenmenge, aber die Leute, die da waren, hatten ihre Sonntagsgesichter aufgesetzt. Ein paar

Erwachsene unterhielten sich auf dem Bürgersteig, ein paar kleinere Kinder in Sportklamotten rannten herum, vor der Bäckerei hatte sich eine Schlange gebildet, und die Geschäfte an der Theke schienen gut zu laufen.

Rennie parkte und lief zu der Stelle zurück, an der sie vergangene Nacht den Wagen geparkt hatten. Sie suchte den Asphalt ab, lief um den blauen Sedan herum, der jetzt an der Stelle stand, und hielt nach irgendwelchen Scheuerspuren, Flecken, Glassplittern oder sonst irgendwas Ausschau. Dann ging sie auf die Knie und schaute unter das Auto. Und dann auch unter die Autos, die daneben parkten.

»Hast du was verloren, Liebes?«

Ein alter Kerl in ebenso alten Shorts und T-Shirt stand über ihr und wartete, dass er seinen Sedan aufsperren konnte.

Sie stand auf und wischte sich die Hände an ihrer Jeans ab. »Ja, ich finde es aber nicht.«

Als er rückwärts aus der Parklücke gefahren war, beugte sie sich über einen dunklen Fleck in der Mitte, fuhr mit dem Finger darüber und roch daran. Es war Öl.

Ihr Handy piepte; sie hatte eine neue Nachricht. Sie zog es aus ihrer Hosentasche und hielt die Hand über das Display.

Ist Max zu Hause? Es war James.

Soviel sie wusste, hatte sie noch nie zuvor eine Nachricht von ihm erhalten. Max und er standen sich nahe, sie war aber eher mit Naomi befreundet. Sie mochte James zwar, aber irgendwie waren sie nie richtig warm miteinander geworden. Sie war ein eher misstrauischer Mensch und brauchte lange, um sich mit jemandem anzufreunden; sein Gesichtsausdruck war nur schwer zu enträtseln, er wirkte distanziert, eher abwehrend und intelligent, was sie immer wieder daran erinnerte, dass sie selbst ihre Ausbildung abgebrochen hatte. Sie hatte sich oft gefragt, was ihn und Naomi so zusammenschweißte: sie war eher lebhaft und einfühlsam, er vernünftig und ausgeglichen. Vielleicht ergänzten sie sich ja.

Und offenbar machte er sich Sorgen um Max. Nein, hab ihn vor einer Stunde vermisst gemeldet. Bin auf dem Weg zum Betrieb. Bleiben in Kontakt.

MineLease befand sich auf einem Gelände, auf dem auch das schwere Gerät gewartet wurde. Vielleicht war gestern Nacht der Alarm ausgelöst worden, und Max war hingegangen, um nachzusehen. Vielleicht wollte er das in seiner Nachricht gestern sagen. Doch wenn es tatsächlich so war, wo war er dann jetzt?

Sag mir Bescheid.

Sie begann ihre Suche auf dem Parkplatz, zuerst die eine Seite hinauf, dann die andere hinunter. Dann lief sie den Weg hinter den Geschäften zurück, den sie in der Dunkelheit mit Terry gegangen war, und sah über die Zäune in die Hinterhöfe. Leeres Schokoladenpapier, leere Chipstüten und Flaschen lagen herum. Ein Fünf-Dollar-Schein, ein Hundehalsband, drei Stifte und ein kleiner Schraubenzieher. Nichts, was irgendwie auf Max hingewiesen hätte. Was erwartete sie? Hinweise wie bei einer Schnitzeljagd? Sie fuhr sich mit der Hand durch das Haar und blickte zur weiter weg liegenden Straße. Vermutlich war es sinnlos, auch dort nachzusehen, genauso wie die übrige Suche sinnlos war. Aber sie musste es einfach tun.

Sie lief hinter den geparkten Autos vorbei, die mit der Schnauze zum Pub standen, drehte oben um, eilte die Reihe wieder hinunter und ging in die Mitte. Schlaglöcher, glänzende Glasscherben, ein Plüschdinosaurier, der wie das Opfer einer Fahrerflucht aussah. Auf halber Strecke und über der weißen Linie zwischen zwei Vertiefungen war ein Fleck, der ihre Aufmerksamkeit erregte.

Es war kein Ölfleck. Es war ein unebener, ausgefranster

Fleck aus dunkler Flüssigkeit. Groß wie eine breite Hand, darum herum ein Dutzend kleinerer Tropfen, als hätte jemand eine Tasse verschüttet. Nur dass die Reste der geronnenen Substanz weder nach Milch noch nach Kaffee rochen. Er hatte eine rostrote Farbe. Rennie ging auf die Knie und fuhr wieder mit dem Finger darüber. Gleich darauf zog sie ihn schnell weg, denn ihr wurde plötzlich klar, was es war.

Es war Blut.

8

Rennie sprang auf und zog sich instinktiv zwischen die Autos zurück. Sie überlegte. Alarmiert blickte sie sich auf dem Parkplatz um, musterte den Pub, sah zum Gässchen neben dem Hotel hinüber und begriff sofort, dass das der beste Fluchtweg war: Sie war unzählige Male auf die Straße gelaufen, hatte sie überquert und war zu diesem Gässchen gegangen. Sie sah sich noch einmal den Blutfleck an, untersuchte den Asphalt und blickte unter das Auto, das danebenstand. Doch mehr war da nicht zu sehen, nur der eine große Fleck und ein paar einzelne Tropfen.

Der Fleck stammte nicht von einer blutenden Nase, dazu war er zu groß. Sie musste an das Blut denken, das aus Wunden geflossen war, die sie verursacht hatte, wenn eine Hand über einer klaffenden Wunde wegrutschte und das Blut zwischen den Fingern heraussickerte. Nein, dieses Blut kam nicht aus einer Schusswunde, dafür war es zu wenig. Es war nicht im Entferntesten genug. Trotzdem musste es aus einer Wunde gekommen sein. Warum sonst sollte eine Person mitten auf einem Parkplatz Blut verlieren? Die Lage des Fleckes legte nahe, dass neben einem geparkten Wagen oder auf der Fahrbahn eine Rauferei stattgefunden hatte. Vielleicht war es eine Stichwunde oder eine blutende Kopfverletzung. Sie sah zu der Stelle, an der sie vergangene Nacht geparkt hatten. Sie war zwei Reihen weiter vorne und sechs Parkplätze weiter oben. Wäre Max bis hierher gelaufen, um mit dem jungen Kerl vom Geländewagen einen Streit vom Zaun zu brechen?

Und war das überhaupt wichtig? Tatsache war, dass Max vermisst wurde und Blut an der Stelle war, an der er zum letzten Mal gesehen wurde. Sie zog ihr Handy aus der Tasche und rief erneut die Polizei an.

Eine halbe Stunde später wartete Rennie noch immer auf die Cops – sie war sauer, dass es so lange dauerte, und überlegte, ob Hayden überhaupt das Telefon hörte, wenn er im Bett lag. Gleichzeitig machte sie sich Sorgen, Max könnte versuchen, sie auf dem Handy anzurufen, während sie telefonierte. Und der Gedanke verunsicherte sie, dass sie zu einer anderen Zeit in einem anderen Leben vermutlich bereits gegangen wäre.

Sie fuhr ihren Wagen auf einen Parkplatz, der direkt gegenüber dem Blutfleck lag, sodass sie ihn im Auge behalten und dafür sorgen konnte, dass niemand darüberfuhr, bevor die Polizei da war. Derweil nutzte sie die Zeit und googelte auf ihrem Handy die umliegenden Krankenhäuser. In der Gegend gab es drei öffentliche Krankenhäuser – Belmont auf der anderen Seeseite, John Hunter in Newcastle und im Süden Wyong. Das nächste lag eine halbe Autostunde entfernt, selbst spät in der Nacht. Sie rief alle an und harrte minutenlang in der Warteschleife aus, bis man sie mit jemandem in der Notaufnahme verband. Während sie so dasaß und auf den Fleck auf der Straße starrte, schossen ihr alle möglichen Gedanken durch den Kopf. Warum war da nur ein einziger Fleck? Hörte die Wunde schnell auf zu bluten? Hatte irgendwer hinten aus einem Auto ein Handtuch geholt oder das Hemd ausgezogen und um die Wunde gewickelt? Vielleicht war die blutende Person auch in ein Auto gestiegen und hatte dort auf die Polsterung geblutet. Vielleicht war sie aber auch gefesselt und gegen ihren Willen ins Auto verfrachtet worden.

Kein Krankenhaus hatte einen Max Tully behandelt oder

aufgenommen, es gab auch nirgends verwirrte Patienten ohne Personalausweis. Sie versuchte es in einem privaten Krankenhaus und in einer Klinik. Dann rief sie im Cessnock und im Maitland Hospital an – beide lagen ungefähr eine Autostunde entfernt, doch sie überlegte, dass es der Mühe wert sein könnte, wenn auch nur, um sie von der Liste zu streichen.

Als ein Mann in einen Sedan stieg, der neben dem Blutfleck parkte, klopfte Rennie an seine Scheibe und bat ihn, nicht über den Fleck zu fahren. Fünf Minuten später, als eine Frau drauf und dran war, in der Lücke zu parken, stellte sie sich vor die Heckklappe, ruderte mit den Armen und bat sie, sich einen anderen Parkplatz zu suchen.

Beide Male setzte sie sich gleich darauf wieder ins Auto, weil sie nicht im Freien herumstehen wollte. Diese Bedenken hatte sie in Haven Bay noch nie gehabt, doch während die Zeit dahinschlich, spürte sie, wie ihre Anspannung stieg. Wie ein Kind mit einer Kuscheldecke suchte ihr Verstand in alten Gewohnheiten nach Beschwichtigung. Und vielleicht war das auch gar nicht so schlecht. Vielleicht besaß der Kerl mit dem Geländewagen noch ein Auto. Oder hatte Freunde.

Sie wollte gerade eine Nummer aus Max' Adressbuch wählen, als ihr Handy surrte. Auf dem Handydisplay tauchte das Foto von Trish auf, sie schloss kurz die Augen und war enttäuscht, dass es nicht Max war, dann aber dankbar, von ihr zu hören. »Trish. Hi.«

»Hey, Liebes.« Ihre Stimme klang wackelig und ein wenig heiser, als sei sie soeben erst aus dem Tiefschlaf erwacht und müsse sich zum Sprechen zwingen. »Wie geht es dir heute Morgen?«

Rennie erinnerte sich daran, in welchem Zustand sich Trish am Ende des Abends befunden hatte, und stellte sich vor, dass sie mit trockenem Mund, trübem Blick, wirren Haaren und verwischter Schminke noch immer im Bett lag; sie beschloss, nicht gleich mit der Tür ins Haus zu fallen. »Es ging mir schon mal besser.«

Trish räusperte sich. »Mir auch. Ist Max wieder aufgetaucht?«

»Nein. Ich habe vor circa einer Stunde eine Vermisstenanzeige bei der Polizei aufgegeben.«

»Oh, Liebling. Nein, das klingt gar nicht gut. Wo bist du gerade?«

Rennie sah auf den Blutfleck auf der Straße. »Ich stehe auf dem Parkplatz hinter dem Skiffs.«

»Bist du gerade gekommen, oder fährst du schon wieder?«

»Weder noch. Ich warte auf die Cops. Ich habe einen Blutfleck entdeckt.«

Trish schwieg einen Moment, ihre Stimme klang verwirrt. »Blut? Was heißt Blut? Viel Blut? Wo denn?«

»Ein Fleck auf dem Parkplatz vor dem Pub.«

Sie hörte Gemurmel am anderen Ende der Leitung, Trish schien nach einer Antwort zu suchen, die irgendwie Sinn ergeben würde. »Ich komme hin.«

Sie klang, als koste es sie unendliche Kraft aufzustehen und ein paar Schritte zu gehen, um sich ein Schmerzmittel zu holen. »Nein, ist schon okay. Bleib zu Hause, und kurier deinen Kater aus.«

»Was, ich soll den Anblick meiner berghohen Tränensäcke unter den Augen, die ich heute Morgen entdeckt habe, mit niemandem teilen? Nein, ich komme runter. Und bringe Kaffee mit.«

Gott, Kaffee. Das Nächste, was sie gleich nach Max brauchte – nachdem sie ihn gefunden, ihn umarmt und zur Rede gestellt hätte –, war ein starker, heißer Kaffee. »Danke.«

Sie legte auf, umklammerte ihr Handy und überlegte, was sie ohne Trish und Pav tun würde. Sie fragte sich, wo sie jetzt wohl wäre, wenn sie an jenem Tag ihrer Ankunft in Haven Bay ihr Lokal eine Stunde früher geschlossen hätten.

Rennie und ihre Schwester Jo hatten Victoria einen Tag nach Ende der vom Gericht auferlegten Therapie verlassen. Beide wollten nach dem einjährigen Zwangsaufenthalt einfach nur weiterziehen. Sie fuhren geradewegs die Küste hinauf, hielten südlich von Sydney für ein kurzes Mittagessen an, verließen im Norden die Stadt und brachen ihre Zelte endgültig ab. Das erste Schild, auf dem Messer und Gabel und ein Campingplatz zu sehen waren, führte nach Haven Bay. Jo saß am Steuer und bog auf die schmale, saubere Hauptstraße ab. Enttäuscht drehte sie eine Runde und sagte: »Ein Pub, ein Café, hier werden wir nicht alt.«

Doch der Campingplatz direkt am Seeufer und der See wirkten an jenem Nachmittag so atemberaubend schön – Segelboote schipperten vorbei, Wolkenfetzen und Möwen trieben hoch am Himmel, und eine Brise erfüllte Rennies Lunge mit etwas, das sich seit ewiger Zeit zum ersten Mal wieder wie frische Luft anfühlte. Vielleicht war es die Therapie, vielleicht ein Gefühl von Freiheit oder aber dem ganz persönlichen Ziel, das die Psychologin sie vor ihrer letzten Sitzung aufschreiben ließ – einen Ort im Laufe der *Jahreszeiten* zu beschreiben. Was immer es war, nach einem Leben, das nur aus Flucht bestanden hatte, verspürte Rennie nun das unbedingte Verlangen, zur Ruhe zu kommen.

Sie brauchten zuerst einmal Essen und einen starken Drink. Während Jo losfuhr, um zu erforschen, was der See sonst noch zu bieten hatte, lief Rennie die Hauptstraße entlang. Trishs kurz geschorenes, flammend rotes Haar war schwer zu übersehen, als sie die Tische auf den Bürgersteig schleppte. Rennie folgte ihr hinein und sah auf den ersten Blick, dass das mehr als ein Torten-, Pommes- und Milchshake-Laden war. Sie hatte es mit Jo nicht besprochen, doch meistens gingen sie so vor, dass sie mindestens zwei Wochen blieben, wenn eine von beiden einen Job an Land zog.

Trish schlug ihre Hände auf den Tresen und bekam einen Lachanfall, als Rennie sie fragte, ob sie Personal brauchten. »Ich habe Erfahrung als Küchenhilfe, Kellnerin und Barista«, bot sie an.

Trish lachte immer noch und drehte ihren Kopf zur Küche. »Hey, Pav!«

»Was ist denn?«, brüllte er von drinnen.

»Schau mal, wer da gerade reingeschneit ist.«

»Trish, komm schon. Dafür habe ich keine Zeit.« Er kam trotzdem zur Tür, blieb stehen, stemmte die Hände in die Hüften und sah eher genervt als sauer aus.

Rennie hatte keine Lust, zwischen die Fronten von zwei Streithähnen zu geraten, doch Trish zwinkerte ihr zu und forderte sie mit einem triumphierenden, selbstzufriedenen Blick auf zu bleiben. Rennie war neugierig, wohin das führte, und blieb.

Wie sich herausstellte, hatte Pav kurz zuvor einen Tobsuchtsanfall bekommen und stampfend verlauten lassen, dass sie zu wenig Personal hätten, es schwer sei, welches zu finden, und er es leid sei, lügnerische, idiotische, geldgierige Leute anzustellen, die zu faul seien, bis nach Haven Bay zur Arbeit zu fahren. Bla, bla, bla. Offenbar hatte er sogar die Faust erhoben und den Gott aller Cafébesitzer beschworen, Mitleid mit ihm zu haben und ihm eine erfahrene Servicekraft zu schicken, die kochen, Kaffee zubereiten und servieren konnte oder wenigstens irgendwas davon. Da war Rennie durch die Tür spaziert und hatte Trish eine gekürzte Version ihrer Berufserfahrung geliefert: fünfzehn Jahre in Cafés, in allen Funktionen, die man ihr aufgetragen hatte. Zehn Minuten später machte sie einen Cappuccino und bestand Pavs Baristatest, er zeigte ihr daraufhin die Küche, während Trish einen Freund anrief, der ihnen einen besseren Stellplatz auf dem Campingplatz besorgte.

Zwei Wochen später, als Jo über zu wenig Schichten meckerte und weiterziehen wollte, fragten Trish und Pav, ob Rennie sich nicht etwas dazuverdienen wollte, indem sie ihnen half, das Lokal zu streichen. Das hatte sie auf einen Weg gebracht, den sie nie für möglich gehalten hätte. Auf einen nie gekannten, unerwarteten Weg der Kreativität, der ihr ein Gefühl der Zugehörigkeit vermittelte. Etwas, wonach sie sich immer gesehnt, das sie aber nie gefunden hatte. Das ihre Schwester für Märchen und Mist hielt, weil es sie nur verletzen würde.

Joanne hatte es sehr schwer gehabt. Mit achtzehn übertrug man ihr das Sorgerecht für ihre fünfzehnjährige Schwester Rennie. Sie hatte nie ein eigenes Leben gehabt, nur eine verkorkste Familie, schreckliche Erinnerungen und belastende Verantwortung. Rennie vermutete, dass sie vermutlich deshalb den Glauben an etwas Besseres verloren hatte. Einmal hatten sie vier Monate lang ein normales Zuhause gehabt, mit Mutter, Vater und drei lachenden, scherzenden, sportbegeisterten Kindern. Rennie wusste also, dass es so etwas gab. Als sie der Psychologin das erzählte, hätte sie jedoch niemals gedacht, dass es einmal Wirklichkeit werden könnte. Es störte sie nicht, so war es einfach, wie jedes andere schmutzige Detail ihres Lebens auch.

Dr. Foy versuchte ihr zu vermitteln, dass sie genau wie jeder andere das Recht auf jemanden hatte, der sie liebte und sie nicht verletzen wollte, und dass sie nicht für immer im Schatten ihres Vaters leben müsste. Das klang hübsch, und Rennie hatte dem auch beigepflichtet – sie konnte es nur einfach nicht glauben.

Dann war sie Max begegnet. Er war freundlich, geduldig und nahm nur, was sie ihm geben konnte. Er stellte keine

Fragen, sondern war einfach nur glücklich, ihr zu helfen, ein neues Leben aufzubauen. Er ermutigte sie, ernsthaft zu malen, brachte sie zum Lachen wie noch nie jemand zuvor, genau wie das Mädchen in ihren Träumen. Und er zeigte ihr, was Liebe bedeutete.

Sie hätte abreisen müssen. Jo hatte es ihr gesagt, und sie hatte es sich selbst auch gesagt. Doch sie blieb und wollte nicht daran denken zu gehen. Ihr Vater war zu fünfzehn Jahren Gefängnis verurteilt worden. Sechs davon hatten sie und Jo damit vergeudet, rücksichtslos, wild und frei von ihm zu leben, bis das bei Rennie zu einem Gewaltausbruch führte und sie zu drei Therapiestunden wöchentlich auf Dr. Foys Couch verdonnert wurde. Danach war sie hier in Haven Bay gelandet und hatte in fünf Jahren gelernt, so zu leben wie andere Menschen, aber immer mit dem Wissen, dass es nicht für immer sein konnte. Vier Jahre hatte sie noch, dann musste sie alles abbrechen und wieder flüchten.

Doch jetzt, während sie auf den Blutfleck starrte und auf die Cops wartete, erkannte sie, wie recht ihre Schwester hatte, dass auch ein Märchen sie verletzen konnte, so wie ihre Eltern es getan hatten. Man lernte es kennen, klammerte sich daran, lebte und atmete dafür – bis es einem wieder entrissen wurde.

9

Rennie schirmte gerade ihre Augen vor der späten Morgensonne ab und beobachtete die beiden Polizisten, die mit Absperrband den Ort um den Blutfleck sicherten, als Trish ankam. Sie hielt in jeder Hand einen großen Kaffeebecher, reichte Rennie einen und streichelte mit der freien Hand liebevoll ihre Schulter.

»Wie geht's dir, Liebes?«

Rennie wusste nicht, was sie darauf antworten sollte, also fasste sie lieber die Ereignisse zusammen. »Sie haben einen Detective und jemand von der Spurensicherung angefordert.«

Trish atmete hörbar ein.

»Anscheinend dauert es ein paar Stunden, bis sie hier sind.«

»Ein paar Stunden?«

Sie hätte am liebsten die Hände in die Luft geworfen und laut aufgeschrien, *ja, genau, verdammte Stunden, nicht zu fassen!* Stattdessen sagte sie nur: »Ja.«

Trish strich ihr nicht mehr freundlich über die Schulter, sondern drückte sie kurz. »Hast du den Fleck gefunden?« Sie ging zum Absperrband.

»Ja.« Rennie trank hastig den Kaffee und spürte, wie sich die Hitze ihren Weg zum Magen bahnte und das Koffein ihre Anspannung vergrößerte.

»Und, was glauben die?«

Rennie sah zu den beiden Beamten rüber, die jetzt wieder

beim Streifenwagen standen und sich an der offenen Fahrertüre unterhielten. »Sie sagen auch, dass es wie Blut aussieht und dass sie wegen der Vermisstenanzeige Proben entnehmen müssen.«

»Sie denken also, es könnte etwas mit Max zu tun haben?«

Rennie zuckte die Achseln, sie war enttäuscht und gereizt. »Nicht unbedingt. Sie nehmen jedenfalls Proben für den Fall, dass später Beweise benötigt werden oder sich herausstellt, dass Max doch nicht freiwillig mitten in der Nacht verschwunden ist, sondern irgendwo blutend daliegt, während sie hier herumstehen und Däumchen drehen.« Sie wandte sich ab und trank noch mehr Kaffee.

Trish stellte sich vor sie. »Hey, du weißt nicht, was passiert ist. Vielleicht ist es gar nicht sein Blut. Ich habe gehört, dass es gestern im Pub eine Auseinandersetzung gegeben haben soll, nachdem wir geschlossen hatten. Vielleicht hat jemand anderes da draußen Blut verloren.«

Rennie nickte. »Ja, du hast recht, du hast ja recht. Vielleicht ist er ja wirklich nicht verletzt, das erklärt aber trotzdem nicht, wo er ist. Es fühlte sich einfach wie eine verdammte Zeitverschwendung an, hier rumzustehen und … ich weiß auch nicht, jedem Bullen immer auf dieselben Fragen zu antworten. Ich habe ihnen immer wieder gesagt, dass er nicht einfach verschwinden würde, ohne mir was davon zu sagen. So was würde Max nicht tun. Was zum Teufel müssen sie noch alles wissen, bis sie endlich etwas unternehmen?« Sie zeigte mit dem Becher in der Hand auf das Absperrband und sah Trish hoffnungsvoll an.

Trish sah ihr nicht gleich in die Augen. Sie blickte zuerst zu dem Blutfleck, dann zum Streifenwagen, der langsam losfuhr, und dem Beamten, der alleine zurückblieb. Dann wandte sie sich Rennie wieder zu. In ihrem Blick lag Mitgefühl, doch das war nicht alles. Sie schien zu zögern, und

Rennie musste daran denken, dass Trish und Max sich schon lange kannten.

Als Trish und Pav vor zehn Jahren das Skiffs eröffneten, war Max der Erste in Haven Bay gewesen, der die Neuankömmlinge akzeptiert hatte.

Trish schilderte ihre gemeinsamen Bemühungen, vollwertige Mitglieder der Dorfgemeinschaft zu werden. Sie und Pav hatten freundlich Kontakt zu den anderen Ladenbesitzern aufgenommen, beauftragten nur einheimische Firmen für die Renovierung ihres alten Häuschens und sponserten ein paar Sportteams. So war Max auf sie aufmerksam geworden. Er war Mitglied im örtlichen Segelklub und im Fußballklub und lachte für sein Leben gern. Letzteres hatte dazu geführt, dass sich die drei auf Anhieb sympathisch waren.

Rennie überlegte, dass nicht nur sie sich Gedanken um Max machte. »Tut mir leid. Du machst dir bestimmt auch Sorgen.«

Trish öffnete den Mund und wollte etwas sagen, schloss ihn dann aber wieder und lächelte sie nur ermutigend an.

Vielleicht gab es da noch mehr. »Was?«

»Entschuldigen Sie.« Der Polizist sprach mit einer Frau, die neben einem Kleinbus stand, der nun hinter dem Absperrband eingeschlossen war. »Gehört der Wagen Ihnen?«

»Ja.« Die Frau trug eine große volle Einkaufstasche in einer Hand, in der anderen hatte sie ihren Schlüssel.

»Sie müssen ihn da stehen lassen. Das ist ein Tatort.«

Etwas verwirrt sah die Frau zu Rennie und Trish hinüber. Sie war eine von den Tennismüttern, die einmal in der Woche nach einem Match im kurzen Röckchen und Turnschuhen ins Café kamen. Rennie erinnerte sich gerade nicht an den Namen.

»Und wie lange dauert das?«, fragte die Frau.

»Ein paar Stunden«, sagte der Beamte.

Sie sah auf ihre Uhr. »In zwanzig Minuten muss ich meine Kinder abholen.«

»Tut mir leid, aber Sie können den Wagen erst wegfahren, wenn wir hier fertig sind.« Er ging auf sie zu und zog einen Notizblock aus seiner Hemdtasche. »Außerdem brauche ich noch ein paar persönliche Angaben von Ihnen.«

Sie sah wieder zu Rennie und Trish hinüber. »Wozu das?«

»Hey, Maureen«, rief Trish und lief um das Absperrband herum. »Max Tully wird vermisst, vielleicht hat der Blutfleck was damit zu tun.«

»Das ist Blut?« Maureen riss die Augen auf. »Oh, Renée, Andrew hat im Zeitungsladen irgendwas davon erzählt. Ich dachte schon, ich hätte mich verhört. Max hat meinen Kids das Segeln beigebracht. Was ist passiert?«

Das war Haven Bay. Alle waren irgendwie miteinander verbunden. Und das betraf jetzt auch Rennie. Sie wollte die Einzelheiten nicht noch einmal erzählen, aber da man Maureens Wagen beschlagnahmt hatte, verdiente sie eine Erklärung. »Trish hat gestern Abend ihren fünfzigsten Geburtstag im Café gefeiert. Max ist raus zum Auto gegangen und…« Hat sich in Luft aufgelöst. »…seitdem hat ihn niemand mehr gesehen.«

Maureen sah wieder zum Blutfleck. »Okay, macht euch um den Wagen keine Sorgen. Der kann hier so lange stehen wie nötig. Ich rufe Mom an, sie soll runterkommen.«

Rennie trank ihren Kaffee und hörte zu, als Maureen dem Polizisten erklärte, dass der Blutfleck schon da gewesen sei, als sie vor zwei Stunden hier eingeparkt hatte. Der Beamte notierte alles, ließ sie dann gehen und stellte sich breitbeinig und mit verschränkten Armen neben den Kleinbus.

»Und was jetzt?«, fragte ihn Rennie.

»Ich bleibe so lange hier, bis alle Spuren gesichert sind.«

»Und was macht Ihr Kollege?«

»Der Streifenwagen muss auch noch andere Einsätze fahren.«

»Und … jetzt? Warten Sie einfach hier?«

»Richtig.«

»Ermitteln Sie nicht irgendwas? Was weiß ich?« Sie hörte den Sarkasmus in ihrer Stimme und bemerkte, wie der Beamte sich ein wenig aufrichtete.

»Der Detective wird bald hier sein. Dann will er bestimmt mit Ihnen sprechen, Sie müssen aber nicht hier auf ihn warten. Ihre Angaben habe ich ja. Sorgen Sie einfach nur dafür, dass wir Sie telefonisch erreichen können.«

»Mein Partner wird vermisst, da werde ich doch mein Telefon nicht ausschalten.«

»Rennie«, sagte Trish ruhig, »komm, wir setzen uns ein bisschen ins Café.«

Sie wollte aber nicht sitzen. Sitzen, warten oder herumstehen machte sie nur noch nervöser und gereizter. Sie biss die Zähne zusammen, schloss die Augen und hörte wieder die Stimme ihrer Schwester in ihrem Kopf sagen: *Wir warten nicht ab. Hol deinen Rucksack. Wir fahren los.*

Trish nahm sie am Unterarm. »Hast du heute überhaupt schon was gegessen?«

Rennie schob die Erinnerung beiseite und schüttelte den Kopf. »Nein.«

»Dann komm, du musst was essen.«

Machen das die Leute, wenn sie nicht begreifen, was vor sich geht? Trösten sie sich dann mit Essen statt mit altbewährten Rezepten wie Rucksack packen und davonlaufen?

Trish ließ ihr keine Wahl, sie schob sie zum Skiffs und drehte sich dann noch einmal nach dem Polizisten um. »Soll ich Ihnen einen Kaffee bringen lassen? Das Café an der Hauptstraße gehört mir.«

»Ach, wirklich?«

»Einen Cappuccino?«

»Zwei Stück Zucker.« Er kramte in seiner Hosentasche.

»Das passt schon, ist 'ne Entschädigung für die Bewachung… na ja, Sie wissen schon. Ich schicke jemanden raus.«

Rennie saß auf der Stuhlkante an Trishs Schreibtisch. Es war wirklich nur ein kleiner Tisch, genau wie die anderen im Café, nur dass er in einer Ecke neben dem Tresen stand und sie ihren Laptop daraufstellen konnte. »Warte, ich organisiere dir inzwischen was zu essen.« Sie sah Rennie streng an, wie einen Hund, der abhauen würde, sobald man ihn alleine ließ.

»Ich warte.« Rennie rieb ihr Gesicht, fuhr sich dann durch das Haar und verschränkte die Arme auf der Brust. Die meisten Tische waren besetzt. Das war an Sonntagen normal, die einen nahmen ein spätes Frühstück ein, die anderen ein frühes Mittagessen. Es war alles wie immer. Bis auf Max.

Trishs Computertasche stand noch ungeöffnet neben dem Schreibtisch. Sie erledigte hier gelegentlich Bestellungen für das Café oder ihre Buchhaltung, doch meistens saß Trish da und schrieb; sie schrieb seit dreißig Jahren. Sie war Journalistin und hatte die halbe Welt bereist. Aber sie war nicht die typische Kriegsreporterin oder eine von denen, die die Welt retten wollten. Sie schrieb über alles Mögliche. Vor allem Reiseartikel, manchmal über Mode, Restaurants und Filme, oder sie machte Interviews, wenn sie jemanden traf, der in der Öffentlichkeit stand. Aber alles nur zur Unterhaltung, wie sie sagte. Keine Enthüllungsgeschichten, gelegentlich eine Vergnügungsreise in Luxusresorts, finanziert durch viel Arbeit in der Bar und im Café, um die Reisekosten zu decken.

Sie hatte Pav in Serbien getroffen, als es noch ein Teil Jugoslawiens war. Er arbeitete damals in einem zwielichtigen Hinterhofrestaurant und musste schnell verschwinden, also verschwanden sie zusammen. Rennie erfuhr nie warum, sondern nur, dass sie zehn Jahre auf Reisen gewesen waren und Pav sich in Küchen verdingte, während Trish Artikel über Straßenmärkte und Modehäuser, Alpendinner, Dschungeltrecks und herrliche Plätze schrieb, die weit abseits der Touristenrouten lagen. Sie kehrten nach Sydney zurück, damit Trish ihre sterbenskranke Mutter pflegen konnte. Nach deren qualvollem Tod brachte Trish Pav nach Haven Bay und zeigte ihm das alte Ferienhaus, das verkauft werden sollte. Sie blieben da.

Jetzt schrieb sie Artikel für Zeitschriften und Blogs, hatte eine Reisewebseite und organisierte gelegentlich einen Trip, alles vom Skiffs aus. Sie war also auch eine, die ein anderes Leben gegen das in Haven Bay eingetauscht hatte.

»Pav macht gerade dein Lieblingsgericht«, sagte Trish und setzte sich ihr gegenüber auf den Stuhl.

»Danke.« French Toast, dachte sie, und wieder stieg eine Erinnerung in ihr hoch. Sie hatte zum ersten Mal French Toast gegessen, als Sergeant Evan Delaney sie und ihre Schwester am Morgen nach jener schrecklichen Nacht mit zu sich nach Hause genommen und seine Frau ihnen etwas zu essen gemacht hatte. Daraufhin blieben sie vier Monate, und jeden Sonntagmorgen verschlang sie Rhondas French Toast mit massenweise Ahornsirup. Pavs Version war etwas eleganter, es gab würziges Fruchtkompott und griechischen Joghurt dazu, trotzdem war es ein Trostessen. Und erinnerte Rennie daran, dass sie Hilfe brauchte.

»Hayden ist letzte Nacht aufgetaucht«, erzählte sie Trish. »Er hat um drei Uhr nachts aus dem Zug angerufen und wollte, dass Max ihn vom Bahnhof abholt.«

Trish sah sie erstaunt an. Sie kannte Hayden schon, bevor er in die Schule gekommen war und Max' Exfrau Leanne ihn mit nach Sydney genommen hatte. »Wusste Max, dass er kommen wollte?«

Rennie schüttelte den Kopf und erzählte ihr, wie überrascht Hayden gewesen sei, als er sie am Apparat hatte, dann vom Gespräch mit Leanne und dem verpassten Flieger nach Cairns. »Ich dachte … habe gehofft, Max würde heute Morgen auftauchen und Hayden nichts von allem erfahren. Dann müsste ich jetzt nicht versuchen, ihm alles zu erklären.«

»Wo ist er?«

»Er hat noch geschlafen, als ich losgefahren bin. Womit wir beim nächsten Thema wären. Ich denke, ich sollte wegen dieses Detectives lieber in der Nähe bleiben, würde aber gerne zu Hause anrufen und sehen, ob Max sich gemeldet hat. Nur weiß ich nicht, was ich Hayden sagen soll. Er ist noch ein halbes Kind, er sollte also nicht am Telefon erfahren, dass sein Dad vermisst wird. Außerdem weiß ich nicht genau, ob ich die Richtige bin, um ihm so eine Nachricht zu überbringen.«

Trish warf den Kopf in den Nacken. Sie liebte Hayden und wusste, dass Rennie sich immer wieder mit ihm stritt. Sie wusste auch, was Rennie meinte, wenn sie sagte, sie sei nicht die Richtige für so etwas. Rennie ließ sich keine dummen Sprüche gefallen, auch nicht die von Pubertierenden. »Was ist mit Naomi und James? Vielleicht können sie dabei sein, wenn du es ihm sagst.«

Tante Naomi und Onkel James waren Verwandte, aber doch distanziert genug und außerdem immer für zu nette Geschenke und tolle Zeiten gut, als dass Hayden sie abfällig behandelt hätte. »Gute Idee. Und wer soll zu Hause anrufen? Fällt dir dazu was ein?«

»Naomi könnte doch anrufen und nach Max fragen? Sie könnte versuchen herauszufinden, ob Hayden mit ihm gesprochen hat.«

»Ja, das ist eine gute Idee. Ich rufe sie an.«

Trish griff nach dem schnurlosen Telefon, das hinter ihr auf dem Tresen stand. »Nimm das hier, dann ist dein Handy frei.«

Rennie stand auf und wählte die Nummer. Sie konnte nicht länger sitzen bleiben, lief um die Gäste herum zum Eingang und spähte hinaus, während sie mit Naomi telefonierte.

Naomi hatte es von James erfahren, klang besorgt und schien sich dafür zu entschuldigen, dass sie keine guten Neuigkeiten hatte. Auch auf dem Gelände gab es keine Spur von Max, also war James zurück zu MineLease gegangen und hatte feststellen müssen, dass sich seit letztem Abend nichts verändert hatte.

Während sie mit Naomi sprach, sah Rennie einem Kind zu, das auf einem Skateboard vorbei über die Straße fuhr, an den Bordstein stieß, der Richtung See zeigte, und mit dem Gesicht voran auf der Wiese landete. Gestern hätte sie vielleicht noch darüber gelächelt. Heute sah sie einfach nur an ihm vorbei zu den Gestalten im Park und suchte unter den Spaziergängern, Joggern und Radfahrern mit dem Blick nach jemandem, der wie Max aussah.

Sie erzählte Naomi von Hayden, fragte sie, ob sie ohne etwas von Max zu erzählen bei ihm zu Hause anrufen und später mitkommen könnte, um ihm die Nachricht zu überbringen.

Eine Familie hatte sich im Park versammelt, offenbar Kinder, Eltern und Großeltern. Essen wurde auf einen Picknicktisch gestellt, die Kinder krabbelten, rannten umher und fielen hin. Ein paar Männer kontrollierten den öffentlichen Grill, ein weiterer zog einen Fotoapparat heraus und knipste ein paar Bilder vom See, dem Park und den Kindern. Dann drehte er sich um und richtete das Objektiv auf die Straße.

Rennie machte einen Schritt weg von der Tür ins Lokal und beobachtete ihn: nicht mehr jung, mager, Hut mit großer Krempe, der sein Gesicht bedeckte. So selten waren Touristen auch wieder nicht in Haven Bay, sagte sie sich, außerdem hatte sich die Hauptstraße in den letzten hundert Jahren nicht viel verändert. Es gab also viele Gründe, um Fotos zu schießen, selbst die Einheimischen machten das ab und zu. Doch heute, während ihr ihre Vergangenheit immer wieder hochkam, fühlte sie sich unwohl dabei.

»Rennie?«, fragte Naomi am anderen Ende der Leitung.

»Hmm?«

»Ich habe dich gefragt, wann du es Hayden sagen willst?«

Nie, dachte sie. Sie wusste, wie es war, wenn man als Kind eine schlechte Nachricht erhielt, und wollte nicht die Botschaft überbringen. Doch schon bald würde Hayden erfahren, dass sein Vater vermisst wurde. »Gib mir eine Stunde.«

Trish erwartete sie am Tisch. Nachdem sie sich gesetzt hatte, tauchte Eliza mit ihrem French Toast auf.

»Ist ja schrecklich, weshalb er hier ist und so«, sagte sie und stellte den Teller auf den Tisch. »Aber ich habe ihm gerade den Kaffee rausgebracht, echt heiß, der Bulle.«

Das war vermutlich etwas taktlos, doch Rennie musste lächeln. Eliza war einundzwanzig, Teilzeitstudentin an der Uni und vier Tage in der Woche im Skiffs. Im letzten Schuljahr war Rennie aufgefallen, dass sie unsicher und ihrer Meinung nach viel zu lieb war. Also hatte sie es sich zur Aufgabe gemacht, das Mädchen abzuhärten. Sie brachte ihr den Umgang mit den Gästen bei, wie man sich gegen Anzüglichkeiten wehrte und sich bei Nörglern durchsetzte – und wie man in der Küche fluchte und Pav ohne Rücksicht auf Verluste neckte. Ihr Kommentar über den Bullen machte Rennie stolz. »Ich habe gar nicht richtig darauf geachtet. Hast du mit ihm geredet?«

Eliza errötete leicht. »Nur ganz kurz.«

»Gut gemacht.«

Das Mädchen lächelte, als habe sie von Rennie neun von zehn Punkten erhalten. Trish nickte ihr zu und schickte sie fort, sah dann wieder Rennie an und machte plötzlich ein ernstes Gesicht.

Rennie schnürte es den Magen zu. »Was ist?«

»Das mit Max könnte anders sein, als du denkst.«

Eigentlich dachte sie, dass so etwas in ihr anderes Leben gehörte und sie normalerweise längst abgehauen wäre. »Ich weiß doch gar nicht, was ich davon halten soll.«

Trish streckte ihren Arm aus und nahm Rennies Hand. »Er hat das früher schon mal gemacht.«

10

Irgendetwas machte Klick in Rennie. Sie löste ihre Finger aus Trishs Griff. »Was hat Max früher schon mal gemacht?«

»Verschwinden.«

Rennie wollte ihr nicht glauben, wollte Trish sagen, dass sie das falsch sah, dass Max niemals verschwinden würde. Doch warum sollte Trish sie anlügen? Trotzdem nahm ihre Stimme einen vorwurfsvollen Ton an, als sie wieder zu sprechen anfing. »Wann?«

»Hör zu, ich wollte mich nicht vor dem Polizisten dazu äußern …«

»Wann war das?«

»Als er mit Leanne zusammen war.«

Rennie hatte Leanne getroffen und gemerkt, wie genervt sie war, wenn sie mit Max sprach. Sie fragte sich, was sie aneinander gefunden hatten. Leanne war hübsch und makellos frisiert, trug falsche Nägel und eine Menge Make-up, Max hingegen war eher der bescheidene, lockere Typ. Sie jedenfalls hätte es nicht ausgehalten, mit so jemandem zusammenzuleben, und hätte bestimmt ab und zu die Tür hinter sich zugeknallt, um mal Luft zu holen. Und sie stellte sich vor, dass Leanne aus dem kleinsten Streit ein Riesendrama machen würde. »Was meinst du mit verschwinden?«

»Er verschwand einfach, ohne irgendwem zu sagen, wo er war.«

Rennies Puls ging schneller. »Und wie lange blieb er weg?«

»Das erste Mal nur über Nacht. Sie hatten …«

»Das erste Mal? Wie oft ist er denn verschwunden?«

»Wenn ich mich recht entsinne, vier oder fünf Mal. Das letzte Mal eine ganze Woche.«

Rennie starrte sie an. Sie redeten hier von Max. Max, der jede Auseinandersetzung immer vor dem Einschlafen beenden wollte. Der wusste, was es bedeutete, alleine zu bleiben und Angst zu haben. Vom Geruch des Toastes wurde ihr schlecht. »Und dann kam er einfach zurück, als sei nichts gewesen?«

»So einfach war es vermutlich nicht, aber im Prinzip schon. Er kam nach Hause, entschuldigte sich, und sie versuchten eine Lösung zu finden. Sie waren sehr lange unglücklich und haben sich viel gestritten. Wenn er verschwand, dann immer, wenn es mal wieder aussichtslos schien.«

Rennie wusste nicht, wie es war, wenn ihre Eltern sich stritten, aber sie hatte genug darüber gehört und die Narben auf dem Körper ihrer Mutter gesehen. Sie schob ihren Stuhl zurück und wollte aufstehen, blieb aber ungläubig und entsetzt sitzen. »Hat er Leanne etwa geschlagen?«

Trish runzelte die Stirn. »Nein.«

»Du hast von Streitereien gesprochen.«

Trish sah sie einen Augenblick lang an. »Damit habe ich Geschrei, nicht häusliche Gewalt gemeint.«

Rennie fuhr sich mit der Hand durch das Haar und versuchte zu begreifen, was in ihr vorging. Max hatte sich lauthals gestritten? Er war vorher schon einmal verschwunden? Also bestand noch die Möglichkeit, dass es sich nicht um einen Unfall oder ein Gewaltverbrechen handelte, sondern dass er einfach nur irgendwo hingegangen war und ihr nichts davon gesagt hatte? Das hätte eine gute Nachricht sein können, doch so fühlte es sich nicht an.

Auf dem Tisch vibrierte es, und Rennie sah auf. Es war ihr Handy, sie hatte eine Nachricht von Naomi erhalten. Habe mit H. gesprochen. M. hat nicht angerufen. Tut mir leid. Bis bald. Kuss.

Sie sah Trish an. »Naomi.«

»Und?«

»Nichts.«

Trish verzog das Gesicht. Sie sah sie voller Mitgefühl an, aber irgendwie schien sie sich auch unwohl zu fühlen.

»Was ist?«, fragte Rennie erneut.

Sie rührte wieder in ihrem Kaffee, als wolle sie sich zu einer Entscheidung durchringen. »Ich habe gesehen, dass ihr euch… na ja, dass ihr gestern auf der Party eine Auseinandersetzung hattet. Ihr wart beide angespannt, als ihr herkamt und… Hör zu, es geht mich zwar nichts an, aber ich dachte mir, wenn ihr gestritten habt, Probleme habt, was auch immer…« Sie beendete den Satz nicht.

»Was redest du denn da? Du meinst, dass er verschwunden ist, weil wir uns gestritten haben?«

»Das könnte doch ein Grund sein.«

Rennie presste wütend die Lippen zusammen. Max würde niemals wegen eines Streits verschwinden, das war doch lächerlich. »Wir haben uns nicht gestritten. Wir haben keine Probleme. Wir…« Sie schwieg. Zweifel stiegen in ihr auf und legten sich wie eine kalte Faust um ihre Brust.

Was zum Teufel wusste sie schon von Beziehungsproblemen? Vor Max hatte sie nie genügend Zeit mit jemandem verbracht, um es überhaupt so weit kommen zu lassen. Ihr einziges Problem war, dass sie nie Nähe zuließ oder länger blieb. Hatten sie etwa Probleme, und sie hatte es nicht bemerkt?

Sie hatte Max angefaucht, als der wütende Jugendliche endlich verschwunden war. Später hatten sie sich beide im Café angefaucht. Sie erinnerte sich daran, was Max ihr wütend an den Kopf geworfen hatte, bevor sie in die Küche gegangen war. *Lass uns das einfach zu all den anderen Geschichten packen, die du mir auch nie erzählt hast.*

Sie sah zu Trish auf. Rennie war es nicht gewohnt, von sich zu erzählen – sie hatte die meiste Zeit ihres Erwachsenendaseins damit verbracht, so wenig wie möglich von sich preiszugeben –, doch jetzt brauchte sie vielleicht eine zweite Meinung von jemandem, der Max länger als sie selbst kannte. Der wusste, wie man einen Mann länger als nur ein paar Jahre an sich band. »Was verstehst du unter Problemen?«

Trish zog kurz überrascht die Augenbrauen hoch. »Ich weiß nicht. Wenn man oft streitet. Ginge es um Pav, würde ich sagen, wenn man mit Gegenständen um sich wirft.«

Rennie zögerte. »Wir haben uns gestern gestritten.«

»Worum ging es?«

»Um den Kerl vom Parkplatz. Ich denke, ich hätte ihm dankbar sein sollen, dass er mich beschützen wollte, aber ich wollte das nicht …« *Pass auf dich auf. Mach keinen Blödsinn.* Sie hätte ihm am liebsten den Dauerbefehl ihrer Schwester zugeschrien und war überrascht, dass dies die ersten Worte gewesen wären, die ihr am Eingang zum Getränkemarkt über die Lippen gekommen wären. »Dann hat er so getan, als sei ich ein hoffnungsloser Fall und käme nicht alleine damit klar. Und … da bin ich wütend auf ihn geworden.«

»Das war nur der Schock.«

Das war kein Schock gewesen. Sie wusste, wie sich ein Schock anfühlte. »Ich habe ihm gesagt, dass er ein Idiot ist, wenn er den Wagen kontrollieren wollte.«

»Das war zwar nicht gerade diplomatisch, aber durchaus zutreffend.«

Rennie erinnerte sich daran, was für ein Gesicht er gemacht hatte, als sie ihm das gesagt hatte. Sie dachte daran, was er gesagt hatte: *Geht es darum, was gerade passiert ist, oder darum, was vorher passiert ist?* Herrgott, vorher! Sie wandte ihr Gesicht zum Tresen, weil sie nicht wollte, dass die Gäste im Lokal ihre Antwort hörten. »Verdammt.«

»Rennie, komm schon. Darüber musst du dir keine Sorgen machen. Das ist wohl kaum die Art von Streit, wegen der er verschwinden würde. Er und Leanne haben sich richtige Schlachten geliefert.«

Sie schüttelte den Kopf. »Er hat mich gestern Abend gefragt, ob ich ihn heiraten will. Vor der Party.«

Trishs Gesichtszüge wurden weicher, ein Lächeln legte sich auf ihre Lippen. »O, das ist ja wunderbar. Herzlichen Glückwunsch, Liebes.«

»Ich habe Nein gesagt.«

Trishs Lächeln verschwand, Rennie rutschte etwas in die Magengrube. »Ich hatte es nicht so gemeint. Es war, na ja ...« Sie hatten eng umschlungen, erschöpft und ein wenig verschwitzt auf dem Boden zwischen ihren Kleidern gelegen und über ihre plötzliche Lust gelacht. »Ich hätte nicht gedacht, dass er es ernst meint.«

»Ein Antrag ist immer ernst gemeint, Liebes.«

»Er hat sich aber nicht hingekniet und mich gefragt, ob ich ihn heiraten will. So war das nicht.«

»Es ist doch egal, wie es ausgesehen hat, hier geht es um männlichen Stolz.«

»Nun ja ... wir haben immer gesagt, dass wir nicht heiraten wollen. So wie in dem Film über die Hochzeiten und den Todesfall – wir waren uns einig, dass wir nie heiraten würden. Er hat immer zu mir gesagt, dass er sich bereits einmal die Finger verbrannt hat, zu viele Menschen dabei verletzt wurden und er das nicht wiederholen wollte. Für mich war das in Ordnung. Mehr als das. Ich habe bei meinen Eltern gesehen, was im Namen der Ehe und der Familie alles passieren kann, ich musste mit den Konsequenzen leben. Ich werde niemals meinen Namen unter eine Heiratsurkunde setzen.«

Das war mehr, als Rennie Trish je über ihre Vergangenheit erzählt hatte. Trish schwieg, vermutlich, um das Gesagte einzuordnen und in einen Zusammenhang zu bringen.

»Tut mir leid wegen deiner Familie«, sagte Trish schließlich. »Du hast nie von ihr erzählt. Ich dachte mir schon, dass du einen Grund dafür hattest.«

»Das muss dir nicht leidtun.« Trish hatte ihr mehr gegeben, als ihre Familie jemals imstande gewesen war.

»Hast du Max davon erzählt?«

»Ein bisschen. Das, was einigermaßen erträglich war.« Und die Halbwahrheiten und abgemilderten Versionen. Wie kann man seinem Geliebten erzählen, dass man Gewalt und Wahnsinn in den Genen trägt? Dass der eigene Vater die Mutter umgebracht hat und man selbst auch zu einem Mord fähig wäre? »Ich wollte ihm klarmachen, dass ich alles, was mir an Gutem in meinem Leben widerfahren ist, ihm und dem allen hier zu verdanken habe.«

»Vielleicht hat er seine Meinung über eine Heirat geändert.«

Und nicht mit ihr darüber geredet? Würde er ihr einfach einen Antrag machen und von ihr erwarten, dass sie ihn annahm? Das konnte sie sich nicht vorstellen. Nichts davon ergab Sinn. Und das ärgerte sie. Okay, Rennie, er wird vermisst, konzentriere dich. »Wo ging er denn früher hin, wenn er verschwand? Hat er dir das mal erzählt?« Vielleicht konnte sie ja selbst dort nachsehen und sich später um die negativen Auswirkungen kümmern.

»Das erste Mal schlief er im Auto draußen am Point.«

»Da habe ich heute Morgen schon nachgesehen, ihn aber nicht gefunden. Und wo ging er noch hin?«

Trish zögerte. »Was hat er dir alles von sich und Leanne erzählt?«

Rennie spürte ein warnendes Pochen. »Nicht sehr viel.«

Sie wusste, dass Leanne ihn verlassen hatte und mit Hayden nach Sydney gegangen war, während er nach seinem Unfall in der Mine noch im Krankenhaus lag. Obwohl Max erst reisen konnte, nachdem er seine Reha absolviert hätte. Und Rennie wusste, dass sie jung geheiratet hatten: Max war zwanzig gewesen und Leanne neunzehn und schwanger. Er hatte die Uni abgebrochen und unter Tage Nachtschichten geschoben, um etwas dazuzuverdienen. Leanne hasste das Leben in einem Provinznest wie Haven Bay. Max liebte Hayden und hatte vier Jahre lang alles versucht, die drohende Katastrophe abzuwenden, bis es zu spät war, um noch etwas zu retten.

»Was sollte ich denn alles wissen?«, fragte Rennie.

»Na ja, ich weiß nicht … wenn er dir nie davon erzählt hat.«

»Trish, er wird vermisst. Sag es mir einfach.«

Sie atmete tief durch. »Als er aus der Reha kam, kam er manchmal abends zu uns und redete mit Pav. Die beiden saßen dann oft stundenlang hinten im Garten, tranken etwas und unterhielten sich. Ich denke, für Max war er eine Art Beichtvater. Vielleicht brauchte er einen Mann, der ihn nicht verurteilte und selbst so einiges auf dem Kerbholz hatte.«

»Und?«

Sie strich eine nicht vorhandene Haarsträhne hinter ihr Ohr und presste die Lippen zusammen. »Er hatte Affären. Wenn er verschwand, war er mit anderen Frauen zusammen.«

Rennie sagte nichts. Die Worte machten sie sprachlos. Und das, was sie bedeuteten. Genau wie Trishs Schlussfolgerungen. Tonlos fragte sie: »Und du denkst, dass er … mit einer anderen Frau?«

»Liebes, ich weiß es nicht.«

Sie wäre am liebsten aufgestanden und hätte laut geschrien, dass er so etwas niemals tun würde. Doch irgendwas hielt sie zurück. Ein Funke Angst, ein wenig Zweifel, die Stimme ihrer Schwester. *Für uns gibt es kein Happy End. Wir haben zu viel Mist gesehen. Wir sind zu abgefuckt. Niemand liebt so etwas.*

Max sagte immer, er liebe sie, und sie glaubte ihm das. Doch jetzt fragte sie sich, ob sie sich so sehr ein besseres Leben ersehnte, dass sie den Mann ganz vergaß, der sie geprägt hatte. Hatte sie sich fünf Jahre etwas vorgemacht? Hatte er am Ende doch beschlossen, dass ihm das verstörte Mädchen zu anstrengend war?

11

Rennie schob ihren Stuhl zurück und griff nach Handy und Schlüssel. »Ich muss jetzt los.«

Trish hielt sie am Arm fest. »Du hast gar nichts gegessen. Versuch es wenigstens.«

»Ich … kann nicht. Nicht jetzt. Ich muss … einfach los.«

»Dann nimm wenigstens was mit.« Sie gab Eliza, die am Tresen stand, ein Zeichen. »Pack Rennie einen Muffin ein.«

»Rennie, soll ich ihn aufwärmen?«, rief Eliza.

Rennie winkte ab. »Vergiss es.«

Trish folgte ihr durch das Café und flüsterte: »Tut mir so leid, dass ich diejenige bin, die dir das alles erzählen musste, aber ich glaube, du solltest es wissen. Das heißt ja noch lange nicht, dass das jetzt wieder so ist. Vielleicht bedeutet es etwas ganz anderes.«

Rennie trat auf die Straße und blinzelte in das grelle Sonnenlicht. »Er wird vermisst, und bis jetzt glaube ich, dass ihm irgendetwas Schreckliches zugestoßen ist.«

Eliza kam zur Tür und hielt ihr eine Tüte entgegen. »Apfel und Zimt.«

Rennie nahm sie, weil sie weitere Diskussionen vermeiden wollte, und sah dann Trish wieder an. »Frag Pav, bei wem Max sein könnte.«

Trishs Gesichtszüge wirkten traurig, sorgenvoll und voller Mitgefühl. »Rennie, Liebes …«

»Und frag Pav auch, mit wem Max die anderen Male zusammen war.« Sie wartete nicht auf die Antwort, sondern eilte mit langen, entschlossenen Schritten zum Parkplatz. Sie wusste nicht, was zum Teufel sie von alldem halten sollte, sondern nur, dass Bewegung sich sehr viel besser anfühlte, als im Skiffs zu sitzen und darauf zu warten, bis Trish eine weitere Bombe platzen ließ.

Was würde sie tun, wenn Pav mit Namen kam? Bei den betreffenden Personen anrufen und nach Max fragen? Falls er überhaupt dranging, wüsste sie wenigstens, dass er noch lebte und unverletzt war. Zumindest wäre das was anderes als in der Vergangenheit.

Sie blieb am Straßenrand stehen, um sie zu überqueren, und sah wieder den Mann mit der Kamera. Er stand auf der anderen Straßenseite vor dem Büro des Immobilienmaklers und blickte die Straße entlang zum See. Er hatte die Kamera um den Hals gehängt, ein klobiges Teil mit dicker Linse, unter das er die Hand hielt, als wolle er ihr Gewicht halten oder noch ein Foto schießen.

Rennie bog um die Ecke und sah noch einmal nach ihm. Er drehte ihr den Rücken zu und schien die Auslage des Immobilienmaklers zu studieren, Grundstücksangebote und frühe Weihnachtsdekoration. Aus alter Gewohnheit speicherte sie ihn kurz ab – durchschnittliche Größe, schlank, braune Hose, beigefarbenes Hemd, Hut mit Krempe. Sie lief ein paar Schritte voran, drehte sich noch einmal kurz um und hoffte, im Spiegelbild des Schaufensters einen Blick auf sein Gesicht zu erhaschen, doch die Sonne stand so hoch am Himmel, dass sie nur das Spiegelbild der Straße gegenüber und ihren eigenen verstohlenen Blick erhaschte, als sie davoneilte.

Abseits der Straße bahnte sie sich einen Weg zwischen den einzelnen Autos auf dem Parkplatz, spürte Anspannung und Aufregung zugleich, war unentschlossen und voller Zweifel. Sollte sie der Polizei sagen, dass Max schon vorher immer mal wieder verschwunden war? Würden sie Leanne anrufen, nach Einzelheiten fragen und dann die Frauen ausfindig machen, mit denen er früher zusammen war? Das lag schon Jahre zurück – kannte er sie überhaupt noch? Vielleicht waren es jetzt andere. Vielleicht war sein Antrag gestern Abend ein endgültiger Test – lehnte sie ab, war die Sache für ihn erledigt. Der Cop in Uniform stand noch immer bei dem Absperrband und wirkte unter seiner Polizeimütze ziemlich gelangweilt. Rennie musste an den Blutfleck denken, den er bewachte, und an den jungen Kerl im Geländewagen und erinnerte sich dabei daran, was sie selbst geprägt hatte.

Bevor sie hierherkam, hielt sie Gewalt immer für die naheliegendste Lösung. Doch so etwas gehörte nicht nach Haven Bay, auch wenn das ihren Verstand nicht daran hinderte, voreilig Schlüsse zu ziehen. Sie hoffte fast, Max hätte genug von ihr, dann hätte sie wenigstens sagen können, sie habe es kommen sehen, und wäre zufrieden gewesen, dass dies der Grund für sein Verschwinden war. Doch sie konnte es nicht. Und während sie weiter auf den Polizisten zuging und aus Erfahrung wusste, dass schnelles Handeln manchmal das Einzige war, das einen retten konnte, fragte sie sich auch, was die Polizei sagen würde, wenn sie erfuhr, dass Max schon vorher immer mal wieder verschwunden war. Hätte sie das dazu veranlasst, die Suche einzustellen?

Als sie an der Stoßstange ihres Wagens stand, rief sie ihm zu: »Ist der Detective schon da?«

»In dreißig Minuten ist er hier.«

Eine halbe Stunde warten, sich sorgen, vermuten, beschuldigen. Nein danke. »Sagen Sie ihm, er soll mich anrufen.«

Sie fuhr aus der Parklücke, blieb an der T-Kreuzung mit Blick auf den See stehen, bog dann nach rechts ab und fuhr zum zweiten Mal an diesem Tag die Straße Richtung Garrigurrang Point entlang. In den großen Häusern am See pulsierte nun das Leben: Vorhänge und Fenster standen offen, überall waren Leute, Autos fuhren herum. Hier lagen Haven Bays wohlhabende Vororte: sechs oder sieben Straßenzüge, die im rechten Winkel in die Straße mündeten, sich die Hügel hinaufschlängelten, dann wieder außer Sichtweite abfielen und sich im Süden wie Treppenstufen wieder verbanden. Die Häuserblöcke waren groß und so ausgerichtet, dass sie die beste Aussicht hatten, viel Glas und Terrassen. Kurz darauf hatte sie die Wohngegend hinter sich gelassen, das dichte Buschland des Naturschutzgebietes lag nun vor ihr. Wenn der kleine Fleck von Garrigurrang Point wie ein Finger aussah, dann bildete das Naturschutzgebiet den Nagel, die großen Gummibäume formten ein Baumkronendach über den dichten einheimischen Büschen, den großen Sandsteinfelsen, die wie von der Erde ausgespuckt schienen, und den holprigen Pfaden, die sich den Hang hinunter zu den grünen Picknickflächen am äußersten Ende des Point schlängelten.

Sie blieb in der Parkbucht stehen, wo sie und Max im Winter immer Fish and Chips aßen, und sah sich um. Würde er hierherkommen? Falls Trish doch recht hatte und er absichtlich verschwunden war, weil ihn irgendetwas aufgebracht hatte, warum sollte er dann ausgerechnet hierherkommen? Er hatte kein Auto, und zu Fuß war es ein weiter Weg. Und selbst wenn ein anderer ihn mitgenommen hatte, blieb die Frage: Warum sollte er hierherkommen? Das war kein einsamer Ort, nicht einmal bei Nacht. Die schillernden Lichter vom anderen Ufer zogen nicht nur Rennie und Max mit ihren Fish and Chips an. An den meisten Wochenenden standen mindestens ein paar Autos mit beschlagenen Fensterscheiben dort herum. Ihre eigenen Autofenster waren auch ein paar Mal beschlagen gewesen, wenn sie wie Kinder kichernd über die Sitze nach hinten geklettert waren. Wie ein Kind, das sie nie sein durfte.

War er vorher auch schon mit anderen hier gewesen? Sie

biss die Zähne zusammen, rief sich ins Gedächtnis, dass sie ihn finden musste und sich dann um alles andere kümmern konnte. Sie stieg aus dem Auto und lief durch den Park.

Der Nachmittag hatte sich in einen dieser Zuckerwattetage verwandelt, man spürte den nahenden Sommer, und es war noch still genug, sodass man das Kreischen der Möwen hören konnte, die über dem Wasser kreisten. Sie blieb auf der Wiese bei der Straße stehen und suchte den Boden ab. Manchmal sprang die Spange am Metallarmband seiner Uhr auf. Falls jemand ihn gegen seinen Willen hergebracht hatte, war sie vielleicht runtergefallen.

Sie war nicht alleine: Auch eine Familie, die gerade ihr Mittagessen, Hamburger, beendet hatte, war da, mit vier oder fünf Jungs mit Fahrrädern und einem Fußball. Als sie am Ende ankam und am Ufer zurücklief, kam sie an einem Pärchen vorbei, das Händchen hielt, sich leise unterhielt und auf den See schaute. Wie Rennie und Max. Auf dem Steg picknicken und die Fische mit den Krümeln füttern. Weihnachtsfeiern im Segelklub. Familienausflüge, wenn seine Schwester oder seine Eltern zu Besuch waren.

Sie hob ihren Blick und sah zum Naturschutzgebiet hinauf, legte eine Hand über die Augen und schirmte sie vor der Sonne ab – dort waren sie auch durchgelaufen. Nach dreiminütiger Fahrt von der Hauptstraße weg war man im Buschland, das wirkte, als befände es sich eine Ewigkeit von allem entfernt.

Es war der erste Ort, an den Max sie gebracht hatte. Es war kein Date gewesen, er wollte ihr einfach nur klarmachen, dass niemand in Haven Bay wohnen sollte, ohne nicht wenigstens einmal durch das Gebiet gelaufen zu sein. Sie hatte erst einen Monat hier gewohnt, und irgendwie hatte es wie ein dummer Spruch geklungen, doch sie ging mit, weil sie wissen wollte, wie man sich als Einheimischer fühlte.

Er hatte in der Nähe des Bergrückens an der Stelle geparkt, an der die geteerte Straße aufhörte, dann folgten sie den holprigen Forststraßen, so weit es ging, und dann den Pfaden, die zum Hügel hinaufführten. Dicke Grasbüschel überwucherten den Pfad, sodass sie kaum die trockene Erde darunter wahrnahm. »Solltest du eine Schlange sehen, bleib einfach stehen«, rief Max ihr zu, und sie wäre beinahe umgekehrt und hätte ihn zurückgelassen. Am höchsten Punkt hatte er seine Arme ausgebreitet und gerufen: »Ist das nicht herrlich?« Für sie sah es nur wie Buschland aus, und sie fragte sich, ob diese Begeisterung nur eine Inszenierung für das neue Mädchen im Dorf war.

Dann hatte er sie durchs Unterholz zu einem flachen Felsvorsprung an einem steilen Abhang im Süden der Landzunge geführt. Unten lagen die Garrigurrang Point Road, Felsen und das Ufer, doch er hatte auf eine sich kräuselnde, wässrig dunkelgrüne Fläche vor ihnen gezeigt und ihr erzählt, dass genau hier die Awabakal gestanden und auf den langen Kanal drüben geblickt hätten, der zur Seemündung und dem dahinterliegenden Ozean führte. Sie hatten es den Garrigurrang genannt, was so viel wie Ozean bedeutet.

Rennie konnte den Ozean natürlich nicht sehen. In fünfzig Jahren hatte das Naturschutzgebiet so ungehindert wuchern können, dass es ihnen jetzt die Sicht versperrte. Obwohl die riesigen Waffen, die im Zweiten Weltkrieg hier positioniert waren, bezeugten, was für eine einzigartige Stellung das gewesen sein musste. Die Geschützstellungen lagen auf Max' Rundgang. Sie bestanden aus fünf kreisförmigen, versenkten Zementblöcken, auf denen die Waffen positioniert gewesen waren, und sahen im Busch wie die Fußabdrücke eines riesigen Elefanten aus.

Er zeigte ihr die dunklen, hohlen Zementwürfel darunter, die ehemaligen Bunker und Munitionslager, erzählte ihr, wie

James und er und die anderen Kinder des Ortes die Luftabwehrzentrale in einen Spielplatz verwandelt hatten. Während des Krieges war sie Tag und Nacht besetzt gewesen, um die Flugzeugbasis auf See auf der anderen Seite der Bucht vor einer befürchteten japanischen Invasion zu schützen. Laut Max diente sie später als Festung, Kriegsschiff, Kerker und Häuschen.

Dann hatte er ihr ein Habichtsnest, echte Babykoalas und die steile Abkürzung zur Straße gezeigt und auf den hervorstehenden Felsen gedeutet, in den James und er in jungen Jahren ihre Initialen geritzt hatten, noch bevor sie wussten, was der Satz *Hinterlasse nur Fußspuren, und schieße nur Fotos* bedeutete.

Rennie hatte lange bevor sie wieder zurück beim Auto waren begriffen, dass seine Begeisterung nicht gespielt war. Max kannte jeden Quadratmeter der Bucht und des Garrigurrang Point und alles, was dazwischenlag. Die ganze Umgebung war wie ein großer Garten für ihn, in dem er aufgewachsen war. Er liebte es, hatte nie woanders gewohnt und konnte auch nicht verstehen, warum Leanne wegwollte. Rennie hingegen war schnell vom Reiz der Natur überzeugt, auch wenn sie nicht seine Leidenschaft dafür teilte – nur Max konnte so begeistert sein, ohne lächerlich zu wirken. Wie kein Ort zuvor in ihrem nomadenhaften Leben hatte es die Umgebung hier geschafft, sich durch den harten Panzer ihres Herzens zu bohren.

Nach der Nacht, in der sie mit ihrer Mutter und Jo geflohen war, waren sie höchstens zwölf Monate an einem Ort geblieben. Verfolgung und Angst hielten sie jahrelang auf Trab, und »zu Hause« war überall, in einem Wohnwagen oder in einer schäbigen Bude, in der sie ihre Rucksäcke abstellten. Später, als ihre Mutter tot war und ihr Vater seine erste Strafe verbüßen musste, hielt Joanne dieselben Regeln aufrecht und suchte alle sechs Monate eine neue Schule, neue Jobs und neue Städte. Sie ließen sich niemals auf etwas ein – weder auf Orte noch auf Menschen. Sie blieben nicht. Auf keinen Fall. Nachdem Rennie die Highschool beendet hatte, folgten sie der Arbeit: Strände und Resorts im Sommer, Schnee und Berge im Winter.

Dann kam ihr Vater Anthony wieder frei, und die Jagd begann aufs Neue. Zwei Jahre lang prellten sie Arbeitgeber und Vermieter, hauten ab und versteckten sich, logen und rissen aus, um ihre Spuren zu verwischen. Als es vorbei war und die Polizei endlich ihre Geschichte glaubte und ein Richter ihren Vater wieder wegsperrte, lagen plötzlich Jahre vor ihnen, in denen sie nicht mehr weglaufen mussten. Rennie war dreiundzwanzig, Jo sechsundzwanzig, und keine von beiden wusste, wie man länger an einem Ort verweilte. Sie zogen herum, arbeiteten und feierten – bis ein Mann, mit dem Rennie geschlafen hatte, sie mit dem Handrücken schlug und sie daraufhin ausrastete. Dr. Foy nannte es eine Episode. Jo fand, das Schwein habe es verdient. Rennie machte sich Sorgen, was in ihren Genen stecken könnte.

Dann kamen sie hierher. Jo blieb drei Wochen. Sie wollte weiter die Küste hinauf, wo es größere Ortschaften gab und es lebhafter zuging. Rennie zog es dort nicht hin. Streit gab es keinen, denn beide wussten, dass es irgendwann so weit sein musste. Mit neunundzwanzig und zweiunddreißig Jahren war es sowieso höchste Zeit, endlich die Nabelschnur zu durchtrennen.

Rennie wollte ein Jahr bleiben – das war lang genug, um ihr Ziel zu erreichen und die Bucht in allen Jahreszeiten zu zeichnen. Sie zeichnete die wilden Südwinde und die schrecklichen Gewitter, die an die Küste peitschten. Und sie hielt den See fest, wenn er still wie ein Mühlteich dalag und die Segelboote auf eine Brise hofften. Oder wenn die Wellen so hoch schlugen, dass die Windsurfer in die Luft gewirbelt wurden. Danach übertrug sie alles noch einmal mit Farbe auf Leinwand. Und sie lief, arbeitete im Café, versuchte sich unverbindlich mit Trish, Pav und Naomi anzufreunden, schlief mit Max und zog bei ihm ein. Und zum ersten Mal in ihrem Leben hatte sie so etwas wie ein Zuhause.

Sie hatte Max gesagt, dass sie nicht bleiben würde. Und sich selbst sagte sie, dass sie irgendwann wieder aufbrechen und verschwinden müsse. Sie malte sich einen Streit aus oder dass sie beide sich auseinanderleben würden und es dann naheliegend wäre zu gehen. Damit es keine Probleme gäbe, wenn ihr Vater das nächste Mal aus dem Gefängnis entlassen würde. Als sie und Jo das erste Mal von seiner Entlassung hörten, fuhren sie wieder los und setzten das Leben fort, das sie bis dahin geführt hatten; sie versteckten sich und versuchten, andere von ihm fernzuhalten.

Sie hatte nicht damit gerechnet, dass Max sich in sie verlieben könnte und es nie zu einem Konflikt kam, sie nie unruhig wurde. Oder dass ihr Herz so etwas wie Zärtlichkeit, Mitgefühl, Vergebung und Vertrauen empfinden könnte. Und Liebe.

Als sie fast wieder beim Wagen stand, den Schlüssel darauf richtete und die Blinker beobachtete, als sich die Türen entriegelten, spürte sie die Kraft der Umgebung unter ihren Füßen. Vernunft. Gelassenheit. Zuhause. Sie warf einen letzten Blick auf das Picknickgelände, öffnete die Fahrertür und sagte sich, dass Max nicht abgehauen war. Er war hier zu Hause, mehr als sie es jemals sein würde.

Rennie fuhr um den Garrigurrang Point, an der Südseite der Landzunge entlang, am oberen Ende der Hauptstraße vorbei, wo statt Geschäften Häuser standen, zu den Stränden von Winsweep Bay und dann zur Straße, auf der sie und Max gestern gefahren waren. Sie fuhr langsam, suchte erneut die mäandernde Straße ab, erwartete aber nicht, etwas Neues zu entdecken. Sie fragte sich nur, ob ihr beim letzten Mal etwas entgangen war.

Einmal hatte sie ihre Schlüssel verlegt und stundenlang im Haus danach gesucht. Zuerst hatte sie an den offensichtlichsten Stellen nachgesehen, in ihrer Handtasche, am Haken neben der Tür, auf der alten Kommode. Dann hatte sie auch an jenen Orten nachgesehen, an denen sie die Schlüssel zerstreut abgelegt haben könnte – Kleidertaschen, den Korb unter dem Telefon, ihr Nachtkästchen. Sie versuchte logische Erklärungen zu finden, durchsuchte Küchenschubladen, den Fernsehschrank, den Wäschekorb. Sie dehnte den Radius aus, schaute unter das Bett, ins Atelier, den Garten. Schließlich nahm sie die Wohnung auseinander, vergaß alle Logik und jagte durch das Bad, die Speisekammer, das Gästezimmer und sah unter den Kissen auf dem Sofa nach.

Gegen Mittag hatte Max sie angerufen und ihr gesagt, er habe ihre Schlüssel in den Falten seines Pullovers gefunden. Ihr Schlüsselanhänger war unverwechselbar. Minihantel, Waffe und Spielzeug in einem, sie hätte nie gedacht, dass er sie mit seinen verwechseln könnte. Aber sobald er es ihr erzählt hatte, wurde ihr klar, wie es passiert war. Kurz bevor er zur Arbeit ging, hatte er den Pullover auf die Küchenbank geworfen, er war wahrscheinlich auf ihre Schlüssel gefallen, und er hatte beides aus Versehen mitgenommen.

Als sie jetzt zum dritten Mal seit Max' Verschwinden am Ufer entlangfuhr, musste sie an die Schlüssel denken. Dass sie immer wieder an denselben Orten nachgesehen und versucht hatte, plausible Gründe dafür zu finden, weshalb sie sie irgendwo abgelegt hatte, wo sie sie noch nie zuvor deponiert hatte. Dass sie immer irgendwo anders, dennoch aber an einem Ort lagen, der plausibel war, den sie aber nie für möglich gehalten hätte.

War Max jetzt auch an so einem Ort?

12

Rennie hatte Naomis Wagen in der Einfahrt erwartet, doch dann sah sie den weißen Geländewagen und war zunächst erleichtert und voller Hoffnung – bis ihr klar wurde, dass James' Wagen vor dem Haus stand. Die Haustür stand offen. War Max wieder da? Gab es Neuigkeiten? Sie eilte zur Veranda, hörte den Fernseher, Geklapper in der Küche, und stellte sich vor, wie Max im Nebenzimmer saß, doch dann riet ihr Verstand ihr, nicht zu voreilig Schlüsse zu ziehen.

Hayden fläzte auf dem Sofa, starrte auf den Fernseher, die Füße auf dem Couchtisch, neben ihm auf dem Sofakissen stand ein schmutziger Teller. Weiter hinten stand Naomi, sah vom Spülbecken auf und lächelte sie betreten an.

Das sagte alles. Max war nicht da, und Neuigkeiten gab es auch keine.

Sie stand einen Augenblick nur da, während ihre Hoffnung zusammenbrach. Dann sah sie zu Naomi, hob fragend die Augenbrauen und sah kurz zu Hayden. Naomi schüttelte den Kopf. Sie hatte es ihm also noch nicht gesagt. Rennie schluckte und versuchte zu lächeln. »Hey, Hayden. Gut geschlafen?«

Er rührte sich nicht von der Stelle, verdrehte herablassend die Augen in ihre Richtung und starrte wieder auf den Fernseher. Was so viel hieß wie: Wie kommst du darauf, dass deine Anwesenheit in Haydens Welt erwünscht ist?

Rennie war versucht loszubrüllen, dass sein Vater vermisst wurde, damit er ihr verdammt noch mal ein wenig Aufmerksamkeit schenkte, doch sie beherrschte sich und sah hilfesuchend zu Naomi.

Die zuckte die Achseln und verzog ratlos das Gesicht. »Hast du was gegessen? Ich wusste nicht, was du im Haus hast, und habe Brot und etwas Schinken mitgebracht.«

Naomi hatte recht. Vermutlich war es vernünftiger, wenn sie sich erst einmal beruhigte und für einen besseren Blutzuckerspiegel sorgte. Sie ignorierte Hayden, ging zwischen ihm und dem Fernseher hindurch in die Küche und sah Naomis müdes Gesicht und ihre Hand, die ihren Rücken stützte. »Du siehst aus, als könntest du etwas Entlastung gebrauchen. Ich mache uns was zu essen.«

»Nicht nötig. Ich habe schon was gemacht.« Naomi öffnete den Kühlschrank, zog einen Teller heraus und schob ihn über den Küchentresen.

Rennie beäugte die dicken Scheiben Vollkornbrot und die Salatblätter, die dazwischen hervorlugten, war sich aber nicht sicher, ob sie sich so entspannen konnte, dass sie irgendwas hinunterbekam. »Danke. Und danke, dass du gekommen bist.«

»Komm, wir setzen uns an den Tisch«, sagte Naomi im Flüsterton. »Dann kann Hayden uns nicht hören.«

Herrgott, da gab es etwas, doch wenn es keine Hinweise waren, die sie direkt zu Max führten, war sie sich nicht sicher, ob sie hören wollte, was Naomi ihr zu sagen hatte. Sie nahm aber trotzdem ihren Teller zum Tisch mit, der vor einem Fenster zum Garten, zu den Gummibäumen und dem dahinterliegenden See hinausging, setzte sich mit dem Rücken zum Zimmer und wartete, bis Naomi sich mit ihrem dicken Bauch niedergelassen hatte. »Was ist los?«

»Brenda hat angerufen.«

Brenda war Max' Mutter, James' Tante – vielleicht wusste sie, wo Max war. »Hat sie was von Max gehört?«

»Nein. Ich glaube, sie wollte einfach nur quatschen.«

Brenda und Mike riefen jede Woche an, unterhielten sich mit Max über den Garten, seine neuesten Erfahrungen beim Kochen und das Wetter am See. Das war so weit von den Erfahrungen entfernt, die Rennie mit Eltern gesammelt hatte, dass sie Max immer ein wenig skeptisch und voller Sehnsucht lauschte, bis das Gespräch zu Ende war. »Und was hast du ihr gesagt?«

Naomi verzog das Gesicht, als wäre sie sich nicht sicher, ob sie das Richtige getan hatte. »Na ja, ich wollte ihnen nicht gleich Angst machen und zuerst gar nichts sagen, aber dann wusste ich nicht, ob du es ihr nicht schon erzählt hattest, und habe mir gedacht, dass sie es bei einem ihrer Rundrufe am Wochenende von jemand anderem erfahren würde. Also habe ich ihr erzählt, dass Max vermisst wird.«

Rennie stellte sich vor, wie Brenda an der Küchenbar in ihrem Haus in Yamba saß, während die Sonne ins Fenster schien, in der Ferne die tosende Brandung, und sie schockiert die Hände in den Schoß legte. »Und, war sie gefasst?«

»Sie wirkte ziemlich aufgeregt und hat sofort Mike informiert.«

Rennie zuckte zusammen. Ihre Besuche waren nie einfach gewesen. Brenda überschüttete sie mit mütterlicher Wärme, was Rennie entschieden unangenehm war. Aber ihnen zuzusehen, wie fröhlich sie sich um Mike kümmerten, vermittelte ihr ein Bild von einem ganz anderen Leben.

»Hatte sie eine Idee, wo er sein könnte?«

»Sie war ziemlich ratlos, wie wir auch. Aber sie wollte herumtelefonieren, ob irgendjemand etwas von ihm gehört hat.«

War sie ratlos, weil Max verschwunden war oder weil er wieder eine Frau verlassen hatte?

Naomi zog die Frischhaltefolie vom Teller und schob ihn Rennie hin. »Iss was.«

Sie nahm ein Sandwich, biss hinein und zwang sich zu schlucken. »Wieso bist du mit James' Auto da? Wollte er nicht ins Büro fahren?«

»Er ist mit mir hergefahren.«

Rennie sah in den leeren Garten hinaus, und eine gewisse Unruhe ergriff sie bei dem Gedanken, dass er sich vielleicht in ihrem Atelier umsah. »Und wo ist er jetzt?«

»Im Büro. Er sieht Max' Sachen durch.«

Max' Sachen? Sie drehte den Kopf zum Flur. Sie legte das Sandwich wieder auf den Teller und schob ihren Stuhl zurück. Ganz ruhig, ermahnte sie sich. James war nicht irgendein Geschäftspartner. Er und Max waren verwandt, sie waren zusammen aufgewachsen und verstanden sich bis jetzt gut. Zwischen ihnen bestand eine enge Verbindung, die Rennie nie verstanden hatte. Allerdings glaubte sie, dass das Problem eher bei ihr und ihrem mangelnden Vertrauen in Blutsbande lag. Max vertraute sie. Doch das galt nicht für seine Verwandtschaft. Max konnte über James sagen, was er wollte, sie würde ihre Meinung über seinen undurchdringlichen Gesichtsausdruck trotzdem nicht ändern.

Doch heute verband auch sie etwas, sagte sich Rennie. Auch er machte sich Sorgen um Max, also sollte sie vielleicht etwas nachsichtiger mit ihm sein. Außerdem hatte er vielleicht im Büro etwas entdeckt, das ihr entgangen war. Sie lief hinüber, blieb an der Tür stehen und erwartete ihn beim Durchsuchen der Regale und des Schreibtisches zu sehen, doch sie täuschte sich. Stattdessen saß er mit der Maus in der Hand auf Max' Drehstuhl vor dem Computer und hatte es sich mit einem Sandwich und einer Tasse Kaffee gemütlich gemacht.

Argwöhnisch schnauzte sie ihn an. »Was tust du da?«

Er spannte kurz die Schultern an und drehte sich dann zu ihr um. Kein Wort der Begrüßung; er redete einfach drauflos, als hätte er sie bereits erwartet. »Kennst du Max' Passwort?«

Sie verschränkte die Arme vor der Brust und wiederholte ihre Frage. »Was tust du da?«

Er runzelte kurz die Stirn, als wollte er fragen, wo das Problem war. »Ich versuche in seinen Computer zu kommen.«

»Unseren Computer«, korrigierte sie ihn. »Und warum?«

»Ich dachte, da gäbe es vielleicht Anhaltspunkte, die mir … die uns Hinweise darauf geben könnten, wo er ist.«

Als steckte eine Absicht dahinter. »Meinst du vielleicht, dass der Kerl im Geländewagen ihm eine Mail geschrieben hat?«

Er hob die Augenbrauen. »Glaubst du, ein Teenager in einem Geländewagen hat ihn entführt?«

»Ich weiß nicht, was passiert ist.«

Er sah sie einen Moment lang an, vielleicht, weil er die Anspannung in ihrer Stimme hörte und sie dem harten Tag zuschrieb, den sie beide hinter sich hatten. »Okay, hör mal.« Er fuhr sich mit der Hand über die Bartstoppeln am Kinn und atmete tief durch. »Ich weiß ja auch nicht, was ich davon halten soll. Ich dachte einfach, ein Blick könnte nicht schaden.«

Aus dem Grund war sie doch selbst zwei Mal nach Garrigurrang Point gefahren. »Okay.«

»Wie lautet sein Passwort?«

»Für das Mailprogramm?«

»Das auch, ich meine für seine Dateien.«

Rennie starrte auf den Monitor und das Foto auf dem Bildschirm, ein Sonnenuntergang über der Bucht. »Es gibt kein Passwort.«

James drehte sich auf dem Stuhl zurück, klickte mit der Maus, das Bild verschwand, und ein anderes tauchte auf – wieder ein Foto der Bucht von Garrigurrang Point, über der nun große Sturmwolken hingen wie in einem Hollywoodfilm über die Invasion von Außerirdischen. Er klickte zwei Mal auf ein Icon mit der Aufschrift »Max' Zeug«, woraufhin sich ein Fenster öffnete und ein Passwort verlangte. »Doch, es gibt eines.«

Seit wann hatte Max seine Dateien mit einem Passwort verschlüsselt?

»Hast du vielleicht irgendeine Idee?«, fragte James.

Fürchtete Max, dass sie seine Dateien las? Oder hatte er Angst, Hayden könnte sich einloggen und alles durcheinanderbringen? Das hatte er zuvor auch schon mal gemacht. Doch wenn er sich Sorgen machte, warum hatte er ihr dann nicht auch dazu geraten? »Nein, keine Ahnung.«

»Ich habe schon alles versucht, Namen, Geburtsdaten, Kombinationen von beidem. Seinen Namen, den von Hayden, deinen, die seiner Familie, meinen. Hat er vielleicht noch andere Namen benutzt?«

»Versuche es mal mit Max-Renée.« Sie buchstabierte die Kombination samt Groß- und Kleinbuchstaben, die sie für sicheres Surfen im Internet benutzten: MaXReneE.

James drückte die Eingabetaste, es piepte, und wieder erschien die Anzeige Passwort ungültig. »Bist du dir bei den Großbuchstaben sicher?«

»Ja.«

»Buchstabier es noch mal.«

Sie blickte auf die Tasten, während er alles eintippte, und dann auf den Bildschirm, als es erneut piepste. »Ich habe vor Kurzem eine Datei an sein Büro geschickt, da gab es noch kein Passwort.«

»Wann war das?«

»Vor etwa zwei Wochen.« Sie beobachtete James, er schien zu denken, dass das wohl hinkäme. Möglicherweise brauchte man manchmal aus datenschutztechnischen Gründen ein

Passwort. Er sah weiter auf den Bildschirm, sein Gesicht wirkte ausdruckslos, nur ein Muskel an seinem Kiefer zuckte. Falls irgendwas geklickt hatte, sprach er nicht darüber.

»Was ist mit dem Passwort für das Mailprogramm?«, fragte er.

»Das habe ich dir gerade gegeben.«

Er versuchte damit die Mails zu öffnen, bekam aber keinen Zugriff. »Das hat er offenbar auch geändert.«

Rennie steckte die Hände in die Taschen ihrer Jeans. Das Passwort zu ändern war sinnvoll, und natürlich hatte Max das Recht dazu, doch seit sie vor vier Jahren hier eingezogen war und sich an den Kosten für den Computer beteiligt hatte, hatte er immer dieselbe Buchstabenkombination benutzt. Sie hatte verschiedene E-Mail-Accounts, benutzte für jeden ein anderes Passwort, und keiner lief auf ihren tatsächlichen Namen. Sie hatte ihm immer wieder geraten, vorsichtiger zu sein, doch er behauptete stets, dass die Wahrscheinlichkeit, ein neues Passwort zu vergessen, größer war, als von jemandem gehackt zu werden.

Naomis Stimme durchtrennte die Stille. »Habt ihr was gefunden?«

»Wir kommen nicht rein«, sagte Rennie.

Naomi stand in der Tür, sie sah erst zu Rennie, dann zu James, und schien irgendwas in seinem Gesicht zu lesen. Rennie beobachtete, wie sie sich stumm austauschten. Naomi schien ihn etwas zu fragen, und James antwortete darauf. »Komm, und iss dein Sandwich.«

Rennie zögerte, sie versuchte zu interpretieren, was für eine Kommunikation zwischen ihnen ablief. Hieß es: Brauchst du ihre Hilfe? Nein, alles in Ordnung? Oder: Alles klar bei euch? Nein, schaff sie hier weg?

«Komm schon, du musst was essen. Außerdem müssen wir mit Hayden reden.«

Misstrauen breitete sich in ihr aus, vielleicht wegen der Bombe, die Trish zuvor hatte platzen lassen, wegen der sie sich jetzt auf mehr gefasst machte, oder wegen der Schatten der Vergangenheit, die immer noch ihre Gedanken beherrschten.

Sie wandte sich an James. »Wonach suchst du?«

13

James beobachtete sie einen Augenblick und legte dann nachdenklich den Kopf zur Seite. »Ich weiß es nicht.«

Er schien sich für die Antwort Zeit zu nehmen, doch irgendwas ließ sie zweifeln. Rennie sah zu Naomi, die aufmunternd lächelte, und dann wieder zu James, der ehrlich besorgt wirkte, und spürte, wie sich das Schweigen ausbreitete.

Draußen ging die Toilettenspülung, eine Tür wurde zugeknallt, Hayden stand im Flur und redete, bevor sie ihn sehen konnte. »Wann kommt Dad wieder?« Offenbar hatte er nur James im Büro erwartet, denn er schien überrascht, als sich alle drei zu ihm umdrehten.

Was du heute kannst besorgen, das verschiebe nicht auf morgen, sagte Rennie sich. »Wir müssen uns unterhalten.«

Hayden verdrehte die Augen. »Ich will einfach nur wissen, wann Dad zurückkommt.«

»Genau darüber müssen wir reden.«

Er seufzte und lehnte sich lümmelnd an die Wand. »Also?«

»Im Wohnzimmer.« Sie wollte es ihm nicht in dem engen Büro sagen oder riskieren, dass Hayden im Flur einen Aufstand machte. Außerdem brauchte sie die paar Schritte bis ins Wohnzimmer, um sich zu fangen und dem Jungen wenigstens ein bisschen Mitgefühl entgegenzubringen.

Rennie setzte sich in eine Sofaecke. Hayden fläzte sich in die andere und so weit wie möglich von ihr weg. Naomi ließ sich unbeholfen auf dem Couchtisch zwischen ihnen nieder, als wollte sie keine Position beziehen.

Rennie ignorierte den provozierend gelangweilten Blick in Haydens Augen. »Ich weiß nicht, wo Max ist.«

Sein kurzes Grinsen schien ihr sagen zu wollen: Und, ist das alles? »Du weißt also nicht, wann er zurückkommt?«

Naomi rutschte verlegen auf dem Tisch herum.

Rennie fing erneut an. »Er ist gestern Abend einfach von einer Party verschwunden. Ich habe keine Ahnung, wo er ist.«

»Irgendwo ist er also hingegangen. Ist ja 'ne große Sache.«

Nach Haydens Logik war es vielleicht cool, einfach abzuhauen, ohne irgendjemandem etwas zu sagen – immerhin hatte er mitten in der Nacht einen Zug genommen. Oder vielleicht war er auch zu sehr darauf konzentriert, Rennie zu ärgern, um die Botschaft zu verstehen. Sie fuhr etwas entschiedener fort. »Am Ende der Party war er verschwunden. Er ist nicht nach Hause gekommen und hat auch nicht angerufen.«

Hayden zog sich ein wenig hoch und hob das Kinn. »Und, was glaubst du? Muss ich jetzt mit Mom nach Cairns fahren? Das geht nicht mehr. Der Flieger ist schon weg.«

»Nein, Hayden. Ich versuche dir gerade zu erklären, dass dein Dad vermisst wird. Ich weiß nicht, wo er ist.«

Er sagte nichts, jedenfalls acht oder neun Sekunden lang nicht. Die Nachricht schien langsam wie Wasser in einen Felsen in ihn einzusickern. Sie wartete vergeblich, dass er ein besorgtes Gesicht machte, doch stattdessen zog er einen Mundwinkel zu einem dreckigen Grinsen hoch. »Und, hat er dich verlassen?«

Kalte Wut stieg in ihr auf, sie hätte ihm am liebsten vehement widersprochen, auch um die Zweifel zu ersticken, die in ihr aufgestiegen waren.

»Hayden«, sagte Naomi ruhig.

»Also ich hätte das bei der Schlampe längst getan.«

»Hayden!«, zischte Naomi.

Rennie biss die Zähne zusammen. Er ist ein Kind. Lass nicht zu, dass er dir unter die Haut geht. Mach einfach weiter. »Ich habe ihn bei der Polizei als vermisst gemeldet und warte auf einen Detective.«

»Du hast die Cops gerufen?« Er sagte das so, als habe sie völlig überreagiert, so als hätte seine Mutter auch die Polizei gerufen, als er nicht nach Hause gekommen war. Und vielleicht hatte sie sie vergangene Nacht auch gerufen, als er im Zug statt im Bett war.

Rennie versuchte den aggressiven Unterton aus ihrer Stimme zu verbannen. »Wir machen uns Sorgen um ihn und versuchen ihn zu finden.«

»Er ist bloß irgendwo hingegangen.« Es war kaum zu überhören, dass Hayden damit sagen wollte, was weißt du schon davon?

»Hast du mit ihm gesprochen?«

»Nein.«

»Weißt du, wo er ist?«

»Nein.«

Sie zögerte. »Wirklich nicht?«

Er drehte sich zu Naomi und schien zu sagen, was Rennie doch für ein Loser sei.

»Hayden«, sagte Naomi freundlich. »Weißt du, wo dein Dad ist?«

Vielleicht war es der Ton in ihrer Stimme oder die Tatsache, dass Naomi ihn fragte, jedenfalls legte er sein verächtliches Verhalten ab. »Nein, habe ich doch gesagt. Du glaubst mir, oder?«

Er versuchte Naomi auf seine Seite zu ziehen, doch Rennie hatte weder die nötige Geduld noch die Diplomatie für so eine Unterhaltung. Sie rutschte an den Sofarand, biss die Zähne zusammen und versuchte angemessenere Worte als die zu finden, die ihr durch den Kopf geschossen waren. »Hayden, hier geht es gar nicht um dich. Möglicherweise ist Max etwas zugestoßen.«

Blitzschnell drehte er sich um und wollte eine neue Schimpftirade loslassen, doch als er ihren Gesichtsausdruck sah, schwieg er. Sein Blick war plötzlich voller Verständnis, und seine Arroganz wirkte eher wie Verletzlichkeit. »Wie meinst du das?«

Naomi warf ihr einen warnenden Blick zu. Das war wieder so eine stumme Botschaft, wie sie schon vorher zwischen ihr und James hin und her gegangen war. Doch diese konnte Rennie entschlüsseln: Sei behutsam.

»Ich mache mir Sorgen, vielleicht hat er sich verlaufen.« Sei ehrlich, Rennie. »Oder es ist ihm was passiert.«

Er sah sie einen Augenblick an, dann Naomi, dann wieder sie. Aus Unsicherheit wurde Angst. »Nee. Auf gar keinen Fall.« Er setzte sich auf, seine Unruhe verwandelte sich in Wut. »Er hat sich bestimmt nicht verlaufen. Dad kennt sich hier besser aus als irgendwer sonst. Besser als Onkel James.« Er kniff die Augen zusammen, sah zu Rennie und fing plötzlich an zu schreien. »Wahrscheinlich ist er nicht einmal hier, sondern per Anhalter zum Bahnhof gefahren und hat einen Zug genommen. Wahrscheinlich um von dir wegzukommen.«

Rennies Kinn schoss nach oben, als hätte man ihr einen Kinnhaken versetzt. Nach allem, was die Stimme ihrer Schwester in ihrem Kopf und Trish ihr gesagt hatten, verletzten sie seine Worte. Sie stand auf und ging zum Fenster, das auf die Bucht hinausging.

»Das ist nicht fair«, sagte Naomi. »Wir wissen nicht, wo er ist. Und er liebt Renée. Das weißt du.«

»Schön, aber verlaufen hat er sich garantiert nicht«, beharrte Hayden. Er steckte noch immer so tief in seiner Rolle als grollender Teenager fest, dass er nicht begriff, was los war.

Rennie ging zu ihm zurück, hatte aber nicht die Absicht zu beschwichtigen. »Hayden, es könnte auch sein, dass ihm jemand was angetan hat. Dass er entführt wurde und verletzt ist. Also bitte reiß dich zusammen, damit wir uns auf die Suche nach ihm konzentrieren können.«

Sobald sie die Worte ausgesprochen hatte, hätte sie sie am liebsten wieder zurückgenommen. Hayden war ein Bengel, ohne Frage, aber er war auch immer noch das Kind, das vergangene Nacht hergekommen war, um seinen Dad zu sehen. Und er hatte Tränen in den Augen. Verdammt.

»Niemand würde meinem Dad was antun. So was kannst du nicht sagen.«

»Hayden«, Naomi streckte ihre Hand nach seiner aus, doch er zog sie weg.

»Er ist einfach irgendwo hingegangen, mehr nicht.«

»Hayden, Liebling«, versuchte es Naomi erneut.

»Sie hat wahrscheinlich alles erfunden, damit ich nach Cairns fahren muss.«

Rennie beobachtete, wie er ihr den Rücken zudrehte und um Naomis Anteilnahme rang. Seine Anschuldigungen schmerzten sie nicht mehr, sondern riefen nur Erinnerungen in ihr wach, wie sie selbst in dem Alter gewesen war. Nein, sie war ein Jahr älter und die Nachrichten waren schlechter gewesen: Ihre Mutter war ermordet worden. Sie hatte auch ungläubig darauf reagiert.

Und sie wollte auch nicht glauben, dass ihre Mutter recht behalten würde. Nach all den Jahren, in denen sie ihren Töchtern immer wieder erzählte, dass ihr Vater irgendwann auftauchen würde, und ihnen beibrachte, auf der Stelle zu verschwinden. Nächte, in denen sie zum Üben mit ihnen rausging und sie im Pyjama durch Fenster klettern und schnell wie der Blitz zum vereinbarten Versteck rennen mussten – das grenzte an Verfolgungswahn, und Rennie hielt ihre

Mutter für diejenige mit psychischen Problemen. Und dann hatte er am Ende doch brutal zugeschlagen.

Während der ganzen Zeit, in der sie ständig auf der Flucht waren, war die Polizei nur einmal gekommen. Ganz am Anfang, weil ihr Vater sie in einem Wohnblock aufgestöbert hatte. Rennie und Joanne, beide noch zu jung für die Highschool, waren geflohen, wie sie es gelernt hatten. Er hatte ihre Mutter bewusstlos geschlagen und hätte sie vermutlich umgebracht, wenn die Nachbarn nicht eingegriffen hätten. Ihre Mutter sagte später, dass er sie danach noch öfter fand, doch Rennie hatte ihn nie gesehen. Ab und zu kam ihre Mutter zur Schule oder nach der Arbeit nach Hause und sagte nur: »Er ist da. Packt eure Sachen.« Dann lud sie sie ins Auto, verabschiedete sich von niemandem, nahm nichts mit, was nicht in ihre Taschen passte. Einmal sah Rennie die zerstörte Einrichtung in ihrem Wohnmobil, bevor sie losfuhren, doch das war lange, bevor ihre Mutter zu der misstrauischen, überdisziplinierten und verstörten Person wurde, die sie am Ende war. Inzwischen hatte Rennie beschlossen, dass ihr Vater sie vergessen hatte und ihre Mutter die Verrückte war, die die Jagd nicht aufgeben konnte.

Doch dann parkte er eines Nachts sein Auto direkt vor ihrem Wohnmobil. Joanne war bei der Arbeit, sie briet Hamburger in einem Schnellrestaurant. Rennie erhielt nur geflüstert die Anweisung: *Lauf!* Sie antwortete, *Mom, um Himmels willen, wir sind doch erst seit drei Monaten hier.* Ihre Mutter zog sie aus der Küchenecke und schob sie wütend und nachdrücklich in den hinteren Teil des Wohnmobils. *Raus! Sofort!* Und so war sie am sicheren Stellplatz vorbeigegangen und erst wieder stehen geblieben, als sich die angestaute Wut in ihr entladen hatte. Als sie wieder zurückkam, war die Polizei da, Sergeant Evan Delaney setzte sie auf die Rückbank eines Streifenwagens, kniete sich neben die Tür und erklärte ihr, dass ihr Vater da gewesen sei. Nein, sie hatte keinen Vater. Ihre Mutter war verrückt; das war alles nur in ihrem Kopf, sagte sie zu ihm. Doch die tödlichen Messerstiche waren echt.

Rennie hatte fünfzehn Jahre Zeit gehabt, sich darauf vorzubereiten, und konnte es am Ende doch nicht fassen. Was erwartete sie nun von Hayden – einem verwöhnten Kind mit zwei sicheren Heimen und Eltern, die ihn liebten?

Sie wich zurück, als Hayden aufsprang, und versuchte nicht ihn aufzuhalten, als er durch das Zimmer stampfte.

»Ich muss hier raus!«, schrie er.

»Hayden, warte!«, rief Naomi und lief ihm hinterher, als er die Haustür so weit aufriss, dass sie an die Wand knallte.

»Lass ihn«, sagte Rennie.

»Aber …« Dann hörten sie laute Schritte auf der Veranda, und Naomi sah aus, als wollte sie ihm hinterherrennen, wäre da nicht das Gewicht ihres schwangeren Bauches gewesen, das sie zurückhielt.

»Wenn er mitten in der Nacht einen Zug nehmen kann, kann er auch eine Runde in Haven Bay drehen«, sagte Rennie. »Gib ihm Zeit, er muss es verarbeiten.«

Rennie hätte sich ihm am liebsten angeschlossen und abreagiert, doch sie wären sich nur auf die Nerven gegangen. Sie dachte an die Übungen ihrer Mutter, bei denen sie mitten in der Nacht alles zusammenpacken und verschwinden mussten, und hatte das Bedürfnis, jetzt auch zu handeln. Alles war besser, als herumzustehen und sich nutzlos und unsicher vorzukommen. Sie dachte an ihre Mutter, wenn sie nach dem Tanken ein Sandwich oder eine Tüte Chips auf den Rücksitz warf und sich auf eine dieser höllischen Fluchtfahrten begab. *Esst was. Ich weiß nicht, wann wir wieder halten.* Rennie ging zum Esstisch, nahm das halbe Sandwich, das Naomi gemacht hatte, stellte sich ans Fenster, blickte auf Max' Garten hinaus und zwang sich etwas zu essen.

»Tut mir leid, dass es so schlecht gelaufen ist.« Naomi stand neben ihr und hatte den Teller in der Hand, auf dem der Rest des Sandwiches lag. »Ich fürchte, ich war keine große Hilfe.«

»Das stimmt nicht, du warst großartig. Wenn du nicht gewesen wärest, wäre es schlimmer gewesen.«

»Hayden meint es nicht so. Er ist einfach nur aufgewühlt.«

»Sei dir da mal nicht so sicher.«

Naomi machte ein mitfühlendes Gesicht. »Und, wie geht es dir?«

»Ich weiß nicht. Ich mache mir Sorgen. Ich denke, da muss irgendwas Schlimmes passiert sein. Dieser junge Kerl im Auto. Andrerseits …« Sie drehte sich ein wenig zu Naomi und sah ihr ins Gesicht. »Trish hat mir erzählt, dass er schon vorher ein paar Mal verschwunden ist, als er noch mit Leanne zusammen war.«

Naomi runzelte ganz kurz die Stirn und schien sich zu erinnern. »O mein Gott, das hatte ich ja ganz vergessen.« Dann sah sie Rennie nervös an, als ihr die Bedeutung schlagartig bewusst wurde.

»Wir haben uns gestern Abend gestritten«, sagte Rennie. »Vor der Party und während der Party. Es sind nur ein paar unschöne Worte gefallen, aber das war das letzte Mal, dass ich mit ihm gesprochen habe.«

Rennie sah an Naomis Miene, wie sehr sie sich quälte, und wusste, dass es dabei nicht nur um Max ging. Sie konnte niemanden leiden sehen. Sie sah sich keine traurigen Filme an, weil sie es nicht ertrug, nicht einmal auf der Leinwand. Rennie hatte immer wieder gehört, dass sie immer wieder mehr als ihre Pflicht tat und Leuten Nettigkeiten sagte, die es nicht verdient hatten oder es gar nicht wollten. Jetzt biss sie sich auf die Lippen, zwang sich zu einem tröstenden Lächeln, wollte unbedingt etwas Beruhigendes sagen, wusste aber nicht was. »Das ist schon lange her. Damals war er anders. Das war vor dem Einbruch der Mine.«

Und trotzdem wurde er nach einer Auseinandersetzung mit ihr vermisst. »Ich dachte, bei uns wäre alles in Ordnung, aber … wenn er unglücklich war …«

»Rennie, er liebt dich.«

Gestern hätte sie noch gesagt: »Na klar, natürlich.« Heute war sie nicht mehr dieselbe Renée Carter, die sie in Haven Bay entdeckt hatte. Heute hatte sie Stimmen im Kopf – die von Hayden, Trish und Joanne. *Wer kann so was lieben?* Und ihre eigene Stimme, die sie fragte: *Tut er es?*

Ein Geräusch drang aus dem Büro und veranlasste sie, sich umzudrehen. Wieder tauchte eine Frage in ihr auf. »Wonach sucht James?«

»Er hat gesagt, dass er irgendwelche Sachen für die Arbeit nächste Woche braucht, du weißt schon, für den Fall, dass Max … nicht zurückkommen sollte. Oder danach eine Auszeit braucht … nur falls er eine Auszeit braucht, weißt du.«

Rennie runzelte die Stirn. »So hat es James aber nicht ausgedrückt.«

Naomi blinzelte Rennie kurz an, zu kurz für eine stille Botschaft, aber lang genug, um das Unbehagen darin zu offenbaren.

»Naomi, wonach sucht er?«

Sie schüttelte fast unmerklich den Kopf. »Ich kann nicht …«

Dann stand James neben seiner Frau und legte besitzergreifend eine Hand auf ihren Bauch. »Alles in Ordnung?«

»Nein, James. Max wird vermisst«, zischte Rennie und ließ ihre Wut an ihm aus, weil sonst niemand da war.

»Ich meinte mit Hayden.«

»Oh, das war toll. Ein wirklich erhebender Moment. Hast du es gefunden?«

Er zögerte und sah Naomi an.

»Sie hat mir nicht gesagt, wonach du suchst, ich will es aber trotzdem wissen.«

»Rennie, ich glaube nicht …«

»Falls du was weißt, dann sag es mir. Ich will einfach nur Max finden.«

»James, du solltest es ihr erzählen«, murmelte Naomi.

Er sagte gar nichts, sondern sah Rennie nur sehr lange an. Nicht nervös, nicht entspannt, nur still und unergründlich wie immer. Das Festnetz klingelte und zerriss schrill die Stille. Sie wäre am liebsten durch den Raum gestürzt und hätte danach gegriffen, doch sie blieb stehen. Da war noch etwas, und James wusste, was es war.

»Rennie, das Telefon«, sagte Naomi.

Daraufhin bewegte sie sich, das Blut pochte in ihren Ohren, als sie nach dem Hörer griff. »Hallo?«

»Renée Carter?«

»Ja.«

»Hier spricht Detective Phil Duncan. Ich würde gerne mit Ihnen über Max Tully sprechen.«

Sie griff sich plötzlich an den Hals. »Haben Sie ihn gefunden?«

»Nein. Tut mir leid. Da habe ich leider keine Neuigkeiten. Ich würde Ihnen allerdings gerne ein paar Fragen stellen. Wo genau wohnen Sie?«

Naomi stand neben ihr, als sie dem Detective den Weg von der Hauptstraße zum Haus beschrieb. James stand hinten am Fenster und starrte nach draußen.

»Sollen wir bleiben, wenn du mit der Polizei sprichst?«, fragte Naomi, als sie wieder aufgelegt hatte.

Rennie wusste genug über Polizisten, um zu wissen, dass der Detective bestimmt auch mit Angehörigen und Kollegen sprechen wollte. James deckte beide Kategorien ab. Vielleicht kamen die Dinge in Gang, wenn er blieb, ob im guten oder im schlechten Sinne, denn Fakten waren sicherer als Vermutungen. Außerdem wollte sie hören, was er zu sagen hatte.

»Ja, ich denke, das wäre wohl das Beste.«

14

»Ich war in Coal Point bei meinen Schwiegereltern zum Sonntagsessen, deshalb konnte ich so schnell herkommen«, sagte Detective Phil Duncan zu Rennie und folgte ihr ins Wohnzimmer.

Schnell? Es war vier Uhr. Sie hatte den Blutfleck um halb zehn Uhr heute Morgen entdeckt. Aber dann sagte sie sich, dass heute sein freier Tag war, er aber trotzdem gekommen war. »Tut mir leid wegen Ihres Mittagessens.«

Er hob die Hand. »Meine Schwiegermutter ist eine entzückende Frau, aber an ihrem Schweinekrustenbraten beißt man sich die Zähne aus. Ich habe mir in diesem Café beim Parkplatz ein Sandwich geholt.«

Sie lächelte und dachte, dass sie ihm später immer noch erzählen konnte, wo sie arbeitete. Jetzt gab es Wichtigeres zu besprechen. Sie stellte dem Detective James und Naomi vor und erklärte ihm die familiären Verhältnisse und Geschäftsverbindungen. Er schüttelte beiden die Hand und redete kurz unverbindlich mit ihnen.

»Und, was passiert jetzt?«, unterbrach Rennie ungeduldig, weil sie endlich anfangen wollte.

»Könnten wir uns vielleicht setzen?«, fragte er und zeigte auf das Sofa, als wäre er der Gastgeber.

Eigentlich wäre sie viel lieber im Zimmer umhergelaufen, hätte die Hände geknetet und noch einmal den Garten kontrolliert, doch sie nickte, setzte sich aufs Sofa und wartete, bis auch James und Naomi Platz genommen und Detective

Duncan seinen massigen Körper neben ihr auf das Sofa verfrachtet hatte. Sie schätzte ihn auf Ende vierzig, Anfang fünfzig, er hatte kurz geschnittenes, mehr grau als dunkel meliertes Haar, war vermutlich so groß wie Max, aber doppelt so breit. Fett war er aber nicht, nicht die Bohne. Er hatte breite Schultern und wirkte massig, der Typ Mann, der sich zwar nicht schnell fortbewegen, dafür aber Hiebe wie ein Sandsack einstecken konnte, wenn es sein musste. Sie sah auf seine breiten, festen Hände, als er einen kleinen Notizblock aus seiner Hemdtasche zog, und vermutete, dass er auch gut Faustschläge austeilen konnte. Er hatte die Statur eines Erpressers, aber ein freundliches Lächeln und babyblaue Augen.

»Also, was ist mit dem Blut vom Parkplatz?«, fing Rennie an. »Hat die Spurensicherung schon etwas herausgefunden?«

Er nickte und wartete einen Moment, damit auch James und Naomi sich am Gespräch beteiligen konnten. »Zunächst einmal hat der Kriminaltechniker gesagt, dass es sich definitiv um Blut handelt. Er geht davon aus, dass es gestern Nacht oder heute in den frühen Morgenstunden dort hingekommen ist.«

Rennie presste ihre Hände zusammen und steckte sie zwischen die Knie. »Max ist ungefähr gegen zweiundzwanzig Uhr auf den Parkplatz gegangen.«

Er strich mit einer Hand die Luft glatt und sagte ruhig: »Wir sollten keine voreiligen Schlüsse ziehen. Bisher haben wir noch keine Hinweise darauf, dass das Blut von Mr. Tully stammt.«

»Aber Sie haben doch Proben entnommen? Dann müssen Sie doch davon ausgehen, dass es eine Verbindung gibt.«

»Wir haben Proben für den Fall entnommen, dass am Verschwinden von Mr. Tully irgendwas faul ist. Doch im Moment gibt es keine Beweise dafür.«

»Aber er wird doch vermisst und …«

»Renée, lass ihn doch ausreden«, sagte James.

Sie sah ihn an. »Und es wurde Blut an der Stelle gefunden, an der er zum letzten Mal gesehen wurde. Deutet das auf nichts hin?«

Der Detective nickte erneut und schien zu begreifen, dass weitere Erklärungen nötig waren. »Letzte Nacht gab es aber auch eine Schlägerei im Pub. Ich habe heute Nachmittag mit Zeugen gesprochen und erfahren, dass die Auseinandersetzung auf dem Parkplatz weiterging und ein Mann im Gesicht blutete. Ich gehe der Sache weiter nach, aber im Moment sieht es danach aus, als gäbe es für das Blut zwei mögliche Erklärungen.«

Rennie schwieg, sie wusste nicht, was sie davon halten sollte. Detective Duncan hatte offensichtlich mehr getan, als nur sein Mittagessen zu kaufen, er hatte auch mit dem Kriminaltechniker gesprochen. Doch wenn es nicht das Blut von Max, sondern von jemand anderem war, was hatte das dann zu bedeuten? Dass die Cops sich dann bei der Suche nach ihm nicht sonderlich anstrengen würden? Dass Max einfach so von der Party verschwunden war? »Könnten Sie nicht testen lassen, ob das Blut von Max ist?«

»Rennie, so wie sich das anhört, tun sie bereits alles, was in ihrer Macht steht«, sagte James eher herablassend als beschwichtigend.

Der Detective lächelte geduldig. »Die Blutprobe wird zur Bestimmung der Blutgruppe eingeschickt. Sollte sie mit der von Mr. Tully nicht übereinstimmen, können wir natürlich ausschließen, dass es sich um sein Blut handelt. Sollte sie dagegen doch übereinstimmen, wissen wir trotzdem immer noch nicht, ob es seins ist, sondern nur, dass er dieselbe Blutgruppe hat. Kennen Sie seine Blutgruppe, Renée?«

»Ich kann das für Sie herausfinden«, bot James an.

»Er hat Blutgruppe A«, sagte Rennie. Max spendete regelmäßig Blut. Für ihn war das eine Form der Rückerstattung für das Blut, das er nach dem Mineneinsturz bekommen hatte – und er kam jedes Mal zurück und prahlte mit seiner Blutgruppe, als wäre sie ein Prüfungsergebnis.

Diesmal lächelte Duncan fast entschuldigend. »Leider haben achtunddreißig Prozent der Bevölkerung diese Blutgruppe.«

Na großartig. »Und was ist mit der DNA? Kann man daran erkennen, ob es sein Blut ist?«

»Ein Gentest dauert ein paar Wochen, außerdem kann man ihn erst anfordern, wenn ein Verbrechen nicht mehr ausgeschlossen werden kann.« Er bemerkte ihre Enttäuschung und hob beschwichtigend die Hand. »Derzeit hätte ein DNA-Test keinen Sinn. Damit finden wir ihn auch nicht wieder, außerdem wird der nur als Beweismittel bei einem Verbrechen herangezogen. Trotzdem wäre es eventuell hilfreich, wenn ich ein paar Proben für unsere Akten mitnehmen könnte, wenn ich schon mal da bin. Eine Zahnbürste oder eine Haarbürste wäre am besten.«

Sie sah James an und überlegte, ob er noch weitere hilfreiche Kommentare abgab, wenn sie aus dem Zimmer ging.

»Geben Sie sie mir, wenn ich gehe. Renée, würden Sie mir erzählen, was gestern Abend passiert ist?«

Rennie überschlug die Beine und seufzte laut. »Ich habe das schon drei Mal drei verschiedenen Beamten erzählt. Ich war heute Morgen in Toronto auf dem Polizeirevier und habe eine Vermisstenanzeige aufgegeben. Welchen Teil der Geschichte soll ich wiederholen?«

Sie sah, dass James den Kopf schüttelte, Naomi beruhigend sein Knie berührte und erwartete, dass auch Detective Duncan verärgert reagieren würde, doch überraschenderweise blieb er freundlich.

»Ich weiß, wie frustrierend das ist, vermutlich wäre Ihnen

ein Suchtrupp lieber, aber ich habe gerade erst von der Sache erfahren. Ich habe Ihre Vermisstenanzeige nicht gelesen und nur kurz mit dem Polizisten auf dem Parkplatz gesprochen. Wir müssen die Gegend genau absuchen. Es würde mir ungemein helfen, die Geschichte noch einmal von Ihnen zu hören.«

Rennie fragte sich kurz, ob der harte Mann in ihm an seiner Anteilnahme arbeiten musste oder ob sie das natürliche Gegengewicht zu seinem massigen Körperbau war. Aber vielleicht hatte er auch einfach nur zu viele Menschen in schwierigen Situationen erlebt und wusste, dass man mit Ruhe weiter kam. Wie auch immer, jedenfalls verscheuchte sein Ton ihre Wut – für ihn war es sinnvoll, die Geschichte aus erster Hand zu hören. Sie schloss einen Augenblick die Augen, versuchte ihre Ungeduld zu zügeln und die Ereignisse chronologisch durchzugehen.

Sie erzählte ihm von ihrer Fahrt zur Party, dem Burschen im Geländewagen, dem Streit auf dem Parkplatz. Von Angus McDonald, der gehört hatte, dass Max den Wagen kontrollieren wollte, und der anschließenden Suche in der Dunkelheit. Sie versuchte sich an die Fragen zu erinnern, die ihr die anderen Cops gestellt hatten, und fügte auch diese Informationen hinzu. Als Letztes zählte sie die Leute auf, die sie alle angerufen hatte. Detective Duncan unterbrach sie nur ein Mal, weil er sich vergewissern wollte, dass er das Kennzeichen des Geländewagens auch richtig notiert hatte. Ansonsten hörte er zu, machte sich Notizen und hob einmal die Hand, als James unterbrach und seine Version der Suchaktion darstellen wollte.

Als sie fertig war, wandte er sich an James und Naomi und hörte sich ihre Schilderung des Abends an. Naomi hatte sich ein paar Mal auf der Party mit Max unterhalten und ihn zum letzten Mal gesehen, als sie bei der Rede alle zusammengestanden hatten. Er hatte den Straßenrowdy mit keinem Wort erwähnt und schien auch nicht beunruhigt gewesen zu sein. James erklärte, dass sie zu spät gekommen wären. »Kurz nach zehn Uhr, vermutlich war es aber halb elf«, in etwa um die Zeit musste es gewesen sein. Er hatte Max gar nicht gesehen; er war nach der Suche gleich zum Büro nach Toronto gefahren und hatte dort nach ihm gesucht. Er hatte Max zum letzten Mal Freitagnachmittag bei der Arbeit gesehen.

Detective Duncan war bereits eine Dreiviertelstunde da, als er um ein Glas Wasser bat. Als Rennie aufstand und vier Gläser mit Wasser füllte, ging Naomi zur anderen Seite des Tresens und stützte sich darauf.

»Wie geht's dir?«, fragte sie.

»Gut.« Sie hatte schon schlimmere Befragungen mit Polizisten erlebt. »Ich hoffe nur, dass er auf irgendwas zu sprechen kommt, das noch nicht irgendwo steht.«

»Da bin ich mir sicher.«

Rennie war sich hingegen sicher, dass Naomi so etwas wie Polizei nur vom jährlichen Stand auf dem Jahrmarkt kannte.

Der Detective stand jetzt hinten am Fenster und schaute in den Garten, James stand ruhig neben ihm und sprach. Rennie betrachtete ihre Rücken, während sie die Getränke brachte, und überlegte, was James ihm wohl sagen wollte, ohne dass sie es hörte.

»Schönen Ausblick haben Sie da«, sagte Duncan und nahm ein Glas.

Sie murmelte zustimmend, denn ihr wurde klar, dass er die Gelegenheit genutzt hatte, um sich ein Bild davon zu machen, wie Max wohnte.

»James hat mir gerade erzählt, dass das Haus seiner Großmutter gehörte.«

»Sie hat fast sechzig Jahre hier gelebt«, fügte James hinzu. »Sie starb ungefähr ein Jahr nach Max' Unfall. Offenbar dachte sie, dass er nie wieder arbeiten würde, und änderte ein paar Monate vor ihrem Tod ihr Testament, damit er wenigstens ein Dach über dem Kopf hätte.«

Rennie sah ihn fragend an. Das war nicht die Version, die sie kannte.

»Was für ein Unfall?«, fragte Duncan.

»Erinnern Sie sich noch an den Einsturz der Mine in Teralba?«, fragte James. »Max war der Kerl, den sie rausgezogen haben.«

Der Cop stieß leise einen zischenden Ton aus. »Wenn ich mich recht entsinne, hat das eine ganze Weile gedauert.«

James nickte. »Zwanzig Stunden.«

»Gab es da nicht auch einen Todesfall?«

»Ja, der andere Mann aus Max' Team. Dallas Brownston hieß er.«

»Das ist ja schrecklich. Aber offensichtlich konnte er wieder arbeiten, wenn Sie beide jetzt ein Geschäft führen.«

»Ja, Max kann so schnell nichts aufhalten«, sagte James, als wäre Max gerade erst aus dem Loch und über die Sache hinweggekommen. Vielleicht war es Stolz auf Max' Leistungen, doch Rennie wusste, dass der Detective dadurch die Geschichte besser verstehen konnte.

»Er hat hart daran gearbeitet«, sagte sie. »Er arbeitet immer noch hart daran. Es war nicht leicht.«

»Ja, das stimmt«, fügte James hinzu.

»Das kann ich mir vorstellen«, sagte der Detective. »Und ich finde es großartig, dass Sie alle helfen wollen, ihn zu finden. Ich würde gerne noch ein paar Einzelheiten mit Ihnen durchgehen, aber diesmal separat mit Renée und James, wenn das für Sie in Ordnung geht.«

»Kein Problem.« James stemmte seine Hände in die Hüften und war bereit, alle seine wichtigen Informationen preiszugeben.

Rennie verschränkte die Arme vor der Brust. »Klar.«

Zuerst kam Rennie dran, er ging mit ihr zu den Sofas zurück und lächelte sie kumpelhaft an. »Mr. Tully … Max … Stört es Sie, wenn ich ihn Max nenne?«

Sie schüttelte den Kopf und wünschte, er würde einfach fortfahren.

»Können Sie mir sagen, in welcher Stimmung Max vor der Party war?«

Endlich neue Fragen.

Ausgelassen, wollte sie schon fast sagen und dachte daran, wie er an der Schlafzimmertüre gestanden und gelächelt hatte. *Hey, Liebling, soll ich dir bei den lästigen Schnallen an deinem Overall helfen?* Dann erinnerte sie sich, dass es nicht dabei geblieben war. Als sie sich ausgezogen und den Fußboden erreicht hatten, hatte er sich leidenschaftlich auf sie gestürzt und sie geliebt, als gäbe es nichts anderes auf der Welt. Dann hatte er ihr einfach einen Antrag gemacht, dem eine unbeholfene, kurze, halb ernste, halb gewitzelte Unterhaltung gefolgt war. Sie wollte dem Detective sagen, dass Max keinerlei Sorgen hatte, doch würde die Polizei dann an den falschen Orten nach ihm suchen? »Er war müde. Vielleicht auch ein wenig gestresst.«

»Und weswegen war er gestresst?«

»Er hatte eine lange Woche gehabt und hat Arbeit mit nach Hause genommen. Mehr nicht.«

»Und wie war es im Auto? Wie hat er auf das aggressive Verhalten des anderen Fahrers reagiert?«

»Er war sauer.«

»Aha. Wütend?«

»Ich denke schon.«

»Fuhr er schneller, um ihn abzuschütteln?«

»Wollen Sie ihm deswegen etwa einen Strafzettel verpassen?«

Er lachte, als hätte er gerade einen guten Witz gehört. »Renée, eigentlich will ich nur herausfinden, in welchem Gemütszustand Max vor seinem Verschwinden war. Ist er schneller gefahren?«

»Nein, eher langsamer. Er hat den Jungen die ganze Hauptstraße entlang gezwungen, unter dem Tempolimit zu fahren.«

»Nette Taktik. Und wie verlief die Unterhaltung auf dem Parkplatz? Bei so einem jungen Burschen bekäme ich ja Lust, ihn niederzuschlagen. Wie ging Max damit um?«

»Er war sauer, ist aber ruhig geblieben. Er tat sein Bestes, um eine Eskalation zu verhindern.«

»Aha. Und auf der Party? Wie hat er sich verhalten, als Sie dort ankamen?«

Gereizt. »Es ging ihm gut.«

»Brauchte er erst einmal einen starken Drink?«

»Er hat ein Glas Champagner getrunken. Das würde ich nicht gerade als stark bezeichnen.«

»Trinkt er meistens Champagner?«

»Nein. Er trinkt eher Bier oder Rotwein.«

»Hat er auf der Party viel getrunken?«

»Ich weiß es nicht. Ich hatte zu tun. Ich arbeite im Café, es war eine Geburtstagsfeier für die Besitzerin. Ich habe beim Essen geholfen.«

Er hob die Augenbrauen. »Oh, dann arbeiten Sie also im Skiffs. Dort gibt es hervorragende Sandwiches.«

Sie nickte gelangweilt, ihr war es egal, was er von seinem Mittagessen hielt.

»Wie oft haben Sie Max trinken gesehen?«

»Nur das erste Glas Champagner. Das war das letzte Mal, dass ich mit ihm gesprochen habe.«

»Und wie ging es ihm da?«

»Nun, betrunken war er natürlich nicht.«

»War er noch wütend?«

»Er wollte nach dem Wagen sehen. Ich sagte zu ihm, dass ich das keine gute Idee fände.«

»Warum nicht?«

»Ich dachte, der Junge würde vielleicht da draußen noch auf ihn warten. Und dass Max nicht zurückgekommen ist, legt doch nahe, dass ich recht haben könnte, oder nicht?«

Er wiegte langsam den Kopf hin und her und schien unentschlossen. Er schwieg lange und trank einen Schluck Wasser, während Rennie durch den Raum zu James und Naomi sah, die still am Esstisch saßen. Naomi lächelte ihr ermutigend zu, James sah sie wie immer ausdruckslos an.

»Ich weiß ja nicht, wie es bei Ihnen und Max ist«, sagte Detective Duncan. »Aber wenn ich mit meiner Frau ausgehe, überrede ich sie immer, meinen Schlüssel in ihre Handtasche zu stecken. Das nervt sie zwar, aber ich ertrage das Geklimper in meiner Hosentasche nicht. Machen Sie und Max das auch?«

»Manchmal.«

»Hat Max Ihnen letzte Nacht seine Schlüssel gegeben?«

»Nein.«

»Hat er immer nur einen Schlüssel dabei oder einen ganzen Schlüsselbund? Sie wissen schon, Haus, Büro und so?«

»Einen Schlüsselbund. Warum?«

»Das ist nur so ein Gedanke.«

Rennie sah nur den leeren Blick in seinen Augen, der nichts preisgeben würde. Diesen Ausdruck hatte bisher jeder Polizist perfektioniert, mit dem sie gesprochen hatte, also wusste sie, dass es mehr als nur ein Gedanke war. Wenn Max seine Brieftasche und seine Schlüssel bei sich hatte, war es für niemanden ein großes Problem, auch die passende Tür dazu zu finden. »Meinen Sie, ich sollte die Schlösser auswechseln lassen?«

»Wenn Sie sich dann sicherer fühlen.«

Seine unverbindliche Antwort sagte ihr noch etwas anderes. Er erkundigte sich nach den Schlüsseln und prüfte die Gefühlslage. Max war gestresst und hatte Champagner getrunken, bevor er auf den Parkplatz hinausgegangen war. Detective Duncan wog ab, ob Max aus freien Stücken gegangen war. Sie suchte nach den passenden Worten, um ihn davon zu überzeugen, dass Max niemals einfach so abhauen würde, doch ihr fielen keine ein. Zwischen ihnen gab es kein Versprechen, nur einen zurückgewiesenen Heiratsantrag und ein paar gereizte Worte.

»Hat Max noch andere Familienangehörige in Haven Bay?«

Doch, es gab noch mehr Gründe, weshalb Max nicht einfach aufbrechen und abhauen würde. »Nur James und Naomi, aber er hat sein ganzes Leben hier verbracht. Beim Segelklub und dem Fußballverein gehört er praktisch zum Inventar.« Sie lächelte und hoffte, er würde verstehen, was sie meinte.

»Okay, jetzt bräuchte ich nur noch ein paar Kontaktdaten von Freunden.«

Rennie lächelte zögernd. »Klar.« Trish und Pav waren Max' beste Freunde. Das waren die ersten Menschen, an die er sich wenden würde. Doch als James ihren Platz auf dem Sofa einnahm, fragte sie sich, welche Hilfe sie ihm anbieten würden. Aus Rennies Sicht hatte Trish bisher nur Misstrauen gesät und Pav sich an früheren Vertrauensbrüchen von Max beteiligt.

15

»Was für ein herrlicher Nachmittag, komm, wir setzen uns auf die Terrasse«, sagte Naomi.

Rennie spähte durch das Fenster, als hätte sie vergessen, wie es draußen aussah. Der See lag still und flach da, die Ruhe nach einem windigen Nachmittag. Sie konnte nicht segeln und mochte das Gefühl der Verletzlichkeit nicht, das sie auf dem Wasser überkam. Max hingegen erkannte mit einem Blick, aus welcher Richtung und mit wie vielen Knoten der Wind kam und welche Wendetechnik er anwenden musste. Doch jetzt wollte sie nur seine Stimme hören: »Hey, Schatz, ich bin wieder da.«

Naomi hakte sich bei ihr unter. »Komm schon. Du tust doch schon alles, was in deiner Macht steht. Ein bisschen frische Luft wird dir guttun.«

Naomi setzte sich an den Grilltisch, während Rennie stehen blieb und durch die Fensterscheibe die Köpfe drinnen beobachtete. »Was hätte James mir sagen sollen?«

Naomi sah sie an. »Wie meinst du das?«

»Vorhin, als der Cop angerufen hat, hast du gesagt, James soll mir was erzählen. Was sollte er mir denn erzählen?«

Sie nippte an ihrem Tee und blickte auf den See. »Ich liebe diese Aussicht.«

»Naomi, bitte.«

Sie schloss ihre Hände um die Tasse, als wären sie kalt und sie müsse sie wärmen, dann sagte sie: »Irgendwas ist auf der Arbeit vorgefallen. Was genau, weiß ich nicht.«

»Irgendwas, was?«

»Sie haben sich Freitag ziemlich gestritten. Ich wusste bis heute Morgen auch nichts davon. James wollte es mir nicht erzählen, aber er macht sich Sorgen um Max.«

»Und worum ging es bei dem Streit?«

Sie lächelte fast entschuldigend und etwas ängstlich. »Es ging um die Arbeit. Genaues weiß ich nicht.«

Rennie sah, wie Detective Duncan drinnen seinen Mund bewegte und James nickte.

»Ist bei der Arbeit vielleicht irgendwas schiefgelaufen?« Es hatte zuvor auch schon mal Schwierigkeiten gegeben – falsche Lieferungen, Rechnungsfehler –, böse Worte waren gefallen.

»Das sollte lieber James dir erklären. Ich mische mich nur ungern in Geschäftsangelegenheiten ein.«

»Ich auch, aber … macht James sich wegen der Auseinandersetzung um Max Sorgen?«

Naomi fuhr mit der Hand ihren Hals hinunter und legte sie dann auf den Bauch. »Rennie, es geht nicht. Es ist nicht meine Aufgabe, es dir zu sagen. Bitte.«

Rennie sah wieder zum Fenster und spürte, wie Angst in ihr aufstieg. Was zum Teufel war passiert? Und warum hatte Max nichts davon erwähnt?

Sie redete nicht weiter auf Naomi ein, weil sie wusste, dass die ihr nichts weiter erzählen würde. Sie dachte an Freitagabend zurück und erinnerte sich, dass Max zerstreut gewirkt hatte. Genau wie sie, denn sie hatte die ganze Zeit draußen in ihrem Atelier an dem Bild gearbeitet. Er war müde gewesen und wollte ein wenig vor dem Fernseher rumhängen, als sie um Mitternacht ins Haus kam, lag er schon im Bett und schlief.

Rennie sah auf die Uhr, es beunruhigte sie, dass James länger als sie befragt wurde. Als die beiden Männer endlich aufstanden, ging sie hinein und sah die beiden erwartungsvoll an. James sah ihr in die Augen, sagte aber nichts.

»Jetzt brauche ich nur noch die Telefonnummern und die DNA-Proben«, sagte Detective Duncan zu ihr. Okay, er wollte also nichts sagen. Sobald er weg war, würde sie sich James vorknöpfen.

Sie ging ins Badezimmer, nahm Max' Zahnbürste, die auf dem Bord über dem Waschbecken stand, und hielt sie einen Augenblick lang in der Hand, als ginge eine Nachricht von ihr aus. Herrgott, sie sammelte DNA-Proben. Sie wollte die Zahnbürste nicht den Cops geben. Sie wollte, dass Max nach Hause käme und sie benutzte.

Detective Duncan hielt schon eine Plastiktüte mit Zippverschluss bereit, als sie zurückkam. Alles schien nett und freundlich, es wurden keine Handschuhe für den Tatort benutzt, es gab kein Drama, keinen besonders vorsichtigen Umgang mit den Beweismitteln. Nur ein freundliches Lächeln und ein Dankeschön. Auf dem Weg nach draußen gab er ihr noch seine Visitenkarte. »Zögern Sie nicht, mich anzurufen«, sagte er. »Und vergessen Sie nicht, mir Bescheid zu sagen, wenn Sie etwas von Max hören.«

Als sie wieder zurückkam, standen James und Naomi auf der Terrasse. »James, warum hat das mit dem Detective so lange gedauert?«

Er steckte seine Hände in die Hosentaschen und starrte auf den See.

»Ich habe ihr von eurem Streit am Freitag erzählt«, sagte Naomi. »Dachte aber, du solltest es ihr erklären.«

»Komm, setzen wir uns.«

O Gott, dann war es also schlimm.

Sie setzten sich um den kleinen, verkratzten Tisch an ihre gewohnten Plätze – Rennie saß Naomi gegenüber, James dazwischen. Ein Platz war leer.

»Wir hatten ein paar finanzielle Probleme«, fing James an. »Uns fehlt Geld. Eine beträchtliche Summe.«

Rennie runzelte die Stirn. »Und?«

»Ich habe versucht, es auf unseren Konten zurückzuverfolgen.«

»Hast du danach auf Max' Computer gesucht?«

Er rutschte verlegen auf seinem Stuhl hin und her. »Ich habe mit Max darüber geredet, er konnte es aber nicht erklären.«

»Er hat also auch versucht, das Geld zurückzuverfolgen.«

James machte eine Pause und holte Luft. »Ich fürchte, dass er was damit zu tun hat.«

Sie brauchte einen Augenblick, um das sacken zu lassen. »Du glaubst, dass Max es genommen hat?«

»Ich weiß es nicht. Es wäre möglich.«

»Möglich?«

»Ja.«

Naomi legte ihre Hand auf Rennies Arm.

»Wie viel Geld fehlt?«, fragte Rennie.

»Mehrere Hunderttausend.«

Rennie sah ihn entgeistert an. »Wie kann man mehrere Hunderttausend entwenden, ohne dass es jemand bemerkt?«

James lächelte belustigt. »Renée, wir betreiben kein Café. Wir jonglieren ständig mit solchen Summen.«

Sie presste die Lippen zusammen, ihre Ahnungslosigkeit beschämte sie, doch gleichzeitig war sie auch wütend über seine herablassende Art. »Hast du ihn gefragt, ob er es genommen hat?«

»Natürlich habe ich ihn das gefragt.«

»Und?«

»Deswegen haben wir uns ja gestritten.«

»Er hat alles abgestritten, nicht wahr?«

James nickte.

»Sagt dir das irgendwas?«

»Es sagt mir nicht, wo das Geld geblieben ist.«

»Ach, komm schon. Du kannst doch nicht ernsthaft davon ausgehen, dass Max der MineLease Geld klaut. Das ist doch auch sein Geschäft.«

«Ich weiß nicht, was ich denken soll.«

»Herrgott, James. Er ist dein kleiner Cousin. Ihr seid zusammen aufgewachsen. Du weißt, dass er so etwas niemals tun würde. Er könnte das gar nicht.«

James antwortete nicht, er sah nur auf seine Hände.

Sie sah zu Naomi, die betrübt vor sich hinstarrte. Was zum Teufel war hier los? Fühlte James sich schuldig, weil er ihn verdächtigt hatte oder weil er tatsächlich glaubte, dass Max zu so etwas in der Lage war? Rennie schob ihren Stuhl zurück, James ging ihr auf die Nerven, der ganze verdammte Tag ging ihr auf die Nerven. Doch dann kam ihr ein Gedanke in den Sinn, der sie beinahe umhaute. »Du glaubst, Max' Verschwinden hat etwas mit dem Geld zu tun, stimmt's?«

James' Augen wirkten dunkel, als er wieder aufsah.

»Verdammt, du glaubst doch tatsächlich, dass er das Geld genommen hat und damit abgehauen ist.«

»Ich weiß nicht mehr, was ich glauben soll«, sagte er erneut.

Sie stand da. »Doch, James, das weißt du ganz genau. Wir reden hier von Max.«

»Und der ist ziemlich kompliziert.«

»Max ist kompliziert?«

»Renée, seit wann kennst du ihn? Vier, fünf Jahre?«

Sie holte Luft und wollte etwas darauf erwidern, überlegte es sich dann aber anders. Wie lange brauchte man, bis man einen Menschen wirklich kannte? Was wusste sie schon darüber, wie man jemanden beurteilte? Vor Max hatte sie niemandem außer ihrer Schwester vertraut.

Verunsichert und gereizt lief sie über die Terrasse und lehnte sich an den Eckpfosten. Ihre Schritte auf dem Holzboden hatten Erinnerungen an Max wachgerufen, an Frühstücke hier draußen, Drinks am Abend und wie er Schüsseln voller Essen und eiskalte Gläser zum Tisch trug, es sich auf einem Stuhl bequem machte, die Füße übereinanderlegte und sich entspannte.

Sie sah die länger werdenden Schatten, sah zu James hinüber und hätte gerne gewusst, was er dachte. »Was hast du dem Cop alles erzählt?«, fragte sie.

»Ich habe seine Fragen beantwortet.«

»Hast du ihm gesagt, dass Geld fehlt?«

»Ja, natürlich. Er hat mich gefragt, ob er sich die Unterlagen ansehen darf.«

»Und dass du Max in Verdacht hast?«

»Ich habe nur gesagt, dass es so aussieht.«

Sie biss die Zähne zusammen. »Und was hat er dazu gesagt?«

James schien ihr Ton zu missfallen. »Er hat mich gefragt, ob ich glaube, dass Max …«, er zeichnete Gänsefüßchen in die Luft, »abgehauen ist. Ich habe gesagt, dass ich das für möglich halte.«

Für jemanden, der sich selbst für schlau hielt, war James ein verdammter Dummkopf. Ihre Stimme wurde laut vor Verzweiflung. »Und was ist, wenn das nicht stimmt, James? Auf dem Parkplatz war Blut. Es könnte seines sein. Er könnte verletzt sein, aber die Polizei wird sich jetzt nicht mehr beeilen, ihn zu finden. Jedenfalls nicht, solange sie denken, dass er wahrscheinlich mit einem Haufen Geld …«, sie zeichnete ebenfalls Gänsefüßchen in die Luft, »abgehauen ist.«

James hob das Kinn. »Ich wollte nicht lügen.«

Machte er sich um das Geld Sorgen oder wegen Max? »Du hättest Max wenigstens einen Vertrauensbonus geben können, dann würden sie jetzt auch noch woanders als nur in deinen Unterlagen nachsehen.«

»Das ist die Polizei, Renée, die verstehen ihren Job.«

Ihre Gereiztheit trug nicht dazu bei, seine Unterstützung zu bekommen. Er sagte lange nichts, sondern starrte sie nur auf seine undurchdringliche teilnahmslose Art an. Naomi blickte ängstlich zwischen ihnen hin und her.

»Wir sollten jetzt gehen«, sagte er und erhob sich.

Während Naomi sich bemühte, auf die Beine zu kommen, ging er schon vor zur Tür und an Rennie vorbei, ohne sie anzusehen. Naomi blieb stehen, umarmte sie und flüsterte ihr ins Ohr: »Alles wird gut. Das ist bestimmt nur ein Missverständnis, mehr nicht, da bin ich mir sicher.«

Rennie folgte ihnen zum Eingang. Wut, Unsicherheit und Furcht tobten in ihr. Sie schloss die Tür hinter ihnen, bevor sie noch die Einfahrt erreicht hatten, stampfte dann erfüllt von Erinnerungen an eine andere Zeit entschlossen zum Schlafzimmer.

Reflexartig riss sie den Schrank auf, zog die Stehleiter herab und kletterte so weit hinauf, dass sie den Rucksack herunterziehen konnte.

Schnell öffnete sie den Reißverschluss und tastete nach den Gegenständen, von denen sie wusste, dass sie da sein mussten: Wechselwäsche, Geldbündel, die starre Kälte der Waffe, das Handy. Und genau das suchte sie. Sie zog es heraus, das Ladegerät hing noch dran, steckte es neben dem Bett in die Steckdose, blieb am Fenster stehen und wartete, bis es sich einschaltete. Unterdessen sah sie zu, wie James' Wagen am Ende der Straße verschwand. Sie ging die gespeicherten Nummern durch. Es waren nur eine Handvoll, einfach Namen, die sie bei sich haben wollte – zur Kurzwahl, zum Trost, für Anzeigen bei der Polizei –, doch im Moment brauchte sie nur drei davon. Jo, Evan Delaney und Max.

Sie sah wieder zur Einfahrt hinunter und überlegte abzuhauen. Einfach zu gehen, ohne sich umzudrehen, so wie sie es ihr ganzes Leben lang getan hatte. Sie war nie lange genug geblieben, um etwas zu Ende zu bringen, sondern immer gegangen, wenn es an der Zeit war. Das hatte sie von ihrer Mutter gelernt. Die Existenz ihres Vaters, auch wenn er in Haft war, sorgte dafür, dass sie nie aus der Übung kam. Doch manchmal, eigentlich sehr oft, war das mehr eine Ausrede als ein triftiger Grund. Manchmal waren sie und Jo einfach gegangen, weil sie nie gelernt hatten, wie man blieb.

Der Drang abzuhauen wurde immer stärker, doch sie wollte nicht weglaufen. Nicht jetzt. Nicht solange noch die Möglichkeit bestand, dass Max zurückkam. Doch das Handy ließ sie trotzdem neben dem Bett zum Aufladen liegen und stellte den Rucksack im Schrank auf den Boden. Nur für alle Fälle. Für den Fall, dass sie die Nummern brauchte oder abhauen musste. Aber auch, weil sie sich besser fühlte, wenn sie wusste, dass sie jederzeit abhauen konnte.

16

Inzwischen war es weit nach halb sieben, die Sonne ging zwar erst in etwa einer Stunde unter, doch das Ende des Tages machte sich schon bemerkbar. Lange Schatten fielen über die Einfahrt, die Umrisse des Gartens verschwammen.

Und Hayden war seit Stunden fort. Sie suchte seine Nummer auf ihrem Handy und schrieb ihm eine Nachricht. Soll ich dich irgendwo abholen?

Sie drückte auf Senden, stand an der Hintertür und sah auf den Rasen hinaus, der sich zum See erstreckte. Die üppige Hecke, die den Garten eingrenzte, wirkte durch die knorrigen alten Obstbäume und das Giebeldach der umgebauten Garage im Nachbargarten besonders hoch. Sie bot Sichtschutz vor den Nachbarn und jedem, der auf dem anliegenden Weg vorbeikam, außer er stellte sich direkt an den Zaun. Hier war sie sicher und von der Außenwelt abgeschirmt. Jetzt fragte sie sich, was sie übersehen hatte.

Sie ließ ihren Blick über den Garten schweifen und blieb beim Gemüsebeet in der Nähe des Ateliers hängen. Sie musste unwillkürlich lächeln. »Hey, M…«

Doch sie hielt inne, bevor sie den Namen ganz aussprach. Sie wollte ihm gerade verkünden, dass sie die erste Gurke der Saison ernten konnten. Doch Max war nicht hier und konnte es nicht genießen. Und seine besten Freunde glaubten, er habe sich vielleicht mit einer anderen aus dem Staub gemacht oder sei mit einer Tasche Geld verschwunden und seine Gurke sei ihm total egal. Herrgott, Rennie, es sind nur Gurken! Sie kniff einen Moment die Augen zusammen, schob dann ihr Handy wieder in die Hosentasche und nahm das schnurlose Telefon mit.

Sie ging zuerst zum Gartenzaun, öffnete das Tor und sah den Weg entlang. Alles wie immer. Sie ging ins Atelier und warf einen Blick auf die ordentlich gestapelten Farben und Leinwände. Wäre James hier drinnen gewesen und hätte nach einem Hinweis auf das verschwundene Geld gesucht, wäre ihr das sofort aufgefallen. Sie verließ niemals ihr Atelier, ohne vorher alles wieder an seinen Platz zu räumen. Max machte sich oft darüber lustig und hielt sie für pingelig, als wäre das eine Beleidigung. Doch sie wusste, was es hieß, wenn etwas nicht da lag, wo es sein sollte.

Sie war fünf oder sechs Jahre alt, als sich diese Lektion tief in ihre Seele gebrannt hatte. An einem kalten Morgen, als es mal wieder hieß, schnell zu verschwinden, konnte sie ihren Teddybären nicht finden. Das nächste Mal fand sie ihre Lieblingsmütze nicht. Ab da kam alles immer dahin, wohin es gehörte, und sie behielt nur, was in einen Rucksack passte. Später, als nur noch sie und Jo auf der Flucht waren, war ihnen die militärische Ordnung ihrer Mutter so in Fleisch und Blut übergegangen, dass sie sofort merkten, wenn er da gewesen war und ihre Sachen durchsucht hatte – dann wussten sie, dass sie packen und verschwinden mussten.

Rennie bewunderte jahrelang in Bastelgeschäften die großen, dicken Papierbögen, kaufte aber immer nur billiges Papier im Supermarkt, das man problemlos in einen Rucksack stopfen oder ohne schlechtes Gewissen einfach zurücklassen konnte.

Sie ging durch das Atelier und öffnete das große Skizzenbuch auf der Staffelei, die Max für sie gebaut hatte, und fuhr mit der Hand über das schwere Papier. Sie wusste nicht mehr, wann sie zu malen begonnen hatte, sondern nur, dass sie selten ohne Stift oder Papier war. Sie skizzierte, was sie sah: Hände, Bäume, Parkbänke, Strand, Büsche – und all die Strudel und Schatten in ihrem Kopf. Sie hatte nie Malunterricht erhalten, sondern sich einfach ihrem manchmal beruhigenden, manchmal wilden Drang hingegeben. Als sie nach Haven Bay kam, hatten Trish und Pav diesen Drang entfesselt.

Das war nicht beabsichtigt gewesen, sie wollten dem Café einfach einen frischen Anstrich verpassen und hatten sie ein paar Stunden mit Pinsel und Farbe alleine gelassen. Rennie hatte zuvor noch nie etwas angestrichen, geschweige denn große, frisch grundierte Wände. Nach dem ersten langen Streifen in herrlichem Limettengrün auf Blütenweiß konnte sie nicht mehr aufhören. Ohne lange nachzudenken, tippte sie den Pinsel immer wieder in die grüne Farbe und verlieh den Strudeln in ihrem Kopf, die sie vorher nur mit Füller oder Bleistift gezeichnet hatte, Größe und Farbe. Als Trish und Pav wieder zurückkamen, hatte sie die halbe Wand damit bedeckt.

Verlegen entschuldigte sie sich bei ihnen und versprach, alles zu übermalen. Doch die beiden bestanden darauf, dass sie weitermachte. Daraus wurde Wandmalerei, und sie erzählten jedem von der vielversprechenden Künstlerin, die für sie arbeitete. Rennie fand das zunächst ein wenig übertrieben, bis jemand ihr Geld dafür bot. Dass sie mit Farbe und Pinsel Geld verdiente, konnte sie immer noch nicht fassen.

Rennie stand vor einer fast fertigen Arbeit mitten im Zimmer. Die Leinwand war so groß wie sie selbst, es handelte sich um eine Auftragsarbeit eines Gastes aus dem Café, der etwas Besonderes in das Foyer seines Hauses hängen wollte. Sie arbeitete seit einer Woche daran. Gestern noch stand Max in der Tür und sagte: »Hübsch, Baby.« Die rosa, pink und braungraue Farbe auf ihrem Overall, den er ihr später ausgezogen hatte, war noch feucht gewesen. Max, was hast du dir dabei gedacht?

Seine plötzliche Leidenschaft kam nicht überraschend. Er mochte es, wenn sie Overalls trug, also hatten sie das Bett im Atelier schon oft benutzt. Doch gestern war er irgendwie in einer anderen … Stimmung gewesen. Normalerweise waren sie unbeschwert, spontan und fröhlich, vor allem wenn große Leinwände und nasse Farben herumstanden. Doch jetzt dachte sie an das freche Grinsen auf seinem Gesicht, als er ins Schlafzimmer gekommen war. Als er aber auf ihr lag und in sie eindrang, war sein Ausdruck ernst und angestrengt geworden, und bis zur heiseren Erlösung hatte er die Augen fest geschlossen gehalten.

Danach hatte sie die Augenbrauen gehoben und ihn angesehen. »Beeindruckend.« Er hatte das mit einem langsamen, leidenschaftlichen Kuss auf ihren Mund beantwortet. Da wusste sie noch, dass er so wie sie dachte: Schade, dass sie gehen mussten und nicht den ganzen Abend hierbleiben konnten. Jetzt fragte sie sich, woran er noch gedacht hatte. Ein Abschiedskuss? Eine bleibende Erinnerung? Ein letzter Fick?

Sie nahm eine Farbtube und schmiss sie an die Wand. »Max, wo bist du?«

Ihre Stimme prallte von den Wänden des Ateliers ab und kehrte wütend und ängstlich und besorgt zu ihr zurück. Er sollte seinen Hintern nach Hause bewegen und ihr alles erklären. Sie wollte seine Wut hören, weil sie an ihm gezweifelt hatte, und dass er sagte: »Warum zum Teufel sollte ich dich verlassen?«

Sie wollte glauben, dass er immer an ihrer Seite blieb. Sie wollte glauben, dass er sie liebte. Sie wollte glauben, dass ihr Leben hier das einzig wahre war und nicht etwas, das sie erfunden hatte, um ein großes Loch in ihrem Herzen zu stopfen. »Max, komm einfach zurück«, flüsterte sie.

Das Klicken des Gartentors klang wie eine Antwort. Sie hob den Kopf und hörte Schritte auf dem Kies.

Max?

Sie rannte um das Bett und blieb zögernd an der halb offenen Türe stehen. Warum sollte er durch den Hintereingang kommen? Er hatte einen Schlüssel – jedenfalls gestern Abend noch. Auf dem Kies war ein Schlurfen zu hören, Füße stolperten, Steine schlugen aneinander. Der Garten wirkte grau. Sie konnte nur das Stück Garten gegenüber sehen, wusste aber, dass der schmale Streifen zwischen Haus und Gartenzaun noch dunkler und von der Garage des Nachbarn überschattet war. Max hatte dort Behälter, Werkzeug und die großen Säcke aus der Gärtnerei gestapelt – sein organisiertes Chaos, nicht ihre pingelige Ordnung. Aber er würde den Weg hindurch finden.

Ein Klirren war zu hören, irgendwas fiel zu Boden. Dann hörte sie das Ächzen eines Mannes.

Rennie sah sich um – in einem Malatelier gab es keine Waffen bis auf einen Farbeimer, den man schwingen konnte, oder einen Spachtel für einen Nahkampf. Ihr Blick fiel auf einen Wasserkessel aus Stahl. Fünf Sekunden später hielt sie ihn in der Hand und lauschte an der Tür.

Vielleicht war es Hayden. Er hatte auch einen Schlüssel, aber sie wusste nicht, ob er ihn gestern Abend mitgenommen hatte, außerdem vermutete sie, dass er eher klopfen oder anrufen würde, wenn er keine Antwort bekam: Generation Y, ohne Mobiltelefon kam die nicht weiter. Aber vielleicht würde er ja auch den Hintereingang benutzen, wenn er nicht mit ihr reden wollte.

Sie stand an der Wand, drückte die Tür ein Stück weiter auf, streckte den Kopf kurz heraus und spähte um die Ecke. Hinten im Wohnzimmer brannte Licht – doch es reichte nicht aus, um auch die Terrasse zu beleuchten. Die Büsche und Blumen im Garten wirkten wie form- und farblose Schatten. Außer die neben der Tür, in der sie stand. Licht fiel über die Schwelle und durch das Fenster neben ihr. Wenn es nicht Max oder Hayden war …

Sie fuhr mit der Hand die Wand empor, knipste das Licht aus und lauschte im plötzlichen Dämmerlicht auf die hechelnden Atemzüge. Es waren nicht ihre. Sie kamen von draußen aus dem Garten.

17

Der beste Fluchtweg ging durch das Tor im Zaun. Sie stand mit dem Rücken zur Wand hinter der Tür und sah zu dem Loch in der Hecke. Von ihrem Standort bis dorthin hatte sie freie Bahn, es wäre vielleicht ein Sprint von zehn Sekunden. Sie spähte kurz hinaus, zog dann den Kopf schnell wieder zurück und spürte, wie ihre Angst wuchs.

Auf halber Strecke im Garten stand jemand. Doch es war weder Max noch Hayden. Er war groß und stand regungslos da. Sie schloss die Augen. Rennie, das ist er nicht. Er sitzt hinter Gittern. Das war jemand anderer, etwas anderes – doch sie hatte nicht das Bedürfnis, innezuhalten und erst einmal nachzufragen. Sie schloss ihre Faust um den Wasserkessel und entschied, dass der Überraschungseffekt ihre beste Chance war. Dann atmete sie tief durch und stürzte durch die Tür.

Sie schwang den Kessel wie einen Knüppel und stürzte direkt auf ihn los.

»Verdammt!«, schlug es ihr laut und keuchend entgegen. Sie holte aus, er duckte sich und fiel auf die Knie.

»Herrgott, Rennie!«

O Gott. Es war Pav. »Was machst du da?«, schrie sie.

»Das frage ich dich!« Er blieb auf dem Hintern sitzen.

»Ich? Du schleichst doch hier in der Dunkelheit herum.«

»Ich schleiche nicht herum, ich wollte nach dir sehen.«

»Verdammt, Pav. Warum hast du mich nicht gerufen?« Verärgert schwang sie den Kessel, doch diesmal nicht gegen ihn.

Er stand auf, blieb aber auf Abstand. »Im Haus war niemand, also wollte ich nachsehen, ob du hier draußen bist.«

»Damit du mich zu Tode erschrecken kannst?«

»Nein, hör mal, es tut mir leid.« Er fuhr sich mit der Hand über seine Glatze und schnaufte genau wie sie. »Es war alles so still, und als das Licht ausging, dachte ich, etwas sei nicht in Ordnung.«

Und damit meinte er keinen Stromausfall. Das, was er meinte, brachte einen nicht dazu herumzuschleichen. Max war verschwunden, und er zog daraus dieselben Schlüsse wie sie: ein Eindringling. Es hätte sie beruhigen sollen, dass ihr Verfolgungswahn bestätigt worden war, doch das tat es nicht. Wenn Pav vermutet hätte, Max wäre mit einer anderen Frau zusammen, hätte er nicht gleich an einen Übeltäter gedacht.

»Ich habe das Tor gehört und dasselbe gedacht«, sagte sie. »Max würde sich nicht durch den Garten reinschleichen. Es tut mir leid.«

»Du kannst einen ganz schön erschrecken, wenn du es darauf anlegst.«

Sie lächelte ein wenig. »Mehr als du glaubst.« Das Adrenalin schoss noch immer durch ihren Körper, als sie das Atelier abschloss. Ihre Schultern und Beine vibrierten mit derselben Energie, mit der sie sich vorher schlagartig aufgeladen hatte. Es war derselbe Antrieb, der ihren Vater schließlich ins Gefängnis gebracht hatte. Jemanden erschrecken beschrieb nicht annähernd, wozu sie in der Lage war.

Sie schaltete die Gartenbeleuchtung ein und dachte an Hayden, als sie zum Haus gingen. Bei seinem Handy war die Mailbox eingeschaltet. Während Pav Trish durch die vordere Tür einließ, hinterließ Rennie Hayden wieder eine Nachricht. »Bitte ruf mich an!« Dasselbe schrieb sie ihm auch.

Die Spuren der Party von letzter Nacht im Café waren Trish noch immer anzusehen, dennoch hatte sie daran gedacht, etwas zu essen mitzubringen. Sie drehte an den Knöpfen am Ofen und jaulte erleichtert auf, als Pav ihr von seinem Zusammenstoß mit Rennie erzählte.

»Cannelloni und Salat, das reicht für vier«, sagte sie. »Wir dachten, ein bisschen Gesellschaft würde dir guttun. Wo ist Hayden?«

»Habt ihr ihn auf dem Weg hierher nicht gesehen?«

»Nein«, sagte Trish. »Wo ist er hingegangen?«

»Ich weiß es nicht. Er ist schon eine ganze Weile fort. Wir… er… war ziemlich außer sich, als ich ihm erzählt habe, dass Max vermisst wird. Er ist abgehauen.«

Sie runzelte die Stirn. »Wann war das?«

Rennie sah auf die Uhr. »Vor circa dreieinhalb bis vier Stunden.«

Pav stand neben ihr am Tresen. »Hast du versucht ihn anzurufen?«

»Ja, ich habe ihm auch Nachrichten geschickt.« Sie griff nach dem Festnetztelefon, wählte Haydens Nummer und hinterließ eine weitere Nachricht. »Bitte ruf an. Ich kann dich abholen, wenn du magst. Sag mir wenigstens Bescheid, wo du bist.« Rennie hörte selbst die unterschwellige Angst in ihrer Stimme, sie klang ungeduldig und stellte sich vor, wie Hayden die Augen verdrehen würde, wenn er das hörte.

»Pav, ich glaube, wir brauchen Alkohol«, sagte Trish. Dann zog sie einen Deckel von einem Plastikbehälter ab, nahm einen Käsecracker und reichte ihn Rennie. »Iss was.«

»Warum will mich jeder füttern?«

»Weil wir hier schließlich nicht untätig herumsitzen können. Hier, iss was – gib mir wenigstens das Gefühl, dass ich zu was nützlich bin.«

Rennie lächelte und nahm den Cracker. Der Bourbon mit Cola, den Pav ihr reichte, ging deutlich leichter runter. Sie schrieb wieder eine Nachricht an Hayden. Pav und Trish sind hier. Pav kann dich abholen, wenn du nicht willst, dass ich es mache.

»Und was jetzt?«, fragte sie die beiden.

»Hast du es schon bei seinen Freunden versucht?«, schlug Trish vor.

»Die kenne ich nicht. Das regelt alles Max.«

»Von wem spricht er denn am meisten?«

»Mit mir spricht er doch fast nie. Ich überlasse ihm meistens Max, und wenn sie nicht zusammen sind, hockt er vor der Glotze. Ich glaube, die Jugendlichen hier betrachten ihn nicht als Einheimischen und wimmeln ihn ab. Früher fuhr er mal mit ein paar Jungs Fahrrad, aber die habe ich auch schon eine Ewigkeit nicht mehr gesehen.«

»Du meinst die Kinder der Bechers?«, fragte Trish und gestikulierte mit den Händen um ihren Kopf. »So blonde Wuschelköpfe.«

»Genau die.«

»Die Familie zog vor sechs Monaten nach Singleton.«

»Schön, bei denen kann er dann also nicht sein.«

»Ich kann ein paar Eltern mit Kindern in seinem Alter anrufen und fragen, ob ihn jemand gesehen hat«, bot Trish an.

Rennie wusste, wie es war, wenn man sich als Kind als Außenseiter fühlt und ängstliche Eltern hat, die nachfragen, ob jemand den kleinen Johnny gesehen hatte. Das machte einen nicht gerade beliebter. »Es ist acht Uhr und gerade erst dunkel geworden. Vielleicht sollten wir ihm noch ein bisschen Zeit geben.«

»Er kennt sich in Haven Bay aus. Ich glaube, wir können noch ein wenig warten«, pflichtete Pav ihr bei.

Rennie nickte den beiden zu, war aber nicht ganz überzeugt.

»Kommt, wir setzen uns.« Trish nahm den Behälter mit

dem Knabberzeug, und Pav nahm Rennie am Ellenbogen und schob sie zu den Sofas.

»Der Detective will mit euch über Max reden. Ich habe ihm eure Nummer gegeben.« Rennie nippte an ihrem Drink und wünschte, der Alkohol zeigte ein wenig mehr Wirkung.

»Hast du ihm erzählt, dass Max auch früher schon mal nicht nach Hause gekommen ist?«, fragte Trish.

»Ich habe ihm gesagt, dass Max vorher noch nie einfach so verschwunden ist und ich nicht weiß, weshalb er es tun sollte, ohne mir etwas davon zu sagen, und das ist die Wahrheit.« Zweifel nagte an ihr, doch sie hatte nichts, worauf sie ihn stützen konnte, nur ihre eigene verkorkste Geschichte. Und sie wollte nicht, dass die irgendwie die Entscheidungen der Polizei beeinflusste. Wenn Detective Duncan herausfand, wer sie war, dachte er vielleicht, dass Max gute Gründe hatte abzuhauen.

»Vielleicht sollten wir es auch nicht erwähnen«, sagte Trish.

Rennie war ihr dankbar, sie wollte Max beschützen, doch so eine Geschichte kam irgendwann raus. Leanne war auch eine Einheimische, irgendwer kannte bestimmt ihre Version der Geschichte, und Detective Duncan würde sich fragen, warum sie es ihm verheimlicht hatten. »Ich möchte nicht, dass du lügst.« Dann sah sie Pav an. »Du auch nicht, Pav. Hat Max eine Affäre?«

Er sah Trish an, in seinem Blick lagen Schuldbewusstsein und Widerwillen.

»Im Moment ist mir das egal, selbst wenn dem so wäre. Ich möchte einfach nur wissen, wo er ist.«

Er ließ sich einen Moment Zeit und schien zu überlegen, wie er es formulieren sollte. »Wenn er eine Affäre hat, dann weiß ich nichts davon. Und wenn er jetzt mit irgendeiner Frau zusammen ist, wüsste ich nicht wo.«

»Aber?«

»Ich wusste es vorher auch nicht.«

»Trish hat gesagt, dass er es dir erzählt hat.«

»Das hat er auch, aber erst nachdem Leanne ihn verlassen hatte. Als es passierte, hat er mir nur das erzählt, was er auch ihr erzählt hat. Dass er auf der anderen Seeseite bei einem Kumpel übernachtet hat.«

Rennie trank ihr Glas aus und stellte es geräuschvoll auf den Tisch. Okay, wenn du wissen willst, wo er ist, musst du überall nachsehen, nicht nur an den offensichtlichen Orten. Die kalte, grausame Realität hatte ihr jahrelang das Leben gerettet, es gab keinen Grund, sich ihr jetzt nicht zu stellen. »Hast du eine Liste gemacht, bei wem er sein könnte?«

Trish legte eine Hand auf ihr Knie. »Das heißt ja nicht, dass er tatsächlich dort ist.«

»Nein, aber ich muss es auf meiner Liste abhaken. Pav, weißt du, mit wem er vorher zusammen war?«

»Er hat mir niemals Namen genannt, aber da gibt es eine Frau, die manchmal in den Pub geht und ihn noch von früher kennt. Ich denke, die beiden hatten mal was miteinander. Außerdem hat ihn vor ein paar Monaten eine Frau vom Segelteam im Klub ziemlich angebaggert. Aber ich glaube nicht, dass Max Interesse hatte, aber, na ja …« Er zuckte mit den Achseln.

»Ein Crewmitglied? Weißt du, wie sie heißt?«

»Ich kann ja mal rumtelefonieren. Vielleicht kriege ich eher was raus als du.«

Sie nickte. Max hatte ihr nichts von der Frau aus dem Segelklub oder dem Pub erzählt. Das hieß noch nicht, dass er mit einer der beiden schlief. Aber auch nicht, dass er es nicht tat. Sie sah auf die Uhr. Inzwischen waren fast vierundzwanzig Stunden vergangen, seit er die Party verlassen hatte, und sein Sohn war auch schon seit über vier Stunden weg. »Es ist Viertel nach acht. Ich versuche es noch einmal bei Hayden.«

»Schreib du ihm eine Nachricht, ich versuche es über das Festnetz«, sagte Pav. Er hinterließ Hayden eine Nachricht, sagte, dass sie ihm nicht böse seien, er aber sagen solle, wo er sich aufhielt, damit sie wüssten, dass es ihm gut ging.

Trish schob ihr einen weiteren Cracker in den Mund. Pav schenkte die Gläser wieder voll. Um halb neun sah Rennie auf ihr Handy. Der Akku war voll, der Ton an, doch sie hatte keine Nachricht und keinen verpassten Anruf.

»Was ist mit Naomi und James? Vielleicht ist er zu ihnen gegangen«, schlug Trish vor.

»Sie waren beide hier, als er rausrannte. Sie hätten bestimmt angerufen, wenn er bei ihnen wäre.« Sie nahm trotzdem das Telefon.

»Ich rufe inzwischen Rhonda Tapwell an. Ihre Kinder kennen Hayden«, sagte Trish, stand auf und zog ihr Handy heraus.

Pav zog auch sein Handy aus der Tasche und rannte in den Flur. »Ich rufe mal bei Ed im Segelklub an.«

»Naomi hat nichts von Hayden gehört oder gesehen«, berichtete Rennie Trish und Pav. »Sie hat gesagt, dass James wieder ins Büro gefahren ist. Sie wollte ihn anrufen und fragen, ob Hayden sich gemeldet hat.«

Alle drei standen am Ende des Küchentresens, und Trish und Pav sahen so besorgt aus, wie Rennie sich fühlte.

»Rhonda Tapwells Kinder haben ihn schon seit ein paar Monaten nicht mehr gesehen«, sagte Trish. »Einer ihrer Jungs hat auf Haydens Facebookseite nachgeschaut. Er hat wohl am Freitagmorgen das letzte Mal gepostet.«

»Stand da irgendwas, dass er herkommen wollte?«, fragte Rennie.

Sie schüttelte den Kopf. »Anscheinend sprach er über die Schulferien und beklagte sich, dass er nach Cairns fahren müsse. Ich habe auch mit Jenny Penzo gesprochen. Ihr Sohn hat ihn noch vor ein paar Wochen gesehen, heute allerdings nicht. Sie wollte auch ein paar Leute anrufen und sie bitten zurückzurufen, wenn sie was hören.« Trish streckte ihre Hand über den Tresen und drückte Rennies Hand auf die kühle Marmorplatte. »Sie haben beide das mit Max gehört und schicken dir ihr Beileid.«

Beileid? Als wäre er schon tot? Er war nicht tot. Er wurde vermisst. Und Hayden jetzt auch und… »Und wenn Hayden bei Max ist?«

Niemand sagte einen Augenblick etwas. Drei Paar Augen wanderten von Gesicht zu Gesicht.

»Woran denkst du?«, fragte Pav schließlich.

»Ich weiß es nicht. Vielleicht kommt Max zurück, um Hayden zu holen.«

»Aber er wusste doch gar nicht, dass Hayden kommen wollte«, sagte Trish.

»Hayden hat aus dem Zug versucht, ihn anzurufen, erst danach hat er mich angerufen«, sagte Rennie. »Er hat bestimmt eine Nachricht hinterlassen. Wenn Max sein Handy dabeihat, weiß er, dass Hayden hier ist.« Rennie musste an den dumpfen Schlag am Zaun denken, den sie gestern Nacht gehört hatte, und den verschobenen Ziegelstein. War Max da draußen gewesen? »Vielleicht will er nicht, dass Hayden sich Sorgen um ihn macht.« So wie sie sich Sorgen um ihn machte.

Pav runzelte die Stirn. »Wie soll Max ihn denn finden?«

Rennie zuckte die Achseln. »Vielleicht haben sie einen Lieblingsplatz. Vielleicht ist Hayden heute Nachmittag da hingegangen, und Max hat ihn dort gefunden.«

»Warum sollte er überhaupt dort nachschauen? Er würde doch davon ausgehen, dass er zu Hause ist, oder?«

Sie musste an seine Worte von heute Nachmittag denken.

Er ist einfach irgendwo hingelaufen. »Vielleicht hat Hayden gelogen, und er hat gar nicht mit ihm gesprochen. Oder vielleicht haben sie miteinander gesprochen, nachdem Hayden abgehauen ist.«

»Max' Handy ist schon seit Stunden tot«, sagte Pav.

Seit dem Vormittag hörte Rennie nur die Ansage der Telefongesellschaft, wenn sie seine Nummer anrief. Sie zuckte wieder die Schultern. »Wenn er bei jemandem wäre, könnte er sich ja dessen Handy borgen oder sich einen Wagen leihen.« Sie dachte an ihr Handy, das zum Aufladen im Schlafzimmer lag, und ihr kam ein neuer Gedanke. »Vielleicht hat er ein zweites Handy. Oder er führt ein Doppelleben.« Herrgott, vielleicht hat er das Geld genommen *und* ist mit einer anderen Frau abgehauen.

»Komm schon, Rennie«, Pav legte ihr den Arm um die Schultern.

»Tu dir das nicht an«, sagte Trish.

Sie war Trish und Pav für ihre Unterstützung dankbar, aber sie wussten auch nichts von dem verschwundenen Geld und James' Anschuldigungen und dass all diese Enthüllungen sich für sie zu einem Bild von Max zusammenfügten, das Rennie nicht kannte. Schuldgefühle und Angst hämmerten in ihrem Kopf. Auch sie hatte ein Leben, von dem Max nichts ahnte, von dem niemand in Haven Bay etwas ahnte. Sie hatte immer gedacht, dass normale Menschen mit einem anständigen, netten Leben keine Geheimnisse bräuchten, sondern dass so etwas nur sie und ihre verkorkste Familie betraf. Sie war so besessen davon, ihre eigenen Leichen im Keller zu verstecken, dass sie sich gar nicht gefragt hatte, ob Max auch welche hatte.

Jähzornig, Affären und gestohlenes Geld.

War es tatsächlich möglich, dass er der Firma Geld geklaut hatte?

Der Gedanke fühlte sich jedoch schrecklich und treulos an. Sie wollte von Trish und Pav hören, dass er so etwas nie im Leben täte. Doch nach dem heutigen Tag war sie sich nicht mehr sicher, ob ihre Antwort nicht doch mit den Worten begänne: »Nun ja, bevor du ihn kennengelernt hast …«

Und was war, bevor er sie kennengelernt hatte? Würde er es glauben, wenn sie eines Nachts verschwinden und jemand aus ihrem alten Leben auftauchen und ihm etwas über ihren Pfad der Verwüstung erzählen würde?

Sie ging zum Esstisch, klammerte sich an einen Stuhl und dachte über ein neues Szenario nach. Hatte Max das Geld genommen und war mit einer anderen Frau getürmt, um sich ein neues Leben mit ihr aufzubauen, während Hayden in Cairns war? Kaufte er irgendwo ein neues Haus und plante seinem Sohn die Neuigkeit zu überbringen, wenn er wieder zurück und alles geregelt war? Hatte er Rennies verzweifelte Nachrichten erhalten und auch die von Hayden, in der er ihm mitteilte, dass er im Zug säße, ihre aber ignoriert und beschlossen, nur zurückzukommen, um seinen Sohn zu holen?

Sie spürte eine Hand auf ihrer Schulter und blickte auf. Trishs Gesicht spiegelte sich in der Tischplatte, sie schien müde und besorgt. »Rennie, Schatz, kümmere dich nicht um ungelegte Eier.«

Sie hasst solche Sprüche – es gab sowieso keinen, der auf ihr Leben passte. Aber sie wusste, dass Trish nur versuchte zu helfen. »Das Problem ist, dass ich nicht weiß, was ich denken soll.«

»Rennie, hör jetzt auf.« Trish drehte sie zu sich um und sah sie ernst an. »Das bringt nichts, hast du mich verstanden? Du musst positiv bleiben. Mach dich nicht verrückt.«

Verrückt wie ihre Mutter. »Ja, du hast recht.«

»Also, wir essen jetzt was und warten, bis wir von James

hören. Dann treffen wir wegen Hayden eine Entscheidung, okay?«

Das war ein Plan. Und Pläne waren immer gut.

Trish servierte die Cannelloni, und Rennie stocherte auf ihrem Teller herum, bis das Telefon die unnatürliche, sorgenvolle Unterhaltung unterbrach.

»Rennie, hier ist Naomi. James hat ihn gefunden.«

18

»Max? Er hat Max gefunden?«, schrie Rennie fast.

»Hayden. Tut mir leid, das hätte ich dazusagen sollen.«

Rennie schlug erleichtert und enttäuscht zugleich eine Hand auf die Brust. »Hayden«, flüsterte sie Trish und Pav zu. »Wo war er?«, fragte sie Naomi.

»Oben bei den alten Schützenstellungen.«

»Bei den Schützenstellungen?«

Trish hob die Augenbrauen, Pav runzelte die Stirn. In ihren Gesichtern spiegelte sich wider, was Rennie dachte. »Was zum Teufel hat er dort oben gemacht?«

»James hat gesagt, dass er dort oben die Nacht verbringen wollte.«

»Soll das ein Witz sein?«

»Ich denke, er ist wegen Max ziemlich durcheinander.«

Naomi versuchte zu beschwichtigen, doch das funktionierte nicht. Sein Vater wurde vermisst, und er wusste, dass die Leute sich sorgten. Er hatte es nur noch schlimmer gemacht, indem er sich in der Dunkelheit im Busch versteckte. Sah der Junge nicht über seine Nasenspitze hinaus? »Wo ist er jetzt?«

»Auf dem Weg zu euch nach Hause. Ich würde ihn ja gerne hier unterbringen, aber wir haben momentan kein Gästebett, außerdem kann jeden Moment das Baby kommen.«

»Ja, natürlich. Außerdem sollte er hier sein.« Hier war sein Zuhause. Es spielte keine Rolle, dass Rennie ihn nicht sehen wollte.

»Sei nicht zu sauer auf ihn.«

Das war zu viel verlangt – sauer beschrieb es nicht annähernd. »Das wird schon.«

Sie legte auf, lief umher und brachte Trish und Pav auf den neuesten Stand, während sie darauf warteten, dass James die Einfahrt hochfuhr. Als die Scheinwerfer durch das Erkerfenster fielen, sah sie von der offenen Eingangstür zu. James hob kurz das Kinn und nickte Rennie zu. Hayden erschien auf der Beifahrerseite, zwar mit eingezogenen Schultern und der gewöhnlichen Scheißegal-Haltung, doch – auch wenn das vermutlich nur Wunschdenken war – schien er seinen Kopf vor Scham ein wenig gesenkt zu halten. Vielleicht hatte James im Auto mit ihm geredet. Jedenfalls hoffte sie das. Es war besser, wenn er ihm sagte, dass sein Verhalten unmöglich war.

Hayden kam die Treppe hinauf und hielt den Kopf gesenkt.

»Hast du nichts zu sagen?«, rief James ihm hinterher.

»'tschuldigung.« Doch es klang mehr wie ein Grunzen als richtige Worte. Und kaum hatte er sie von sich gegeben, schob er sich auch schon an Rennie vorbei. Sie sah ihm zu, wie er durch den Flur schlich und in sein Schlafzimmer ging. Glaubte er etwa, damit wäre alles wieder in Ordnung?

»Ich weiß nicht, ob er es die ganze Nacht da oben ausgehalten hätte«, sagte James. »Der Wind hat heute Nachmittag wieder etwas aufgefrischt, am Point ist es heute Abend ziemlich stürmisch.«

Heute Nachmittag war sie noch wütend auf James gewesen – eigentlich war sie das immer noch –, doch immerhin hatte er sich alleine auf die Suche nach Hayden gemacht. »Danke, dass du ihn gefunden hast. Willst du noch reinkommen? Trish und Pav sind auch da.«

Er warf einen kurzen Blick auf das Licht, das aus dem Erkerfenster drang. »Nein, danke, ich muss los.«

Sie sah die dunklen Ringe unter seinen Augen und die Bartstoppeln an seinem Kinn, Stress und Anspannung lagen um seine Mundwinkel. Sie nickte. Auch für ihn war der Tag anstrengend gewesen. »Wie kamst du auf die Idee, am Point nachzusehen?«

»Ich habe ihn angerufen.«

»Ich habe ihn auch angerufen. Mindestens hundert Mal. Als Naomi sagte, er sei bei den Schützenstellungen gewesen, habe ich gedacht, er hätte dort keinen Empfang gehabt. Er hat mich ignoriert. Und dir hat er einfach gesagt, wo er ist?«

»Nein. Ich habe es vermutet. Max und ich waren mal da oben. Ich dachte, er kannte die Geschichte vielleicht.«

Sie hatte sie nie gehört. »Ihr wart die ganze Nacht dort oben, ohne jemandem etwas davon zu sagen?«

»Das war doch nicht letzten Monat, Rennie. Wir waren noch Kinder.«

»Haben eure Eltern sich keine Sorgen gemacht?« Ihre Mutter wäre verrückt geworden.

James zuckte die Achseln. »Kann sein.«

Anständige, hübsche Leben an einem anständigen, hübschen Ort. »Schön, ich bin froh, dass du dich daran erinnert hast. Danke. Auch im Namen von Max. Er wäre froh, dass du nach Hayden gesucht hast.« Etwas flackerte in seinen Augen. Vielleicht war es Sorge, vielleicht Enttäuschung oder Wut. James beschuldigte Max, Haven Bay mit dem Geld der MineLease verlassen zu haben, und vielleicht war es ihm zu diesem Zeitpunkt auch scheißegal, was sein Cousin dachte.

»Ich habe zu Hayden gesagt, dass er hierbleiben und dir helfen muss«, sagte er.

»Gut, danke.« Sie kam auch ohne Haydens Hilfe zurecht. James' Hilfe hatte sie auch nicht erwartet.

»Wir sprechen uns morgen. Mit Max kommt schon alles wieder in Ordnung. Bei ihm ist das immer so.«

»Ich wünschte, ich wäre mir da so sicher wie du.«

James sagte nichts. Es hatte keinen Sinn, sie wusste, was er meinte. »Alles in Ordnung« war nicht dasselbe wie ehrlich, und vertrauenswürdig war nicht dasselbe wie »er wird zurückkommen, und alles wird wieder wie vorher«.

Als James gegangen war, schielte Rennie zu Haydens Tür – was ihm durch den Kopf ging, konnte man nur erahnen. Sie stieß sie weit genug auf, sodass sie ihn mit den schmutzigen Schuhen auf der Bettdecke liegen sah, wie er in sein iPad tippte. Sie versuchte ihren Ärger herunterzuschlucken, etwas Mitfühlendes zu sagen, das auch Max sagen würde. »Alles in Ordnung?« Er sah sie aus zusammengekniffenen Augen quer durch das Zimmer an, dann sagte er: »Das interessiert dich doch einen Scheißdreck. Du magst mich eh nicht.«

Okay, sie hatte keine Ahnung, wie man mit Kindern umging; sie hatte ja kaum selbst eine Kindheit gehabt, aber sie wusste, dass sie es leid war, so angesprochen zu werden. Sie ging in das Zimmer, stellte sich neben das Bett und ballte die Fäuste. »Nein, Hayden, ich mag dich nicht, aber du hast mir auch keine Chance gegeben. Das heißt aber nicht, dass ich Freudentänze veranstalte, wenn du verschwindest oder draußen schläfst. Das wünsche ich niemandem, vor allem nicht Max' Sohn. Hier ist dein Zuhause. Und daran ändert sich auch nichts, nur weil dein Dad nicht da ist.«

Er sah sie an, als hätte sie gerade eine Ladung Pferdemist auf ihm abgeladen. »Draußen zu schlafen, ist immer noch besser als hier bei dir.«

»Nein, ist es nicht«, sagte sie streng. »Hayden, du musst mich nicht mögen, du musst noch nicht einmal mit mir reden, aber glaube mir, drinnen ist immer noch besser als draußen.«

Sein mürrischer Gesichtsausdruck verwandelte sich zu einem spöttischen Grinsen. Er schien einen Vorteil für sich entdeckt zu haben. »Was zum Henker weißt du schon davon?«

»Ich weiß, dass es hart und feucht ist und einem nie richtig warm wird. Und du solltest dir mal den Kopf untersuchen lassen, wenn du tatsächlich denkst, dass ein Betonbunker am Point besser als das ist, was du hier hast, sogar mit mir. Außerdem habe ich gedacht, du würdest schon alleine deswegen hierbleiben, um mich zu ärgern.« Sie drehte sich um und war an seiner Antwort nicht mehr interessiert. »Übrigens«, sagte sie von der Tür aus, »Trish und Pav sind da. Sie haben Cannelloni mitgebracht. In der Küche steht ein Teller für dich, falls du Hunger hast.«

»Darf ich hier drinnen essen?«

Sie sah ihn einen Augenblick an und wusste nicht, ob das ein letzter Versuch sein sollte, sie wütend zu machen, oder ob er tatsächlich erwartete, dass sie ihm die Cannelloni mit einer Serviette und einem Glas Milch servierte. »Wenn du was essen willst, dann kannst du das auch bei den Leuten, die sich die Mühe gemacht haben, es dir zu bringen.«

Trish und Pav standen noch immer am Küchentresen. »Es geht ihm gut«, sagte Rennie. »Er ist sauer und stinkt wie eine Zigarettenfabrik, aber es geht ihm gut.«

»Sollen wir gehen?«, fragte Trish.

»Mein Gott, nein. Bitte bleibt doch noch ein bisschen, sonst bin ich vielleicht die Nächste, die verschwindet.« Sie lächelte, doch am liebsten hätte sie etwas an die Wand gepfeffert. Sie wusste, dass sie irgendwann wieder verschwinden musste, das hatte sie Max von Anfang an gesagt. Und jetzt war sie vielleicht die Einzige, die bleiben wollte. Sie nahm den frischen Bourbon mit Cola entgegen, den Pav ihr reichte, und trank ihn, als verdurste sie.

Es dauerte nicht lange, da kam Hayden mürrisch herein, als hätte er Anlass, verärgert zu sein. Als Trish ihn umarmte, zog er die Hände aus den Hosentaschen, hielt sich an ihrer Bluse fest und wischte sich dann verstohlen eine Träne aus dem Auge. Pav, der bei bewegenden Momenten keine Hände schüttelte, zog Hayden an sich, umarmte ihn und sagte zu ihm, er müsse ihnen in Zukunft immer sagen, wo er sei, solange sein Vater weg sei.

Rennie sah zu und war froh für Hayden, dass sie da waren und die Sache offenbar anders handhabten als sie. War es da noch verwunderlich, dass Hayden sie nicht mochte? Sie kam sich im Vergleich zu den beiden vor wie eine kaltherzige Schlampe, als sie an seiner Tür gestanden und ihn gefragt hatte, ob alles in Ordnung sei.

Wäre sie ein anderer Mensch geworden, wenn ihre Mutter sie mit Umarmungen und Liebe überschüttet hätte, anstatt sie ständig zu fragen, wo sie gewesen sei und was sie gesehen habe? Das war kein mütterliches Interesse gewesen, sondern grundlegender Schutz und Erziehung zur Beobachtungsfähigkeit. Das hatte Rennie und ihrer Schwester das Leben gerettet, und sie war dankbar dafür, aber manchmal fragte sie sich auch, ob ein bisschen weniger Überlebenstraining und ein wenig mehr Zuneigung ihr nicht mehr gebracht hätten.

Trish und Pav blieben noch eine Stunde, sorgten für entspannte Unterhaltung und heiterten Haydens Stimmung auf, der sich auf das Sofa gesetzt und sein Abendessen auf dem Schoß verzehrt hatte. Rennie spürte, dass es auch ihr guttat, dass die Wut sich legte, die Anspannung aus ihren Schultern wich und die Angst so weit abebbte, dass sich ihr Kiefer lockerte und sie ein paar Cannelloni essen konnte. Doch die lange Nacht gestern, gefolgt von einem anstrengenden Tag hatte von allen ihren Tribut gefordert, und als Trish ein Gähnen zu unterdrücken versuchte, sprach Rennie sie darauf an.

»Ihr wart großartig, aber jetzt solltet ihr wirklich nach Hause gehen.«

»Bist du sicher?«, fragte Trish.

Ganz und gar nicht. Das Haus fühlte sich ohne Max leer und beunruhigend an. »Es wird schon gehen.«

Sie begleitete die beiden zum Auto, atmete die kühle, leicht salzige Nachtluft ein und war froh, ein paar Schritte rauszukommen. Innerlich bereitete sie sich auf die nächste Frage vor. »Pav, hast du mit Ed im Segelklub telefoniert?«

»Alles in Ordnung, Rennie. Ich habe mit dem Skipper gesprochen, in dessen Team die Frau ist. Er hat gesagt, sie habe sich vor sechs Monaten von ihrem Mann getrennt und die Gesellschaft von ein paar Männern im Klub genossen. Er hat es zwar nicht direkt gesagt, aber jedenfalls war er sich ziemlich sicher, dass Max nicht dabei war.«

Sie nickte. Eine Frau, eine weitere Möglichkeit, die sie streichen konnte.

Trish umarmte sie kurz. »Versuche ein wenig zu schlafen.«

»Ich werde es versuchen.«

»Deine Schicht morgen wurde übrigens schon übernommen«, sagte Pav. »Aber du kannst gerne vorbeikommen, wenn du magst. Einfach da sein oder dich mit Arbeit ablenken, wie du willst.«

Sie freute sich, dass er begriffen hatte, dass sie in Bewegung bleiben musste. Wenn er gestresst war, schnitt, rührte, buk, dünstete und kochte er auch mehrere Gerichte auf einmal. Bei jedem anderen wäre der Blutdruck durch die Decke geschossen, er hingegen wurde dadurch ruhiger und konzentrierter. Rennie verstand nicht, warum die Leute einem immer zur Ruhe rieten, wenn man besorgt war. Wie konnte man sich besser fühlen, wenn man die Füße hochlegte, statt zu arbeiten, Pläne zu schmieden oder wegzulaufen?

Sie winkte ihnen zum Abschied zu, lief die Kurve zur Einfahrt hinauf und spürte, wie sich ihr in der Dunkelheit die Nackenhaare aufstellten und sie froh war, dass sie die starke

Außenbeleuchtung angemacht hatte, die den Parkplatz und den Vorgarten hell beleuchteten. Max legte auf so was Wert – er hatte um das ganze Haus Lampen anbringen lassen, denn auch bei ihm stiegen in der Dunkelheit schreckliche Erinnerungen auf. Das war ihr mehr als irgendetwas sonst in den letzten vierundzwanzig Stunden klar geworden. Egal wo er jetzt war, sie hoffte für ihn, dass es nicht in der Dunkelheit war.

Vor ihr auf dem Parkplatz stand sein grüner Subaru und glänzte im grellen Scheinwerferlicht, das hinten an der Hauswand befestigt war. Als sie näher kam, runzelte sie die Stirn, als sie einen dunklen Streifen an der Fahrertüre bemerkte. Sie ging an der Terrasse vorbei und sah sich den Streifen näher an. Er verlief von oben nach unten, als wäre etwas im Türrahmen eingeklemmt. Doch dann sah sie, dass es kein Gegenstand war. Es war nur ein Schatten. Die Fahrertür war nicht richtig geschlossen, und der helle, weiße Strahl dahinter warf eine klare Schattenlinie auf das Armaturenbrett des Beifahrers.

Rennie stand davor und spulte ihre Gedanken zum frühen Nachmittag zurück, als sie hereingefahren war. Hatte sie da die Tür so gelassen? Das sah ihr gar nicht ähnlich, doch sie hatte James' Geländewagen vorne stehen gesehen und gedacht, Max wäre vielleicht im Haus.

Sie zog leicht am Türgriff. Er bewegte sich nicht. Das Schloss war nur halb eingerastet, als hätte jemand die Tür nicht fest genug zugeschlagen – es war ein schwerer Wagen, das kam manchmal vor. Manchmal passierte es aber auch, wenn man versuchte, die Tür besonders leise zu verschließen. Ein sanfter Klick, um sie zu schließen, dann noch einer, damit sie ganz einrastete.

War jemand im Auto gewesen?

Rennie öffnete die Tür, ließ ihren Blick durch das Innere schweifen, das vom Licht auf dem Parkplatz beleuchtet wurde: Vordersitze und Fußraum, Rücksitze und Boden. Keine Schuhe, keine Ersatzkleidung, keine alten Rechnungen oder Lebensmittelverpackungen. Das Auto gehörte Max, doch sie hatte es eingefahren und behandelte es wie ihr eigenes.

Sie stieg ein und atmete tief durch die Nase ein. Keine neuen Gerüche, jedenfalls konnte sie keine erkennen. Und es war im Wagen dunkler, als es sein sollte – die Innenbeleuchtung ging nicht an. Sie drückte auf den Knopf über ihr, daraufhin ging das Licht an, und ein kalter Schauder lief über ihre Schultern. Das Licht war nicht kaputt, jemand hatte es ausgeschaltet.

Sie sah sich ängstlich um, beugte sich über den Schalthebel, zog das Handschuhfach auf und gleich darauf ihre Hand wieder zurück, als wäre der Inhalt verseucht. Sie wusste, wie das Fach aussehen musste, wie sie es zurückgelassen hatte, als sie das Notizheft herausgezogen und heute Morgen vom Parkplatz aus ihre Telefonate gestartet hatte – auf der linken Seite war ein ordentlicher Stapel Handbücher, Karten und Unterlagen, rechts eine Taschenlampe, ein paar Stifte und ein kleiner Erste-Hilfe-Kasten. Doch so sah es nicht aus. Es sah aus, als hätte jemand es durchwühlt.

Jemand hatte darin herumgekramt.

Irgendwann, während sie drinnen im Haus war, hatte jemand das Auto aufgesperrt, die automatische Innenbeleuchtung ausgeschaltet und im Handschuhfach nach etwas gesucht.

Sie stieg aus, schloss leise die Tür und sah zum Haus hinauf. Den ganzen Nachmittag waren hier Leute ein und aus gegangen, sie war bei Dämmerung zwanzig Minuten im Garten und im Atelier gewesen, und seit zwei Stunden war es dunkel. Sie drehte sich um und warf einen Blick in den Garten vor dem Haus. Wie leicht war es, sich durch die Hecke zu zwängen und auf den Parkplatz zu huschen, ohne dass einen jemand vom Haus aus sah? Gar nicht schwer, nicht einmal am helllichten Tag.

Vorsicht stieg in ihr auf. Instinktiv eilte sie zum Haus zurück. In ihrem Kopf hörte sie die Stimme ihrer Mutter. *Was hast du gesehen?* Rennie spulte in Gedanken zum Unerklärlichen zurück: der junge Bursche gestern Abend, der dumpfe Schlag am Zaun, das Blut auf dem Parkplatz, der Mann mit der Kamera.

Sie ging zurück ins Haus und dachte wieder an ihre verzweifelte Suche nach ihren Schlüsseln, die Max versehentlich mitgenommen hatte, und wie offensichtlich die Erklärung gewesen war. Doch die Geister der Vergangenheit flüsterten ihr noch eine andere Möglichkeit zu.

Hayden fläzte auf dem Sofa, hatte den Fernseher wieder angemacht und einen glasigen Ausdruck auf dem Gesicht. Er bewegte sich nicht, als sie ihren Schlüsselbund nahm, der neben dem Fernseher lag. Sie stand an der Eingangstür, drückte am Autoschlüssel auf die automatische Verriegelung, beobachtete, wie die Rücklichter aufblinkten, und dachte an die Frage von Detective Duncan, ob Max seine Autoschlüssel bei sich habe.

»Warst du heute Nachmittag am Auto?«, fragte sie Hayden.

Er machte sich nicht die Mühe, vom Bildschirm aufzusehen.

»Nein.«

»Die Fahrertür war nicht richtig zu, und jemand hat die Innenbeleuchtung abgeschaltet.«

»Nein, habe ich gesagt.«

Sie lief schnell durch das Haus, verschloss die Hintertür und ließ die Rollläden herunter. Sie kontrollierte die Fenster im Büro, das Badezimmer und Haydens Schlafzimmer. Ging in ihr Schlafzimmer, schloss die Tür, ließ den Rollladen herunter, nahm das Handy aus dem Rucksack, das sie zum Aufladen neben das Bett gelegt hatte, und wählte. Es war spät, nach zehn, doch sie hatte schon zu schlimmeren Uhrzeiten angerufen.

»Evan Delaney.« Die Stimme klang tief, barsch und ein wenig verärgert.

»Hier ist Katrina Hendelsen.«

Er schwieg einen Moment. Vielleicht, weil er seine Gedanken sammelte oder gerade aufgestanden war oder vor Schreck die Zähne zusammenbiss. Egal welchen Grund es für sein Schweigen gab, seine Stimme klang erfreut, als er endlich wieder zu reden begann. »Katrina Hendelsen. Den Namen habe ich schon lange nicht mehr gehört. Ich würde dich fragen, wie es dir geht, aber es ist spät, also lass uns gleich zur Sache kommen. Wo bist du?«

»In Haven Bay.«

»Wie lange ist es her, sechs Jahre?«

»Fünf.«

»Schön für dich. Wie geht es Joanne? Ist sie immer noch so verrückt?«

Sie lächelte, auch wenn die Frage einen bitteren Nachgeschmack hatte. »Natürlich, sie kennt es ja nicht anders. Sie ist irgendwo im Norden. Wir haben uns schon länger nicht mehr gesprochen.« Sie wollte auf den Punkt kommen, konnte sich aber nicht durchringen, die liebevolle Vertrautheit des Augenblicks zu zerstören. Es tat ihr gut, mit jemandem zu sprechen, der alle ihre Geheimnisse kannte.

Entweder spürte er ihren Widerwillen, oder er war selbst noch nicht bereit, den Grund ihres Anrufes zu hören. »Läufst du immer noch?«, fragte er.

»Jeden Tag. Und du?«

»Jetzt nur noch fünf oder zehn Kilometer. Ich werde langsam alt, weißt du. Arbeitest du?«

»In einem Café. Und ich male.«

»Häuser oder Bilder?«

»Bilder. Ganz große. Die Leute bezahlen sogar Geld dafür.«

Dem folgte ein leises Kichern. »Du hast dich also endlich von den winzigen Notizblöcken getrennt, was? Ich habe immer noch einen hier, weißt du. Hast du einen Freund?«

Sie schwieg einen Moment und schloss die Augen. »Ja.«

»Kat, erzähl es mir lieber.«

»Wo ist mein Vater?«

Zweiter Teil

DUNKELHEIT

19

Max rang nach Luft. Ihn schauderte, als er zu sich kam. Der Schmerz traf ihn wie ein Torpedo. Sein Körper schien zu brennen, am liebsten hätte er darum gebettelt, erschossen zu werden, damit er endlich aufhörte.

Ein Schrei entfuhr ihm, doch das dumpfe Echo, das zu ihm zurückkam, löste Panik in ihm aus. Er riss die Augen auf, blinzelte. Es half nichts. Nichts war zu sehen. Nur Schwärze. Undurchdringliche, erstickende Schwärze.

Verdammt, was war los? Was war bloß los? Wann war die Decke eingestürzt? Er hatte es nicht gehört. Das letzte Mal … Gepolter, Knacken, Dröhnen, bevor sie nachgab.

»Dallas?«

Es schmerzte ihn, wenn er redete. Der Schmerz durchdrang ihn so mächtig, dass er nicht feststellen konnte, woher er kam. Vielleicht war er zerquetscht worden. Mein Gott. Nicht das. Nicht noch mal.

»Dallas?«

Er versuchte zu lauschen, ob Dallas da war, auf ein Zeichen, dass die Decke über seinem Kopf einstürzen würde. Doch er hörte nur seinen eigenen, pfeifenden panischen Atem, der immer schneller und unregelmäßiger wurde.

»Dallas?«

Er bewegte einen Fuß, dann den anderen. Beide waren frei. Genau wie seine Beine.

Wie lange war er bewusstlos gewesen? Wie viel Luft war noch da? Brauchte er Sauerstoff?

Er winkelte seinen Ellbogen an und tastete nach dem Sauerstoffgerät, das normalerweise an seinem Gürtel befestigt war, doch schneidende Schmerzen warfen ihn zur Seite. Die Rippen, der Nacken, der Kopf. Irgendwas stimmte da ganz und gar nicht. Er spürte die Schwellung auf seinem Gesicht, seine Nase tropfte. Es drang keine Luft hindurch. Sie war bestimmt gebrochen.

Er suchte vorsichtig nach dem Atmungsgerät, streckte seine Finger aus, tastete sich vorne und seitlich ab … Da war keine Maske. Kein Gürtel. Wo zum …

Dann verlor er das Bewusstsein. Schlagartig. Sein Bewusstsein wurde wie ein Lichtschalter ausgeknipst.

Es kam zurück, langsam, wie die steigende Flut. Dann war es wieder weg, als würde man erneut einen Lichtschalter ausknipsen. Es kam wie die Flut rein und ging wie das Licht aus. Immer wieder und wieder.

Es verlief nach einem Schema, sagte er sich in den kurzen Augenblicken, in denen er bei Sinnen war. Zuerst ein zischender Atemzug. Nicht bewegen, wies er sich selbst an, wappne dich gegen die Panik, beiß die Zähne zusammen, wenn sie kommt, konzentriere dich auf das Ein- und Ausatmen statt auf die Angst, gefangen und verloren zu sein.

Atme, Max.

Gut.

Das letzte Mal hatte Dallas …

Das letzte Mal …

O mein Gott, das letzte Mal.

Sein gequälter Schrei hallte in der Dunkelheit. Dieser Schmerz kam nicht von den Verletzungen. Der war nicht neu. Den konnte man weder flicken noch bei einer Reha wegtrainieren. Die Erinnerung schmerzte höllisch.

Dallas war nicht da. Er war weg und vor Jahren von einem Felsen zermalmt worden.

Du wolltest nie wieder unter Tage. Was zum Teufel tust du in einer Kohlemine?

»Ich bin vor achtzehn Monaten in Rente gegangen«, erzählte Evan Delaney Rennie. »Um diese Uhrzeit habe ich keinen Zugriff auf die Akten. Morgen erledige ich gleich ein paar Anrufe, okay, Kat?«

Sie saß am Bettrand, drückte das Handy an ihr Ohr und den anderen Arm um ihre Taille. Anrufen konnte sie selbst, aber er bekam vermutlich schneller Antworten, ob er nun in Rente war oder nicht. »Und wie lange wird das dauern?«

»Das kommt darauf an. Wenn er noch in Goulburn im Hochsicherheitsgefängnis einsitzt, dauert es nicht länger als zehn Minuten. Wenn er entlassen wurde, könnte es eine Weile dauern, bis ich ihn finde. Dann muss ich wahrscheinlich erst seinen Bewährungshelfer aufstöbern.«

Rennie hatte Evan alles erzählt. Zuerst die Fakten, in chronologischer Reihenfolge, angefangen von dem jungen Kerl an der Verkehrsinsel bis zur Durchsuchung des Wagens. Dann hatte sie alles aufgezählt, was sie heute herausgefunden hatte: dass Max schon früher ab und zu verschwunden war und dass er neuerdings seine Dateien mittels Passwort gesichert hatte. Sie beschrieb auch ihre eigenen Ängste und war erleichtert, dass sie mit jemandem reden konnte, dem sie nichts erklären musste. Der ihr nicht sagte, sie solle nicht so negativ sein, weil er wusste, woher sie kam, was sie getan hatte, um zu überleben, und der die Fakten zu dem Mann kannte, der hinter alldem steckte.

Evan ging genau wie Rennie davon aus, dass Anthony Hendelsen im Gefängnis saß und elf der fünfzehn Jahre abgesessen hatte, zu denen er wegen versuchten Mordes an seinen zwei Töchtern verurteilt worden war. Aber sicher war er sich nicht. Es gab ein Verfahren, wonach Opfer ein Recht darauf hatten, informiert zu werden, wenn eine Haftentlassung bevorstand. Rennie und Jo hatten außer mit Evan auch noch anderweitig diese Vereinbarung getroffen, um ganz sicher benachrichtigt zu werden. Eine Entlassung war undenkbar, doch Evan war nicht auf dem Laufenden, und so abwegig war es dann auch wieder nicht, dass Anthony wieder auf freiem Fuß wäre und sie fände, bevor die Neuigkeit sie erreichte.

Das Alter hätte ein Grund für eine frühzeitige Haftentlassung sein können, ihr Vater war jetzt dreiundsechzig. Aber nicht der durchschnittliche Dreiundsechzigjährige, wie Rennie annahm. Er war schon immer drahtig, kräftig und zäh gewesen und hatte sein Leben lang gejoggt, geboxt und Gewichte gestemmt, um so zu bleiben – und über zehn Jahre Zugang zu einem Fitnessraum im Gefängnis hatten daran sicher nichts geändert.

»Ich habe immer gehofft, dass er mal jemanden so ärgert, dass er erstochen wird oder im Gefängnis verrottet und stirbt. Herrgott, vielleicht läuft er draußen rum«, sagte Rennie.

Evan klang wie immer – ruhig, zuverlässig, vertrauenswürdig. »Zieh keine voreiligen Schlüsse. Vielleicht ist es nicht so, wie du denkst.«

»Vielleicht reicht mir nicht.«

»Gib mir deine Telefonnummer, und warte, Kat.«

Sie gab ihm beide Mobilnummern, die Festnetznummer und zwei Mailadressen. »Ich heiße jetzt Renée Carter. Freunde nennen mich Rennie.«

»Hübscher Name. Passt zu dir.«

»Danke. Ich mag ihn auch.«

Sie legte auf, fuhr sich mit den Händen durchs Haar und spürte, wie die Angst ihre großen Schwingen in ihr ausbreitete. Ihr Vater war ein brutaler, gestörter, furchterregender

Mann. Wenn er tatsächlich irgendwo da draußen herumlief, war Max vielleicht verletzt oder sogar schon tot. Sie hätte bei dem Gedanken am liebsten vor Wut und Angst geheult, aber etwas anderes trieb ihr die Luft aus der Lunge.

Sie wollte die Vergangenheit nicht aufleben lassen. Auch wenn sie immer gewusst hatte, dass der Augenblick irgendwann kommen würde. Sie war nicht bereit dazu – nicht bereit für das Grauen, die Flucht, die Trennung, die Einsamkeit –, und dennoch zerrte es wie der Rückstrom der Brandung an ihr.

Ihr Atem rasselte in der Stille des Schlafzimmers. Sie klammerte sich am Bettrand fest, senkte den Kopf, biss die Zähne zusammen. Die Stimmen in ihrem Kopf zankten sich, während sie dem Drang widerstand, laut aufzuheulen – wegen Max, wegen sich selbst und allem, was sie gefunden und geliebt hatte und plötzlich wieder aufgeben sollte.

Hol deinen Rucksack. Wir müssen los.

Diese Worte hatte sie unzählige Male von ihrer Mutter gehört. Rennie hatte sie selbst gesagt. Und Joanne würde sie jetzt auch zu ihr sagen. Allein die Möglichkeit, dass ihr Vater auf freiem Fuß wäre, war Grund genug zu verschwinden.

Sie strich sich das Haar aus dem Gesicht, stand auf und ging pflichtbewusst zum Rucksack. Er war schwarz mit gepolsterten Trägern, verstärkten Nähten, Taschen und Reißverschlüssen aus leichtem Material, konnte aber großes Gewicht tragen. Es war nicht so ein Rucksack, wie ihn die Studenten für Weltreisen kauften; damit wäre sie als Touristin oder Besucherin aufgefallen. Er war so klein, dass man sich damit unbemerkt unters Volk mischen und schnell vorwärtskommen konnte – und sie konnte daraus leben, wenn es sein musste. Heute Nachmittag, als ihr klar wurde, dass nur Erinnerungen zu ihr zurückkommen würden, war das noch ein beruhigendes Gefühl gewesen. Doch jetzt schreckte sie bei seinem Anblick und seinem Gewicht davor zurück. Sie wusste, was er enthielt, wollte aber die tödliche Kälte nicht wieder in ihren Händen spüren und jemand sein, der in der Lage war zu schießen.

Sie zog den Rucksack aus dem Schrank heraus, legte ihn aber nicht auf das Bett. Sie stand einfach einen Augenblick lang mitten im Zimmer. Max' Zimmer, Max' Haus. Ihr Zuhause. Dann dachte sie daran, wann sie ihn das letzte Mal eilig herausgezogen hatte.

Das war, als sie ihn ins Auto geschmissen hatte, weil sie Max verlassen wollte.

Sie hatten sich gestritten. Warum, wusste sie nicht mehr, sie wusste nur, dass sie sich angeschrien hatten. Er hatte eine Zeitung durch den Raum gepfeffert und war dann durch die Hintertür aus dem Haus gestürzt, was sie furchtbar erschüttert hatte: ihre Reaktion, nicht seine. Eine ihr bekannte Hitzigkeit war in ihr aufgestiegen, sie hatte sich gefragt, was sie in den Genen hatte, und hatte getan, was sie immer tat, wenn sie meinte, dass etwas nicht stimmte – sie hatte nach ihrem Rucksack gegriffen und war zur Tür geeilt.

Dann war Max keuchend zum Auto gerannt und hatte versucht, auf den Beifahrersitz zu springen, während sie zur Einfahrt raste. Sie war auf die Bremse getreten, weil sie ihn nicht überfahren wollte, und staunte, dass er es trotz seiner Hüfte so schnell um das Haus geschafft hatte.

»Was machst du da?«, fragte sie ihn.

»Ich komme mit.«

»Du weißt doch gar nicht, wo ich hinwill.«

»Das ist mir egal.« Er schnallte sich an und sah sie an. »Also, wo fahren wir hin?«

Während er auf ihre Antwort wartete, sah er sich schnell im Wagen um und entdeckte den Rucksack auf dem Rücksitz. Es war das einzige Gepäckstück, das sie mitgebracht hatte, als sie bei ihm eingezogen war. Er wusste, was das zu bedeuten hatte. »Du verlässt mich?«

»Ich habe immer gesagt, dass ich eines Tages gehen würde.«

»Weil wir uns gestritten haben?«

»Ich will nicht streiten.«

Er sagte einen Moment lang nichts, die Worte schienen wie in Zeitlupe zwischen ihnen zu schweben, und er wartete darauf, dass sie bei ihm ankämen und er ihren Sinn begriff. »Okay«, sagte er schließlich. »Dann sollten wir losfahren.«

»Was?«

»Du hast gesagt, du würdest gehen – aber es war nie die Rede davon, dass ich nicht mitkommen darf. Wenn wir weggehen müssen, um die Sache zu klären, dann lass uns weggehen.«

»Da gibt es nichts zu klären.«

»Dann komm wieder rein.«

»Nein, Max. Ich gehe. Da habe ich dir nie was vorgemacht.«

»Dann erklär es mir noch mal. Ich habe begriffen, dass du nie lange an einem Ort geblieben bist und eines Tages weiterziehen würdest. Das habe ich verstanden, wirklich. Aber warum gehst du, wo doch alles in Ordnung ist? Okay, wir hatten eine Auseinandersetzung, aber doch nur drei Minuten in eineinhalb Jahren guter Beziehung. Das ist eine Einsa-Beziehung, Rennie. Ich meine, wenn du unglücklich bist oder dich langweilst, gut, dann geh. Das ergibt Sinn, dann möchte auch ich nicht, dass du bleibst. Aber wir beide passen gut zusammen. Warum willst du das aufgeben?«

»Ich will nicht … streiten.«

»Das müssen wir auch nicht.«

Das brachte sie ein wenig zum Lächeln. Das konnte er. »Hör mal«, er streckte seine Hand aus und strich eine Haarsträhne hinter ihr Ohr. »Ich weiß nicht, was dir widerfahren ist, bevor wir uns kennengelernt haben, und ich werde dich auch nicht nach deiner Vergangenheit fragen. Jedenfalls muss es schlimm gewesen sein, so viel habe ich begriffen. Mir ist auch klar, dass der da«, er zeigte nach hinten auf den Rucksack, »etwas damit zu tun hat. Und ich bin der Letzte, der dir Vorschriften machen will. Ich habe schon mal alles versaut. Ich weiß nur, dass die Vergangenheit nicht das Recht hat, dich daran zu hindern, das zu genießen, was du jetzt hast.«

Die Erinnerung an Max' Worte, an sein Verhalten an jenem Tag brachte Rennie dazu, sich noch einmal im Schlafzimmer umzusehen. »Die schrecklichen Tage sind nicht zurück. Noch nicht«, sagte sie laut zu sich selbst. »Ich bin nicht Katrina Hendelsen. Noch nicht.«

20

Rennie lehnte den Rucksack an die Wand neben der Schlafzimmertür und hob den Kopf, als sie den Lärm aus dem Wohnzimmer hörte. Reifen quietschten, irgendwas in Hollywood explodierte. Heute Abend bist du Renée Carter, sagte sie sich. Und für Max' Sohn verantwortlich.

Sie putzte sich die Zähne, wusch sich das Gesicht und ging dann ins Wohnzimmer hinunter. »Es ist spät. Ich werde versuchen ein bisschen zu schlafen«, sagte sie zu Hayden. »Du solltest dir das auch überlegen.«

»Ich gehe nicht ins Bett«, sagte er, als hätte sie ihm damit gedroht.

»Okay. Wenn doch, dann lass bitte das Licht im Erkerfenster an, falls Max nach Hause kommt.«

Sein Blick fiel auf die Lampe und dann wieder auf sie. »Okay«, sagte er, und seine Stimme klang jetzt sanfter.

Das ermutigte sie ein wenig nachzubohren. »Hast du heute Nachmittag nach ihm gesucht?«

Er zuckte die Achseln und sah wieder weg.

»Wo bist du gewesen?«

»Ich war unten in der Bucht. Am Angelplatz, an den wir manchmal gegangen sind.«

»Wo genau?« Er sah auf, konnte seinen Blick aber immer noch nicht auf ihr Gesicht richten. Er schien sich so ein Gespräch gewünscht zu haben, aber nicht unbedingt mit ihr. »Südlich vom Point. Ich habe mir gedacht, dass wahrscheinlich dort niemand nachsehen würde.«

»Und, hast du was gefunden?«

Er schüttelte den Kopf. »Ich habe alle Felsen abgesucht und immer wieder überlegt, dass ihm vielleicht seine Uhr heruntergefallen ist. Du weißt schon, der Verschluss ist locker.«

»Ja, ich habe auch danach gesucht. Bist du deshalb auch zu den Schützenstellungen gegangen?«

»Ich dachte nicht wirklich, ihn dort zu finden. Es ist nur, na ja, sie liegen genau über dem Angelplatz, und auf dem Rückweg dachte ich …« Die Erklärung verlor sich in einem weiteren Schulterzucken.

Sie stellte sich vor, wie er da oben herumsuchte, wie sie dort auch gesucht hatte – an unwahrscheinlichen Orten, weil sie die wahrscheinlichen bereits abgesucht hatte. »Bist du bei allen fünf Stellungen gewesen?«

»Ja.«

Dann war er vermutlich wütend und verärgert gewesen und hatte sich genau wie sie im Atelier selbst bemitleidet. Wäre sie Trish oder Naomi gewesen, dann hätte sie vielleicht ein paar tröstende Worte gefunden und Mitgefühl aufgebracht, aber sie war Rennie und Katrina und hatte nichts als ihre ganz persönliche Art des Mitgefühls zu bieten. »Wir suchen morgen weiter.«

Er sah ihr in die Augen, in seinem Blick lag etwas Kindliches, Hilfsbedürftiges.

»Du hast heute gut mitgedacht«, fügte sie hinzu und war erschreckt über ihren sachlichen Ton, der wie der ihrer Mutter klang. Oh, damit fühlte er sich bestimmt gleich viel besser.

Max hatte das Gefühl, als ob er schon seit Stunden über rauen, harten Boden krabbelte.

Es hätten auch Tage sein können.

Oder Minuten.

Er blinzelte, um sich zu versichern, dass seine Augen auch tatsächlich offen waren. Pechschwarz beschrieb es nicht richtig. Es fühlte sich wie eine Substanz an, die seinen Mund und seine Nase füllte. Diese Dunkelheit, vor der er sich seit sechseinhalb Jahren fürchtete. Vierundzwanzig Stunden war er in dieser Dunkelheit unter einem Felsen eingeklemmt, während Dallas seinen Finger umklammerte und langsam neben ihm starb. Dann hatte er nur noch dagelegen und gewartet – auf Rettung oder den Tod.

Er wusste nicht, wo er jetzt war oder wie er hergekommen war, ob überhaupt jemand wusste, dass er verschwunden war. Er wusste nur, dass es ein anderer Tag an einem anderen Ort war und er noch lebte.

Vorsichtig bewegte er sich, hob seine Finger, fuhr damit über seine Taschen und sein Handgelenk. Kein Handy, keine Uhr, nichts, mit dem man Licht machen konnte. Er senkte die Hände auf den Boden und tastete ihn um sich herum ab. Kleine Steine, lose Erde, fein wie Sand – kein gewöhnlicher Dreck – und trocken. Er hob eine Hand und stieß damit an eine harte, flache Oberfläche, die nur Zentimeter von seiner Hüfte entfernt senkrecht nach oben ging. Sie war rau. Für Beton war sie nicht ebenmäßig genug. Sie hatte Furchen, war aber intakt und bröckelte nicht. Hart und gerade verlief sie, so weit seine Finger reichten. Er drückte sein Bein dagegen, spürte sie an seiner Hüfte und seinem Knöchel. Auch in Bodennähe wirkte sie starr wie eine Minen- oder Felswand.

Nein, egal, wo er sich befand, für draußen war es hier zu still und dunkel.

War er in einem Schacht? Oder in einer Grube? Einem unterirdischen Luftloch? Einer Kammer? Einem Verlies?

Verdammt noch mal.

Ein Stein unter seiner Hüfte verursachte den stechenden Schmerz – sie war diesmal also nicht gebrochen. Er schob ihn weg und fuhr dann mit den Fingerspitzen vorsichtig über die wunden Stellen. Eine Rippe war lädiert, vielleicht sogar angeknackst, aber nicht verschoben. Seine Nase war übel zugerichtet: geschwollen, empfindlich, die Nasenflügel verkrustet. Blut, nahm er an. Weiter oben ertastete er noch mehr Blut, seitlich vom Gesicht bis zu einem Schnitt, der über seine Schläfe zur Augenbraue verlief. Er tastete vorsichtig seine Kopfhaut ab und fand den Punkt, an dem der Schmerz pulsierte. Er lag hinten, genau zwischen Schädel und Wirbelsäule. Er drückte dagegen, der Schmerz flammte auf, und ihm wurde übel – dann erstarrte er und überlegte, ob er sein Rückenmark beschädigte, wenn er den Kopf drehte.

Was jetzt? Wie eine Leiche hier liegen bleiben und darauf hoffen, dass ihn jemand fand? Gevatter Tod würde das bestimmt, daran bestand kein Zweifel, aber ob ihn auch jemand anderer finden würde, wusste er nicht. Doch er hatte schon einmal in der Dunkelheit auf den Tod gewartet – das würde er jetzt nicht wieder tun.

Er schnaufte, biss die Zähne zusammen und setzte sich auf, drückte seinen Rücken an die Wand und hoffte, sein Kopf würde aufhören, sich zu drehen. Er wackelte mit den Zehen, dann mit den Fingern. Okay, es tat weh, aber sein Rückenmark war offensichtlich nicht verletzt. Immerhin etwas.

Er atmete vorsichtig ein, stieß die Luft wieder aus und stöhnte.

Die Anstrengung drückte auf seine Rippen. Das Stöhnen kam zu ihm zurück. Nicht als leises Echo wie in einem großen, offenen Raum, sondern augenblicklich, was ihm sagte, dass er sich in einem großen, geschlossenen Raum befand. Er hob einen Kiesel auf, der unter seiner Hand lag, und warf ihn direkt vor sich hin. Der Kiesel war kaum aus seiner Hand geglitten, da stieß er auch schon gegen etwas und fiel wieder neben ihn auf den Boden. Er streckte seine Beine aus, stieß sich mit den Absätzen ab, stieß aber nirgendwo an. Die andere Seite war also nah, aber nicht so nah, dass er sie berühren konnte.

Er versuchte es erneut mit einem kleinen Stein und warf ihn nach rechts. Es dauerte eine Sekunde oder länger, bis er die kleine Rakete sanft aufschlagen hörte. Das Gleiche passierte links. Er warf ein Steinchen direkt über sich. Ein leichtes Pochen, gefolgt von einem Tropfen auf den Boden. Weiter als die Fläche gegenüber, aber nicht so weit wie links oder rechts.

Alles klar, das Naheliegendste zuerst. Er hielt sich den Nacken, rückte seine Wirbelsäule vom Felsen weg, rutschte zuerst mit dem Hintern voran, dann mit den Füßen, Stück für Stück, mit bohrenden Schmerzen in seinem Kopf, bis seine Schuhe auf etwas trafen. Er tastete den Boden ab. Er war genau wie die andere Wand – hart, rau und gerade.

Zwei Seiten eines engen Hohlraumes. Das hieß …

Dass er in einer Höhle war? In einem alten Grubenschacht vielleicht? War er hier hineingefallen? Mit dem Kopf voran? Wie Alice im verdammten Wunderland?

Max, wie dumm muss man sein, um in so ein verdammtes Loch zu fallen?

Er sah nach rechts, dann nach links, als hätte die Dunkelheit zu beiden Seiten eine Antwort darauf. Doch sie sagte nur, dass, wenn er in eine Richtung ging, der Fluchtweg vielleicht nur zwei Meter in die andere Richtung lag, er das aber vielleicht niemals erfahren würde.

Wer nicht wagt, der nicht gewinnt, Max.

Er hielt inne, holte Luft und rollte nach links, aber nur, um die lädierten Rippen rechts zu schützen. Schmerz drückte gegen seine Schädeldecke, er blieb in der Nähe der Wand. Er war in unzähligen Kohleminen gewesen und konnte die Zeichen interpretieren – Drähte an den Wänden, Netze für die Lüftungsregelung, Holzstützen, Grubenausbaubolzen. Eine stillgelegte Grube hatte Stützen oder Bolzen, auch wenn sie alt war.

Er hielt inne und keuchte, als wäre er fünf Kilometer gelaufen. Es gab keine Möglichkeit herauszufinden, wie weit er gekommen war – nicht so weit, wie er gerne gekommen wäre, vermutlich waren es nur ein paar Körperlängen –, aber weit genug, um Beweise zu finden, falls es welche gab. Doch es gab keine. Er war nicht in einer Kohlegrube.

Er hatte seinen Kopf also nicht angestoßen, weil er in einen Grubenschacht gefallen war.

War er überhaupt gefallen? Oder war er bereits verletzt hierhergekommen? Vielleicht hatte er sich den Kopf anderweitig verletzt, bei einer Prügelei oder einem Autounfall, und war mit einer Gehirnerschütterung verwirrt herumgestolpert und hier gelandet. Das bedeutete, wenn es einen Weg herein gab, gab es auch wieder einen heraus, oder? Und vielleicht war es dunkel, weil es mitten in der Nacht war. Vielleicht sähe er den Ausgang, wenn er ruhig hier sitzen blieb und wartete, bis die Sonne aufging.

Er lehnte sich an die Wand, schluckte die Trockenheit in seinem Mund runter und rieb sich die Stirn. Er versuchte die Erinnerung wieder herbeizulocken, wie er hierhergekommen war. Doch da war nichts. Alles war schwarz, genau wie der Platz vor ihm. Keine Gesichter, keine Orte, keine Gespräche. Da war nur dieses dringende Gefühl, dass er irgendetwas tun sollte.

Er schloss die Augen. Aber was?

Nichts. Keine Ahnung.

An was erinnerte er sich dann?

An Dallas.

Nicht an sein dummes Grinsen oder seine raue Stimme,

du willst doch etwas zum Lachen. Sondern den schwachen, belegten Klang seiner Stimme, als er starb. *Max, mach dir ein schönes Leben. Ich meine nicht, hab eine gute Zeit. Die hatten wir schon. Ich wünschte, ich hätte vorher daran gedacht. Es sollte … ich weiß nicht. Sich lohnen. Versau es nicht.*

Max stützte die Hände auf den Erdboden neben ihm und drückte sie auf die harten Kieselsteine, bis sie ihn schnitten. Er war sich nicht sicher, ob er sich ausgerechnet jetzt daran erinnern wollte.

Es ist mir scheißegal, wo du bist, Max.

Danke, Leanne. Verdammt noch mal, herzlichen Dank dafür.

Sie würde nicht nach ihm suchen. Das letzte Mal, als er eine Woche weggeblieben war, hatte sie ihn willkommen geheißen, als hätte er ihren Urlaub ruiniert. Na ja, was hatte er erwartet? Er trank zu viel, blieb bis spät weg und meldete sich als Erster, wenn es um Nachtschichten ging. Er machte alles, was sie nicht wollte. Er hatte alles versucht, damit es funktionierte – ernsthaft versucht –, doch das änderte nichts an der Tatsache, dass sie niemals hätten heiraten sollen. Es war eine Sommerromanze gewesen, die zu lange gedauert hatte, und er hatte mit den Brocken, die er aus einem Loch holte, zwar die Rechnungen bezahlt, aber es hatte ihn niemals befriedigt. Ein Jawort wegen einer ungeplanten Schwangerschaft garantierte keine gelungene Ehe. Vielleicht war sie diesmal nach Sydney gefahren, wie sie immer angedroht hatte.

O Gott. Hayden, dachte er. Und eine große Welle der Traurigkeit vermischte sich mit Max' Schmerz.

Er wollte Hayden nicht verlieren, er wollte nicht, dass er mit einem Wochenendvater aufwuchs. Sein Sohn sollte eine Familie haben, wie er sie gehabt hatte. Und da fiel ihm wieder ein, dass Leanne ihm den Sohn bereits genommen hatte. Sie musste sich keine Gedanken um einen Job machen, als sie wegzog – sie hatte irgendein Arschloch von einem Zahnarzt mit einer beschissenen Villa getroffen, während Max Gruben aushob. Sie musste nur schnell auf dem Weg aus dem Ort bei ihm am Krankenbett vorbeifahren. *Ich liebe dich nicht. Ich mag dich nicht mal mehr. Und ich will mich nicht um dich kümmern, wenn du hier raus bist. Ich habe schon genug Zeit meines Lebens in Haven Bay vergeudet.*

Und so hatte er eine Woche nach seinem Versprechen, das er Dallas gegeben hatte, alles wieder versaut. Er war Max Tully. Und ein Max Tully tat so etwas.

Und jetzt war es wieder so. Er hatte wieder etwas versaut. Er saß in einem verdammten Loch, Blut sickerte aus seinem Kopf, und irgendwas war da – etwas Großes, Wichtiges ... aber er wusste nicht, was es war.

21

Rennie verbrachte eine lange und unruhige Nacht. Sie wälzte sich in ihrem Bett hin und her, gequält von schrecklichen Gedanken und vielen Erinnerungen. In den frühen Morgenstunden knipste sie ihre Nachttischlampe an, holte die Waffe aus ihrem Rucksack und putzte sie.

Es war eine Glock 17, die weltweit zuverlässigste halbautomatische Handfeuerwaffe – ein tödliches Gerät, das aber wertlos war, wenn man es nicht regelmäßig wartete. Joanne hatte sie ihr nach ihrem letzten Therapietag bei Dr. Foy überreicht, als Ersatz für die Waffe, die ihr die Polizei abgenommen hatte. Sozusagen ein Abschlussgeschenk, wie Jo es nannte. Nach zwölf Monaten Gesprächstherapie über Sicherheit, Stabilität und den Umgang mit Ängsten und dem Versuch, ihr Leben ohne eine Waffe in den Griff zu kriegen, widerte sie das an, gab ihr aber auch ein Gefühl der Sicherheit, und sie konnte sich nicht dazu durchringen, ohne sie abzuhauen. Lebenslanges Lernen stand einem Jahr Gesprächstherapie drei Mal die Woche gegenüber.

Am Anfang säuberte sie die Waffe noch regelmäßig, ölte sie und ließ das Magazin leer, um den Federdruck zu schützen. Dann wieder ließ sie mehr Zeit verstreichen oder machte es gar nicht. Sie war sich nicht sicher, ob sie es aus Selbstgefälligkeit heraus oder aus Selbstschutz tat. Doch jetzt war keines von beidem angebracht. Sie steckte die Pistole wieder zusammen, prüfte den Verschluss, betätigte den Abzug, lud das Magazin, schob es rein, ließ aber das Patronenlager leer.

Schon vor der Morgendämmerung stand Rennie bereits zum zweiten Mal hintereinander ruhelos und ein wenig gereizt im Erkerfenster, sah dem Sonnenaufgang zu und wärmte ihre Hände an einer Tasse Pfefferminztee.

Vielleicht ist es nicht, wie du denkst, hatte Evan gesagt. Sie hoffte, dass er, was ihren Vater betraf, recht hätte, doch nach Stunden, in denen sie versucht hatte, alle Puzzleteile irgendwie zusammenzufügen, schien nichts wirklich zusammenzupassen.

Falls der Junge mit dem Geländewagen tatsächlich zum Parkplatz zurückgekommen war und Max überfallen hatte, könnte das den Blutfleck auf dem Parkplatz erklären, mehr aber auch nicht. Weder den dumpfen Schlag am Zaun noch den umgedrehten Ziegelstein oder das durchwühlte Handschuhfach. Und wie passte das fehlende Geld zu alldem?

Ein paar Puzzleteilchen passten vielleicht, aber nur, falls Max sie tatsächlich verlassen hatte: Er war schon vorher immer mal wieder verschwunden, das neue Passwort auf dem Computer, das verschwundene Geld, die Frauen, vielleicht sogar die bruchstückhafte Nachricht, die er ihr geschrieben hatte. Aber was war mit dem Blut, dem Zaun, dem Ziegel und dem Handschuhfach? Vielleicht war das Blut auf dem Parkplatz nicht von Max, sondern er hatte selbst hinten am Zaun gestanden und später das Handschuhfach durchwühlt, nur… wonach hätte er suchen sollen? Nach einem Stift und Papier, um seinen Fluchtweg zu skizzieren?

Auch die Möglichkeit, dass man ihren Vater frühzeitig aus der Haft entlassen hatte, fügte sich nicht nahtlos zu den anderen Informationen. Die bruchstückhafte SMS, das Blut, der Zaun, der Ziegel und das Handschuhfach passten irgendwie zusammen. Selbst der Kerl mit der Kamera passte irgendwie ins Bild – sie hatte zwar keine Ahnung, wie ihr Vater jetzt aussah, doch der Fotograf mit dem Hut war klein, drahtig und hatte das richtige Alter. Doch das erklärte noch nicht das fehlende Geld und die Sache mit dem Passwort. Was hatten die mit ihrem Vater zu tun?

Wie lange brauchte Evan, bis er sie wieder anrief?

Sie lief ziellos durch das Haus, schüttelte die Kissen auf dem Sofa auf, auf dem Hayden gesessen hatte, wusch und trocknete das Geschirr, das er hinterlassen hatte. Sie war es leid, das Haus nach Hinweisen zu durchsuchen, die zu Max führen könnten, doch am Ende stand sie doch wieder vor seinem Kleiderschrank.

Sie legte die herumliegenden Klamotten in die Schubladen zurück, hängte Hemden auf, ordnete und faltete Wäsche zusammen. Mit einem Lappen wischte sie das Regal ab, auf dem sein Krempel lag, und ging noch einmal seine Unterlagen durch. Da lagen Rechnungen für neue Schuhe und eine DVD, ein Zahlschein für die Autoversicherung, die nächste Woche fällig wurde, dann lächelte sie, als sie ein Foto von sich und ihm entdeckte. Sie fummelte im Aschenbecher zwischen Münzen, Büroklammern, Gummibändern und Reißzwecken herum. Fand nicht den passenden Manschettenknopf, dafür aber den Plastikdeckel eines USB-Sticks, und steckte ihn wieder an. Als sie alles zurückgelegt hatte, klingelte das Telefon.

Sie rannte durchs Zimmer. »Evan?«

»Rennie, hier ist Brenda. Ist Max nach Hause gekommen?«

Sie schloss die Augen. Rennie sprach selten mit Max' Eltern am Telefon. Unbeholfen und vorsichtig wählte sie ihre Worte, wusste nicht, wie sie mit ihrem Eifer umgehen sollte, reagierte verunsichert auf ihre Herzenswärme, wollte aber nichts sagen, was sie zerstören könnte. »Nein, noch nicht. Ich gehe davon aus, dass du auch noch nichts von ihm gehört hast.«

»Nein. Ich habe jeden angerufen, der mir einfiel. Annette in Perth, Tante Roz, Tante Cath und Onkel Grant in Wangi …« Rennie hörte zu, während Max' Mom eine lange Liste von Verwandten, Freunden, Schul- und Sportkollegen von nah und fern herunterbetete. Sie musste Stunden am Telefon verbracht haben. »Ich gehe davon aus, dass sie mir Bescheid geben, wenn sie was hören, aber nach dem Frühstück starte ich gleich noch einen Rundruf.« Sie klang besorgt, aber auch tüchtig und erfahren, als wäre es nur eine Frage der Zeit, bis sie ihn gefunden hätte und sie sich keine Sorgen mehr zu machen bräuchten.

Rennie wusste, dass sich das gleich ändern würde. »Ich habe gestern Nachmittag mit einem Detective gesprochen.«

Sie hörte, wie Brenda kurz Luft holte, und dann erneut die Sorge in ihrer Stimme. »Warte, ich hole Mike.« Ein Knacken und Knistern war zu hören, Brenda rief Max' Dad. »Mike, Renée ist am Telefon. Das musst du dir anhören.«

Fünf Sekunden später hörte sie seine muntere Stimme am anderen Telefon. »Ich höre.«

»Die Polizei ist verständigt«, sagte Brenda ins Telefon. Wahrscheinlich hatte Mike in einem anderen Zimmer das Mobilteil genommen. »Rennie hat mit einem Detective gesprochen. Red weiter, Rennie.«

Sie zögerte, war sich nicht sicher, was sie erzählen und wie sie es sagen sollte. Aus Gewohnheit wäre sie am liebsten gleich auf den Punkt gekommen, doch die Sorge, sie zu beunruhigen, hielt sie zurück. Sie erzählte ihnen, dass die Polizei beschlossen hatte, sich näher mit dem Fall zu beschäftigen, nachdem sie ein paar Tropfen Blut auf dem Parkplatz gefunden hatte.

»Hat man den jungen Kerl mit dem Geländewagen schon gefunden?«, fragte Mike, der offensichtlich die gleichen Schlüsse wie Rennie zog.

»Als ich mit dem Detective gesprochen habe, noch nicht«, sagte Rennie zu ihm.

»Dann ist er also abgetaucht? Das heißt doch was, der kleine Bastard.«

»Mike«, rief Brenda warnend.

»Ich glaube kaum, dass sie gestern noch nach ihm gesucht haben«, erklärte Rennie. »Außerdem war der Detective nicht unbedingt davon überzeugt, dass er etwas damit zu tun hat.«

Mike stieß ein spöttisches Lachen aus. »Das ergibt doch keinen Sinn.«

Rennie schloss die Augen und wünschte, sie könnte dem beipflichten. »Offenbar hat es Samstagabend im Pub eine Schlägerei gegeben, momentan gibt es also nichts, was das Blut mit Max in Verbindung bringen würde. Er hat nur gesagt, dass er eine ganze Reihe von Möglichkeiten in Betracht ziehen muss, wenn jemand vermisst wird.«

»Und die wären?«, fragte Mike.

»Etwa, dass Max freiwillig verschwunden sein könnte.«

»Nein«, hauchte Brenda.

»James war dabei, als der Detective vorbeikam. Er hat ihm gesagt, dass es Auseinandersetzungen wegen finanzieller Angelegenheiten in der Firma gab. Er hält es wohl für möglich, dass Max Geld veruntreut haben könnte.«

»O mein Gott«, zischte Brenda.

»Das hat James gesagt?«, Mike klang skeptisch.

»Ja.«

»Wie viel?«, fragte er.

»Ich weiß es nicht. Tausende. Hat irgendwas mit Rechnungen zu tun.«

»James ist doch der verdammte Buchhalter der Gesellschaft«, knurrte Mike. »Und er sollte außerdem seinen Cousin nicht beschuldigen, wenn Max nicht da ist und sich nicht verteidigen kann.«

»Außerdem braucht Max das Geld sowieso nicht.« Brenda sagte das, als wäre sie diejenige, die sein Wochenbudget tippte. »Er hat nach dem Minenunglück einiges von der Versicherung erhalten, außerdem gehört ihm das Haus.«

Rennie hätte gerne diese umfassende Unterstützung bejubelt und war erleichtert, dass Max' Mutter keinen Augenblick in Betracht gezogen hatte, dass Max das Geld genommen haben könnte. Doch das war nicht der einzige mögliche Grund für ein Verschwinden.

»Gib mir die Nummer von dem Detective – ich werde mal sehen, was ich erreichen kann«, sagte Mike.

Er legte auf, und Rennie dachte, das Gespräch wäre vorbei, doch Brenda war immer noch am Apparat. »Rennie, du machst dir bestimmt furchtbare Sorgen. Wir natürlich auch, aber, na ja … wie geht es dir?«

Der Themawechsel und ihr unerwartet besorgter Ton berührten Rennie. »Es geht mir gut, danke. Ja, ich mache mir auch Sorgen. Ziemlich große sogar.« Sie zuckte zusammen, als sie ihre gekünstelten Worte hörte, und wünschte, sie wüsste, wie sie Brendas Wärme erwidern konnte. Um ihrer beider willen.

»Ihr habt euch doch nicht etwa gestritten, oder?«

Was sollte Rennie darauf antworten? Dass sie auf dem Boden Sex hatten, er ihr einen Heiratsantrag gemacht und sie ihn abgelehnt hatte und dass sie sich bei Trishs Party angeschnauzt hatten? Sie sprach mit Max' Mutter, und wenn sie das so sagte, würde diese am Ende noch denken, dass es kein Wunder sei, wenn er abhaute. »Nein. Nichts dergleichen.«

»Ich frage nur, weil er sich während seiner Ehe immer mal wieder eine kleine Auszeit gönnte und vergaß, Leanne zu sagen, wo er war.«

Rennie fand es stets amüsant, dass Brenda allen Geschichten ihrer Kinder immer etwas Positives abgewinnen konnte.

Sie wurden nicht dicker, sondern fülliger. Sie tranken nicht zu viel am Weihnachtsabend, sondern waren lustig und unterhaltsam. Jetzt sagte Brenda, Max habe Leanne nicht verlassen, sondern sich eine Auszeit gegönnt. Er war nicht die Ursache dafür, dass sie sich Sorgen machte, sondern er hatte einfach vergessen anzurufen. Sie verwandelte eine unerträgliche Wahrheit einfach in etwas Erträglicheres – und Rennie wunderte sich, mit welcher Selbstverständlichkeit Brenda und Mike gar nicht in Betracht zogen, dass Max das Geld genommen haben könnte. »Ich glaube es einfach nicht«, sagte sie und wünschte, dass es überzeugend klang.

»Nein, bestimmt nicht, Liebes. Wie kommt Hayden damit zurecht? Er muss schrecklich aufgebracht sein.«

Das war vermutlich das Netteste, was man über ihn sagen konnte. »Ja. Er ist seitdem spät ins Bett gegangen. Ich hoffe nur, dass er heute Morgen etwas länger schläft.«

»Das wäre das Beste für ihn. Er ist noch jung. Sollen wir zu dir kommen? Mike hat morgen eine Sitzung mit dem Komitee, aber ich könnte den Zug nehmen und heute Abend da sein. Er kann ja später mit dem Auto nachkommen.«

War das so in Krisensituationen? Tauchte dann massenhaft Familie auf? Brendas Angebot rührte sie, aber Rennie wollte sich nicht um besorgte Eltern kümmern und auf ihre Worte achten müssen, während sie sich Sorgen um Max machte. Und falls man ihren Vater tatsächlich entlassen hatte, wollte sie Max' Eltern bestimmt nicht um sich haben. »Nein, das ist nicht nötig. Er ist erst seit einem Tag verschwunden und kann jederzeit zurückkommen.«

»Gut, wenn du meinst, aber ruf mich an, falls du deine Meinung doch noch ändern solltest. Ich denke an dich, Liebes.«

Rennie umklammerte den Hörer, als könnte das Brendas Großzügigkeit noch eine Weile länger im Raum halten – wenn auch auf überschaubarer Distanz. Es fühlte sich etwas einengend und aufdringlich an, aber auch ehrlich und unglaubwürdig, nett und nervend zugleich. Komm schon, Evan, ruf endlich an!

Sie lief unruhig durch das Haus, suchte zwar nicht mehr nach irgendetwas, wollte sich aber irgendwie beschäftigen und hatte das Gefühl, dass das Adrenalin, das seit Samstagabend durch ihren Körper raste, bald aus ihren Poren treten würde, wenn sie es nicht bald abbaute. Wenn sie joggen ging, konnte sie sich noch einmal nach Spuren von Max umsehen und gleichzeitig etwas die Gegend erkunden.

Sie zog ihre Schuhe an, band ihr Haar zurück, steckte beide Handys in ihre Jogginghose und sah nach, ob Hayden noch schlief. Fünf Minuten später hatte sie die Türen hinter sich geschlossen, bog am Seeufer nach links und sah das Wasser glatt und dunkelgrün wie eine riesige dunkle Glasplatte vor sich liegen. Sie dachte wieder daran, dass Max auf der Fahrt zur Party einen Umweg genommen hatte – wollte er einen letzten Blick auf den Sonnenuntergang werfen, bevor er verschwand?

Sie schüttelte den Gedanken ab und konzentrierte sich auf beruhigendere Dinge: ihre gleichmäßigen Schritte und den Rhythmus ihres Atems.

Rennie war die geborene Läuferin. Als sie noch ein kleines, dünnes Mädchen gewesen war, hatte sie stets alles im Laufschritt erledigt – sie lief zum Auto, zu den Geschäften, die Straße runter, durch den Park. Das machte Joanne ganz verrückt. Ihre Mutter beobachtete es widerwillig und sah nur die Gene ihres Vaters darin. Sie hatte mit der Schule an ein paar Querfeldeinläufen teilgenommen und diese mit einem solchen Vorsprung beendet, dass sie immer dachte, sich verlaufen zu haben. Ein Lehrer hatte sie sogar einmal des Betrugs beschuldigt, während andere glänzende Augen bekamen und bereits Trophäen sahen, doch Rennie verweilte nie lange genug an einem Ort, um irgendeine zu gewinnen.

Evan und seine Kinder trainierten für einen Volkslauf, als Rennie und Joanne bei ihnen wohnten. Sie standen frühmorgens auf und liefen noch vor der Schule. Für Jo war das der totale Schwachsinn, aber Rennie wollte unbedingt dabei sein. Evan brachte ihr die richtige Atmung bei und effizientere Bewegungsabläufe, und er kaufte ihr nach der ersten Woche richtige Joggingschuhe. Seitdem hatte sie nie mehr damit aufgehört. Sie fühlte sich nach jedem Lauf gereinigt, ausgepowert und stark. Oft war es das Laufen, das sie geistig gesund hielt.

Am Kreisverkehr, wo der Geländewagen sie geschnitten hatte, wurde der Rasenstreifen am Seeufer immer schmäler und verschwand schließlich. Rennie betrat die Straße, spürte den harten Untergrund in den Beinen und lief am äußeren Rand der zweispurigen Asphaltstraße so, dass sie den entgegenkommenden Verkehr im Auge hatte, seitlich von ihr ging es zum Wasser hinunter.

Der Kerl hatte sie auf dieser Straße abgedrängt und war dann auf die Fahrbahn ausgewichen, auf der sie jetzt lief. Sie sah immer wieder von der Straße zum Wasser und suchte nach irgendeinem Zeichen von Max – Uhr, Brieftasche, Schuh, ein Stück Kleidungsstoff. So etwas konnte nur dann hierhergelangt sein, wenn Max über die Felsen geklettert war oder jemand seine Sachen aus einem Auto geworfen hatte. Das hätte zu einer Geschichte mit ihrem Vater oder dem jungen Kerl mit dem Geländewagen gepasst, nicht aber zu der Variante, dass Max sie einfach verließ.

Während ihr Blick immer wieder zur Seite schweifte und ihre Beine dem Rhythmus ihres Atems folgten, dachte sie an andere Straßen, die sie bewusst entlanggelaufen war. Das hatte ihre Mutter ihnen eingebläut: zu erkennen, was dazugehörte und was nicht – Häuser, Autos, Gesichter. Vertrautes war nützlich, wenn man sich vor einem Geist versteckte.

Ihr Vater verfolgte sie schon, als Rennie noch nicht einmal alt genug war, um sich daran zu erinnern. Ihre erste Erinnerung war an einen Campingplatz, auf den sie mitten in der Nacht kamen, die Übernachtung hinten im Wohnmobil und das große Messer, das ihre Mutter unter ihr Kissen gelegt hatte.

Bis nach dem Mord wusste sie praktisch nichts über das Leben ihres Vaters. Evan Delaney war Teil des Ermittlungsteams und hatte schließlich ihre Fragen beantwortet. Ihre Eltern waren sich bei der Armee begegnet: Donna war Ausbildungsleiterin und Anthony bei der Luftwaffe. Er war ein erfahrener Killer, den man schließlich rauswarf, weil er zunehmend unter Verfolgungswahn litt. Dass er verrückt war, überraschte nicht, und die Ausbildung erklärte viel – warum Donna nicht mehr die Polizei rief, warum sie nie daran glaubte, dass er verschwunden war, und warum selbst eine Kleinigkeit, die nicht an Ort und Stelle lag, sie sofort packen und verschwinden ließ. Dass sie so lange überlebt hatte, war der Beweis für ihre eigene Überlebensfähigkeit, die sie an ihre Töchter weitergab.

Das erste Mal wurde er wegen Totschlags verurteilt. Donna war mit ihrem eigenen Messer erstochen worden, was Anthonys Verteidiger als Beweis dafür anführte, dass Anthony nicht gekommen war, um sie zu ermorden, sondern sich tatsächlich selbst geschützt hatte. Dass er gar kein Messer brauchte, um jemanden umzubringen, wurde nie erwähnt. Er wurde zu sechs Jahren Haft verurteilt. Nach seiner Entlassung brauchte er nur sechs Monate, um Rennie und Joanne zu finden.

Sie hatten einen Vorsprung, weil ihr Anwalt sie von der bevorstehenden Entlassung in Kenntnis gesetzt hatte. Rennie dachte oft, dass es für alle am einfachsten gewesen wäre, wenn ihr Vater sie einfach erschossen hätte, doch die Ausbildung bei der Luftwaffe hatte sein Gehirn verkorkst, und so gehörten Heimlichkeiten und Verkapptes mit zu seinem perversen Spiel.

Warum ein Spiel? Ganz einfach, diese wahnsinnige Logik ergab nur für Anthony Hendelsen einen Sinn. Seine Frau und seine Töchter hatten ihn verlassen, also mussten sie sterben. Donna zu ermorden war nur ein Teil des Plans.

Das erste Lebenszeichen erhielten sie, nachdem er aus dem Gefängnis entlassen worden war. Er hatte einen Zettel unter der Tür durchgeschoben, auf dem stand: *Daddy ist zurück*. Sie flohen die Küste hinauf und hielten viele quälende Jahre die Augen offen. Er hinterließ noch viele weitere Nachrichten – durchsuchte Wohnwägen, zerschlitzte Reifen, verwüstete ein Café, in dem Rennie arbeitete, und schlug einen One-Night-Stand von Joanne zu Brei.

Eines Abends erwartete er sie auf dem Campingplatz. Sie hatten keine Zeit mehr, zum Auto zu laufen, ja nicht einmal mehr genug Zeit, um zu fliehen. Joanne war langsamer als Rennie. Also machte Rennie kehrt. Diesmal hatte er sein eigenes Messer mitgebracht, stieß als Erster zu und verletzte Rennie an den Rippen. Doch sie sorgte dafür, dass das nicht wieder vorkam. Zwei Mal schoss sie auf ihn – das erste Mal in seine Schulter, das zweite Mal in den Oberschenkel. Sie zitterte so vor Wut und zu viel Adrenalin, dass sie nicht besser zielen konnte. Doch es reichte, um ihn fluchend und nach Vergeltung schreiend zu Fall zu bringen.

Rennie erinnerte sich noch gut an die Wut, die damals in ihr aufgestiegen war, als er am Boden lag. Es war nicht der blinde, unbeherrschbare Geisteszustand, von dem die Anwälte gerne eine Jury überzeugen. Hier ging es um zielgerichtete, unerschütterliche Rache. Während er seine Drohungen ausstieß, ging sie auf ihn zu, war bereit, ihm ins Gesicht zu schießen und ihm beim Sterben zuzusehen. Doch dazu kam es natürlich nicht. Die Polizei war bereits da. Als es zur Schießerei kam, hatten die Nachbarn nach ihr gerufen, sie standen mit gezogenen Waffen da, und ihre eindringlichen, kompromisslosen Zurufe genügten, um Rennie zurückzupfeifen, bevor sie auf ihren Vater losging.

Rennie sah die Hauptstraße entlang und schüttelte die Erinnerung ab. Wenn sie weiterlief, würde sie auf den Pfad an der Nordseite der Bucht stoßen und wäre in fünfzehn Minuten wieder zu Hause. Aber sie konnte noch nicht aufhören, hatte die Angst noch nicht verbrannt, die Vergangenheit schürte noch das Feuer in ihr. Sie lief weiter die Straße zum Garrigurrang Point entlang, rannte in die entgegengesetzte Richtung von gestern, sah zum steilen Abhang hinauf, der zu den Schützenstellungen führte, und weiter zu den Felsen, bei denen sie die Umrisse von zwei kräftigen Männern sah. Sie lief um die Landzunge herum, auf dem Gras am Flussufer entlang, betrachtete den Strand und den einzigen geparkten Wagen, folgte dann dem Weg, der sich durch den Campingplatz schlängelte, dem Stück mit den Gummibäumen, vorbei an den wohlhabenden Vororten und weiter bis zum Grillplatz am nördlichen Ende der Hauptstraße.

Er lehnte an der Beifahrertür und hatte sie schon erkannt, noch bevor sie ihn erkannt hatte. Er hatte sich im Skiffs einen großen Becher Kaffee geholt und irgendwas in einer weißen Papiertüte. Als sie näher kam, sah sie die fettigen Flecken auf der Tüte und überlegte, dass Detective Phil Duncan wohl eine Schwäche für getoastete Sandwiches hatte. Als sie langsamer lief und vor ihm stehen blieb, stieß er sich vom Fahrzeug ab. Die Angst, die sie beim Laufen verbrannt hatte, wurde jetzt durch Unbehagen ersetzt.

»Renée, wie geht es Ihnen?«

Sie sah ihn an und kam langsam zu Atem. In seinem Gesicht sah sie keine guten Neuigkeiten. Aber auch keine schlechten. »Haben Sie mich gesucht? Haben Sie Max gefunden?«

22

Max träumte wirres Zeug, dann wachte er auf, sein Schädel brannte wie Feuer, er musste sich übergeben. In seinem Kopf pochte es, seine Ohren dröhnten, und aus der Wunde an seiner Schläfe sickerte Blut. Er hatte genug Erste-Hilfe-Kurse in der Grube absolviert und kannte die Symptome einer Gehirnerschütterung: Kopfschmerzen, Schwindel, Verwirrtheit, Erbrechen. Wahrscheinlich sollte er sich ausruhen, doch die lautlose Dunkelheit ähnelte zu sehr dem Albtraum, der ihn jahrelang in Schrecken versetzt hatte.

Er kroch voran, hielt inne, kroch wieder ein Stück weiter und immer weiter in die Richtung, die er eingeschlagen hatte. Er brauchte all seine Konzentration und Energie dafür, doch das war gut so. Wenn er sich weiter seinen Erinnerungen hingab, lief er Gefahr, in Selbstmitleid zu ersticken.

Als er sein eigenes Gewicht nicht mehr auf den Händen halten konnte, brach er keuchend zusammen. Erde kratzte auf seiner Haut und kroch an der Stelle, an der sein Hemd hochgerutscht war, in den Hosenbund. Die Erde klebte in seinem Haar und am Blut, das sein Gesicht und seine Ohren verkrustete. Er schien auch im Mund Erde zu haben, doch dann wurde ihm klar, dass das nicht Sand, sondern Durst war. Sein Mund war trocken und geschwollen, seine Lippen rissig. Das war kein Durst wie an einem glühend heißen Tag oder nach einem Sprint um den Fußballplatz, den man mit einem gewöhnlichen Getränk stillte. Ein Glas Wasser hätte nichts ausgerichtet. Er hätte ein ganzes Schwimmbad gebraucht. Er versuchte seine Speicheldrüsen anzuregen, spürte seine Zunge, die am Gaumen klebte, und die stechende Trockenheit in seinem Hals. Er brauchte mindestens zwei Schwimmbäder.

In der Tasse oder im Becher?

Machte sie Witze? *Sehe ich wie einer aus, der aus 'ner Tasse trinkt?*

Der Gesichtsausdruck der neuen Bedienung veränderte sich nicht, nur ihre Augen sagten, wieder so einer. Nur dass er nicht so einer war; er war erschöpft und am Ende und nicht mehr der Kerl wie früher, der mit den Kellnerinnen im Café flirtete. Was nicht hieß, dass es ihm etwas ausgemacht hätte – sie sah sowieso so aus, als ginge sie auf niemanden ein.

Also einen Becher?

Danke.

Sie kehrte mit einem Cappuccino und einem Rosinentoast zurück. »Es gab da eine Verwechslung mit einer Bestellung. Sie sehen aus, als könnten Sie ein Extrafrühstück vertragen.« Nicht die Spur eines Lächelns, trotzdem hatte ihr Blick etwas Weiches.

Max, stellte er sich vor.

Renée, sagte sie. Aus der Gegend, wo immer das war. *Bisschen Zigeunerin, bleib nie lange irgendwo.*

Sie sah gar nicht wie eine Zigeunerin aus, jedenfalls nicht wie die in alten Filmen, mit einer Kristallkugel. Sie trug kein Make-up, hatte wirres Haar, trug keinen Schmuck und kein Kopftuch. Ihr dichtes Haar steckte einfach in einem Knoten hinten auf ihrem Kopf und wurde von einem Stift zusammengehalten.

Max, ich bleibe nicht. Ich bleibe nie. Ich weiß auch nicht, warum.

Er öffnete die Augen. Er war jetzt wach und hatte den Geruch von Erde in seiner Nase und eine diffuse Übelkeit im Magen, doch die Dunkelheit hielt seine Träume wach.

Er hätte ihr vermutlich nie viel Aufmerksamkeit geschenkt, wäre er nicht jeden Tag zusammengesunken am Ende des Tresens gesessen und hätte auf eine Entscheidung des Gerichts, der Anwälte oder des Psychologen gewartet, wie viel sein Leben wert war. Wie viel Anteil die Tonne Felsgestein, die auf ihn gefallen war, an dem Zustand hatte, in dem er sich befand. War der Stress von den zweiundzwanzig Stunden in der Dunkelheit verursacht worden oder durch die Erkenntnis, dass er als Ehemann und Vater versagt hatte? Hing der Schmerz mit dem Tod seines Freundes zusammen oder mit dem Ende seiner Ehe? Kam seine Angst von seinem zerschmetterten Becken oder dem Verlust des Sorgerechtes für sein Kind? Er konnte sich nicht vorwärts- und nicht zurückbewegen, solange sie keine Entscheidung getroffen hatten. Also saß er jeden Morgen im Skiffs, trank Kaffee und fühlte sich beschissen. Und er hatte Glück, dass Trish und Pav keinen Pub betrieben.

Renée lenkte ihn ab. Sie kannte seine langweilige, endlose Geschichte nicht, behandelte ihn nicht wie einen Loser und ließ ihm nur so viel Spielraum wie jedem anderen Mann auch, der am Morgen für einen Kaffee am Tresen erschien und Witze riss. Also sah er ihr bei der Arbeit zu. Sie war schnell, tüchtig, konnte sich Gesichter und Bestellungen merken, war eine Spur kratzbürstig. Dann sah er nur sie an. Sie war ganz offensichtlich fit, auch wenn er sie nie am See hatte joggen sehen. Für seine Begriffe vielleicht ein wenig untergewichtig. Unscheinbar – aber nicht hässlich, sie wirkte vielmehr so, als wolle sie um keinen Preis auffallen. Und sie hatte etwas Stilles an sich, eine Kombination aus Aufmerksamkeit vermeiden und Energie zügeln.

Doch ihre Augen hatten es ihm angetan. Sie bewegten sich ständig, waren wachsam, beobachtend, vorsichtig. Wenn sie ihn ansahen, fühlte es sich an wie unter Röntgenstrahlen oder an einem Lügendetektor.

Max fuhr mit seiner ausgetrockneten Zunge in seinem Mund herum, rollte sie über seine trockenen Lippen und drehte sich, sodass der Sand aus seinem Hemdkragen rieselte. Er wusste, dass er sich weiterbewegen musste, wollte aber nicht, dass Rennie verschwand. Er hielt sich an ihrem Bild fest, wie sie an der Kaffeemaschine stand, Restgeld gab, die Kunden ansah, und an ihrem ersten Lächeln.

Nicht das freundliche Lächeln, das sie den Gästen schenkte, sondern ein kleines, vertrautes Kräuseln der Lippen, das nur Max galt und direkt aus ihren Augen kam. Das hatte sein armes altes Herz zum Schlagen gebracht.

Er hob sein Ohr aus dem Sand. War sie auch hier unten?

»Rennie?«

Er sagte es, als wäre sie neben ihm, doch das Wort prallte aus dem leeren Raum zurück zu ihm. Konnte sie es hören? Wie groß war der Ort? Er füllte seine Lunge und schrie ihren Namen.

»Rennieeee!«

Er wartete, bis das Echo verklungen war, und lauschte in die darauf folgende Stille. Er wusste, dass es zwischen ihnen mehr als nur ein verstohlenes Lächeln gegeben hatte. Er konnte sich nicht mehr daran erinnern, warum oder wann, er wusste es einfach. So wie er wusste, dass er weiterkriechen musste. Dass er hier rauskommen und … irgendwas … zu Ende bringen musste.

Er rappelte sich auf alle viere, seine Arme zitterten vor Anstrengung. Zuerst die Hände, dann die Knie. Gut. Noch drei Schritte, sagte er sich, dann konnte er sich wieder hinlegen. Erst Hände, dann Knie, dann eine Handfläche an die

Wand – der letzte Teil, um sicherzugehen, dass er nicht völlig verloren war. Sechs. Jetzt sieben, jetzt …

Das Ende der Wand kam so unerwartet, dass Max mit der Hand zurückzuckte, als sei er gebissen worden. Er setzte sich auf seinen Hintern, blinzelte in der Dunkelheit und wusste einen Augenblick nicht, was er tun sollte. Vielleicht war das das Ende der Welt, und er würde in die ewigen Abgründe fallen, wenn er sich noch weiter hinauslehnte.

»Reiß dich zusammen, du Idiot«, sagte er laut. In der Lage bist du dir selbst die beste Gesellschaft.

Er fuhr mit der Hand zum Rand. Okay, das war eine Ecke. Sie war ein wenig uneben, fühlte sich aber wie ein rechter Winkel an. Ein L in einem Tunnel? Er kroch voran, streckte einen Arm aus und tastete nach der gegenüberliegenden Seite, doch als seine Fingerspitzen die Wand hinter ihm verließen, ergriff ihn Panik, er taumelte zurück und klammerte sich wie ein Kletterer an die Wand. Wenn er die Wand hier verließ, fand er sie vielleicht nie wieder. Tapste vielleicht bis in alle Ewigkeit in einem Albtraum herum.

»Also gut. Wiederhole die Sache mit den Kieselsteinen.«

Er warf ein paar hoch, hörte sie ein paar Mal klopfen, klappern und dann den Aufprall auf trockener Erde.

»Großartig. Eine Abzweigung. Zwei Tunnel. Max Tully, Meister im Scheißebauen – nimm einen davon. Und denk dran: Nur einer hat einen Ausgang.« Er versuchte zu lachen, doch seine Angst ließ es wie ein Würgen klingen. Und was, wenn es an keinem Ende einen Ausgang gab? Was, wenn der Weg dahin zurückführte, wo er hergekommen war? Was, wenn irgendwo ein Wasserkrug und ein fetter Hamburger auf ihn warteten, er aber den falschen Weg nahm?

Was, wenn … das war doch alles nur in seinem Kopf?

Hatte der Schlag auf den Schädel seine Wahrnehmung verändert? Taumelte er durch ein Labyrinth, das all die dummen, rücksichtslosen Entscheidungen seines Lebens symbolisierte? Verdammt. Er stützte seine Ellenbogen auf die abgewinkelten Knie und sog die Luft ein.

Dann ging ihm noch etwas durch den Kopf. Was, wenn nicht er der Verrückte war? Was, wenn ihn jemand zusammengeschlagen und hier reingeworfen hatte? Er hob den Kopf. Was, wenn sie mit Nachtsichtbrillen und einer Kamera hier unten waren? Max Tully, heute Nacht die Jodie Foster in *Das Schweigen der Lämmer*.

Plötzlich erschien ihm die Dunkelheit weniger, dafür aber unheimlicher zu werden. Er nahm eine Handvoll Erde.

Und warf sie in alle Richtungen. »Hey! Hey!« Kieselsteinchen schwirrten los und prallten irgendwo in der Ferne an.

Verdammt, Max. Beruhige dich.

Er rieb sich die Stirn, versuchte dadurch sein Gedächtnis anzukurbeln. Doch er sah nichts als Schnappschüsse: Rennie, lacht, klatscht Farbe auf eine Leinwand, liegt nackt in seinem Bett; James, grinsend mit einem Bier und Stirn runzelnd vor seinem Computer; Pav, Trish, Naomi, Mom, Dad, Grandma. Eine Diaschau von Augenblicken in seinem Leben, während seine Erinnerung zurückspult.

Okay, wie wäre es mit vorwärts? Wie wäre es, wenn er bei der letzten greifbaren Erinnerung anfinge?

Rennie im Café, und dann?

Rennie geht in das Häuschen hinten im Garten …

Grandma war im Jahr zuvor gestorben, als Max noch im Gartenhäuschen wohnte, zur Reha ging, Handlangerarbeiten im Haus verrichtete und ein Auge auf sie hatte. Bis auf jenen Nachmittag. Da war er nicht auf eine Tasse Kaffee vorbeigekommen, hatte nicht die Kraft, nach der Physiotherapie optimistisch zu sein, war einfach durch den Garten zum Häuschen gegangen und hatte sich ins Bett gelegt. Als er aufwachte, war es dunkel im Haus. Er fand sie in ihrem Stuhl, das Strickzeug lag noch in ihren alten, knochigen Fingern. Es war das zweite Mal in neun Monaten, dass er eine leblose Hand hielt und Traurigkeit und das Gefühl des Verlustes und Bedauerns in ihm aufstiegen.

Sie hatte Max in ihrem Testament das Haus hinterlassen. Seine Mutter hatte ihm gesagt, es wäre nicht die kurzfristige Entscheidung einer älteren Dame gewesen: Er hatte sich um sie gekümmert, und das nicht nur in den paar Monaten vor ihrem Tod. Max hatte sie geliebt, er hatte alles verloren, und Grandma wollte ihm etwas davon zurückgeben. Doch das hielt ihn nicht davon ab, sich deswegen schlecht zu fühlen, vor allem, als die Neuigkeit für etwas Aufruhr sorgte – seine Schwester Annette und seinen beiden Cousins James und Lorna, die alle damit gerechnet hatten, etwas davon abzubekommen. Max hatte überlegt, das Haus zu verkaufen und das Geld aufzuteilen, doch am Ende zog er einfach ein. Nicht, weil er irgendeine Entscheidung getroffen hatte – sondern weil er keinen Job und keine Ersparnisse hatte und nicht wusste, wo er sonst hingehen sollte.

Rennie erkundigte sich nach Mietwohnungen im Ort, also bot er ihr die Wohnung im Garten an. Sie zog vom Campingplatz um, während er das Haus renovierte. Die Entschädigung der Versicherung für den Unfall war ausgezahlt worden, also dachte er über seine Zukunft nach, während er Wände einriss und Nägel einschlug. Eine gute Therapie, meinte der Psychologe. Und die körperliche Anstrengung tat ihm auch gut.

In den ersten paar Wochen bekam er Rennie kaum zu sehen, dann wusste er, welche Gewohnheiten sie hatte. Frühschicht, nachmittags Joggen, Spätschicht, morgens Joggen. Also richtete er es so ein, dass er immer dann eine Pause einlegte, wenn sie schwitzend und keuchend durchs Gartentor kam: Joggte sie morgens, gab es Kaffee; joggte sie nachmittags, ein kühles Bier.

Wenn sie nicht im Skiffs arbeitete, war sie ein anderer Mensch. Ihr Verhalten wirkte weniger aufgesetzt, und sie schien wachsamer, trotzdem blieb sie auf ein Schwätzchen, abends manchmal auf ein Glas Wein, manchmal zwei und einen Imbiss. Sie stellte keine Frage, auf die er nicht antworten wollte, und sobald er bemerkte, dass sie seinen Fragen auswich, passte er sich ihr an und behielt sie für sich. Außerdem mochte er das Geheimnisvolle, das sie umgab, und war nicht so sehr daran interessiert, wo sie gewesen war und was sie mit ihrem Leben gemacht hatte. Innerlich schien sie ein ganz anderer Mensch zu sein, als sie nach außen zeigte.

Eines Abends, als die Sonne pinkfarben über dem See glühte, küsste er sie. Sie stieß ihn nicht von sich und wehrte sich auch nicht, doch als es vorbei war, stand sie auf und sagte nur: »Ich muss noch arbeiten. Wir sehen uns später.«

Er hätte sich in den Arsch beißen können. Sie wollte ihn nicht – warum sollte sie auch? Doch am nächsten Abend wartete er dann doch wieder wie ein liebeskranker Schuljunge auf der halbfertigen Terrasse. Als sie schließlich kam, kehrte sie nicht gerade vom Joggen zurück, sondern hatte eine gekühlte Flasche Chardonnay dabei, die sie ihm entgegenhielt.

»Tut mir leid, dass ich gestern Abend einfach verschwunden bin«, sagte sie. »Ich musste ein wenig nachdenken.«

»Und, hast du?«

»Ja.«

»Was ist dabei herausgekommen?«

»Dass wir zusammen schlafen sollten.«

Er schaffte es gerade noch zu vermeiden, dass ihm die Kinnlade herunterfiel. »Schön, fein. Gute Idee.«

»Freut mich, dass sie dir gefällt.«

Okay, das war eine Finte. Natürlich. Nach dem Motto: Wir schlafen zusammen, aber jetzt noch nicht. Wir warten noch, bis wir uns besser kennen – eine Woche, einen Monat, bis du verrückt wirst und immerzu daran denken musst. »Und, hast du dir auch Gedanken darüber gemacht, wann?«

Sie antwortete mit einem Kuss und sagte dann: »Hast du gerade irgendwas vor?«

Er nahm sie mit ins Schlafzimmer. Es gab keinen Small Talk, kein peinliches Schweigen, kein Zögern. Sie hatte eine Entscheidung getroffen und verschwendete keine Zeit damit, sie anzuzweifeln. Sie entledigte sich innerhalb einer Minute ihrer Kleider, dann verloren sie sich ineinander, es fühlte sich an wie eine Ewigkeit. Er sah die Narbe auf ihrem Brustkorb, wollte aber nicht danach fragen, um die Stimmung nicht zu verderben. Aber er bekam eine Ahnung davon, was sich hinter ihrer Fassade verbarg. Eine ungeheure Energie, Mut, Leidenschaft und Zärtlichkeit.

Er verhielt sich natürlich wie jeder Kerl und schlief nach dem Sex ein, während sie sich in der Stille danach an ihn schmiegte. Als er die Augen wieder aufschlug, war sie bereits angezogen und wollte gehen.

»Tut mir leid, dass ich dich geweckt habe«, flüsterte sie am Bettrand.

»Ich dachte, wir würden zusammen einschlafen.«

»Du hast geschlafen.«

»Und was ist mit dir?«

»Beim Übernachten woanders bin ich nicht so gut. Wir sehen uns morgen.« Sie drückte ihm einen Kuss auf die Stirn und ging.

Max fuhr mit seiner trockenen Zunge über die eingerissenen Lippen und wusste nicht, warum er sich bei dieser Erinnerung so unwohl fühlte. Alle Erinnerungen waren bisher positiv gewesen, und diese hier war kristallklar und schlug alles, woran er bisher gedacht hatte, seit er in dem dunklen Loch zu sich gekommen war. Diese Nacht war atemberaubend gewesen, sogar ihr Abschiedskuss mit dem Versprechen für den nächsten Tag. Er wollte sie zurückhaben, konnte nicht schlafen, weil er immerzu daran denken musste, doch das war nicht das Gefühl, das jetzt in ihm nachklang.

Alles, was er fühlte, war die Befürchtung, dass sie endlich gegangen war, wie sie es immer angekündigt hatte.

23

Detective Duncan nippte an seinem Kaffeebecher und antwortete mit einem Kopfschütteln auf Rennies Frage. »Nein, keine Neuigkeiten, tut mir leid. Ich bin hier, weil ich die Namen durchgehe, die Sie mir gestern gegeben haben.« Er hielt eine Papiertüte hoch. »Und ich habe mir Frühstück geholt.«

Rennie stemmte die Hände in die Hüften – so kam sie leichter wieder zu Atem, und es war besser, als die Fäuste zu ballen. »Haben Sie den Kerl mit dem Geländewagen gefunden?« Er deutete mit dem Kopf zu einem Picknicktisch. »Setzen wir uns. Ich kann frühstücken, während wir uns unterhalten.«

Sie folgte ihm und setzte sich auf den Rand der Bank. Detective Duncan setzte sich ihr gegenüber an den Tisch und stellte die Papiertüte und den Kaffeebecher ab. Sie stützte einen Ellenbogen auf die Holzplatte und wartete, während er die Tüte in der Mitte aufriss und sich ein käsiger, toastiger Duft ausbreitete.

»Und, haben Sie den Kerl gefunden?«, drängte sie weiter, doch er biss erst einmal kräftig in sein Sandwich. Sie hoffte, dass Pav dem Brot einen guten Schuss Dringlichkeit beigegeben hatte.

Endlich wischte er sich den Mund mit einer Serviette ab. »Sie sagten, Sie kannten den Fahrer nicht, der Sie am Samstagabend geschnitten hat.«

»Richtig.«

»Kannte Max ihn?«

»Nein.«

»Hat er Ihnen das gesagt?«

Sie runzelte die Stirn. »Nicht direkt. Ich meine, er hat weder das eine noch das andere gesagt, aber sie schienen sich nicht zu kennen. Warum?«

»Sagt Ihnen der Name Dellacourt irgendwas?«

»Nein. Heißt der Kerl so?«

Er hob den Deckel von seinem Pappbecher und prüfte einen Augenblick die Temperatur des Getränks, bevor er den Schaum abtrank. »Wir haben das Kennzeichen überprüft, das Sie uns gestern gegeben haben. Es gehört zu einem silberfarbenen Subaru, zugelassen auf eine gewisse Mrs. Helen Dellacourt aus Adamstown.«

Adamstown war ein Vorort von Newcastle und weit von Haven Bay entfernt. »Wurde er gestohlen?«

»Nein. Ihr Sohn hat ihn gefahren. Wir haben mit ihm gesprochen, er sagte uns, er sei bis drei Uhr früh hier auf einer Party gewesen.«

»Praktisch. Hat er wenigstens seine aggressive Fahrweise zugegeben?«

»Er hat behauptet, er sei in einem Kreisverkehr von einem Fahrzeug abgedrängt worden und dann weiter zu den Geschäften gefahren und habe erst dort den Fahrer auf dem Parkplatz entdeckt. Also sei er stehen geblieben und habe wegen des Vorfalls ein paar Worte mit ihm gewechselt.«

»Und Sie glauben ihm das?«

»Ich habe seine Geschichte mit der Party überprüft, außerdem verbürgen sich die Eltern in dem Haus dafür, dass er bis um halb drei auf der Party war. Der Rest ist ziemlich dürftig, jetzt muss ich ihn eigentlich nur noch als Fahrer des Geländewagens identifizieren, den Sie gemeldet haben, und seine Schilderung der Umstände erledigt das. Die Tatsache, dass er auf der Party war, widerlegt den Verdacht, dass er gegen zweiundzwanzig Uhr zum Parkplatz zurückkam, als Max dort war.«

Rennie sah weg und schluckte. Der junge Kerl im Geländewagen wäre die einfachste Antwort gewesen.

»Ich habe gestern Abend auf dem Revier ein wenig recherchiert«, sagte der Detective. »Sie haben mir nicht gesagt, dass Max wegen Körperverletzung vorbestraft ist.«

Sie drehte ruckartig ihren Kopf zu ihm. »Nein.«

»Vor sieben Jahren hat man ihn nach einer Schlägerei in einem Pub in Toronto deswegen angezeigt.«

Die Haut auf ihren nackten Armen begann zu prickeln, als hätte sich eine eisige Brise um sie erhoben. Detective Duncan sah sie mit seinen klaren blauen Augen an, und sein Sandwich wurde kalt in seiner Hand, während sie versuchte, das Ganze zu verstehen.

»Er war also einer unter vielen, der nach der Schlägerei eine Anzeige bekam. Wahrscheinlich hat er ein paar Hiebe ausgeteilt, um sich zu verteidigen.«

»So steht das aber nicht in dem Bericht. Nur zwei haben eine Anzeige bekommen. Der andere Kerl musste mit hundertzwanzig Stichen genäht werden, nachdem Max ihn durch eine Glasscheibe geworfen hatte.«

Irgendetwas in ihr krampfte sich zusammen, ihre Brust hob und senkte sich hektisch, als sei sie gerade vom Joggen zurückgekehrt.

»Was für eine Laune hatte Max in letzter Zeit?«, fragte Detective Duncan.

Rennie stand auf und machte ein paar Schritte vom Polizisten weg.

»Wir haben übrigens die Ergebnisse der Blutprobe vom Parkplatz. Es ist Blutgruppe A. Achtunddreißig Prozent der Bevölkerung hat die. Es könnte also das von Max, aber genauso gut das von jemand anderem sein. Vielleicht hat es auch rein gar nichts mit ihm zu tun. Andrerseits könnte es genauso gut von ihm stammen.«

»Welchen Unterschied macht das? Er wird vermisst.«

»Ich sage nur, dass es mehrere Möglichkeiten gibt, wie es dahin gekommen ist.«

Rennies Vater hatte für viel Blutvergießen gesorgt. Sollte sie ihm das sagen? Wenn er über Anthony Hendelsen Bescheid wusste, würde er dann eine Suche nach Max starten? Und was war, wenn sich herausstellte, dass Anthony noch hinter Gittern saß, und er ein paar Nachforschungen zu Katrina Hendelsen anstellte? »Aber es geht ja nicht nur um das Blut. Unser Auto wurde gestern durchsucht.«

Eine schmale Falte bildete sich zwischen seinen Augenbrauen. »Jemand hat Ihren Wagen aufgebrochen?«

»Ich weiß nicht, wie derjenige reingekommen ist. Ich dachte, ich hätte ihn abgeschlossen, als ich am Nachmittag nach Hause gekommen bin. Aber als ich gestern Abend hinging, war die Fahrertür nicht richtig verriegelt, und mir fiel auf, dass jemand das Handschuhfach durchsucht hatte.«

»Das Handschuhfach?«

»Ja. Der Inhalt war ganz durcheinander.«

»War sonst noch was durcheinander?«

»Nein, aber die automatische Innenbeleuchtung war ausgeschaltet. Ich gehe davon aus, dass derjenige vermeiden wollte, gesehen zu werden.«

»Stand der Wagen in der Garage?«

»Nein, auf dem Parkplatz.«

Er nickte, biss von seinem Toast ab und schob den Bissen auf eine Seite in seinem Mund. »Jemand ist also in Ihren Wagen eingebrochen, und Sie sagen mir das jetzt erst?«, sagte er mit vollem Mund.

»Na ja, also ja.« Sie hörte den gereizten Ton in ihrer Stimme. »Ich habe das erst spät gestern Abend entdeckt.«

»Wir unterhalten uns aber schon eine ganze Weile.«

»Und Sie haben erst mal gefrühstückt und dann weit ausgeholt, um mir zu sagen, dass Sie nicht glauben, dass es der junge Kerl gewesen ist.«

Er trank einen Schluck Kaffee, nickte, als hätte sie nicht ganz unrecht, aber auch nicht ganz recht. »Sie haben gesagt, dass Max seinen Schlüssel bei sich trug, als er auf den Parkplatz ging?«

»Ja.«

»Es könnte also gut sein, dass er seinen Schlüssel benutzt hat, um den Wagen aufzusperren und etwas aus dem Handschuhfach zu holen?«

Warum sollte er um sein eigenes Haus herumschleichen? Das ergab keinen Sinn, doch sie zögerte, bevor sie eine Antwort gab. »Wenn jemand ihn überfallen hat, hat er auch den Schlüssel.« Als Duncan nicht darauf antwortete, fügte sie hinzu: »Es gibt keinen Grund, weshalb Max so etwas tun sollte.«

Detective Duncan trank seinen Kaffee aus, faltete das Papier über der anderen Sandwichhälfte zusammen und stieg über die Sitzbank. »In meinem Job sehen wir alles Mögliche aus allen möglichen Gründen, Renée.«

Rennie lief nach Hause, ihre Schritte und ihre Atmung waren unregelmäßig, ihre Gedanken wirr, während sie versuchte, die Worte des Detectives zu verdauen. Er glaubte nicht daran, dass Max verschwunden war, er dachte, dass er sich versteckt hielt. James hatte ihm von dem fehlenden Geld erzählt, und Detective Phil Duncan glaubte Max zu kennen.

Herrgott, sie lebte seit vier Jahren mit Max, schlief seit fast fünf mit ihm und dachte selbst, sie würde ihn kennen. Und jetzt war sie sich nicht mehr sicher. Er war wegen Körperverletzung angezeigt worden? Er hatte bei einer Schlägerei einen Mann durch ein Fenster geworfen?

Rennie hatte in Bars gearbeitet und alle möglichen Schlägereien miterlebt. Dabei ging es nicht zimperlich zu. Meistens waren es mehrere Männer, die abgefüllt mit Testosteron und Alkohol außer Kontrolle gerieten und, wenn es darauf ankam, sehr gewalttätig werden konnten. Vielleicht war Max zwischen die Fronten geraten. Er trank vielleicht mit Kumpels, die manchmal zur Gewalt neigten; so fingen die Schwierigkeiten meistens an. Wäre er körperlich in der Lage, jemanden durch ein Fenster zu schleudern? Vor sieben Jahren, als er wegen seiner Arbeit in der Grube noch fit war, segelte und Fußball spielte, bestimmt. Vermutlich jetzt auch noch, trotz seiner Hüftverletzung nach dem Mineneinsturz. Besaß er die dazu nötige Aggressivität? Vor seinem Verschwinden hätte sie das mit Nein beantwortet. Sie hätte es als lächerlich abgetan, denn seine Abneigung gegen jede Form von Gewalt war einer der Gründe gewesen, weshalb sie bei ihm geblieben war.

Doch Detective Duncan war Polizist. Hier ging es nicht um ein Gerücht oder eine Vermutung. Er hatte sich die Akte angesehen und kannte alle blutigen Details. Ein Mann musste mit hundertzwanzig Stichen genäht werden, und Max war schuld daran.

Unbehagen und Nervosität breiteten sich in ihr aus. Hätte sie vor fünf Jahren von der Anzeige wegen Körperverletzung erfahren, hätte sie niemals auch nur einen Schritt aus dem Café mit ihm gewagt, sie hätte ihm weiter Kaffee serviert, aber Abstand zu ihm gehalten. Mit Gewalt oder Sprunghaftigkeit wollte sie nichts zu tun haben, noch nicht einmal annähernd.

Und wenn sie es später herausgefunden hätte? Hätte sie sich dann weiter mit ihm getroffen? Hätte sie mit ihm geschlafen? Wäre sie geblieben?

Sie rannte das kurze Stück hinter den Häusern in ihrer

Straße, der Schweiß rann ihr den Rücken herab, Wut spornte sie an. War sie so verzweifelt auf der Suche nach etwas anderem, etwas Besserem gewesen, dass sie sich auf den erstbesten Mann gestürzt hatte, der nett zu ihr war? Dessen Seele die ganze Zeit über von Gewalt besessen war? Wie die ihres Vaters?

Sie blieb am Zaun auf der Rückseite des Hauses stehen und keuchte. Sie hatte immer gewusst, dass er innerlich sehr verletzt worden war, hätte aber niemals gedacht, dass er verletzend werden könnte. Als sie ihm begegnete, hatte Max jeden Tag im Skiffs gesessen und wie ein Mann ausgesehen, dem man das Leben herausgesaugt hatte und der auf eine Nachfüllung wartete. Sie hatte von dem Grubenunglück gehört, dass sein Freund dabei umgekommen war und seine Frau ihn verlassen hatte, und konnte sich denken, welche Spuren das bei ihm hinterlassen hatte. Er hatte immer gesagt, dass er niemals im Streit zu Bett gehen würde. Er kümmerte sich liebevoll um seinen Garten, konnte sanft und lustig sein. Doch ein Mann musste wegen Max genäht werden. Er hatte seine Frau und seinen Sohn voller Angst zurückgelassen, während er andere Frauen bumste.

Er hatte auch eine dunkle Seite. Es gab Nächte, in denen er keuchend aufwachte und stundenlang ruhelos und wütend herumlief. Als Leanne ihn am Telefon beschimpfte, hatte er sich mit geballten Fäusten auf die Terrasse zurückgezogen. An manchen Tagen arbeitete er so lange im Garten, bis er völlig erschöpft war. Oder er fuhr mit der Schaufel so brutal in die Erde, als töte er ein Tier.

Rennie dachte an das Blut auf dem Parkplatz und an die Worte von Detective Duncan und fragte sich, ob nun endlich ans Tageslicht kam, was Max immer verheimlichen wollte. Sie stapfte zum Wasser, blickte auf die stille, glasklare Seeoberfläche und fragte sich, wer zum Teufel Max Tully war.

24

Rennie stürmte zur Hintertür hinein und wäre am liebsten durch das ganze Haus und auf der anderen Seite wieder hinausgelaufen. In den Jahren, bevor sie nach Haven Bay gekommen war, in denen sie immer weitergezogen war, war das immer ihr Rückzieher, ihr Plan B, ihre Wohlfühlzone gewesen. Sie wollte nie bleiben und war doch länger als geplant geblieben. Jahre länger.

Der Rucksack stand noch bei der Schlafzimmertür, wo sie ihn hingestellt hatte, doch als sie ihn hochhob, ließ sie das Gewicht der Glock und die Erinnerung an andere Waffen innehalten.

Gerade sie hatte kein Recht, auf Max' Anzeige wegen Körperverletzung mit Flucht zu reagieren. Sie hatte auf ihren eigenen Vater geschossen und hätte ihn umgebracht, wenn sie die Möglichkeit dazu gehabt hätte. Und sie hatte einen Mann zu Tode erschreckt, der den Fehler begangen hatte, sie zu schlagen.

Sie bezeichnete es als einen Zwischenfall. Sie war im Skigebiet in Falls Creek in Victoria gewesen und hatte damals zwei Jobs: Tagsüber arbeitete sie in einem Café und nachts in einer Bar. Er war ein reicher Geschäftsmann und ging lieber zum Après Ski als auf die Piste. Sie hatte zwei Mal mit ihm geschlafen. Als sie das dritte Mal zu seinem gemieteten Apartment ging, hatte er zu viel getrunken und Drogen genommen. Sie stritten, Rennie nannte ihn ein Arschloch. Er schlug sie mit dem Handrücken, und sie ging zu Boden. Ihre

Lippe platzte auf, ihre Nase blutete und ebnete den Weg für all die Wut, die sich in ihr aufgestaut hatte. Zu dem Zeitpunkt war sie unbeherrscht und voller Rachegefühle. Es war, als wäre ein wütendes, verletztes Tier losgelassen worden.

Sie erinnerte sich, dass sie so laut brüllte, dass ihr der Hals wehtat, und alles nach ihm warf, was ihr in die Finger kam: Stühle, Gläser, Küchenzubehör, Lampen. Sie holte ihre Waffe aus dem Rucksack und schoss damit eine Beleuchtung aus. Und als er ihr sagte, sie hätte nicht den Mut, sie zu benutzen, drängte sie ihn in eine Ecke und zwang ihn auf den Boden, bis er zu ihren Füßen kauerte. Das ging so lange, dass die Polizei genug Zeit hatte, an die Tür zu hämmern und einzugreifen. Sie warf die Waffe weg und hob die Hände über den Kopf, als sie hereinkam.

Das Apartment war verwüstet, der Kerl ein Haufen heulendes Elend, sie wurde in Handschellen abgeführt und brachte keinen Ton heraus. Das war das einzige Mal, dass ihr Vater ihr bei irgendetwas half – sein Strafregister und ihre Vergangenheit reichten dem Richter, um sie zu einer Beratung anstatt ins Gefängnis zu schicken. Das änderte alles und gab ihr die Chance, zu Rennie zu werden, einer Frau, die eher dem Menschen glich, der sie sein wollte. Doch es löschte nicht aus, was in ihr steckte. Gene ließen sich nicht verleugnen.

Hätte Max sie zum Garrigurrang mitgenommen, wenn er das alles gewusst hätte? Hätte er ihr die Wohnung angeboten, wenn er gewusst hätte, was sich in ihrem Rucksack befand und wozu sie fähig war? Hätte er sie an jenem Tag, als sie abhauen wollte, eher gehen lassen, wenn sie ihm erzählt hätte, was in dem Rucksack war, den er wieder mit reingenommen hatte?

Sie hatte keine Ahnung, wie er darauf reagiert hätte, sie wusste nur, dass es einer der Gründe war, weshalb sie es nie getan hatte. Und falls er es doch herausfand, hätte sie ihm gerne erklärt, dass ihr Verhalten eine Folge ihrer Erfahrungen war, sie aber eine andere sein wollte.

Sie musste ihm also die Möglichkeit geben, sein Verhalten zu erklären. Und wenn er nicht da war …

Sie riss erneut den Schrank auf seiner Seite auf und suchte nach Hinweisen – und nicht nur nach solchen, die vielleicht verrieten, wo er hingegangen war.

Sie durchsuchte die Unterlagen auf dem Regal, zog Schubladen heraus, suchte hinter der Unterwäsche und den Socken, die sie zuvor aufgeräumt hatte. Ganz hinten unter seinen Sachen lag ein Umschlag. Sie zog ihn heraus, öffnete die Klappe und entdeckte zwei alte Fotos von sich. Auf dem einen stand sie neben einem großen Gemälde, für das sie Monate gebraucht hatte, auf dem anderen stand sie in Mantel und Schal gehüllt auf dem Steg am Point. Sie hatte die beiden Fotos schon vorher auf dem Computer gesehen, wusste aber nicht, dass er sie ausgedruckt hatte. War es ein Zeichen seiner Zuneigung, dass er sie behalten hatte, oder war es Gleichgültigkeit, weil er sie ganz hinten im Schrank aufbewahrte?

In der untersten Schublade, zwischen den Pullovern, entdeckte sie ein halb leeres Päckchen Zigaretten. Wie lange lag es schon dort? Max hatte aufgehört zu rauchen, bevor sie ihm begegnet war. Hatte er heimlich wieder damit angefangen?

Auf den oberen Regalen lagen komische Socken, eine blonde Perücke, die er bei einer Faschingsparty getragen hatte, Winterhandschuhe und die heiligen Überreste seines alten Fußballtrikots von der Schulmannschaft. Es waren Sachen, die er aufhob und schätzte und die er nie weggeworfen hatte.

Sie schloss die Türen, sah nach Hayden, der immer noch in seinem Zimmer schlief, ging dann ins Büro und sah die Regale durch. Sie hatte bereits zuvor nach Notizen gesucht, daher konzentrierte sie sich jetzt auf die unzähligen Fotos. Manche waren gerahmt, die meisten lehnten allerdings an Büchern und Ordnern oder klebten an den Regalseiten. Hayden, Brenda und Mike, Gruppenfotos von Weihnachten und Geburtstagen, alte Fotos aus seinen Segel- und Fußballtagen. Und Rennie – mit ihm, mit anderen, alleine. Falls er sie tatsächlich nicht mehr liebte, hatte er sich jedenfalls nicht die Mühe gemacht, die Beweise dafür zu vernichten. Allerdings hatte er noch nicht einmal seine einzelnen Socken weggeschmissen.

Frustriert fuhr sie sich mit den Fingern durch die Haare. Sie hatte gehofft, irgendwelche Hinweise zu finden, eine Erklärung, doch sein Büro genau wie sein Schrank zeigten nur, dass er unorganisiert und chaotisch war und viel Arbeit hatte. Vielleicht auch, dass er glücklich war. Oder faul. Sie war sich nicht sicher.

Sie war sich über vieles nicht mehr sicher.

Und warum zum Teufel brauchte Evan so lange?

Sie ging durch das Wohnzimmer, sah auf die Uhr, Fragen und Befürchtungen rasten unentwegt durch ihren Kopf. Sie nahm beide Handys und das Mobilteil des Festnetzes mit ins Badezimmer und duschte. Dann zog sie sich an, stellte die Waschmaschine an, machte Kaffee, schüttelte die Krümel aus dem Toaster, wischte den Kühlschrank aus und war froh, dass Hayden schlief und sie in diesem aufgewühlten Zustand nicht sah. Sie wollte weglaufen, sie wollte bleiben, wollte wissen, was zum Teufel vor sich ging. Schließlich nahm sie alle drei Telefone mit zum Atelier hinaus, stellte eine neue Leinwand auf, ordnete Farben und Pinsel an, konnte sich aber nicht konzentrieren und anfangen. Joggen war einfacher, da musste man nicht denken.

Dann klingelte ein Telefon. Es war das Handy aus dem Rucksack.

»Evan, wo ist er?«

»Kat, immer mit der Ruhe. So einfach ist das nicht.«

»Wie schwer kann das schon sein? Entweder sitzt er in einer Zelle oder nicht.«

Sie lauschte ungeduldig, als Evan tief Luft holte. »Ich habe ein paar Anrufe getätigt und einiges herausgefunden, aber leider nicht alles. Dafür brauche ich mehr Zeit.«

»Na schön, ist er in Goulburn oder nicht?«

»Dein Vater wurde vor einem Jahr aus dem Hochsicherheitstrakt verlegt.«

»Und wohin?«

»In eine Haftanstalt außerhalb von Sydney.«

»O mein Gott. Dann ist er getürmt.«

»Nein. Er wurde vor fünf Monaten entlassen.«

25

Rennie sagte nichts, sie umklammerte mit der einen Hand das Handy und ballte die andere zur Faust.

»Ich habe versucht, seinen Bewährungshelfer ausfindig zu machen, um herauszufinden, wo er wohnt«, sagte Evan.

Alles außerhalb von Gefängnismauern war schlecht. »O mein Gott. Verdammt. Warum hat uns das niemand mitgeteilt? Warum nicht?«

»Das weiß ich auch noch nicht. So einfach bist du schließlich nicht zu finden. Vermutlich liegt es daran.«

Nein, es lag nicht an ihr. So dumm war sie nicht, dass sie so etwas nicht vorgeplant hätte. Der Anwalt hätte es ihr und ihrer Schwester mitteilen müssen. Er wusste, wie er sie erreichen konnte; sie kontrollierten beide die Korrespondenz. Hatte er die Dringlichkeit vergessen? Sie vergessen? Wut stieg wie bittere Galle in ihr auf. Sie wollte schreien und schimpfen und fluchen. Auf das System, die Welt, ihr beschissenes Leben. Doch sie wusste aus Erfahrung, dass das nur Zeit- und Energieverschwendung gewesen war – und dass ihr Leben schon immer beschissen gewesen war. »Ich muss Jo warnen.«

»Vielleicht ist es nicht, wie du denkst. Er war lange in Haft.«

»Lang genug, um seine verdammte Zwangsvorstellung zu hegen.« Und er hatte Schusswaffennarben, die ihn nachts wärmten.

»Ich rufe den Detective an, der in deinem Fall ermittelt. Vielleicht kann er die Sache etwas beschleunigen.«

Sie musste an Detective Duncan und sein Frühstück denken. »Ich glaube nicht, dass Geschwindigkeit seine oberste Priorität ist.«

»Kat, du weißt, dass du jederzeit herkommen kannst.«

»Denkst du, ich sollte gehen?«

»Ich weiß es nicht. Wir wissen nicht, wo er zurzeit ist. Ich weiß nur, wie du bist.«

Sie schloss die Augen. »Ein Mensch, der sich wünscht, sein Vater wäre endlich tot.«

»Katrina …«

»Nein, ist schon okay. Ich weiß, wer ich bin. Ich hatte nur gehofft, Haven Bay würde mich verändern. Ruf diese Nummer wieder an, wenn du herausgefunden hast, wo er steckt.«

Rennie stand angespannt und regungslos da, etwas Altbekanntes, Hartes und aufs Überleben Programmiertes öffnete eine Tür in ihr und durchschritt sie. Noch bevor sie irgendwas anderes denken konnte, kontrollierte sie den Garten, schloss das Atelier ab und lief schnell zum Haus zurück.

Das Szenario mit ihrem Vater ergab einen Sinn. Max' abgebrochene Nachricht, das Blut auf dem Parkplatz, der Schlag am Zaun, das durchsuchte Handschuhfach, der Mann mit der Kamera. Sah ihr Vater jetzt so aus – alt und drahtig –, oder hatte er einen Komplizen? Sie dachte an das Blut und daran, wie es dorthin gekommen sein könnte. Vielleicht hatte Anthony sie früher schon mit Max gesehen und wollte, dass er von der Bildfläche verschwand, oder vielleicht hatte er mit ihm geredet, als er zum Parkplatz zurückgegangen war, und die Sache war eskaliert. Und dann? Hatte er ihn gefesselt, in ein Auto verfrachtet und irgendwo hinausgeworfen? Wo? Wo würde er ihn hinbringen?

Als sie zur Hintertür kam, stiegen Schuldgefühle in ihr auf, und sie sah in Gedanken immer wieder Max vor sich. Wie ging es ihm? Hatte man ihn verprügelt? Abgestochen? War er tot? O Gott, war er tot?

Dieser Gedanke brachte sie plötzlich wieder völlig vom Kurs ab, verzweifelt lief sie an den Fenstern auf und ab und machte sich Vorwürfe.

Sie hatte gedacht, ihre Vergangenheit würde sie niemals einholen.

Sie hatte gedacht, sie wäre längst verschwunden, wenn er aus dem Gefängnis käme.

Sie hatte gehofft, Anthony Hendelsen würde vorher sterben.

Aber wann zum Teufel bekam sie schon jemals, was sie sich wünschte?

Sie ballte die Fäuste, schlug sie in die Luft, lief vor und wieder zurück und wieder vor. Sie hätte nicht länger als ein Jahr bleiben sollen. Sie hatte zu viele Spuren hinterlassen und den einzigen Mann in Gefahr gebracht, den sie je geliebt hatte. Max hatte sie nicht betrogen; sie hatte ihn zur Zielscheibe gemacht.

Es klopfte, und Panik stieg in ihr auf. Ängstlich riss sie den Kopf herum. Überleg mal, Rennie. Es war ein sachtes Klopfen, kein wütendes Gehämmer. Und es klang nicht so, wie ihr Vater an eine Tür geklopft hätte. Sie lief trotzdem leise zum Erkerfenster, blieb außer Sichtweite und schaute auf die Veranda. Zuerst sah sie Naomi in einem langen T-Shirt, das über ihrem dicken Bauch spannte, James stand neben ihr und sah auf die Straße, als sähe er Max kommen. Sie wünschte, sie wären nicht gekommen, freute sich dann aber doch mehr darüber, als sie sich eingestehen wollte.

Sie warf kurz einen Blick zu den Häusern an der Straße. Würde sie merken, wenn ihr Vater sie beobachtete? Unsichtbarkeit war früher seine Spezialität gewesen. In all den Jahren auf der Flucht hatte Rennie ihren Vater nur vier Mal gesehen, und das nie am helllichten Tag. Montagmorgen an der Haustürschwelle war so sicher wie überall sonst auch.

Sie riss die Eingangstür auf und bemerkte, wie Naomis freundliches Guten-Morgen-Lächeln gefror und ängstlich wurde. »Rennie, was ist? Hast du was von Max gehört?«

Was sollte sie sagen? Dass er vielleicht tot und es ihre Schuld war? »Nein, ich… Kommt rein.« Mehr sagte sie nicht. Sie ließ sie einfach herein und schloss die Tür.

Naomi schwebte voran ins Wohnzimmer und wartete auf Rennie. »Ist es wegen der Polizei? Hast du wieder mit ihr gesprochen?«

Einen Augenblick dachte Rennie, Naomi rede von Evan. »Nein. Äh, ja. Ich habe heute Morgen Detective Duncan getroffen.«

»Und, hatte er schlechte Nachrichten?«

Ihre Unterhaltung mit Detective Duncan schien ihr eine Ewigkeit her, und sie konnte im Augenblick an nichts anderes denken, als Joanne anzurufen, doch als sie Naomis besorgtes Gesicht sah, konzentrierte sie sich wieder auf das Gespräch mit Duncan am frühen Morgen. »Keine Neuigkeiten. Er hat den Teenager mit dem Geländewagen gefunden, aber der war offenbar die ganze Nacht auf einer Party. Detective Duncan glaubt nicht, dass er irgendwas mit Max' Verschwinden zu tun hat.«

»Für mich klang das auch ziemlich unwahrscheinlich.« James lehnte am Küchentresen und verschränkte die Arme vor der Brust, als hätte er soeben eine Bestätigung erhalten.

Rennie dachte wieder an das fehlende Geld und ging noch einmal die verschiedenen Möglichkeiten durch. Die mit dem verrückten Teenager war gestrichen. Blieb also die Entlassung ihres Vaters und Max, der das Geld genommen hatte. Keine von beiden passte perfekt, dachte sie. Es bestand auch noch die Möglichkeit, dass er sie verlassen und sie ihn nicht umgebracht hatte. Was für eine beschissene Alternative.

»Du hast doch was«, sagte Naomi und griff nach Rennies Händen.

»Ich bin … müde. Und mache mir Sorgen. Ich …« Ihr Blick glitt zu Naomis Fingern herab, die Freundschaft, die sie ausstrahlten, besänftigte sie. Das war etwas ganz Neues für sie. Sie drückte sie dankbar. »Warum seid ihr gekommen? Habt ihr Neuigkeiten?«

»Nein. Wir wollten dir Gesellschaft leisten oder sehen, ob wir dir helfen können. Nicht wahr, James?«

»Ich dachte mir, ich könnte vielleicht noch mal einen Blick auf Max' Computer werfen, bevor ich mit der Sache zur Polizei gehe.« Er legte den Kopf zur Seite, ein Zugeständnis. »Vielleicht finde ich etwas, das alles erklärt.«

Er wirkte nicht besonders überzeugt, startete aber wenigstens einen Versuch.

»Soll ich dir einen Kaffee machen?«, fragte Naomi.

Rennie hätte einen ganzen Eimer trinken können und war dankbar, dass jemand sie danach fragte, doch die kaltherzige Überlebenskünstlerin in ihr erinnerte sie daran, dass es einen Grund gab, weshalb sie früher keine Freunde hatte. Es war schwerer zu gehen, wenn sie jemanden ins Herz schloss. Oder wenn andere sie gern hatten. »Vielleicht später. Ich muss vorher noch kurz einen Anruf erledigen.«

Sie schloss sich im Schlafzimmer ein und suchte auf dem Handy die Nummer ihrer Schwester. Sie hatte seit fast einem Jahr nicht mehr mit ihr gesprochen. Das letzte Mal war es zu Rennies Geburtstag gewesen, und das Gespräch hatte wieder mit derselben stocksauren Frage geendet, die sie Rennie gestellt hatte, als sie sich vor fünf Jahren trennten.

Warum bist du noch da?

Trotzdem hielten sie regelmäßigen Kontakt über E-Mail, einfach um einander mitzuteilen, dass sie noch am Leben waren. Aber keine von beiden hatte wieder zum Telefon gegriffen. Rennie nahm an, dass Jo genau wie sie fühlte – auch sie hatte nicht das Bedürfnis, das alles noch einmal durchzumachen.

Eine Männerstimme war am Apparat. »Telefon von Simone Carter.«

Im Hintergrund waren Stimmen zu hören, Leute redeten, von irgendwoher drang geschäftiger Lärm. Ein Café, vermutete Rennie. »Kann ich mit Simone sprechen?«

Der Mann rief laut, ohne den Hörer abzudecken. »Hey, Simone, kannst du kurz drangehen?«

»Wer ist es denn?«

Jos genervte Stimme war unverkennbar. »Hier ist ihre Schwester«, sagte Rennie, ohne die Frage abzuwarten.

»Ich wusste gar nicht, dass du eine Schwester hast«, rief die Stimme.

Keine Antwort. Nur das Geräusch von Schritten war zu hören und jemand, der das Handy an einen ruhigeren Ort mitnahm. »Katrina?«

Rennie sprach leise, damit es niemand im Wohnzimmer hörte. »Ja, Jo, ich bin es.«

»Was ist los?«

»Hey, wie geht's dir?«, wäre nach so langer Zeit wohl die nette Variante gewesen, doch Rennie fragte sich, ob sie sich anders verhalten hätte, wenn Jo sie einfach so angerufen hätte. »Er ist draußen.«

Es folgten drei Sekunden Schweigen, dann kam Jo sofort zum Punkt. »Wann?«

»Vor fünf Monaten. Evan versucht ihn zu finden.«

»Du hast Delaney angerufen?«

»Gestern Abend.«

»Was ist passiert?«

Rennie erzählte ihr von Max, dem Blut, dem Mann mit der Kamera und dem durchwühlten Auto, und die ganze

Zeit hörte sie, wie ihre eigene Stimme in den schonungslosen Rhythmus verfiel, den sie auch bei ihrer Schwester gehört hatte, und spürte eine ihr vertraute Härte, die sich in ihr einnistete.

»Wo bist du?«

»Haven Bay.«

»Warum zum Teufel bist du noch dort?«

Und da brach es aus ihr heraus. »Ich kann nicht weg.«

»Natürlich kannst du. Du nimmst deinen Rucksack und gehst durch die Tür.«

»Das geht nicht. Noch nicht. Das ist noch nicht alles. Vielleicht ist es gar nicht Anthony.«

»Willst du warten, bis du es herausgefunden hast?«

Wollte sie ihren Vater sehen? Unter keinen Umständen – nie. »Vielleicht ist Max ja gegangen. Oder vielleicht hat Anthony ihm nur was angetan. Egal was, ich muss es herausfinden.«

»Nein, Kat. Du musst am Leben bleiben.«

Ihre Schwester antwortete wie aus der Pistole geschossen und machte das Nachdenken schwer. Sie lief durch das Zimmer, stellte sich neben das Fenster und schaute auf die Straße. »Es ist meine Schuld. Ich muss es in Ordnung bringen.«

»Nein, es ist nicht deine Schuld. Es ist Anthony Hendelsens Schuld. Es war immer nur seine Schuld. Er hat unendlich viel Dreck am Stecken, für den er verantwortlich ist. Es ist nicht deine Aufgabe, das in Ordnung zu bringen. Dein Job ist es, ihn zu überleben.«

Das war immer das Mantra ihrer Mutter gewesen, mit dem sie sie großgezogen und das sie zum Schlachtruf gemacht hatte. Rennie und Jo hatten es einander vorgebetet, als sie gestorben war, und sich gesagt, dass zu überleben ihr Recht und ihre Art der Vergeltung war.

Außerdem ging es nicht mehr nur um sie und Jo, auch Max hatte das Recht, ihn zu überleben. »Ich muss Max finden. Selbst wenn es dafür zu spät sein sollte. Auch wenn er…« Sie kniff die Augen zusammen. »Außerdem ist Max' Sohn hier.«

»Er ist sicherer, wenn du nicht da bist.«

»Ich kann ihn nicht einfach sich selbst überlassen.«

»Wie alt ist er?«

»Vierzehn.«

»Herrgott, er ist alt genug, um auf sich selbst aufzupassen. Denk daran, was wir mit vierzehn gemacht haben.«

»Das wünsche ich ihm nicht.«

»Kat, er ist nicht dein Kind.«

Ihre Stimme wurde immer lauter, während sie das sagte. »Ich habe mir hier ein Leben aufgebaut, Jo. Mir bedeutet es mehr, als nur irgendwo zu wohnen. Ich kann nicht einfach meine Sachen packen und verschwinden.«

»Dann war es ein Fehler zu bleiben.«

Wirklich? War es ein Fehler Max zu suchen? »Jetzt ist es anders. Ich bin anders. Ich bin nicht sie.«

»Wer?«

»Katrina. Ich bin nicht Katrina Hendelsen. Ich bin Renée Carter, und ich kann nicht einfach gehen.«

»Mein Gott, Kat. Glaubst du, dass es für ihn einen Unterschied macht, welchen Namen du trägst?«

Sie hatte recht, und Rennie wusste es. Und sie wusste, dass es keine Rolle spielte. »Für mich macht es einen Unterschied. Wenn ich durch diese Tür hier gehe, bin ich wieder sie. Eine herzlose Schlampe, die von der Hand in den Mund lebt und deren einzige verdammte Aufgabe im Leben das Überleben ist. Ich will nicht sie sein. Ich will der Mensch sein, der ich hier bin, aber wenn ich gehe, gibt es kein Zurück mehr. Ich kann nicht einfach in den Ort schlendern, wenn alles vorbei ist, und sagen: ›Menschenskind, tut mir echt leid, dass ich nicht mitgeholfen habe, Max zu suchen.‹ Ich liebe Max und muss ihn finden.«

Rennie hörte den schweren Atem durch das Telefon und gedämpfte Schritte. Vermutlich ging ihre Schwester wütend auf und ab.

»Rennie?« Es war Naomi. Sie stand vor der Tür und sagte ruhig ihren Namen.

Wie viel hatte sie mitgehört? Rennie legte eine Hand über das Telefon, dann antwortete sie. »Ja?«

Naomi öffnete die Tür und sagte: »Tut mir leid, dass ich dich störe, ich habe Kaffee gemacht.« Sie trug einen großen Teller mit einer Tasse und zwei dicken Scheiben Toast herein. »Trish hat heute Morgen für dich einen Früchtestollen aus dem Café mitgeschickt und gesagt, dass das einem Französischen Toast am nächsten käme, was auch immer das heißen soll. Wie auch immer, ich habe Butter draufgeschmiert. Ich hoffe, das ist in Ordnung.«

Ja, dachte Rennie, es war perfekt. Und nein, es war kein Fehler, hier zu sein. »Das ist großartig. Danke.«

»Alles in Ordnung hier drinnen?«, fragte Naomi. »Ich habe nicht gelauscht – aber du klangst verärgert.«

Verärgert, genervt, verängstigt, dankbar.

»Ist die Polizei dran?«, fragte Naomi.

Rennie antwortete, ohne nachzudenken. »Nein. Ich rede mit meiner Schwester.«

»Ich wusste nicht, dass du eine Schwester hast. Ist ja nett, dass sie zu dir Kontakt hält, während Max … na ja, während wir nach ihm suchen. Wohnt sie in der Nähe und könnte vorbeikommen? Ein wenig Trost von der Familie könnte dir guttun. Wie dem auch sei, ich lass dich jetzt in Ruhe telefonieren. Oh, übrigens, Hayden ist wach.« Sie tätschelte im Vorbeigehen Rennies Arm und lächelte sie von der Tür aus an.

Rennie hätte am liebsten über den bizarren Augenblick gelacht – auf der einen Seite die hartgesottene Joanne in ihrem Ohr, auf der anderen Naomi, die an der Tür stand und sich über ihre Nahrungsaufnahme Gedanken machte. Als sie wieder gegangen war, schloss Rennie die Augen und versuchte einen Mittelweg zu finden.

»Katrina? Wer war das?«, fragte Jo.

»Eine Freundin.«

»Was wollte sie?«

»Sie hat mir Kaffee und einen Toast gebracht und mich gefragt, ob alles in Ordnung ist.«

Jo schwieg lange. Rennie hoffte, dass die Botschaft bei ihr ankäme – dass das, was sie hier hatte, es wert war, festgehalten zu werden.

»Wie meinst du das, Max könnte dich verlassen haben?«, fragte Joanne schließlich.

Die Erklärung klang nicht schön, aber Rennie wollte, dass Jo begriff, dass sie nicht völlig leichtfertig geblieben war. Also erklärte sie ihr, dass Max schon vorher immer mal wieder verschwunden sei, das Passwort für seine Dateien am Computer geändert habe und Geld bei der MineLease fehle, und was nach Meinung von James und dem Detective passiert sei.

»Herrgott, Katrina. Bist du sicher, dass du den Kerl finden willst? Das ist nicht das, wonach du im glücklichen Haven Bay gesucht hast, oder?«

Sie biss die Zähne zusammen. »Ich muss mir sicher sein.«

»Hast du die Glock noch?«

»Ja.«

»Trag sie immer bei dir. Und lass nicht zu, dass irgendein idiotischer Märchenprinz Entscheidungen für dich trifft.«

26

»Woher stammt die Narbe?« Max wusste nicht genau, ob er bei Bewusstsein war, ob er die Worte laut ausgesprochen hatte oder sich nur an sie erinnerte. Er lag wieder ausgestreckt am Boden, träumte, dass er in einer Pfütze lag und wie ein menschlicher Schwamm das Wasser durch die Poren aufsaugte. Doch immerhin war er im Tunnel um die Ecke gebogen, das fühlte sich wie ein Fortschritt an.

»Das ist die Grenze«, hatte Rennie geantwortet. Er wusste, dass sich das alles nur in seinem Kopf abspielte, doch der Moment lief in der Dunkelheit wie ein Film vor seinen Augen ab.

Sie hatte zum zweiten Mal in seinem Bett gelegen. Zwei Tage nach dem ersten Mal, die Nachmittagssonne strömte durch die Vorhänge, beide waren nackt und ein wenig atemlos. Sie lag auf der Seite, hatte eine Hand auf die Hüfte gelegt, und der angewinkelte Arm rahmte die dünne, rosafarbene Narbe, die wie ein auf den Kopf gestelltes Lächeln auf ihrem Brustkorb aussah.

»Die Grenze zu was?«, fragte er sie.

»Das Ende eines Kapitels und der Beginn eines neuen.«

»War es ein gutes Kapitel?«

»Das Kapitel danach ist besser. Bisher.«

Er? Sie? Das war ein besseres Kapitel? »Und was für ein Buch ist es?«

Sie lächelte ein wenig zynisch. »Eine Horrorgeschichte.«

Sand rieb an seinen Fingerspitzen, als er über den Stoff

seines Hemdes fuhr, genau wie damals, als er die sanfte Wölbung über dem geheilten Gewebe gestreichelt und die Rippen darunter gespürt hatte.

»War das eine Operation?« Vielleicht war sie krank gewesen und, bevor sie sich kennenlernten, auf Reha gewesen.

»Nein.«

Er strich noch einmal über die Narbe, genoss die Wärme ihres Fleisches, die sanfte Schwellung ihrer Brüste.

Das sollte ein Hinweis sein, doch er konnte der Versuchung nicht widerstehen. »Was ist passiert?«

Er sah sie wieder vor sich, wie sie auf den Rücken rollte, an die Decke starrte und dann sagte: »Bitte frag mich nicht. Ich will nicht daran denken.« Dann drehte sie ihren Kopf auf dem Kissen, sodass ihr Gesicht so nah an seinem war, dass er den Atem auf seinen Lippen spürte, als sie sprach. Er wünschte, er könnte ihn wieder spüren.

»Wir sind uns ähnlich, Max«, sagte sie zu ihm. »Wir haben beide überlebt und wollen etwas Besseres finden. Es ändert nichts an unseren schrecklichen Geschichten, wenn wir sie uns erzählen; wir nehmen sie damit nur in die Gegenwart hinein. Wenn du über deine sprechen möchtest, werde ich dir zuhören, aber du musst wissen, dass ich dir meine nicht erzählen werde. Ich will nicht, dass du daran denkst, wenn du mich nackt siehst. Ich will sie nicht in deinen Augen sehen, wenn ich in deinem Bett liege. Das Einzige, was du wissen musst, ist nur, dass ich nicht hier wäre, wenn es die Narbe nicht gäbe. Dann hätte ich andere Entscheidungen getroffen und wäre ein anderer Mensch geworden. Ich möchte, dass du daran denkst, wenn du mit deiner Hand darüberfährst.«

Das erklärte gar nichts, sondern fügte nur mehr Fragezeichen zu denen hinzu, die sie bereits wie eine Aura umgaben. Doch es hatte ihn aus der Verantwortung genommen. Sie wusste vom Minenunglück und dass seine Frau und sein

Sohn ihn verlassen hatten. Aber auch er hatte ihr nicht erzählt, dass er vorher ein Arschloch gewesen war, dass er rücksichtslos und gedankenlos gehandelt, Menschen verletzt und sich selbst geschadet hatte.

Er zog am Bettlaken, drückte seine Lippen auf die rosafarbene Erhöhung auf ihren Rippen und legte seinen Kopf auf ihre Brust. »Ich bin froh, dass du hergekommen bist.«

»Max, ich möchte ein anderes Leben führen und die Möglichkeit haben, bessere Geschichten zu erleben. Können wir uns beide einfach nur das sagen?« Sie zog spielerisch an seinem Haar, sodass er ihr sein Gesicht zuwandte. »Genügt dir das? Ich muss es wissen.«

Genug? Sie war bereits mehr, als er sich je erhofft hatte. »Ja.«

Ihre Pupillen bewegten sich einen Augenblick zwischen seinen hin und her, ihr Lügendetektor war in äußerster Alarmbereitschaft. Doch hatte sie offenbar gefunden, wonach sie gesucht hatte, denn ihre Mundwinkel gingen ein klitzekleines bisschen nach oben – voller Zustimmung, Erleichterung und Mitgefühl.

»Und was hättest du getan, wenn ich Nein gesagt hätte?«, fragte er.

»Ich wäre gegangen.«

Immerhin wusste er jetzt, dass sie nicht um den heißen Brei herumredete. »Jetzt gleich?«

»Ich habe dir gesagt, dass ich nicht bleiben würde, als ich die Wohnung gemietet habe. Ich bleibe nie. Es hätte keinen Grund gegeben zu bleiben, wenn es dir nicht genügt hätte.«

»Aber ich meine jetzt? Sofort? Während ich nackt neben dir liege und dich küsse?«

Vergnügen gesellte sich zu ihrem Lächeln. »Meinst du, das würde reichen, damit ich noch ein paar Minuten länger bleibe?«

»Ich dachte, es würde mehr als nur ein paar Minuten dauern.« Sehr viel länger. Monate. Jahre.

»Schon wieder? Jetzt?«

»Ich bin bereit.«

Sie sprachen von verschiedenen Dingen, aber das spielte keine Rolle. Er erinnerte sich jetzt, dass sie schließlich die ganze Nacht geblieben und später bei ihm eingezogen war. Eine Win-win-Situation für Max.

Und das faszinierend Rätselhafte, das sie umgab, hatte nie nachgelassen. Je besser er sie kennenlernte, desto mehr erschien sie ihm wie eine fremdartige Person, jemand, der in einer anderen Kultur aufgewachsen war – oder von einem anderen Planeten kam. Sie war pingelig sauber, weinte nie und schrie nicht herum, wenn sie sauer war. Sie hatte noch nie eine Pflanze gezüchtet oder Gartenarbeit gemacht, Ausschlafen kannte sie nicht, sie fällte Entscheidungen, als gäbe es nur eine Alternative, und sie besaß so gut wie nichts. Als sie in sein Haus zog, brachte sie ihr ganzes Hab und Gut in einer kleinen Tasche mit.

»Und wo ist der Rest?«, fragte er sie.

»Das ist alles«, sagte sie, als gäbe es noch andere Menschen, die ihr gesamtes Leben im Rucksack mit sich trugen.

Am Ende nahm sie ein wenig an Gewicht zu, füllte die Räume zwischen ihren Rippen und gönnte sich ein paar persönliche Dinge: drei Paar Schuhe, ein Kleid, Malsachen. Langsam, aber sicher lösten sich die Schichten von ihr und legten neue, empfindsame darunter frei – jede faszinierte ihn.

Doch nicht im Moment. Während er an der Wand lehnte und versuchte, wieder zu Kräften zu kommen, um voranzukriechen, fand er ihr Geheimnis weder faszinierend noch fesselnd noch unterhaltsam.

Er hatte Angst davor.

Rennie warf das Handy auf das Bett, sie war wütend auf ihre Schwester. Vielleicht hatte Joanne recht, vielleicht war sie ein Trottel. Vielleicht entpuppte sich das alles als schrecklicher Fehler, egal welche Version sich als richtig erwies. Doch was Märchen betraf, so irrte sie sich. Rennie war nicht hübsch und wehrlos nach Haven Bay gekommen, und Max war kein reicher Prinz, der sie retten wollte.

Und ihren Vater zu überleben, reichte ihr nicht mehr.

Sie musste schon sich selbst zuliebe Max finden, vermutlich auch ihm zuliebe – was immer das bedeutete und egal wie es ausging. Wenn er sie verlassen hatte, würde sie es als ein weiteres beschissenes Kapitel in ihrem Leben abhaken und weiterziehen. Und wenn es Anthony war …

Sie pirschte zum Fenster und starrte wütend auf die Straße. Wenn ihr Vater Max umgebracht hatte, würde sie ihre DNA bereitwillig akzeptieren, den Spieß umdrehen und Anthony jagen – und diesmal würde sie ihn nicht verfehlen.

27

Oberstes Gebot war nun Max zu finden. Rennie hatte ihr Geheimnis bewahrt, um sich zu schützen, doch nun bestand die Gefahr, dass dieses Geheimnis ihm geschadet hatte. Die Zeit zu beichten war gekommen, damit James und Detective Duncan noch an anderen Orten recherchieren konnten.

Rennie brauchte noch ein paar Sekunden, um den Kaffee zu trinken, den Naomi ihr gebracht hatte, lauschte währenddessen den Geräuschen im Haus und riss sich zusammen. Der Fernseher lief, Hayden war also wach. Zumindest wäre er damit beschäftigt, während sie vor Naomi und James in die Knie ging.

Hayden schenkte ihr einen stummen Blick, als sie zwischen ihm und dem Fernseher durchging. Naomi stand alleine am Fenster und knetete mit den Fäusten ihr Kreuz.

»Alles in Ordnung?«, fragte Rennie.

»Ich habe heute etwas Rückenschmerzen, mehr nicht. Was ist mit dir? Kommt deine Schwester heute?«

»Nein. Sie ist keine große Besucherin. Wo ist James?«

»Im Büro, er wollte sich noch einmal Max' Passwort vorknöpfen.«

Wie immer, wenn es um James ging, reagierte sie innerlich leicht gereizt, war sich heute Morgen aber nicht mehr sicher, ob er das verdient hatte. Er warf Max zwar das fehlende Geld vor, hatte dann aber Hayden gefunden und versuchte zu helfen.

Als sie das Büro betrat, schloss er gerade eine Schreibtischschublade und blickte ratlos zu ihr auf. »Ich hatte bisher kein Glück. Fällt dir noch was zu dem Passwort ein?«

»Ich bin mir nicht sicher, ob du ein Passwort brauchst. Vielleicht ist es etwas anderes.«

Er zog zweifelnd seine Mundwinkel herunter. »Ich weiß, du glaubst mir nicht, aber das Geld fehlt tatsächlich.«

»Vielleicht hat er nichts damit zu tun. Es könnte sein, dass sein Verschwinden mit mir zusammenhängt.«

James sah ihr in die Augen, seine Augenlider strafften sich, er schien zuerst die Botschaft entziffern zu wollen, bevor er darauf antwortete.

»Wir müssen reden«, sagte sie zu ihm. »Auch mit Naomi.«

»Ich komme«, sagte Naomi ruhig aus dem Flur. Sie erschien mit einer dampfenden Tasse, die sie James reichte. »Hier, James. Ich habe dir Tee gemacht.«

Ohne Naomi anzusehen, stellte James die Tasse auf das Mousepad, drehte den Schreibtischstuhl zu Rennie, verschränkte die Arme vor der Brust und wartete auf eine Erklärung.

Sie wusste nicht, wie sie anfangen sollte. Es war eine lange Geschichte, und sie wollte nicht den ganzen Tag dafür verschwenden oder mehr erzählen, als unbedingt notwendig war. Und sie wollte nicht, dass Hayden es hörte. Sie fasste hinter Naomis Rücken, zog die Tür zu und schloss sich mit ihnen in dem kleinen Raum ein. Naomi lehnte am Türpfosten, Renée am Aktenschrank, doch da James mit seinen Schuhen über den Schwenkstuhl hinausragte, war kaum mehr als ein Meter Fußboden zwischen ihnen. Die Atmosphäre wirkte eng und angespannt.

»Worüber müssen wir reden?«, fragte James eher ungeduldig als neugierig.

Die Geschichte war brutal und schockierend, egal wie man sie erzählte; sie ließ sich in keiner Weise abmildern.

»Als ich fünfzehn war, hat mein Vater meine Mutter ermordet. Sein Ziel war es, auch meine Schwester und mich zu ermorden. Als ich dreiundzwanzig war, wäre es ihm fast gelungen. Seitdem saß er im Gefängnis. Ich habe gerade erst herausgefunden, dass er vor fünf Monaten entlassen wurde. Es könnte also sein, dass er hier ist, um mich zu suchen, und dabei zuerst auf Max gestoßen ist.«

Während James sie mit leerer, undurchdringlicher Miene ansah, schlug Naomi vor Schreck die Hände vor den Mund. »O Gott, Rennie. Das tut mir so leid für deine Mutter. Oh, Rennie, ich …« Ihre Stimme verstummte allmählich, sie sprach den Satz nicht zu Ende. Oder vielleicht wollte sie auch einfach den Gedanken nicht zu Ende denken.

»Und warum sollte dein Vater dich noch immer suchen?«, fragte James.

»Besessenheit. Rache. Ich habe zwei Mal auf ihn geschossen. Er hat geschworen, dass er mich finden würde.«

»Oh, Rennie. Dein eigener Vater.« Naomi streckte ihre Hand aus und ergriff Rennies Arm.

»Das war keine normale Familie, wie du sie hattest, Naomi.« Sie blickte auf Naomis dicken Bauch und fragte sich, ob sie je die Gelegenheit bekäme, das Kind da drinnen zu sehen.

James wich Gefühlen aus. »Wie meinst du das, er hat Max gefunden?«

Rennie schluckte den Brocken herunter, der ihr im Hals steckte. Die körperliche Nähe in diesem Raum und die Familienbande waren ihr durchaus bewusst. »Ich weiß es nicht. Das Blut auf dem Parkplatz … Es könnte sein, dass mein Vater Max etwas angetan hat. Vielleicht hat er ihn mit mir gesehen und wollte zuerst ihn aus dem Weg räumen oder … oder er hat mit ihm gesprochen, ihn nach mir gefragt, und dann ist es zum Streit gekommen.«

Seine Pupillen zuckten hin und her, genau wie seine Gedanken. »Wusste Max denn nicht, dass er nicht mit ihm reden sollte?«

»Nein.«

»Aber er wusste doch, dass dein Vater eines Tages wieder aufkreuzen würde?«

»Das wusste er nicht. Er weiß gar nichts über meine Familie.«

Er sah sie vorwurfsvoll an. »Herrgott, Rennie. Findest du nicht, dass er das Recht hatte, es zu erfahren?«

Ja, im Nachhinein schon. »Ich habe meinen Namen geändert. Der Sinn der Sache ist ja, niemandem davon zu erzählen. Und eigentlich sollte mein Vater noch fünf Jahre hinter Gittern sitzen. Ich dachte, das wäre genügend Zeit, um die Nachricht über meinen schrecklichen Genpool zu überbringen.« Oder zu verschwinden, bevor er auftauchte.

Stille erfüllte den Raum, der Sauerstoff wurde knapp. Rennie hätte am liebsten die Tür geöffnet, Luft hereingelassen und etwas anderes getan, als nur auf James hinabzustarren.

Naomi trat von einem Bein auf das andere und drückte die Fäuste ins Kreuz.

Rennie streckte einen Arm aus. »Willst du dich setzen?«

»Das wäre ganz gut.«

Rennie trat zur Seite, sodass sie näher an den Schreibtisch kam. James rollte den Stuhl ein Stück zurück und machte auf dem Schreibtisch Platz. Hatte er ihren Umfang nicht bemerkt?

»Vielleicht solltest du ihr lieber den Stuhl überlassen«, forderte Rennie ihn auf.

Er starrte sie einen Moment an, stand dann auf und machte Platz. Meine Güte, wie würde er erst sein, wenn das Baby da war?

»Ist es nur das Blut?«, fragte James, während Naomi noch damit beschäftigt war, sich auf den Stuhl zu setzen. »Denn Phil Duncan schien sich damit zufriedenzugeben, dass es durch die Schlägerei im Pub erklärt wäre.«

Natürlich würde James ihr nicht glauben. »Das Blut allein sagt doch noch gar nichts.« Sie hob den Daumen und fing an die anderen Einzelheiten aufzuzählen. »Nachdem ihr am Samstagabend gegangen wart, habe ich hinter dem Haus am Zaun jemanden gehört.« Sie hob den Zeigefinger. »Gestern habe ich auf der Hauptstraße einen Mann gesehen, der das Café fotografierte. Ich habe meinen Vater zwar schon lange nicht mehr gesehen, aber das Alter und die Größe kämen hin.« Mittelfinger. »Und unser Auto wurde gestern auf dem Stellplatz durchsucht. Das habe ich gestern Abend entdeckt, nachdem Trish und Pav gegangen waren.«

James wandte sein Gesicht ab und sah auf die Regale über Max' Schreibtisch, als könnte er die Verbindung der einzelnen Teile da oben finden. »Und was sagt die Polizei?«, fragte er schließlich.

»Mit Detective Duncan habe ich noch nicht über meinen Vater gesprochen. Wie gesagt, ich habe selbst gerade erst von der Entlassung erfahren. Mit ihm wollte ich als Nächstes sprechen.«

»Dann hast du es also nicht von der Polizei erfahren?«

»Nein.«

Er wartete ein paar Sekunden, vielleicht weil er hoffte, sie würde die Stille mit Einzelheiten füllen, doch ihrer Meinung nach hatte er genug erfahren. »Was hat dein Vater früher genau gemacht?«

»Wenn er uns fand, beobachtete er uns. Manchmal brach er ein, durchsuchte die Sachen. Manchmal ließ er uns nur wissen, dass er da war, und drohte uns.«

»Wenn er nur beobachtet und droht, ist es doch ein wenig weit hergeholt gleich zu denken, er könnte Max etwas angetan haben. Falls er überhaupt hier ist.« Er suchte nach etwas Rationalem, als ergäbe Anthony Hendelsens Verhalten irgendeinen Sinn.

»Er hat meine Mutter mit einem großen Messer ermordet, das ist schon ein netter Hinweis, dass es ihm um mehr als nur das Beobachten und Drohen ging. Er verprügelte Leute, verwüstete Orte. Er hat mich aufgeschlitzt, bevor ich auf ihn schießen konnte, und mir dann geschworen, dass er mich finden und mich dafür büßen lassen würde. Und er hat über zehn Jahre in einem Hochsicherheitsgefängnis gesessen. Da wird er nicht geläutert und nett herausgekommen sein. Falls er überhaupt hier ist.«

James hob beschwichtigend die Hände, als wollte er ihren plötzlich aufkommenden Ärger dämpfen. »Ich versuche nur zu verstehen, Rennie. Wir stehen beide auf derselben Seite.«

»Wirklich, James? Du wolltest beweisen, dass Max uns beide reingelegt hat.«

»Okay, du hast recht, es tut mir leid. An dieser Stelle sollten wir alle Möglichkeiten ins Auge fassen. Also, darf ich fragen, ohne dass du dich gleich aufregst, wie er dich finden soll, wenn er jahrelang im Gefängnis gesessen hat?«

Sie ignorierte die Herablassung in seiner Stimme – mit Streit wurde Max nicht gefunden. »Es gibt viele Wege, wie man jemanden finden kann, wenn man genügend Zeit hat und weiß, wo man suchen muss.«

Anthony hatte sie als Kinder lange genug beobachtet und wusste, welche Gewohnheiten ihre Mutter hatte. Es war schwer mit zwei Töchtern, die ernährt und erzogen werden wollten, unauffällig zu bleiben, und die meisten Leute beantworten bereitwillig Fragen, wenn man ihnen ein Foto von zwei kleinen Mädchen zeigt und sagt, dass man sie nur sehen will. Das zweite Mal hatte er genau berechnet, wo sie Arbeit finden würden – wenn man nur eingeschränkt Bier schleppen und Kaffee servieren kann, grenzt das den Suchbereich ein. Er hatte ein paar Kumpels aus dem Gefängnis angeheuert und Privatdetektive engagiert und erzählte immer wieder die Geschichte von seinen vermissten Töchtern.

James wandte wieder seinen Blick von Rennie ab und sah zu den Regalen, vielleicht überlegte er, wie plausibel das klang. »Falls dein Vater hier ist, bist du also auch in Gefahr«, sagte er und wandte ihr wieder seine Aufmerksamkeit zu.

»Ja.«

Naomis Hände schossen zu ihrem Mund. »Oh, Rennie, daran habe ich gar nicht gedacht.«

»Es ist besser, wenn du für eine Weile verschwindest, wenigstens so lange, bis Max wieder auftaucht«, sagte James, als wäre das beschlossene Sache. »Naomi hat gesagt, du hast vorher mit deiner Schwester gesprochen. Kannst du nicht eine Weile bei ihr bleiben?«

Rennie zog einen Mundwinkel hoch bei dem Gedanken, dass Joanne und James etwas gemeinsam hatten. »Nein, ich bleibe so lange hier, bis ich weiß, wo er ist.«

»Renée, es gibt andere, die nach ihm suchen.«

Aber vielleicht suchten die an den falschen Orten. »Nein, James, ich glaube, du hast mit deinem ›Wenn‹ recht. Ich weiß nicht genau, ob mein Vater tatsächlich hier ist. Also …«

Jemand zerrte von draußen an der Tür, an der Rennie lehnte, dann rief Hayden: »Onkel James? Bist du da drin?«

Sie machte die Tür auf, sein Anblick war wie der von gestern, nur dass sein Gesichtsausdruck jetzt besorgt und nicht mehr feindselig wirkte, als er die drei ansah.

»Habt ihr Dad gefunden?«

»Nein, Liebling«, sagte Naomi zu ihm.

»Warum seid ihr dann alle hier drin?«

»Wir haben uns unterhalten«, sagte Rennie.

Er sah sie misstrauisch an. »Damit ich es nicht höre?«

»Ja, damit du es nicht hörst.«

Hayden sah aus, als wollte er gleich verlangen, dass man es ihm auch erzählte, doch als er sie der Reihe nach ansah, wurde er unsicher. Als sein Blick zu Rennie zurückkehrte, lagen Sorge und Entschlossenheit darin. »Wann suchen wir nach Dad? Du hast gestern Abend gesagt, dass wir ihn suchen gehen.«

Das hatte sie ganz vergessen, er offensichtlich nicht. Er hatte seinen Pyjama ausgezogen, Schuhe angezogen und hielt seine Kappe in der Hand. Sie musste sofort mit Detective Duncan sprechen, sie hatte nicht vor, darauf zu warten, bis der Polizist sich die Zeit nahm, zu ihrem Haus zu kommen – und Hayden im Schlepptau ging gar nicht. Sie sah durch das Zimmer zu Naomi, die wieder eine Faust in den Rücken geschoben hatte. Sie brauchte eine Wärmflasche, keinen missmutigen Teenager. »James, würdest du …?«

Er schüttelte den Kopf, bevor sie den Satz beenden konnte, und sagte zu Hayden: »Tut mir leid, Kumpel, ich muss ins Büro und ein paar Sachen durchgehen, die uns vielleicht helfen, deinen Dad zu finden.«

Oder das Geld, das er genommen hat. James hatte recht – Hayden sollte aus der Sache rausgehalten werden.

Aber konnte sie ihn hierlassen, die Türen verriegeln und ihm befehlen hierzubleiben? Würde Hayden sich daran halten? Doch bevor sie ihm die Frage stellte, zögerte sie kurz. Etwas Missmutiges und Ängstliches lag in der Art, wie er auf eine Antwort wartete – und etwas Bittendes. Nicht wie das Betteln eines verwöhnten Kindes, das seine Bedürfnisse befriedigt sehen will. Da war etwas Neues. Er bettelte darum, dass er etwas tun durfte, eine Aufgabe und die Chance bekam, seinem Vater zu helfen.

Mist, Rennie kannte dieses Gefühl nur zu gut. Sie wusste

außerdem, wie es sich anfühlte, wenn man vierzehn war und Angst hatte – und dass Bewegung, Aktion und Entscheidungen das Adrenalin wegbliesen, das die Angst in den Körper pumpte. Und vielleicht war sie für ein Kind mit traurigen Augen ein Trottel. »Okay. Aber ich muss zuerst mit der Polizei sprechen.«

»Und danach gehen wir ihn suchen?«

Falls Anthony tatsächlich hier war, würde sie das niemals zulassen. »Ja.«

28

Detective Duncan saß gerade im Auto, als sein Handy klingelte. Rennie teilte ihm mit, dass sie zu ihm aufs Revier kommen wollte. Er fragte nicht nach.

Sie wollte keine Zeit verlieren, und während Naomi die Küche aufräumte, lief sie schnell durchs Haus, kontrollierte die Schlösser und hörte im Kopf immer wieder Joannes Worte: Hast du die Glock noch?

Sie konnte keine geladene Pistole auf ein Polizeirevier mitnehmen – überhaupt keine Pistole. Und sie im Auto mit einem lauten, unberechenbaren Teenager mitzunehmen war auch ein Risiko. Also stopfte sie ihren Rucksack unten in den Schrank, da war er versteckt, aber leichter zu holen.

Als sie aus dem Haus ging, stand Naomi neben James' Wagen. »Es ist nicht, wie du denkst«, flüsterte sie Rennie zu und umarmte sie. »Es wird alles wieder gut. Ganz bestimmt, das weiß ich.« Sie nahm Rennies Hand und legte sie sich auf den Bauch. »Der Zwerg braucht doch beide, Tante Rennie und Onkel Max.«

Der Babybauch unter Rennies Hand fühlte sich fest, voll und warm an. Mehr als Babysitting hatte sie einem Baby nicht zu bieten, sie wollte aber trotzdem da sein – wenigstens für sich selbst, wenn schon nicht für das Baby. Sie hielt Naomi die Autotür auf und warf einen Blick auf den Rücksitz, auf dem ein großer Karton stand. Sie las, was oben draufstand. »Oh, du hast endlich das Gitterbettchen bekommen.«

»Besser spät als nie, oder?«, sagte Naomi lachend. »Gestern

hat James es endlich abgeholt. Es stand ja nur einen Monat im Geschäft herum.« Sie nickte mit dem Kopf zum Rücksitz. »Ich hoffe bloß, dass er es zusammenbaut, bevor das Baby kommt.«

Und da war es wieder: Wie würde James sein, wenn das Baby erst mal da war?

»Sag mir Bescheid, was die Polizei gesagt hat«, sagte James über das Autodach hinweg.

»Sag du mir auch Bescheid, wie es läuft«, antwortete sie nachdrücklich.

Während James und Naomi zur Ausfahrt fuhren, beobachtete Rennie misstrauisch, wie Hayden zum Autostellplatz lief, und dachte wieder daran, dass er gestern einfach verschwunden war. Falls Anthony Hendelsen tatsächlich in Haven Bay war, musste Hayden in ihrer Nähe bleiben.

»Hör zu, Hayden«, sagte sie, als sie ihn bei Max' Wagen eingeholt hatte. »Du tust, was ich dir sage, okay?«

Er blinzelte absichtlich langsam und eindeutig feindselig.

»Komm mir bloß nicht wieder damit.«

»Was?«

Wahrscheinlich gab es eine altbewährte Methode, wie man Teenager dazu brachte zu tun, was man von ihnen verlangte, doch die kannte sie nicht, sie wusste nur, dass eine Drohung zur richtigen Zeit zum Ziel führte. »Okay, alles klar. Ich sag dir jetzt, wie es abläuft. Ich habe was zu erledigen, also wirst du eine Weile auf mich warten müssen. Wenn ich mich auch nur einmal mit dir herumschlagen muss, setze ich dich in den ersten Zug nach Yamba, dann kannst du das mit deinen Großeltern klären, verstanden?«

Er verzog empört das Gesicht und schien bereits eine Antwort parat zu haben.

Doch sie wartete sie erst gar nicht ab. »Hast du mich verstanden?«

»Oh Mann, was zum …?«

»Hast du verstanden?«

»Ja. Alles klar. Was auch immer.« Die letzten Worte sagte er ihr über die Schulter hinweg, während er die Beifahrertür öffnete. Das Schweigen gab ihr die Möglichkeit, darüber nachzudenken, wie sie es mit Detective Duncan angehen sollte – wer eine Vergangenheit wie sie hatte, musste das erklären. Und die Tatsache, dass sie nicht von Anfang an ganz ehrlich gewesen war, war dabei das geringste Problem. Egal wie sich die Unterhaltung entwickeln würde, ein Zuckerschlecken war das nicht. Sie wollte einfach nur auf Nummer sicher gehen, dass die Polizei am Ende wusste, dass sie nach Max suchen musste. Sie fuhr auf die Schnellstraße und gab Gas.

Vielleicht war es die Geschwindigkeit, die Hayden ermutigte. »Warum hast du immer Schiss?«, fragte er.

Sie hob eine Augenbraue. »Ich?«

»Genau.«

Sie wandte sich ab und kicherte leise. »Meine ältere Schwester war ein schlechtes Vorbild. Und was hast du für 'ne Ausrede?«

»Ich habe nicht immer Schiss.«

»Ach, nein? Wie nennst du es dann?«

Er antwortete nicht, sie sah ihn von der Seite an und musste grinsen. Oh ja, er hatte Schiss.

Als sie geparkt hatten und zum Eingang des Polizeireviers gingen, wirkte Hayden eher traurig als wütend. Es war unschwer zu erkennen, wie sehr er sich um seinen Vater sorgte.

Detective Duncan kam durch das Foyer auf sie zu und musterte sie ausdruckslos mit seinen blauen Augen. Er wirkte anders als beim Frühstücken am See und nicht mehr so entspannt wie gestern. Hatte Evan schon mit ihm gesprochen?

Wie viel musste sie ihm noch erklären? Er kaschierte das mit einem Lächeln. »Renée, wie geht es Ihnen?«

Sie nickte. »Das ist Hayden. Max' Sohn.«

Der Cop streckte ihm seine Hand entgegen und redete nachdrücklich auf ihn ein. »Hayden, ich bin Detective Phil Duncan. Ich versuche deinen Dad zu finden. Es wäre mir eine große Hilfe, wenn du einem Kollegen ein paar Fragen beantworten könntest. Macht dir das was aus?«

Der Junge schüttelte unbeholfen die Hand und richtete sich ein wenig auf. »Ja. Ich meine, nein, das macht mir nichts aus.«

»Großartig.« Er sagte das so, als gehöre der Junge zum Ermittlungsteam.

Rennie hatte überlegt, was sie mit Hayden machen sollte, während sie sich mit Duncan unterhielt. Sie wollte nicht, dass er mitbekam, was sie sagte, wusste aber auch nicht, ob sie ihn einfach im Wartebereich zurücklassen konnte, ohne dass er sich langweilte oder enttäuscht war. Jetzt war sie erleichtert, als der Detective Hayden in ein Großraumbüro mitnahm und einem etwa zwanzigjährigen Polizisten mit Bürstenhaarschnitt anvertraute, dem ein Tattoo aus dem Ärmel schaute und der am Hosenbund seiner Jeans eine Waffe trug.

»Ich hole mir 'ne Cola, magst du auch eine?«, fragte der junge Polizist und führte Hayden durch die Tür. Rennie wusste nicht, ob der Bulle ihn beeindruckt oder zu Tode erschreckt hatte – doch beides wäre okay gewesen.

»Renée, wir können uns da drüben unterhalten«, sagte Detective Duncan, lief um ein paar Schreibtische herum, rollte einen Stuhl heran und zeigte auf einen weiteren für sie. »Ich habe heute Morgen einen Anruf von einem Freund von Ihnen erhalten. Einem gewissen Evan Delaney. Er kennt Sie offenbar unter dem Namen Katrina.« Er lächelte noch immer freundlich, aber neugierig und wartete, bis sie sich gesetzt hatte. Als er wieder zu sprechen begann, hatte seine Stimme einen stählernen Ton angenommen. »Warum haben Sie mir diesen Namen nicht schon gestern genannt, Renée?«

Sie ging in Abwehrmodus und sagte dann: »Mein Name ist Renée Carter, und gestern wusste ich auch noch nicht, dass das irgendwas mit Max' Verschwinden zu tun haben könnte.«

Er nickte, als würde er ihr das zugestehen. Dann zog er eine Akte vom Stapel und öffnete sie. »Katrina Hendelsen, richtig?«

»Ja.«

»Ziemlich interessanter Name. Ich habe ihn nach dem Gespräch mit Ihrem Kumpel Evan mal in den Computer eingegeben und war vom Ergebnis ziemlich überrascht.« Er klopfte auf ein Stück Papier und hob seine Augenbrauen, als wäre das ein unglaublicher Zufall. »Mutter stirbt an Messerstichen des Vaters; Vater sitzt sechs Jahre wegen Totschlags in Haft; sitzt aktuell fünfzehn Jahre wegen versuchten Mordes an seinen beiden Töchtern ein; eine von ihnen hat zwei Mal auf ihn geschossen.« Er sah sie an. »Das waren wohl Sie, nicht wahr?«

Sie sah ihn unverwandt an und biss die Zähne zusammen, während er gelassen die Fakten aufzählte.

»Katrina Hendelsen hat ein langes Vorstrafenregister. Ich kann verstehen, dass Sie Ihren Namen ändern wollten.«

Ich tue das für Max, sagte sich Rennie.

Er robbte weiter voran. Zweiundzwanzig, Hände, Knie, Schlag an die Wand, dreiundzwanzig, Hände, Knie, Schlag an die Wand. Er folgte nur einem gewissen Bedürfnis nach Ordnung. Falls er je ein Buch darüber schrieb, konnte er wenigstens sagen, dass er dreihundertsechsundsiebzig Mal auf

Händen und Knien in östliche Richtung gekrabbelt war. Natürlich würde er das erst wissen, wenn er draußen war. In welchem Fall er das Buch erst einmal auf Eis legen würde.

Er hielt inne, rieb sich die Knie und lehnte den Rücken gegen die Wand. Entweder hatte er Fieber, oder der Boden war hier kälter. Er hob eine Handvoll Erde auf und ließ sie durch die Finger rieseln. Dann tat er es noch einmal, konzentrierte sich jetzt aber darauf. Der Dreck war nicht nass, nicht einmal feucht, aber er fühlte sich ein bisschen klebrig an. Er tastete nach der Wand – sie war trocken und kühl wie immer. Er spitzte die Ohren und lauschte, ob er ein Tröpfeln hören konnte. Da war nichts. Er schnupperte in die Luft. Seine Nase funktionierte zwar nicht so gut, aber vielleicht, nur vielleicht, roch es ein wenig … feuchtkalt.

Sein Herz schlug voller neuer Energie, er schluckte, sein Hals brannte vor Erwartung. Bitte sei ein Fluss oder frisches, fließendes Wasser. Das seinen Durst löschte und ihn aus dem verdammten Ort spülte. Er kniete sich hin, ignorierte seine Kopfschmerzen und kontrollierte bei jedem Vorwärtsrobben Fußboden und Wand. Sechs Mal robbte er voran, dann stieß er auf einen feuchten Fleck. Er tastete über den Boden, kroch voran, seine Hose wurde an den Knien feucht.

Zuerst matschig, dann schlammig, dann … aahhhh.

Kühles, fließendes Wasser.

Die Pfütze war zu klein, um sich hineinzulegen. Sie befand sich in einer schmalen Einkerbung, wo der Boden des Tunnels an die Wand stieß. Er tastete mit seiner Wange die Felswand ab und versuchte, seine Lippen daranzulegen. Verdammt. Verdammt noch mal.

Die Wand. Die Wand war nass. Er legte seine Hand flach darauf, fühlte ein dünnes Rinnsal und folgte ihm nach oben. Die Oberfläche war schleimig und fühlte sich ein wenig pelzig an. Feuchtigkeit sickerte durch seine Finger und rann den Handrücken hinunter. Sein Mund kribbelte, als er seine Hände neben das Rinnsal legte, doch als er sich vorbeugte und seine Zunge herrausstrecken wollte, ahnte er die Felsmasse über sich und zögerte.

Was, wenn das ein giftiges Leck war? Er war in einem unterirdischen Tunnel und hatte keine Ahnung, was über ihm war. Vielleicht eine Mülldeponie oder ein Chemielager. Er legte seine Wange in das kühle, tröpfelnde Bächlein und keuchte vor Not und Gier. Die entscheidende Frage war aber doch, ob er ohne zu trinken weiterkrabbeln konnte. Er drehte sein Gesicht und legte seine Lippen an das glitschige Rinnsal.

Es war kaum genug Wasser, um die Innenseiten seiner Wangen zu benetzen, doch er schlürfte und saugte es auf, während das Echo hohl in der Stille widerhallte.

Oh ja, du hast es weit gebracht, Max Tully. In der Highschool hatte man ihn zum Schüler mit den größten Erfolgschancen gewählt… nun saß er alleine in einem dunklen Tunnel und leckte an einer Wand, um am Leben zu bleiben.

Vor ewigen Zeiten war er in der Highschool mal der Junge mit dem gewissen Etwas gewesen – beim Fußball, beim Segeln, er hatte gute Noten, viele Freunde, erreichte alles mühelos. Kam ohne Probleme auf die Uni. Er stand kurz davor, Bergbauingenieur zu werden – Schächte zu zeichnen, nicht sie zu graben. Für ihn war alles selbstverständlich gewesen, er hatte nie darüber nachgedacht, dass die guten Zeiten auch mal vorbei sein könnten. Dann hatte er etwas Spaß auf dem Rücksitz eines Autos gehabt und sich damit den eigenen Traum ruiniert.

Was für ein Pech musste man haben, dass einem so etwas passierte, nur weil man einmal kein Kondom benutzt hatte. Er hatte es als seinen Fehler angesehen und beschlossen, dass er Leanne heiraten und eine Familie gründen musste – danach konnten sie sich immer noch verlieben und für immer glücklich werden. Er hatte sich überlegt, sechs Monate an der Uni auszusetzen, unter Tage ein wenig Geld zu verdienen und dann zu den Büchern zurückzukehren. Leichter gesagt als getan.

Nach Haydens Geburt fand Leanne keinen Vollzeitjob, und die Miete und eine Familie kosteten Geld. Außerdem verliebten sie sich nicht ineinander, sie waren nicht glücklich, und es war nie genug Geld da, sodass er nicht zur Uni zurückkehren konnte. Er und Dallas übernahmen gemeinsam mit einem anderen Team eine Extranachtschicht in der Grube, weil er sich ein wenig Geld dazuverdienen wollte, doch dann stürzte das Dach ein und mit ihm seine Chance auf eine goldene Zukunft.

Sein ganzes Leben bestand aus Wünschen. In der ersten Hälfte hatte er alles bekommen, was er wollte. Hätte er härter dafür kämpfen müssen, hätte er vielleicht gelernt, nicht nach allem zu greifen, was sich ihm anbot.

29

Max krallte seine Finger in die Erde bei der Pfütze und versuchte das Loch zu vergrößern, denn seine Zunge war wieder trocken und die Pfütze nicht tief genug, dass er daraus trinken konnte. Dann ging er auf alle viere und fing wie ein Hund zu schlecken an.

»Man ist zu allem fähig, wenn man nur verzweifelt genug ist.«

Pav, du kennst dich aus, sagte Max in Gedanken zu ihm, während der Schlamm an seiner Zunge klebte und seine Zähne belegte. Andere Zeit, anderer Ort, und Max ekelte sich noch immer vor sich selbst.

Sie hatten in Pavs Garten gesessen, es sich auf den Gartenstühlen bequem gemacht, das Licht über dem See beobachtet und sich zu Philosophen getrunken. Max war gerade aus der Reha entlassen worden, Leanne und Hayden hatten ihn verlassen, er war in die Wohnung seiner Großmutter zurückgekehrt, hinkte, deprimiert und auf dem besten Weg, ein Alkoholiker zu werden. Und er versuchte Entschuldigungen für ein Verhalten zu finden, das der Musterschüler in ihm nie für möglich gehalten hätte.

»Reicht Verzweiflung als Entschuldigung?«, hatte Max zynisch gefragt.

Pav zuckte die Achseln. »Es ist eine Tatsache.«

Aber Max war nicht verzweifelt, sondern nur wütend gewesen.

Er schrie und tobte selten, nur manchmal verlor er die

Beherrschung. In ihm loderte ein Feuer, drohte sich auszubreiten und zischte, während glühende Kohlen ihn innerlich zu verbrennen drohten. Er wusste nicht, wie er dem widerstehen sollte – oder vielleicht wusste er es schon, wollte aber nicht darüber nachdenken. Wie auch immer, das trieb ihn an, ließ ihn rücksichtslos, unüberlegt und egozentrisch werden. Er hatte seine Frau betrogen, hatte einen Mann krankenhausreif geschlagen und sich selbst bemitleidet, während sein bester Freund neben ihm starb.

»Würdest du deine eigene Pisse trinken?«, fragte er Pav, weil er es leid war, an seine eigenen Missetaten zu denken.

»Wenn ich müsste.«

Schön, Pav, nur damit du es weißt – wenn man vor Durst stirbt, hat man auch keine Pisse mehr. Oder eine Tasse, in der man sie auffangen könnte. »Ich würde niemanden umbringen.«

»Und was würdest du machen, wenn dich jemand umbringen wollte?«

»Okay, dann würde ich aber nicht jeden umbringen.«

Pav schien das nicht zu überzeugen. »Das kannst du nicht wissen.«

Max erinnerte sich noch, wie er ihn über den Rand seines Whiskeyglases angesehen hatte. »Du könntest einen Mord begehen?«

»Ich weiß, wie man sich fühlt, wenn man verzweifelt ist.«

»Es zu tun, ist eine Sache. Damit zurechtzukommen, eine andere.«

Pav zuckte wieder die Achseln. »Ich habe Schlimmes getan und bin damit zurechtgekommen.«

»Ja, aber hast du mal jemanden umgebracht?«

Pav sah ihn lange schweigend an. Nicht, weil er versuchte, sich daran zu erinnern, ob er schon einmal jemanden ermordet hatte, so etwas vergaß man nicht. Sondern eher, weil er darüber nachdachte, wie er darauf antworten sollte. Vielleicht hatte er aber auch einfach nur zu viel Wodka getrunken, um eine Erklärung zu finden. Als er gerade tief Luft holte, erklang eine Stimme an der Tür.

»Pav«, sagte Trish ruhig, aber eindringlich. Pav sah auf und blickte dann wieder auf seinen Drink hinab. Sie hatte ihren Bademantel an, ihr kurzes rotes Haar stand vom Kopf ab, und ihre Augen wirkten verschlafen. Sie war schon im Bett gewesen und aufgestanden, um der philosophischen Sitzung ein Ende zu bereiten. Max überlegte, wie lange sie schon da gestanden hatte. »Du hast genug getrunken. Komm ins Bett.«

»In Ordnung, Trish. Ich komme gleich«, sagte Pav freundlich, wartete, bis sie die Tür hinter sich geschlossen hatte, und sah dann Max an. »Sie mag es nicht, wenn ich darüber rede, weil sie sich immer noch Sorgen macht, dass es uns bis hierher einholen könnte.«

Max war durch den Alkohol bereits ein wenig benebelt und brauchte ein paar Sekunden, um zu begreifen, was Pav damit meinte. »Was könnte euch denn bis hierher verfolgen?«

»Die Vergangenheit. Die Welt wird immer kleiner.« Er zuckte wieder die Achseln. »Trish macht sich Sorgen.« Er stand auf und schraubte die Flaschen mit Wodka und Bourbon zu. »Komm, du hast auch genug.«

Max schob sich aus dem Stuhl und stand unsicher auf, wollte aber noch nicht klein beigeben. »Was, warte. Hast du mal jemanden umgebracht?«

»Ich habe aus Verzweiflung eine Tat begangen. Aber das gehört der Vergangenheit an. Und da bleibt es auch.«

Max folgte ihm zur Tür. Während Pav mit den Flaschen in der Hand am Türriegel rumhantierte, fragte Max ihn freundlich: »Weiß Trish, was passiert ist?«

»Ja, aber sie würde uns umbringen, wenn du sie darauf ansprechen würdest.« Die Tür ging auf, doch statt hindurchzugehen, drehte Pav sich um und sah Max in die Augen. »Max, keine Fragen und kein Selbstmitleid mehr. Davon hattest du schon genug. Es ist an der Zeit, dass du mit dir selbst zurechtkommst.«

Max hob den Kopf aus der Pfütze, spuckte aus und versuchte nicht zu würgen. Er hatte versucht, Pavs Rat zu folgen, die Vergangenheit hinter sich zu lassen und so zu leben, wie er es Dallas versprochen hatte. Und er war Rennie begegnet. Er wusste nicht, was sie durchgemacht hatte, ahnte nur, dass die Vergangenheit unsichtbare Narben bei ihr hinterlassen hatte. Er war sich nicht sicher, ob er Liebe verdient hatte, aber er wollte sie wert sein. Man hatte sie verletzt, manipuliert, verängstigt, geschädigt, so viel hatte er verstanden. Sie hatte etwas Besseres verdient, und er wollte derjenige sein, der ihr das gab.

Also, was hatte er getan?

Er saß alleine in einem schwarzen Loch, war verletzt, verwirrt und hatte eine Gehirnerschütterung. Er konnte auf eine Erfolgsgeschichte zurückblicken. Alle Menschen um ihn wurden verletzt – er selbst wurde verletzt –, wenn er ohne nachzudenken etwas wollte.

Hatte er Rennie auch verletzt?

Hatte er mehr gewollt?

War es das?

Dieselbe Nervosität, die Rennie schon verspürt hatte, als sie mit Joanne sprach, prickelte jetzt wieder unter ihrer Haut. Sie hätte dem Detective am liebsten gesagt, er solle aufhören und endlich zur Sache kommen, doch sie wusste auch, dass sie ihn gewähren lassen musste. Wenn sie Max helfen wollte, musste sie sich noch einmal durch den Dreck ihres vergangenen Lebens wühlen. Dennoch versuchte sie es noch einmal auf einem Umweg. »Meine Akte hat nichts mit Max zu tun. Er hat nie von Katrina Hendelsen gehört.«

»Schauen wir mal.« Er las weiter aus der Akte vor, als hätte sie nichts gesagt. »Da wären noch Widerstand gegen die Staatsgewalt, Kraftfahrzeugdiebstahl, Anzeige wegen Landstreicherei, Mietschulden. Und illegaler Besitz einer Feuerwaffe sowie illegale Nutzung einer Feuerwaffe, Körperverletzung mit folgender, vom Gericht verordneter Gesprächstherapie.« Er sah auf. »Ziemlich harter Tobak, Renée. Normalerweise erhalten wir solche Informationen lieber zu Anfang einer Ermittlung. Und es wäre besser gewesen, wenn Sie uns selbst darauf aufmerksam gemacht hätten.«

Wenn er nur das anzumerken hatte, war es ja nicht so schlimm. Reue bekam sie hin. »Tut mir leid, dass ich es Ihnen nicht gleich erzählt habe, ich wollte Sie nicht in die Irre führen. Ich dachte einfach nicht, dass es was mit Max' Verschwinden zu tun haben könnte. Das glaube ich immer noch nicht. Ich mache mir Sorgen wegen meines Vaters.«

»Das habe ich gehört.« Er lehnte sich auf seinem Stuhl zurück und verschränkte die Arme. »Wollen Sie mir nicht davon erzählen?«

Sie lieferte ihm die gekürzte Fassung: Luftwaffe, Enttäuschungen, Hetzjagden, Mord, versuchter Mord, der Schwur, sie zu finden. »Anthony Hendelsen ist ein einfallsreicher, gewalttätiger Mann. Er wurde entlassen, also besteht die Möglichkeit, dass er für das verantwortlich ist, was Max zugestoßen ist.«

Er nickte. »Seit wann wissen Sie von seiner Entlassung?«

»Seit heute Morgen, als Evan anrief.«

»Aber Sie haben Evan bereits gestern Abend angerufen, um herauszufinden, wo Ihr Vater ist.«

»Nachdem mein Wagen durchsucht wurde, habe ich angefangen, mich zu wundern. So etwas würde zu meinem Vater passen. Außerdem war da noch der Mann, der gestern vor dem Café Fotos gemacht hat. Und natürlich das Blut.«

»Und vorher haben Sie nicht gewusst, dass Ihr Vater entlassen wurde?«

»Nein.«

»Der Bewährungshelfer hat Sie nicht informiert?«

»Nein.«

Er sah sie an, ließ sich Zeit. Sie wusste, dass das ein Trick war, um mehr aus ihr herauszuquetschen. Sie hätte es besser wissen sollen, doch ihre Verteidigungshaltung machte gerade Überstunden, also tappte sie in die Falle. »Ich kann mir das nicht erklären. Im Opferregister ist unser Anwalt als Stellvertreter der Familie registriert. Er weiß, wie mein Vater ist. Ich weiß nicht, ob man ihn nicht kontaktierte oder ob er die Sache nicht weiterverfolgt hat.«

»Sie sagten unser Anwalt?«

»Ja.«

»Sie meinen der Anwalt von Ihnen und Ihrer Schwester Joanne Hendelsen?«

Sie zögerte skeptisch. »Ja.«

»Hat sie ihren Namen auch geändert?«

»Ja.«

»Und wie heißt sie jetzt?« Er sagte das grinsend, als wäre es ein Kinderspiel, einen neuen Namen anzunehmen.

Sie hätte ihren Mund halten sollen. »Simone Carter.«

Er tippte ihn ein. »Wohnt sie in der Nähe?«

»Nein.«

»Wo ist sie dann?«

Rennie zögerte. »Weiter oben an der Küste.«

»Queensland?«

Sie sah sein freundliches Lächeln und versuchte herauszufinden, worauf er hinauswollte. Vermutlich setzte er sein kumpelhaftes Polizistengetue sowohl bei Opfern als auch bei schlimmen Jungs ein – was auf die einen beruhigend wirken sollte, vermittelte den anderen ein falsches Gefühl von Sicherheit. Das Problem war, dass sie nicht wusste, in welche Kategorie er sie gesteckt hatte und ob er tatsächlich ein Interesse an der anderen Hendelsen-Tochter hatte. »Ich weiß nicht genau. Sie zieht viel umher.«

»Haben Sie ihre Nummer?«

»Sie hat nichts damit zu tun.«

»Ich hätte die Nummer trotzdem gerne, Renée.«

Die Härte in seiner Stimme verursachte ihr Herzklopfen. Ihr Instinkt riet ihr zu schweigen und ihre Schwester rauszuhalten, doch heute Morgen war Detective Duncan noch davon ausgegangen, dass Max seinen eigenen Schlüssel benutzt und den Wagen aufgesperrt hatte, um das Handschuhfach zu durchsuchen. Er hatte außerdem angedeutet, dass Max sich versteckte und gar nicht vermisst würde. Man hatte ihm gesagt, dass der MineLease Geld fehle, und jetzt stellte sich auch noch heraus, dass Max' Freundin nicht ganz ehrlich gewesen war, dass sie eine Schwester hatte und ein langes Vorstrafenregister aufwies.

Sie atmete durch und versuchte die aufsteigende Angst zu unterdrücken. Wenn er dachte, Jo könnte für die Ermittlungen irgendwie von Bedeutung sein, war er auf dem Holzweg. Wenn sie ihm seine Fragen nicht beantwortete, zog er vielleicht den voreiligen Schluss, dass sie aufgrund ihrer Vorstrafen verdächtig war? Dass Rennie und Jo irgendwie daran beteiligt waren?

»Hören Sie, Detective Duncan, meine Schwester und ich haben gegen das Gesetz verstoßen, das will ich gar nicht bestreiten, aber wir sind keine Kriminellen. Wir haben uns in den vergangenen sechs Jahren nichts zu Schulden kommen lassen. Sehen Sie selbst nach. Wir wollen einfach nur, so lange es geht, wie ganz normale Menschen leben.«

»Es kann teuer sein, wie ganz normale Menschen zu leben.«

Er lächelte nicht mehr, und Rennie wurde immer unruhiger. Sie sollte Max helfen, stattdessen steckten jetzt drei Menschen in Schwierigkeiten. Wurde alles nur schlimmer, wenn sie versuchte es noch einmal zu erklären? Wenn sie Duncan nicht von ihrem Vater überzeugen konnte, konnte alles noch viel schlimmer werden. »Okay, ich bin ja nicht blöd. Ich weiß genau, worauf Sie hinauswollen, aber Sie folgen der falschen Spur. Ich habe keine Ahnung, was mit dem Geld ist, von dem James gesprochen hat. Ich weiß nur, dass mein Vater da draußen ist und Sie nach ihm suchen sollten.«

»Ich finde, wir sollten eines kurz bedenken, Renée. Max ist am Samstagabend nicht nach Hause gekommen. Inzwischen ist es Montagmittag – sagen wir eineinhalb Tage später –, und Sie erzählen mir erst jetzt von Ihrem Vater, einem gewalttätigen Exknacki, der seit fünf Monaten auf freiem Fuß ist. Ich frage mich, warum Sie so lange gebraucht haben?«

»Ich habe nicht gewusst, dass er entlassen wurde.«

»Ich weiß nicht, ob ich Ihnen glauben soll.«

Sie antwortete nicht, war sich nicht sicher, was er ihr vorwarf, und fürchtete, dass sie es nur noch schlimmer machte.

Er sah sie lange an. Vermutlich wartete er, wog ab, vielleicht versuchte er auch herauszufinden, was genau gespielt wurde. Als er schließlich wieder zu reden begann, lächelte er nicht.

»Betrug ist ein ernstes Vergehen, Renée.« Er beugte sich zu ihr vor und sah sie mitleidig an. »Ich weiß, Sie wissen, dass Sie in Schwierigkeiten stecken. Das macht es schwerer, wenn jemand, den Sie lieben, etwas Falsches getan hat. Man will die Person beschützen, sie raushalten. Wie ich es auch drehe und wende, es ist schwierig. Die Sache ist so.« Er legte seine

Hände mit den Handflächen nach oben auf den Tisch. »Ich weiß nicht genau, was hier gespielt wird. Ich nehme zwar an, dass Sie tatsächlich nichts von dem Geld wissen und jetzt auf dem rechten Weg sind, aber vielleicht wollen Sie, dass Max zur Besinnung kommt und das Geld zurückgibt. Ich könnte sogar verstehen, dass Sie ihm ein wenig Zeit verschaffen und die Ermittlungen in die Irre führen wollten. Vielleicht haben Sie ja mit ihm gesprochen, vielleicht auch nicht. Ich weiß es nicht. Wie dem auch sei, das macht Sie zur Komplizin, Renée. Und für jemanden mit einem Vorstrafenregister, wie Sie es haben, sieht es nicht besonders rosig aus, wenn er einen Kriminellen schützt.«

Jetzt wurde ihr alles schlagartig klar. Für ihn war die Geschichte mit ihrem Vater Schwachsinn. Verdammt. Sie stand auf. Verdammt noch mal!

Er folgte ihr. »Sie müssen an sich denken.«

»Nein.« Zum ersten Mal in ihrem verkorksten Leben durfte sie nicht an sich denken. »Ich muss Max finden.« Sie hob ihre Tasche vom Boden, drehte sich um und wollte gehen.

»Renée, noch ist es nicht zu spät.«

Sie sah ihn einen Moment lang an. »Sie sind so auf dem Holzweg, dass Sie gleich Urlaub nehmen könnten.«

»Ich brauche noch die Telefonnummer Ihrer Schwester.«

»Suchen Sie sie doch.«

30

Hayden saß im Nebenraum und sprach immer noch mit dem tätowierten Polizisten. Sie hatten sich beide an den Schreibtisch auf die Seite für Besucher gesetzt und eine Dose Cola vor sich auf dem Tisch. Sie hoben die Köpfe, als Rennie die Tür aufstieß.

»Hayden, wir gehen.«

Er sah den Polizisten an, als wäre er sein neuer bester Freund.

Vielleicht sollte sie ihn dalassen. Hier stünde er niemandem im Weg und wäre in Sicherheit, unabhängig davon, was die Polizei jetzt von ihr hielt. »Du kannst bleiben, wenn du willst, ich fahre jetzt.«

Er ließ die Schultern hängen und erhob sich, als hätte sie ihm befohlen, sich zu beeilen, weil es sonst kein Eis gäbe. Vielleicht wollte er nicht so aussehen, als fürchte er den coolen Cop, oder vielleicht war er noch zu sehr Kind und wagte nicht, offen gegen eine elterliche Anweisung zu protestieren. Als er ihr folgte, fragte sie sich, ob sie ihm überhaupt Anweisungen geben durfte. Sie hatte jahrelang für ihre eigene Sicherheit gesorgt, doch hier ging es um Max' Sohn; sie war sich nicht sicher, ob sie sich auch für ihn verantwortlich fühlen wollte.

Sie setzten sich ins Auto, Rennie fädelte schnell in den Verkehr ein und fuhr statt auf die Schnellstraße direkt zum See, um sich vom Polizeirevier zu entfernen, bevor sie Jo anrief.

»Wonach hat dich der Cop gefragt?«

»Nach Dad.« Das war sarkastisch, aber keine Antwort.

Sie biss die Zähne zusammen aus Ärger über das alberne Getue.

»Was hat er dich gefragt?«

»Ziemlich viel.«

Sie sah ihn wütend an.

»Wie oft ich bei ihm bin, was Dad macht, wenn ich da bin, wie er sich mit Mom versteht, wo ich zur Schule gehe. So Zeug halt.«

Hayden ging auf eine Privatschule, die der Zahnarzt, Leannes neuer Ehemann, bezahlte. Rennie wusste, dass das Max das Gefühl vermittelte, nicht selbst für seinen Sohn sorgen zu können. Sie fragte sich, ob Hayden das auch wusste – und ob der Polizist das vielleicht so auslegte, dass er Geld brauchte. »Hat er sich nach mir erkundigt?«

»Ja.«

»Und was hast du gesagt?« Sie sah, dass er die Achseln zuckte. »Hey, es ist kein Geheimnis, dass du mich nicht magst. Es ist mir egal, was du gesagt hast. Ich will nur wissen, wie sie arbeiten.«

Er verschränkte abwehrend die Arme vor der Brust. »Ich habe gesagt, dass du ständig Schiss hast.«

Das war wohl kaum ein Verbrechen. »War das alles?«

»Ich habe gesagt, dass du guten French Toast machst«, murmelte er.

Sie hob eine Augenbraue. »Du magst meine French Toasts?«

»Die sind okay.«

Ein kleines Lächeln huschte über ihre Lippen. Mal sehen, was Detective Duncan und der coole Cop damit anfangen. Sie hielt am Uferpark in Toronto direkt am Wasser. Auf der anderen Straßenseite war ein Café, das bei dem schönen Wetter ein gutes Geschäft machte. Die Leute saßen unter Sonnensegeln und aßen zu Mittag oder tranken Kaffee. »Ich muss jemanden anrufen. Du bleibst hier«, sagte sie zu Hayden.

Sie stellte sich hinter das Auto, blinzelte ins grelle Sonnenlicht und beobachtete den Verkehr, während sie wartete, dass Joanne ans Telefon ging.

»Katrina.«

»Ja. Ich rufe an, weil ich dich warnen muss. Die Bullen haben deinen Namen.«

»Was zum Teufel …«

»Tut mir leid, es ist meine Schuld. Ich hätte meinen Mund halten sollen, aber ich mache mir Sorgen um Max.«

»Was genau hast du gesagt?«

»Das spielt jetzt keine Rolle. Der Detective hat meinen Namen von Evan erfahren und nach Katrina Hendelsen gesucht, da ist die ganze Kacke rausgekommen. Er denkt, dass Max mit dem Geld abgehauen ist und ich auch irgendwie darin verwickelt bin oder ihn schütze – na klar, weil ich vorbestraft und nicht vertrauenswürdig bin.«

»Renée?«

Sie zuckte zusammen. Hayden stand am Bordsteinrand und sah sie über die Ladefläche des Trucks an. Konnte er nicht einmal tun, was man ihm sagte?

»Darf ich mir was zu essen holen?« Er zeigte mit dem Daumen zur Imbissbude auf der anderen Straßenseite.

Sie sah die Straße entlang. »Ja, okay, aber beeil dich.«

»Kannst du mir Geld geben?«

Er ist ein Kind, sagte sie sich. Kinder brauchen Geld. Sie holte ihre Tasche vom Rücksitz, nahm ein paar Scheine heraus und reichte sie ihm über den Wagen. »Bring mir einen Cappuccino mit.«

Sie brauchte was zu essen, hatte aber Bedürfnis nach Koffein. Als er die Straße überquerte, rief sie ihm hinterher: »Und sieh zu, dass du einen Deckel kriegst.«

Er verdrehte die Augen.

»Wer ist bei dir?«, fragte Joanne.

»Hayden, Max' Sohn.«

»Verdammt.« Das klang nach Verzweiflung, nicht nach Kritik. »Und was sagt die Polizei zu Anthony?«

»Der Detective hält das für Blödsinn. Er glaubt, dass ich nur versuche, die Ermittlungen zu erschweren, um Max Zeit zu verschaffen, damit er alles klären kann. Er sagte, dafür könne man mir Mittäterschaft vorwerfen, egal, was Max getan habe.«

»Kat, du musst verschwinden. Ich habe ein Auto, wir können uns auf halber Strecke treffen. Wir könnten wieder Richtung Norden, aber diesmal weit nach Norden fahren. Du darfst dich da nicht reinziehen lassen.«

Das hatte sie bereits, trotzdem hatte Jo vielleicht recht. Vielleicht machte sie alles nur schlimmer für Max, wenn sie blieb. Solange sie hier war, ermittelte Detective Duncan in die falsche Richtung. Ging alte Vorstrafenregister durch oder zog falsche Schlüsse. Aber würde ihm tatsächlich klar, dass er falschlag, wenn sie ginge, oder würde er nur denken, dass sie sich versteckte? Herrgott, wenn sie ging, würde sie niemals erfahren, was mit Max geschehen war. Doch das musste sie, egal wie es ausging, sonst waren die vergangenen vier Jahre umsonst gewesen. »Ich kann nicht. Zuerst muss ich Max finden.«

»Verdammt, Kat. Sollte es tatsächlich Anthony sein, ist er wegen dir da.«

»Ich weiß.«

»Kat ...«

»Ich weiß, Jo. Wenn es tatsächlich Anthony ist, wird er so lange keine Ruhe geben, bis er sich für die Schüsse an mir gerächt hat. Aber diesmal ist es anders. Ich habe Gepäck, das ich nicht zurücklassen kann. Ich muss wissen, was mit Max passiert ist, und selbst wenn Anthony mich sucht, gehe ich das Risiko ein.«

»Nein. So funktioniert das nicht bei uns, Katrina. Wenn du ihn erst einmal zu nah an dich heranlässt, hast du keine Chance mehr.«

»Hier geht es nicht mehr um das Uns, ich führe jetzt ein anderes Leben und muss andere Entscheidungen treffen. Ich will nicht mehr einfach nur überleben. Ich bleibe.«

Schweigen. Rennie stellte sich vor, wie ihre Schwester die Faust ballte und wütend mit Worten um sich schlug, doch dann war ihre Stimme ruhig, und sie sagte sachlich: »Okay, alles klar. Wenn du alles wegwerfen willst, wofür wir gekämpft haben, nur weil ein Arschloch dir Liebe und Zuwendung versprochen hat, um sich dann als möglicher Lügner und Betrüger zu entpuppen, bist du auch nicht besser als der Rest der Familie.«

Rennie hielt das Handy noch lange ans Ohr, nachdem Jo einfach aufgelegt hatte, es hatte ihr die Sprache verschlagen. War sie genauso verrückt wie ihre Eltern? Deren Blut floss in ihren Adern und enthielt etwas, das sie dazu brachte, sich an etwas zu klammern, das sie besser loslassen sollte. War es so?

»Wann fahren wir?«

Als Rennie sich umsah, stand Hayden neben ihr und hielt ein Papptablett mit Essen in der Hand, doch sie registrierte seine schokoladenbraunen Augen, das lockige Haar und die vollen Lippen – und für einen kurzen Moment dachte sie, Max stünde vor ihr. Es war wie ein Schlag ins Gesicht, als sie sich der Ähnlichkeit bewusst wurde.

»Was ist?«, fragte er argwöhnisch.

»Nichts. Es ist gar … nichts.«

»Was?« Er wirkte blass, die Getränke auf dem Tablett rutschten seitwärts.

»Du erinnerst mich nur sehr an Max. Das hat mir … ein bisschen Angst eingejagt. Mehr nicht.«

Er sah sie einen Augenblick an und schien zu überlegen, ob sie die Wahrheit sagte. »Ich sehe wie Dad aus?«

»Ja. Du hast die gleichen Augen und den gleichen Mund.«

Er lächelte kurz – vor Freude und Trauer. Sie konnte beides nachempfinden und wünschte sich, sie hätte ihm sagen können, dass alles wieder gut würde. Sie nahm den Kaffee vom Tablett, er hielt ihr die heißen Pommes hin. »Willst du eine?«

Fettiges Essen war das Letzte, was ihr gestresster Magen jetzt gebrauchen konnte, doch sie begriff das Friedensangebot. »Danke.« Sie zog ein Pommes mit Sauce heraus, biss davon ab und verzog das Gesicht. »Mit Essig? Mann, du bist wirklich wie dein Vater.«

»Nur so schmecken sie.«

»Soll das ein Witz sein? Das sind heiße Pommes, die sollten knusprig sein und nicht so schlabberig in Sauce ertrinken.«

»Ich nehme an, du magst sie nur gesalzen.« Er lief vorne um den Wagen herum, doch sein Du-blöde-Tussi-Ton wurde durch das Grinsen gemildert.

»So wie sie von Gott geschaffen wurden.«

»Ja, genau. So wie Gott heiße Pommes macht.«

»Steig ein.«

Sie trank einen Schluck Kaffee und schnallte sich schnell an, während der Duft von dampfenden, fettigen Pommes und Essig ihr um die Nase wehte. Er steckte sich abwechselnd Kartoffelstückchen in den Mund und leckte sich die Finger ab. Sie fuhr los und versuchte seine schmatzenden Geräusche zu ignorieren, war verwirrt und nervös. Rennie und ihre Schwester waren ihr ganzes Leben lang eng verbunden gewesen. In ihrem ganzen vierunddreißigjährigen Leben war Joanne immer ein jähzorniger und ruppiger Mensch gewesen, doch sie hatte stets auf ihre bedingungslose Unterstützung zählen können. Die Beziehung zu ihr war das einzig Anständige, das ihre Familie hervorgebracht hatte. Doch jetzt hatte Jo sie einfach vor den Kopf gestoßen und die Leinen gekappt.

Rennie, du bist jetzt allein. Niemand nimmt dich mit, niemand hält dir den Rücken frei, niemand holt dich jetzt raus.

Und sie hatte keine Ahnung, wo sie nach Max suchen sollte. Sie sah auf die Straße, fuhr ziellos vertraute Straßen entlang, während sie angestrengt überlegte, welche Möglichkeiten ihr noch blieben. Anthony Hendelsen oder Lügen und Betrug.

Wenn tatsächlich ihr Vater in Frage kam, konnte Max überall sein. Vielleicht hatte Anthony Max aufgelauert, ihn aus Haven Bay weggeschafft und ihn dann irgendwo abgeladen – tot oder lebendig. Vielleicht hatte er Max gefesselt und eingesperrt, um seine Tochter anzulocken. Oder vielleicht war alles auch ganz anders, es hatte eine Schlägerei gegeben, woran sie zuvor schon einmal gedacht hatte. Vielleicht musste Anthony Max schnell vom Parkplatz schaffen und hatte ihn irgendwo in der Nähe abgeladen, wo man ihn nicht finden konnte. Und jetzt irrte Max umher, schaffte es vielleicht bis zu einer Stelle, die er kannte, kam aber nicht weiter.

»Was machen wir hier?«, fragte Hayden.

Rennie sah zum Haupteingang der MineLease. Sie war ganz automatisch einfach hingefahren. Manchmal war sie nach ihrer Schicht zu Max gefahren, sie hatten dann unten am See in ihrem Lieblingscafé zu Mittag gegessen oder sich in den Park gesetzt. Haydens Pommes mit Essig erinnerten sie an den Geschmack von Max' Lippen, wenn er sie zum Abschied küsste.

In der Firma fehlte Geld. James verdächtigte Max. Rennie wusste nicht genau, ob sie ihm einfach nicht glaubte oder es nicht glauben wollte – doch wenn sie schon blieb, um Max zu finden, musste sie überall nachsehen. »Vielleicht sollten wir noch mal nachsehen, wo wir schon mal hier sind.«

»Hier ist er nicht, hat Onkel James doch gesagt.«

»Das stimmt, aber vielleicht finden wir ja was anderes, das uns weiterhilft.«

31

Max, du musst dich nicht hetzen. Du kannst dir Zeit lassen, das hatte der Psychologe ihm immer wieder gesagt. Doch jetzt war seine Zeit begrenzt. Auf sein Leben. Er würde an Dehydrierung sterben, wenn ihn nicht irgendwas vorher umbrachte. Wenn er hierblieb und weiter an dem Rinnsal an der Wand leckte, würde er mit benetzter Zunge vor Durst sterben.

Er hatte noch immer Kopfschmerzen, war aber nicht mehr so benommen, also rappelte er sich auf, wartete, bis sein Kopf einigermaßen klar war, und kroch weiter. Nicht mehr auf allen vieren, er musste keinen Paragraphen aus einem Überlebenshandbuch beachten, er musste nur vorankriechen. Hätte er seinen Abschluss gemacht, dann könnte er vielleicht anhand einer Gleichung ausrechnen, wie lange er ohne Wasser überleben würde, während er den Ausgang aus einem pechschwarzen Labyrinth suchte.

Vielleicht hätte James es gewusst. Er kannte sich mit Zahlen aus. Wenn Max es rausschaffte, wollte er ihn fragen. *Wenn.* Als er James gebeten hatte, mit ihm in das Geschäft einzusteigen, war das eine der wenigen guten Entscheidungen in seinem Leben gewesen, es war für beide eine Chance.

Als die Gelder der Versicherung kamen, war Max erstaunt, wie schnell die Firmenidee Form annahm. Max war zwar kein Ingenieur, aber er hatte Ahnung von Bergbau und Grubengerät, außerdem hatte er schon früher, als es ihm noch gut ging, vorgehabt, sich selbstständig zu machen. James war zu dem Zeitpunkt noch nie in einer Mine gewesen, dafür kannte er sich mit Finanzplänen, Bilanzen und Gewinn- und Verlustrechnungen aus. Er hasste seinen Job in Sydney, also dachte Max, er könnte James mit seinem Angebot auch irgendwie dafür entschädigen, dass er das Haus seiner Großmutter behalten hatte.

James hörte sich wie immer mit undurchdringlichem Gesichtsausdruck seinen Plan an, bat um eineinhalb Wochen Bedenkzeit, telefonierte ein wenig herum, entwarf Kostenvoranschläge und sagte dann zu. Nur bei Naomi war er sich nicht sicher. Max wusste, wie einsam Leanne sich in Haven Bay gefühlt hatte, und wollte nicht, dass es für Naomi auch so endete. Es sollte sich für alle Beteiligten lohnen. Doch um Naomi musste er sich keine Sorgen machen. Sie war am anderen Ufer des Sees aufgewachsen, das dichter besiedelt und wo das Leben etwas hektischer war. Dennoch war es der See, und sie kehrte gerne in die Nähe ihrer Familie zurück.

Max hielt an, lehnte sich an die Wand und schnaufte. Er wollte sich nur kurz ausruhen, war aber benommen, ihm war übel, und die Wunde an seiner Schläfe pochte, sodass er auf den Boden rutschte. Eine Gehirnerschütterung war fies.

»Du Schwein«, sagte James grinsend in Max' Gedanken.

»Du Verlierer«, sagte Max in die Dunkelheit.

Max hatte James vermisst, als der nach Sydney ging. Bis zu dem Moment hatten sie ihr ganzes Leben zusammen verbracht – alles, bis auf die ersten beiden Stunden nach Max Geburt. Ihre Mütter waren Schwestern und beide zur selben Zeit schwanger, die Geburtstermine lagen aber zwei Wochen auseinander. Doch Max kam etwas früher und James einen Tag zu spät. Es kursierte ein Witz in der Familie, nach dem die DNA-Götter ins Schleudern kamen, als die Thompson-Mädchen in derselben Nacht entbanden. James und Max hatten beide dunkle Haare und Augen, aber James war groß und robust und hatte einen athletischen Körper, dafür aber null Koordination oder Interesse am Sport. Max hingegen kämpfte laufend mit seinem Untergewicht, kam nur knapp an einen Meter achtzig heran und war vor dem Minenunglück in der Lage, ein Fußballspiel zu entscheiden und die meisten Segler auf dem See abzuhängen.

Doch beide hatten den Kampfgeist der Familie geerbt. Max gewann gerne beim Sport, James hingegen zeigte gerne, wie schlau er war. Das ärgerte zwar viele, doch Max wusste, warum das so war – James war ein großer, kräftiger Tollpatsch; er musste sich auf diese Weise behaupten.

Doch in der Schule kam das nicht so gut an, also musste meistens Max alles regeln. Er gehörte zu den meisten Cliquen in der Schule: den Sportlern, der coolen Gruppe, den schlauen Kids, den Theater- und Musicalfreaks. Für die Grunges war er zwar zu fröhlich, aber sie belästigten James trotzdem nie. Ein oder zwei Mal geriet sich Max mit jemandem in die Haare, weil er seinen Cousin verteidigte, doch meistens genügten ein paar Worte und allgemeines Gelächter, um die Muskelprotze zu beruhigen, dass nicht sie das Ziel von James' Spott gewesen waren.

Erst Jahre später, als Max bereits verheiratet war und das Feuer in ihm schwelte, wurde es nervig, James zu verteidigen.

»Wie blöd bist du eigentlich?«

James hatte so laut gesprochen, dass es alle an der Bar hörten. Max wusste nicht, worum es ging, er sah nur die Silhouette desjenigen, an den es gerichtet war: groß, stark, die Visage eines Raufboldes. Da ging es aber noch nicht los, sondern erst zwanzig Minuten später, nachdem der Typ eine Weile im eigenen Saft geschmort und ein paar Freunde zusammengetrommelt hatte. Es gab Geschrei und Gedränge, und der erste Faustschlag traf. Wie immer verteidigte James sich nicht. Er entschuldigte sich aber auch nicht und wich keinen Zentimeter zurück. Dann wurde er zu Boden gestoßen. Max blieb aber nicht etwa stehen, um ihm aufzuhelfen. Sein Beschützerinstinkt erwachte und entzündete sich an der Wut, die er im Bauch hatte. Er stürzte sich ins Gefecht.

Und seine Freunde mit ihm. Die Kumpels, mit denen er trinken ging, beteiligten sich vor allem, um der Sache ein Ende zu bereiten. Doch dann nahm Max die Sache in die Hand, indem er das beleidigte Arschloch über einen Tisch hinweg durch eine Glasscheibe warf. Die Polizei wurde gerufen, der Anführer wurde mit hundertzwanzig Stichen genäht, und beide wurden wegen Körperverletzung angezeigt. Da Max nicht vorbestraft war, kam er mit einer Bewährungsstrafe davon. Die Fingerabdrücke des anderen Kerls passten hingegen zu einer ganzen Serie von Raubüberfällen, also bekam er fünf Jahre.

Die Häuser in Toronto waren vermutlich sicherer, wenn er hinter Gittern saß, doch die Familie des Arschlochs schob Max die Schuld dafür in die Schuhe, dass er einsitzen musste und nicht für seine kleinen Kinder und seine schwangere Freundin da sein konnte. Leanne warf ihm zudem ständig vor, dass er ihren Ruf ruiniert hätte, und James lief mit einem blauen Auge und geschwollenem Kiefer herum und sagte zu Max noch, er habe ihn nicht um diese Schlägerei gebeten.

»Du bist ein verdammte Loser«, sagte Max sich im Dunkeln, er schämte sich noch immer für den Ausraster von damals.

Er berührte das geronnene, trockene Blut auf seinem Gesicht und fragte sich laut: »Max, was hast du diesmal angestellt?«

Hayden schlurfte zum Eingang des Gebäudes, in dem das Büro der MineLease war. Offenbar tat er so seinen Widerwillen kund, aber immerhin war es besser als sein übliches Fluchen und Schimpfen.

Das Büro der MineLease befand sich in einem kleinen Cottage, das einst ein bescheidenes Heim gewesen und nun zu einem Arbeitsplatz für mehrere Unternehmen umfunktioniert worden war, die alle in ähnlichen Branchen arbeiteten. Es war Eigentum einer Beratungsfirma für Bergbau, die Büros an Firmen vermietete, die sich auf Grubensicherheit und wie die von Max und James auf die Vermietung von Minengerät spezialisiert hatten. Entlang eines zentralen Flurs befanden sich zu beiden Seiten Räume, in denen kleine Büros und Lager untergebracht waren. Außerdem gab es ein großes gemeinsames Besprechungszimmer, das nach hinten hinausging, der Hof diente als Parkplatz. Rennie blieb im Eingangsbereich, einer ehemaligen Glasveranda, stehen. Dort saß Amanda, die die Büros koordinierte und für alle die Verwaltung machte.

»Amanda, hi.«

Amanda zuckte zusammen, als sie Rennies Stimme hörte, und schlug ihre Hand vor den Mund. »O Gott, Rennie. James hat erzählt, dass ihr ihn noch immer nicht gefunden habt. Ach«, ihr Blick fiel auf den Teenager, den Rennie im Schlepptau hatte. »Hayden. Wie geht's dir, Kumpel?«

Er antwortete mit einem Achselzucken. Amanda sah Rennie mitfühlend an. »Gibt es was Neues?«

»Nein. Ich würde gerne einen Blick in sein Büro werfen und schauen... Ich weiß auch nicht genau nach was, nach irgendwas, das einen Sinn ergeben könnte.«

Amanda kam um den Schreibtisch herum und sagte dann: »James hat gesagt, dass er schon gestern alles durchgesehen, aber nichts gefunden hat.«

»Ich mache das nur, um es endgültig abzuhaken. War James schon bei der Polizei?« Sie wollte nicht, dass er ihr über die Schulter schaute.

Amanda zuckte die Achseln. »Ich weiß nicht, wo er hingegangen ist. Er war vor ein paar Stunden da, ist dann aber wieder gegangen. Soll ich ihn anrufen?«

Vielleicht brauchte er nach nichts zu suchen, weil er den Finanzstatus bereits gedruckt, alles zusammengetragen und nach seinem Streit mit Max am Freitag bereits für die Polizei vorbereitet hatte. Oder vielleicht fuhr er noch herum und suchte nach ihm. »Nein, ich muss nicht mit ihm reden. Ich seh mich nur kurz in Max' Büro um.«

Amanda lächelte Hayden zu. »Hey, ich habe Muffins gekauft. Sie sind in der Küche. Willst du einen?« Das klang wie ein Trick, um ihn zu beschäftigten. Rennie war ihr dankbar dafür – sie kam besser klar, wenn sie alleine war –, aber er hatte doch eben erst Pommes gegessen und einen Milchshake getrunken.

»Die kleinen mit dem Zuckerguss?«, fragte er.

»Jawohl.«

»Klar. Kann ich mir an der Maschine eine heiße Schokolade rauslassen?«

»Wenn du willst. Dann mach mir auch gleich einen Tee, wenn du schon mal dabei bist, okay?«

Er zeigte mit dem Finger auf sie und zwinkerte ihr zu. »Milch und ein Stück Zucker, stimmt's?«

»Ja, danke.«

Rennie hob erstaunt die Augenbrauen – wollte er sich einen Proviant mitnehmen, und seit wann machte er für irgendwen außer sich selbst Getränke? Als Hayden im Flur verschwand, sagte Rennie: »Er hat gerade erst was gegessen.«

»Er ist vierzehn.« Amanda hatte zwei Jungs auf der Highschool, schien also alles über die Essgewohnheiten von Jugendlichen zu wissen, dachte Rennie. Und wahrscheinlich war sie auch besser als irgendwer sonst über die drei Firmen hier drinnen informiert.

»Wie war Max letzte Woche?«

»Er wirkte … okay.«

»Aber?«

»Es ist nicht mein Job, irgendwas dazu zu sagen.«

»Klar, das verstehe ich, aber Max wird vermisst.«

Sie knetete ihre Hände. »Wir sind in einem alten Haus, da sind die Wände dünn, man hört alles durch. Ich habe nicht gelauscht, aber wenn ich an meinem Schreibtisch sitze, höre ich eben alles, weißt du.«

»Klar.«

»Gut«, sie zögerte ein wenig. »Irgendwas muss bereits vorher zwischen James und Max vorgefallen sein. Montagnachmittag, denke ich. Einer von beiden hat vorher die Tür zugemacht, ich habe sie aber trotzdem gehört. Keine richtigen Worte, nur wütende, laute Stimmen. Es dauerte ewig. Sie haben nicht die ganze Zeit geschrien, aber die Auseinandersetzung war ganz offensichtlich ernst. Als Gerard an dem Tag ging, kam er an meinem Schreibtisch vorbei und verzog das Gesicht.«

Naomi hatte von einem Streit am Freitag gesprochen, und James hatte das nicht dementiert. »War am Freitag noch irgendwas los?«

»Das weiß ich nicht. Ich hatte den halben Tag frei und bin gegen Mittag nach Hause gegangen.«

»Du sagtest die ganze Woche. Was ist denn noch passiert?«

»Es haben noch mehr Besprechungen hinter verschlossener Tür stattgefunden, beide wirkten ziemlich angespannt. Vor allem James. Ich meine, er kann launisch und unausgeglichen sein, wenn er will, aber das war es nicht. Er bemühte sich eher um Normalität, lächelte und so, aber darunter schien er zu kochen. Max hingegen, na ja, der ist eigentlich immer cool, wie du weißt, aber selbst er wirkte gestresst.«

Erinnerungen schossen Rennie durch den Kopf. Sie hatte vor der Party mit Max geschlafen, der Heiratsantrag, der

Streit danach, Max' bissige Worte, als sie das letzte Mal miteinander gesprochen hatten. Dann dachte sie an Anfang letzter Woche zurück. Sie hatte jeden Abend in ihrem Atelier gemalt und versucht, die Auftragsarbeit fertig zu machen. Mindestens drei Mal lag er schon im Bett und schlief, als sie reinkam. An einem Abend, es musste Mittwoch gewesen sein, hatte er etwas mit Pav getrunken. Einmal, wahrscheinlich am Donnerstag in den frühen Morgenstunden, hatte er die Lichter im Wohnzimmer angemacht und war durchs Haus gestreift. Das machte er immer, wenn ihn seine Albträume weckten. Wenn er keuchend aufwachte, wurde sie normalerweise auch wach, lief schlaftrunken ins Badezimmer und machte ihm dann manchmal eine Tasse Tee, bevor sie wieder ins Bett ging; ab und zu umarmte sie ihn auch und versuchte ihn mit der Wärme und dem Rhythmus ihres Körpers zu beruhigen. Doch sie konnte sich nicht daran erinnern, dass sie letzte Woche aufgestanden war, sie hatte nur seine ruhelosen Schritte gehört. War sie zu müde gewesen und hatte den Albtraum verschlafen, oder hatte etwas anderes ihn dazu veranlasst aufzustehen und herumzuschleichen?

»Gab es bei der Arbeit Probleme?« Vielleicht war vor dem Streit am Freitag noch etwas anderes vorgefallen.

Amanda zuckte schnell die Achseln. »Nichts, was auf meinem Tisch gelandet wäre. Aber beide gingen nach dem Streit im Büro ständig ein und aus, vielleicht mussten sie einen Kunden beschwichtigen.«

Rennie dachte daran, dass James ihr gesagt hatte, er habe versucht, über die Konten das verschwundene Geld zurückzuverfolgen. Vielleicht hatte er am Montag die fehlende Summe entdeckt, es war wegen des Führungsstils zum Streit gekommen, dann hatte James am Freitag Max vorgeworfen, er habe das Geld genommen. »Naomi hat erzählt, James hätte letzte Woche bis spät gearbeitet.«

»Ach? Er war meistens schon weg, wenn ich ging, aber vielleicht kam er danach wieder zurück. Wenn ich es mir überlege, habe ich vor Gerards Konferenz am Mittwochmorgen ein paar Weingläser gespült, die im Waschbecken standen. Vielleicht hat er sie benutzt.«

Hatte er über den Zahlen gesessen und dabei getrunken?

Aus einem anderen Raum war das Blubbern der Kaffeemaschine zu hören. Wenn Haydens Snack vorher irgendwelche Rückschlüsse auf sein Ess-Tempo zuließ, würde es auch jetzt nicht lange dauern, bis er die heiße Schokolade getrunken und die Muffins verdrückte hätte. »Okay, danke, Amanda.«

Sie eilte den Flur hinunter und dachte darüber nach, was Amanda erzählt hatte. Was hieß das? Was hatte das alles zu bedeuten? Was konnte sie aus einem nacherzählten Streit und den Arbeitszeiten eines Büros ableiten, über das sie nichts wusste?

32

Zwischen den beiden kleinen Büroräumen der MineLease befand sich ein schmaler Wartebereich, in dem Aktenschränke und ein paar Stühle standen, es gab Fachzeitschriften mit Fotos von schweren Maschinen.

Es war Monate her, seit Rennie das letzte Mal in Max' Büro gewesen war. Als sie die Tür öffnete und den überfüllten Schreibtisch vor sich sah, blieb ihr fast das Herz stehen. Max schien überall anwesend zu sein – an einem Regal hingen ein Schutzhelm und Ohrenschützer, Warnschutzhosen und ein Hemd hingen über einem Stuhl, darunter lagen achtlos hingeworfen Arbeitsschuhe mit Stahlkappen. Ein Fahrrad mit Helm stand da, an einer Wand lehnte ein orangefarbenes Kajak, darüber hing ein Neoprenanzug, der wie ein schwarzer Leib aussah. Im Büro standen Regale voller Aktenordner und dicker Handbücher, und Max' Schreibtisch sah aus, als hätte er ihn seit letztem Weihnachten nicht mehr aufgeräumt. In der Luft hing sein typischer Duft, frisch, salzig, ein wenig holzig, etwas Kaffee mit einem Hauch von warmem Essen. Ein Kloß saß ihr im Hals, und beinahe wären ihr Tränen in die Augen gestiegen. Sie hätte am liebsten seinen Namen rausgeheult.

Tu was Nützliches, sagte sie sich.

Sie ging zum Schreibtisch und sah überall Post-it-Zettel. Sie klebten seitlich an seinem Monitor, entlang der Tischplatte und an den Regalrändern. Auch Fotos waren überall angeklebt, angeheftet oder aufgestellt. Nicht die gleichen wie zu Hause, aber mit denselben Motiven: Familie, Freunde, Hayden und Rennie. Monitor und Tastatur standen seitlich auf dem Tisch, sein Stuhl stand vor der großen Schreibunterlage mit Abreißblättern auf dem Tisch. Daneben lag ein dicker Terminkalender.

Rennie öffnete ihn an der Stelle, wo ein Stift zwischen den Seiten steckte: Freitag vor drei Tagen. Am Rand waren die Stunden markiert, Max hatte stichwortartig etwas hingekritzelt. Um zehn Uhr morgens: *Teralba bei Teralba*. Mittag: *Simmo*. Ganz unten stand quer über die Seite Petes Name, darunter eine Handynummer – das musste die Ersatzmannschaft für die Regatta am Sonntag sein, nahm sie an. Um drei Uhr hatte er nur ein einziges Wort hingekritzelt und unterstrichen: *James*. Eine Besprechung, die in einem Streit geendet hatte?

Sie blätterte die Seiten zurück und fand noch mehr Stichworte. Sie klappte den Terminkalender zu und wandte sich den Post-it-Zetteln zu. Drei davon hingen mit hochgerollten Rändern am Bildschirm und waren offenbar bereits so lange hier wie Max. Auf ihnen standen die Nummern seiner Schwester in Perth, die Adresse seiner Eltern in Yamba, Details zu Haydens Schule. Auf dem Schreibtisch lag eine Notiz, dass er ein Foto abholen, Milch kaufen und Hayden zum Geburtstag anrufen sollte. Termine waren verzeichnet, die entweder bereits vergangen waren oder sich auf Wochen später bezogen. Vier davon erinnerten ihn daran, Rennie anzurufen. Er schien zu wissen, dass er vergesslich war, und es sagte ihr, dass er sie gern hatte, dass er versuchte, mit ihr in Kontakt zu bleiben, und dass er nie seinen verdammten Schreibtisch aufräumte. Und falls er tatsächlich eine Affäre hatte oder sie verlassen wollte, deutete hier nichts darauf hin.

»Hast du was gefunden?«

Es war Hayden, er leckte sich die Finger der einen Hand ab und hielt in der anderen einen dampfenden Becher. Sie hätte ihm am liebsten vorgeschlagen, bei Amanda zu warten, aber dann überlegte sie, dass er in den vergangenen Jahren während der Schulferien viel Zeit im Büro seines Vaters verbracht hatte. Außerdem wollte er bei der Suche helfen. »Möchtest du dich mal umsehen?«

Während Hayden die Post-it-Zettel durchlas, beugte sie sich über die Schreibunterlage und versuchte in den Schnörkeln und dem Gekritzel einen Sinn zu erkennen. Eine senkrechte Linie teilte das Blatt in zwei Hälften. Auf der einen Seite waren Quadrate und Schleifen und komische Formen, auf der anderen standen in Spalten irgendwelche Notizen. Sie sahen wie Firmennamen aus, daneben standen Daten und andere Zahlengruppen.

»Hast du irgendwas entdeckt?«, fragte sie Hayden.

»Nur viele klebrige Notizen.«

»Ach nee?« Sie sah von der Seite, dass er kurz lächelte.

»Hast du schon auf seinem Computer nachgesehen?«, fragte er.

»Noch nicht. Willst du ihn hochfahren?«

»Klar.«

Das schien ihn mit ein wenig Begeisterung zu erfüllen. Er drückte sich an ihr vorbei, machte den Bildschirm an und rollte den Stuhl davor. Sie überließ ihm die Sache, während sie die Schreibtischschubladen aufzog: In der obersten lagen Stifte, Lineale, Büroklammern, Kabel und unzählige kleine, verschiedenfarbige Post-it-Blöckchen. Sein Vorrat. In der nächsten Schublade lagen leere Notizblöcke, obendrauf lag ein Pappordner. In ihm steckte ein einzelnes Blatt Papier, auf dem seitlich und senkrecht in einer Reihe Zahlen standen. Manche davon waren Kalenderdaten für dieses Jahr. Andere waren genau wie auf der Schreibunterlage lange Zahlenreihen. Sie zog das Blatt heraus und verglich sie mit denen auf der Schreibunterlage. Alle sechs waren gleich.

»Da braucht man ein Passwort«, sagte Hayden.

Rennie sah auf den Bildschirm und dann wieder auf die Nummern auf dem Blatt. Passwörter? »Versuch es damit.«

Hayden tippte die Zahlen ein, die sie ihm diktierte.

»Nein.«

»Versuche es mit folgenden Zwischenräumen«, sie las vor.

»Nein.«

Sie gingen alle Kombinationen durch, falls Max sein Passwort geändert und es dann aufgeschrieben hatte, um es nicht zu vergessen. Nichts. Sie fuhr sich mit der Hand durch das Haar und seufzte. Vielleicht hatten die Nummern nichts mit dem Computer zu tun. Vielleicht waren es Kennziffern und Wartungstermine für Geräte. Vielleicht hatte er Lotteriescheine gekauft. Vielleicht griff sie nach einem Strohhalm.

»Okay, hier kommen wir nicht weiter.« Sie wollte das Papier wieder in den Ordner legen, überlegte es sich dann aber anders, faltete es zusammen und steckte es hinten in die Hosentasche. Sie hatte keine Ahnung, was es war, aber sie hatte es satt, mit leeren Händen dazustehen.

Auf dem Weg nach draußen warf sie einen Blick auf die geschlossene Tür von James' Büro. Sie wusste, dass er das gleiche Büro wie Max hatte, nur dass es nicht so chaotisch war und er dort Finanzdaten zusammenfasste. Vielleicht hatte er Kopien, vielleicht war sein Computer nicht mit einem Passwort geschützt. Sie zog am Drehknopf. Die Tür war verschlossen, aber sie hatte keinen Riegel, nur einen Türgriff und ein Schließblech. Sie konnte die Tür öffnen, ohne sie zu beschädigen. Man würde kaum einen Kratzer sehen.

»Bring deine Tasse in die Küche«, sagte sie ruhig zu Hayden.

Als er sich umdrehte und gehen wollte, erschien Amanda im Flur. »Und, Leute, wie läuft's? Habt ihr was gefunden?«

Rennie machte einen Schritt von James' Tür weg. »Schwer zu sagen.«

»Kann ich euch irgendwie helfen?«

»Ja. Weißt du zufällig, ob Max und James immer Passwörter für ihre Computer benutzen?«

»Bei James kann ich es nicht sagen. Ich habe seinen Computer noch nie benutzt. Entweder mailt er mir die Arbeit zu, oder er legt mir die Ausdrucke auf den Tisch. Bei Max ist das anders. Wenn er was vergisst, gehe ich in sein Büro und schaue es mir auf dem Computer an.«

»Okay. Danke.«

Amanda blieb stehen, als gäbe es noch mehr. Doch es gab nichts, nur Rennies brennenden Wunsch James' Büro aufzuschließen und zu sehen, was da drinnen war.

Hayden folgte ihr schweigend bis zum Wagen, sie war ihm überaus dankbar dafür. Am liebsten hätte sie Max gefragt, was zum Teufel das alles zu bedeuten hatte. Der Streit, die Zahlen, die Passwörter, das Blut. Alles, was sie wusste, war, dass die Antworten keine guten Neuigkeiten bringen würden.

Sie schnallte sich an, ließ den Motor an und blieb einfach sitzen.

»Was ist?«, fragte Hayden.

»Mir fällt nichts mehr ein.«

»Dann können wir ja jetzt die Angelplätze absuchen.«

Ja, es gab immer noch Stellen, an denen sie nicht nachgesehen hatten. »Okay, das machen wir.«

Sie fuhr auf der Schnellstraße zurück nach Haven Bay, Hayden wies ihr den Weg zu einer kleinen, felsigen Bucht weiter im Süden und dann zur Bucht in Winsweep Bay, die sie selbst heute Morgen entlanggelaufen war. Sie stand am Straßenrand und wusste, dass es nichts bringen würde. Warum sollte Max hier sein – von irgendwem abgeladen, wankend oder sonst wie? Es war zu sehr in der Nähe von Häusern, zu weit vom Skiffs entfernt und in der entgegengesetzten Richtung von zu Hause. Sie ließ Hayden trotzdem um die Felsen klettern, denn ihr war klar, dass er suchen wollte. Sie legte den Kopf in den Nacken und blinzelte in das grelle Sonnenlicht, Vorbote für einen heißen Sommer, und das erfüllte sie mit Sorge. Sah Max das auch? Hatte man ihn irgendwo ausgesetzt, war er von der Sonne verbrannt und dehydriert? Verletzt und desorientiert? Oder waren seine Augen zu und sein Körper kalt?

Oder lag er mit einer anderen Frau in einem weichen Bett und bestellte mit dem gestohlenen Geld den Zimmerservice?

Sie hielten noch an zwei weiteren Angelplätzen, Rennie sah Hayden dabei zu, wie er herumkletterte, und zitterte vor Nervosität, zu viel Kaffee und zu wenig Essen.

»Komm, wir fahren zum Skiffs. Ich muss was essen«, sagte sie schließlich zu ihm.

Es war nach zwei Uhr, der Ansturm zur Mittagszeit war vorbei. Vermutlich schloss Pav gerade die Küche, aber vielleicht konnte er ihr noch ein Sandwich machen. Und wehe, er machte es nicht.

»Er ist nicht da«, sagte Eliza, als sie mit ein paar Cappuccinos in der Hand an ihr vorbei zu einem Tisch ging.

Trish kam aus der Küche, umarmte zuerst Hayden und dann sie und flüsterte ihr ins Ohr: »Du siehst total fertig aus.«

Rennie überlegte, wie viel Trish wusste – ob Naomi ihr alles am Telefon oder am Tresen eröffnet hatte und ob Detective Duncan zweideutige Fragen gestellt hatte. Sie war es leid, ein Geheimnis zu wahren und so tun zu müssen, als wäre sie jemand anderer. »Du hast wahrscheinlich ein paar Sachen über mich gehört. Sie sind nicht gerade angenehm, aber …«

Trish hob die Hand. »Vergiss es. Es ist okay. Naomi hat mich angerufen.«

Sie nickte. »Hast du schon mit der Polizei gesprochen?«

»Detective Duncan war heute Morgen da.«

»Vermutlich wärest du froh, wenn ich dir schon vor fünf Jahren eine Zusammenfassung gegeben hätte.«

»Ich wäre froh gewesen, wenn ich dir eine bessere Freundin gewesen wäre. Dann hättest du jemanden zum Reden gehabt.«

Es gab gute Gründe, warum Rennie sie liebte. »Du bist die erste Freundin, die ich hatte. Ich wollte dich nicht vergraulen.«

»Ich lasse mich nicht so leicht vergraulen«, sagte Trish entschieden. Das sollte eine Botschaft sein – und mehr als ein Hinweis auf ihre Widerstandsfähigkeit, dank der sie auf ihren Reisen rund um den Globus am Leben geblieben war. »Also, gibt es was Neues zu Max?«

»Ich muss zuerst was essen. Ist die Küche schon zu?«

Trish winkte Rennie und Hayden zu den Stühlen am Tresen. »Nein, Shannon ist da. Für ein Sandwich müsste sie noch genug zusammenkriegen.«

»Super«, sagte Hayden.

»Danke«, korrigierte Rennie ihn. Er verdrehte die Augen. Trish wuschelte durch sein Haar, dann rief sie die Bestellung in die Küche. Shannon arbeitete jedes zweite Wochenende für Pav und drei Abende in der Woche in einem Restaurant in Newcastle. Rennie konnte sich nicht erinnern, wann sie sie das letzte Mal unter der Woche gesehen hatte. »Warum ist Shannon da?«, fragte sie Trish.

»Pav musste weg.«

Rennie hob eine Augenbraue. Suchte er auch nach Max? »Am helllichten Tag? Hat er mit jemandem die Schicht getauscht?«

Trish lachte ein wenig. »Er hat Probleme mit einem Lieferanten, die er zu klären versucht.«

»Dem Kerl aus Serbien?«

Trish neigte den Kopf und verzog das Gesicht, was hieß, dass sie von dieser Person nicht beeindruckt war.

Der magere Handelsvertreter mit dem starken Akzent kam seit ein paar Monaten regelmäßig zu Pav. Dann kam Pav aus der Küche, setzte sich mit ihm an einen Tisch, trank Kaffee und sprach in einer der acht Sprachen mit ihm, die er fließend beherrschte. Er hatte Rennie erzählt, dass der Typ gute Gewürze verkaufte, aber immer wenn er kam, verfiel Pav in einen hektischen Kochrausch. Er war zuletzt am Samstagmorgen da gewesen, als Pav das Essen für die Party vorbereitete, und seine Anspannung hatte ihn die Arbeit doppelt so schnell wie sonst erledigen lassen. »Wo ist das Problem?«

»Pav kennt ihn. Das ist eine lange Geschichte. Ich schau mal schnell, wie weit dein Mittagessen ist.«

Eliza rutschte auf Trishs Platz hinter der Theke. »Wahrscheinlich hast du gerade keinen Kopf für Malaufträge, aber ein Mann hat ein paar Mal angerufen und nach dir gefragt.«

Rennie richtete sich auf, eine innere Stimme warnte sie. »Was für ein Mann? Hat er einen Namen hinterlassen?«

Eliza sah sie erstaunt an, als Rennie ihre Hand um ihr Handgelenk legte. »Er wollte seinen Namen nicht hinterlassen. Er sagte nur irgendwas davon, wie sehr ihm dein Werk gefalle und dass er mit dir sprechen wolle.«

Anthony war in Geschäfte, zu Immobilienmaklern und auf Campingplätze gegangen und hatte Fotos von seinen Töchtern rumgezeigt, hatte den besorgten, verzweifelten Vater gespielt, der seine Kinder suchte. Warum sollte er da kein Interesse an ihren Bildern zeigen? »Und was hast du zu ihm gesagt?«

33

»Dass du am Telefon keine persönlichen Angaben machst«, sagte Eliza zu ihr. »Und dass du ein paar Tage nicht zur Arbeit kommst.«

Braves Mädchen. »War das alles?«

»Als er das zweite Mal anrief, wollte er wissen, ob du irgendwo ein Atelier hast.«

»Und?«

»Ich habe ihm gesagt, dass du zu Hause arbeitest. Nein, nein, deine Adresse habe ich ihm nicht gegeben.«

»Hat er danach gefragt?«

»Ja.«

Rennie verschränkte die Finger, knetete sie und widerstand dem Drang aufzustehen und schnurstracks zum Auto zu rennen.

»Bitte schön.« Als Trish die Teller über den Tresen schob, drehte Eliza sich weg und bediente einen Gast an der Kasse, während Hayden aufstöhnte, als hätte er seit Tagen nichts mehr gegessen. Rennie sah ihr Essen nur an, ihr Herz pochte wie wild, sie wartete, bis Eliza fertig bedient hatte.

»Eliza, wie klang der Mann am Telefon?«

Sie zuckte die Achseln. »Keine Ahnung. Er klang sehr nett.«

»Wer?«, fragte Trish.

»Ich meine, vom Alter her?«, drängte Rennie. »Könntest du sagen, wie alt er ungefähr war?«

»Er war am Telefon. Da kann man das schwer sagen. Was

macht das denn für einen Unterschied, nur weil jemand ein Bild kaufen will?«

»Hast du ein Bild verkauft?«, fragte Trish.

Rennie hielt sich am Tresenrand fest. Enttäuschung, Furcht und ein zu niedriger Blutzuckerspiegel hätten sie fast dazu gebracht, die beiden anzuschreien. »Er könnte etwas mit Max zu tun haben.« Hayden neben ihr schüttelte den Kopf. »Klang er jung oder alt?«, fragte sie.

Als Rennie Max erwähnte, versuchte Eliza sich zu konzentrieren. »Na ja, seine Stimme klang irgendwie harsch. Ja, genau, ich würde sagen, er war schon älter.«

Rennie wusste nicht genau, was eine Zwanzigjährige unter »älter« verstand, aber der Mann, den sie gestern mit der Kamera auf der Straße gesehen hatte, war weit über vierzig. »Wann kamen die Anrufe?«

»Der erste kam gestern Nachmittag, kurz bevor wir geschlossen haben, heute hat er wieder angerufen.« Sie sah auf die Uhr. »Vielleicht vor eineinhalb Stunden. Ich erinnere mich daran, weil wir viel zu tun hatten und ich versucht habe, ihn abzuwimmeln.«

Rennie rechnete nach. Max war Samstagnacht verschwunden, der erste Anruf war am Sonntag gegen drei Uhr nachmittags eingegangen, fast achtzehn Stunden später. Ihr Vater hätte also genügend Zeit gehabt, wegzufahren und wieder zurückzukommen. Er hätte Max auf dem Parkplatz verletzen, ihn weit wegbringen und dann wegen ihr wieder zurückkommen können.

»Rennie, was ist los?«, fragte Trish.

»Ich weiß es nicht genau.« Sie wusste nicht, ob es tatsächlich ihr Vater war – ein paar Telefonate bestätigten das noch lange nicht –, aber sie konnte kein Risiko eingehen. Sie sah Hayden an, der immer noch auf seinem Sandwich herumkaute, und überlegte, ob sie ihn im Café lassen sollte. Er hielt sie nur auf, egal wie sich die Sache hier entwickelte. Doch wenn ihr Vater sie mit ihm gesehen hatte, wenn er bereits aus demselben Grund Max etwas angetan hatte, dann war Hayden sicherer, wenn sie ein Auge auf ihn hatte. »Komm, wir müssen los.«

»Ich bin noch nicht fertig«, protestierte Hayden.

»Und du hast wieder nichts gegessen«, sagte Trish.

Rennie biss einmal kräftig von ihrem Sandwich ab und schob dann den Teller über den Tresen. »Ich nehme es mit. Kannst du es einpacken?«

»Rennie, was ist los?«, versuchte Trish es noch einmal.

»Das hängt alles mit dem zusammen, was ich euch nicht erzählt habe. Ich rufe dich später an.« Sie wartete ungeduldig, bis ihr Sandwich endlich in der Tüte war. Hayden machte sich erst gar nicht die Mühe, seines einzupacken, er aß es auf dem Weg zum Auto.

»Ich dachte, du hättest Hunger«, sagte er und schnallte sich an.

»Ich kann auf der Fahrt was essen.«

»Wo fahren wir hin?«

»Nach Hause.« Sie brauchte den Rucksack. Und die Waffe.

Die Umgebung war dieselbe. Immer noch war alles pechschwarz und still, immer noch trocken und sandig unter seinen Händen. Der einzige Unterschied war der Schmerz, der sich seinen Weg in jeden Winkel seines Körpers bahnte. Max wusste, dass der nicht nur von den Wunden kam, sondern auch vom Blutverlust, der Dehydrierung, dem Schock und vielleicht von einer Infektion. Er hätte sich am liebsten zusammengerollt und wäre für immer eingeschlafen; er hätte die Qual am liebsten bei der Kehle gepackt und sie ein verdammtes Arschloch genannt. Stattdessen biss er die Zähne zusammen und kroch langsam und mühsam voran in der Hoffnung, dass ihn das irgendwo hinführte und er dort hinkäme, bevor er starb.

Die Erinnerungen lenkten seine Aufmerksamkeit auf etwas anderes als den Schmerz und die Dunkelheit. Er versuchte ihnen die Tür zu seinem Geist zu öffnen, buhlte um ihre Aufmerksamkeit, winkte sie mit dem Versprechen nach einem unerschöpflichen Glas Wasser herein. Die Antwort hatte keine Eile. Die Erinnerungen marschierten langsam und schön der Reihe nach, als stünden sie irgendwo chronologisch aufgereiht und kämen langsam marschierend zu ihm zurück. Als plötzlich Rennies Waffe auftauchte, fing sein Herz wieder wie wild zu hämmern an.

Er hatte sie an jenem Wochenende gefunden, als sie ihn beinahe verlassen hätte. Allein schon der Rucksack hatte ihn zu Tode erschreckt. Ihre Auseinandersetzung war kurz, aber heftig gewesen, ganz untypisch für Rennie, aber nichts im Vergleich zu den lauten Auseinandersetzungen, die er mit Leanne gehabt hatte. Als er nach fünf Minuten wütend auf die Terrasse hinauslief, hörte er, wie sie das Garagentor aufmachte und ihren Wagen anließ. Obwohl er seine besten Tage als Läufer hinter sich hatte, gelang es ihm, zur gleichen Zeit wie sie die Einfahrt unten zu erreichen. Und wäre beinahe von ihr überfahren worden, als er neben ihr in den Wagen sprang. Sie schien eher resigniert als wütend zu sein, als sie miteinander sprachen. Als ob sie nur auf den Moment gewartet hätte, in dem alles schrecklich wurde.

Er hätte am liebsten einen Freudentanz aufgeführt, als sie beschloss, doch zu bleiben. Stattdessen trug er ihren Rucksack wieder hinein, damit sie ihre Meinung nicht mehr ändern und abhauen konnte. Er enthielt kaum etwas, war aber so schwer, als hätte sie bei ihrer Flucht Grandmas alte Silberleuchter eingesteckt. Als sie im Schlafzimmer waren, nahm sie ihm den Rucksack aus der Hand und verstaute ihn im Schrank, bevor sie sich von ihm küssen ließ.

Er fragte sich noch Tage danach, was wohl darin war, weil er so schwer war, bis er schließlich hineinschaute, als sie das nächste Wochenende bei der Arbeit war. Der Rucksack lag auf dem obersten Regal, ein einzelner Gegenstand darin war offenbar so schwer, dass er den Boden durchdrückte.

Er erinnerte sich jetzt nicht mehr daran, ob er ein schlechtes Gewissen hatte, sondern wusste nur noch, dass ihn die Neugier trieb und er wie ein Kind, das einen Schatz entdeckt hat, den Reißverschluss aufzog. Er hatte sich oft Fragen über ihr Leben gestellt, Einzelheiten zusammengefügt, die die verschiedenen Schichten erklären konnten. Doch was er fand, löschte mit einem Schlag alles aus.

Eine Waffe. Was zum Teufel sollte das?

Vor Schreck ließ er sie fallen, warf sich auf den Boden und erwartete, dass sie jeden Moment losging. Sie war schwarz und sah fies aus, hatte bewegliche Teile und ein leeres Loch im Griff, in das das Magazin gesteckt wurde.

Er versuchte die Bilder in seinem Kopf zu verscheuchen, in denen sie eine Pistole in der Hand hielt. Doch langsam fügten sich die Puzzleteile in seinem Kopf zusammen, und wenn man Rennies unerschrockene und misstrauische Art betrachtete, ergab es durchaus einen Sinn, dass sie eine Waffe besaß, wenn sie sich verteidigen musste …

Auf der Suche nach Antworten ging er den Inhalt des Rucksacks durch. In einem Fach fand er einen leeren Ladestreifen und lose Munition, in einer Tüte dicke Geldrollen, ein Handy und ein Ladegerät, dann entdeckte er in einem durchsichtigen Plastikbeutel mit Reißverschluss eine Geburtsurkunde von jemand anderem. Er stand auf, lief herum, knetete seine Hände und sträubte sich, die Punkte zu verbinden, die vor ihm auf dem Boden seines Schlafzimmers lagen.

Dann öffnete er doch den Reißverschluss und sah als Erstes ein Foto. Darauf waren zwei Mädchen abgebildet, von denen eines definitiv Rennie mit neun oder zehn Jahren war. Die Frau daneben sah ihnen ziemlich ähnlich, was die Vermutung nahelegte, dass sie ihre Mutter war. Max ging davon aus, dass das andere Mädchen Rennies Schwester Simone sein musste. Er hatte sie einmal im Café gesehen, als Rennie dort zu arbeiten angefangen hatte, und war ihr kurz danach bei sich zu Haus begegnet, als Rennie bei ihm eingezogen war.

An dem Tag war er früh von der Arbeit nach Hause gekommen. Beide schienen überrascht, als hätte er sie bei etwas ertappt. Er versuchte freundlich zu sein. »Und, was führt dich hierher?« Er versuchte es mit einer Unterhaltung, doch Simone musterte ihn so streng von oben bis unten, dass er fast das Gefühl bekam, sich entschuldigen zu müssen. Kurz darauf ging sie zu ihrem Auto, während er diskret aus dem Erkerfenster beobachtete, wie Rennie mit ihr in der Einfahrt sprach. Simone war größer, hatte dunklere Haare und schien wütend zu sein. Zwischen ihnen schien es keine zärtliche, geschwisterliche Zuneigung zu geben, sie wirkten angespannt und gereizt, wenn sie zusammen waren. Er überlegte, ob sie sich gestritten hatten. Dann umarmten sie sich, bevor Simone ins Auto stieg. Es war eine kurze, feste Umarmung, die mehr als Liebe und Zärtlichkeit über die Art ihrer Beziehung aussagte.

Max hätte das Foto beinahe wieder hineingelegt, ohne es umzudrehen. Doch dann sah er hinten die Aufschrift in altmodischer Schreibschrift: *Katrina, Mom, Joanne, Februar 1989*. Er drehte das Foto um und dachte schon, er hätte sich geirrt. Das war Rennie, ihr Name musste früher einmal Katrina oder Joanne gewesen sein. Er kontrollierte wieder die Geburtsurkunde – sie lautete auf Katrina Nicole Hendelsen; geboren 1978, Mutter Donna, Vater Anthony. Genau im selben Jahr und im selben Monat wie Rennie.

In der Plastikhülle war noch mehr, die Erinnerungen an eine Kindheit: ein blaues Band, Preis für einen Geländelauf, eine Medaille fürs Schwimmen, ein alter Führerschein und Schulzeugnisse, die auf den anderen Namen lauteten.

Max' Hände zitterten. Es konnte viele Erklärungen geben, warum Rennie ihren Namen geändert hatte, und viele Gründe, warum sie es ihm verschwieg. Aber sie hatte eine Waffe im Schrank – und keiner der Hinweise erklärte ihm, wozu Katrina Hendelsen oder Renée Carter sie brauchte.

Er verstaute den Rucksack wieder auf dem Regal, ging in den Garten und begann wie wild zu graben. Er war wütend: weil sie eine Waffe hatte, weil er sie gefunden hatte, weil er sich so in ihr getäuscht hatte. Und weil die Geschichte, die sie ihm nicht erzählt hatte, vermutlich hässlich und gefährlich war und weil sie sie in sein Haus gebracht hatte. Er überlegte, ob sie eine verdeckte Ermittlerin war, zu einem Opferschutzprogramm gehörte oder auf der Flucht war. Er erinnerte sich an Unterhaltungen mit ihr: dass sie nicht wüsste, was es hieß, irgendwo zu bleiben, dass dieses Kapitel besser als die beiden davor gewesen sei und ihre Lebensgeschichte einer Horrorgeschichte gleiche. Und sein Ärger verwandelte sich in Furcht und Sorge. Um sie. Um sich selbst, weil er nicht wusste, wie er sie beschützen sollte.

Und während er in der Erde grub, wusste er, dass er genau das wollte – er wollte sie beschützen, damit sie keine Waffe brauchte. Was immer ihr in der Vergangenheit widerfahren war, es hatte sie zu einem harten, skeptischen Menschen gemacht. Deshalb zuckte sie im Schlaf manchmal ängstlich zusammen und war so zurückhaltend bei Freundschaften. Es hatte offenbar tiefe Wunden bei ihr hinterlassen, die sie hinter der Fassade der Person verbarg, die sie heute vorgab zu sein – und sie sah ihn an, als wüsste sie von seinen Verletzungen, so wie einen nur jemand ansehen konnte, der das selbst erlebt hatte.

Max atmete in der Dunkelheit tief durch und versuchte seine Gedanken von der Waffe loszubekommen. Er kam aber nicht weit.

Der Inhalt ihres Rucksacks und dass er sie hintergangen hatte, machte ihm zu schaffen, trotzdem hinderte ihn das nicht daran, ihn am nächsten Wochenende wieder herauszuholen, das Handy anzuhängen und die Kontaktliste darauf durchzugehen. Sie enthielt nur vier Nummern. Der Name Jo schien seine Theorie zu bestätigen, Joanne auf dem Bild war die Simone, die Rennie ihm vorgestellt hatte. Ihr Name stand da, das war irgendwie beruhigend. Dann standen da noch zwei andere Namen: Evan Delaney und Nathan Bruce-Allen. Er legte alles wieder zurück und ging ins Internet.

Bruce-Allen war leicht zu finden. Er war Strafverteidiger in Sydney, seine Kanzlei hieß Bruce-Allen & Beckeritch. Nach Aussage der Website war die Kanzlei auf Strafdelikte wie Trunkenheit am Steuer, Anhörungen bei Gerichten, Auslieferungen und Mordprozesse spezialisiert. Max rief nicht an, man hätte ihm sowieso keine Auskunft über Mandanten erteilt, falls das der Grund war, weshalb Rennie die Nummer auf dem Handy gespeichert hatte.

Evan Delaney war schon etwas schwerer zu finden, doch Max entdeckte seinen Namen schließlich in verschiedenen Zeitungsartikeln. Er war ein Detective bei der Polizei und wurde im Zusammenhang mit grausigen Morden zitiert. Nach ein paar weiteren Klicks entdeckte er, dass er vom einfachen Beamten in New South Wales zum Detective befördert worden war.

Er googelte auch Rennies Namen: Hendelsen Katrina, Joanne, Donna und Anthony. Meistens fand er Webseiten in skandinavischer Sprache, die ihm nicht weiterhalfen, selbst als er sie sich von Google übersetzen ließ. Er meldete sich auf einer Suchmaschine für archivierte Zeitungen und Zeitschriften an, aber Rennie hatte an vielen Orten gelebt, und nach drei Stunden, in denen er sich durch nationale Tageszeitungen und regionale Gazetten geklickt hatte, kam Rennie von der Arbeit nach Hause, und er war keinen Schritt weiter, sondern hatte weiter unzählige Fragen, die nach einer Antwort verlangten, und dieselben Optionen wie vorher: verdeckte Ermittlerin, Opferschutzprogramm, böses Mädchen auf der Flucht.

Max kroch wieder ein Stückchen weiter, versuchte die Zusammenhänge zu verstehen, fragte sich, ob er die Antworten bereits gefunden hatte, sich aber nicht mehr daran erinnern konnte.

Er bezweifelte, dass sie eine verdeckte Ermittlerin war, nicht weil sie dem nicht gewachsen gewesen wäre, sondern weil sie in einem Café in Haven Bay arbeitete – was gab es da zu ermitteln?

Opferschutz passte schon eher. Der Inhalt des Beutels mit dem Reißverschluss war vielleicht der Rest ihres alten Lebens. Vielleicht lief derjenige, vor dem sie sich schützen musste, frei herum, und sie traute dem Schutzprogramm nicht.

Dass sie auf der Flucht war, war die Version, die er am wenigsten mochte. Vielleicht versteckte sie sich vor der Polizei, und er wollte nicht, dass sie in irgendetwas hineingezogen wurde, das sie ins Gefängnis bringen konnte. Andrerseits, wenn es um böse Jungs ging, die böse genug waren, dass sie ihren Namen ändern und eine Waffe bei sich tragen musste, was konnte er dann schon ausrichten, um sie zu beschützen?

Er hielt inne, stöhnte auf vor Schmerzen, Angst und Zweifeln, die ihm im Kopf herumschwirrten. Hatte, wer immer sie gesucht hatte, sie gefunden? Hatte diese Person auch ihn gefunden?

Sollte er Rennie beschützen? War das seine Aufgabe, an die er sich aber nicht mehr erinnern konnte?

34

Rennie fuhr auf einem Umweg nach Hause, prüfte die wenigen Autos, die an ihr vorbeifuhren, dachte an ihren Vater und was zum Teufel er tat. Sie wusste nur, wie man flüchtete, an einem Ort zu bleiben war ganz neues Terrain für sie.

»Gib mir was zu essen«, sagte sie zu Hayden.

Er reichte ihr ein halbes Sandwich, und während sie darauf rumkaute, versuchte sie ihre Gedanken zu ordnen. Wenn der Anrufer nach ihrer Adresse gefragt hatte, wusste er nicht, wo sie wohnte – zumindest bis vor etwa neunzig Minuten noch nicht. Aber die Frage wies noch auf mehr hin. Falls er sie tatsächlich in Haven Bay beobachtet hatte, war es auch nicht schwierig, ihr bis nach Hause zu folgen. Das hieß wiederum, dass er wahrscheinlich noch nicht lange hier war, vermutlich nicht länger als ein paar Tage. Und wie war Max dann in die Sache geraten?

Ihre Schichten waren am Donnerstag, Freitag und … Max war am Samstag zum Mittagessen ins Skiffs gekommen. Jetzt erinnerte sie sich wieder. Am Morgen fand im Park ein Markt statt, und jeder Besucher schien auch einen Kaffee zu wollen. Sie hatte zu viel Arbeit und konnte sich nicht mit Max unterhalten, also war er in die Küche gegangen, um mit Pav zu plaudern. Hatte er überhaupt etwas gegessen? Sie erinnerte sich nicht mehr, ob er an einem Tisch gesessen hatte, wusste nur, dass sie ihn hinausbegleitet hatte. Sie hatte ihn auf dem Weg zum Abschied geküsst, ihre Lippen hatten sich kurz berührt, dann war sie wieder an die Kaffeemaschine zurückgekehrt. War ihr Vater da draußen gewesen? Hatte er Max gesehen? Hatte er herumgelungert und gehofft, ihnen noch einmal zu begegnen, und sie dann zu seinem Glück bei der Party wiederentdeckt?

Rennie fuhr auf den Stellplatz vor dem Haus und konnte es kaum erwarten, reinzugehen und die Sicherheit einer Waffe in ihren Händen zu spüren. Doch eine ihr bekannte Vorsicht hielt sie auf. Sie kontrollierte das Haus zu beiden Seiten, sah von der Terrasse die Straße entlang und suchte die Trägerplatte des Schlosses nach Spuren ab, bevor sie den Schlüssel hineinsteckte und die Türe weit aufriss. Drinnen im Flur war es kühl und dämmrig, nur Stille drang heraus, trotzdem zögerte sie. Nach Jahren des Misstrauens und der Vorsicht wusste sie, dass sie es langsam angehen musste.

Hayden wollte an ihr vorbei, doch sie hielt ihn auf. »Warte«, murmelte sie.

»Ich muss aufs Klo.«

»Sei mal ein großer Junge, und halte es noch einen Moment aus.«

Er verschränkte die Arme, widersetzte sich aber nicht.

Sie lief leise in den Flur und steckte ihren Kopf ins Wohnzimmer. Es war leer, doch irgendetwas schien eingedrungen zu sein, ihre Nackenhaare stellten sich auf. Ihr Blick glitt durch den Raum: Erkerfenster, Sofas, Küche, Tisch, hinteres Fenster. Alles o. k. Nur im Wohnzimmer stimmte etwas nicht, dort lagen die Sofakissen auf einer Seite, die Polster waren eingedrückt. Sie erinnerte sich nicht mehr, wie es aussah, als sie gegangen waren, und sie wünschte sich nicht zum ersten Mal, Hayden wäre zu einem anderen Zeitpunkt von seiner Mutter abgehauen, um sich auf das Sofa zu fläzen.

Sie ging durch den Flur zur Schlafzimmertür und erschrak. Die Schranktüren standen sperrangelweit offen. Am liebsten wäre sie durch das Zimmer gestürmt und hätte nach der Waffe im Rucksack gegriffen, aber sie unterdrückte den Drang. Damit konnte man sie in die Ecke treiben. Oder Hayden erwischte es, bevor sie bei ihm sein konnte. Sie drehte ihren Kopf und warf einen Blick zur Terrasse, wo er stand. Wenn sie ihn mit sich nahm, konnte man sie beide im Schlafzimmer einschließen, bevor sie überhaupt die Möglichkeit hatte, ihren Finger auf den Abzug zu legen. Durchsuch zuerst das Haus, sagte sie sich. Sie huschte wieder zur Haustür und griff nach dem Türstopper, einer großen Schraube und Mutter, die Max aus irgendeiner Grube mitgebracht hatte. Rennie packte sie am schmalen Ende. Das war zwar keine Pistolenkugel, aber damit konnte man einen Mann niederschlagen, wenn man kräftig ausholte. Hayden ließ seine Arme sinken und wirkte etwas verstört.

»Was ist los?«, fragte er.

»Bleib bei der Tür, und beweg dich nicht«, sagte sie zu ihm.

Das Blut rauschte in ihren Ohren, dann lief sie schnell und leise den schmalen Gang entlang und lauschte. Sie stieß Haydens Schlafzimmertür so weit auf, dass sie die Wand berührte. Sein Zimmer war leer, doch es sah aus, als hätte es jemand durchwühlt – wie viel er davon selbst veranstaltet hatte, wusste sie nicht. Das Badezimmer war leer. Sie sah ins Büro und warf einen Blick auf das Chaos. Jemand hatte es durchwühlt: Mousepad, Tastatur, Unterlagen lagen herum. Die Post-it-Reihen am Regal waren an verschiedenen Stellen unterbrochen, ein paar Notizen auf den Tisch gefallen. Zwei Schubladen im Aktenschrank standen halb offen, die unterste im Schreibtisch war nicht richtig zu.

Sie hechelte und versuchte die Anspannung zu kontrollieren, die in ihr aufstieg. Sie ging zu den Fenstern zum Garten und kontrollierte sie, sie waren geschlossen. Sie sah in den Garten. Nichts regte sich, nichts schien fehl am Platz.

Und doch war jemand hier gewesen.

Es musste ihr Vater gewesen sein.

Nachdem er im Café angerufen hatte. Irgendwann in den letzten zwei Stunden.

Rennie biss die Zähne zusammen und schloss die Augen. Das ihr bekannte Grauen fing an, in ihr zu dröhnen, doch diesmal war die Wut stärker. Verdammt. Verdammtes Arschloch. Er war in ihrem Haus gewesen. In ihrem Zuhause. Er hatte mit seinen dreckigen Pfoten ihre Sachen angefasst. Max' Sachen. Ihr Leben.

»Arschloch.«

»Wer?«

Hayden stand auf der anderen Seite des Zimmers und nicht mehr im Flur, wie sie ihm befohlen hatte. Doch er wirkte weder streitlustig noch zynisch, sondern eher ängstlich und verletzlich wie ein unschuldiger Junge. Herrgott, er war ein Kind! Er wusste nichts von echter Gefahr und vom Überleben.

Sie lief los, rannte fast den ganzen Flur entlang zum Schlafzimmer, erreichte mit ausladenden Schritten den Schrank, riss die Türen ganz auf und wusste plötzlich, warum sie offen gestanden hatten. Ihr Rucksack lag nicht mehr hinten im Schrank, wo sie ihn hingelegt hatte. Er lehnte seitlich an den Schubladen und versperrte die Öffnung. Rennie riss ihn an sich, der Reißverschluss war offen, und das Gewicht sagte alles. Sie leerte ihn trotzdem auf dem Bett aus, durchwühlte das Wirrwarr. Sie war weg.

Die Waffe war verschwunden.

»Was?«, Hayden war hinter ihr her zum Schlafzimmer gerannt und an der Tür stehen geblieben, als wüsste er nicht, ob er reinkommen oder lieber gehen sollte. Doch seine schrille Stimme legte nahe, dass ihm der Ernst der Lage irgendwie klar geworden war.

Nur dass er nicht wusste, worum es ging, und das wollte Rennie auch nicht. Sie wollte hierbleiben und Max finden. Aber Hayden war Max' Sohn – er konnte nicht bleiben. Nicht, wo ihr Vater jederzeit durch die Tür spazieren könnte.

»Wir müssen weg«, sagte sie zu ihm und stopfte den Inhalt des Rucksacks wieder ärgerlich hinein.

»Ist das Geld?«

Sie nahm die Plastiktüte mit den zwei dicken Geldrollen in die Hand und stopfte sie in den Rucksack. »Ja. Geh aufs Klo, dann hol deine Tasche, ein warmes Oberteil und eine lange Hose.«

Er verzog das Gesicht, diesmal wirkte er ein wenig verärgert. »Warum denn?«

»Wir gehen.«

»Aber wir sind doch gerade erst gekommen.«

Immer mit der Ruhe, sagte sie sich. Er hatte das vorher noch nie gemacht, wusste nicht, wie es funktionierte, und Angst half auch nicht weiter. »Irgendwer war hier im Haus, Hayden. Hier sind wir nicht sicher.«

Er sah den Flur entlang, als erwarte er, dass am anderen Ende eine Gestalt stünde. »Woher weißt du das?«

»Er … jemand war in den Zimmern.« Sie zog den Reißverschluss an ihrem Rucksack zu.

»Haben sie was mitgenommen?«

»Ja.« Sie warf flüchtig noch einmal einen Blick in den Schrank – beide Seiten waren durchsucht worden. Die Unterlagen auf Max' Regal lagen überall verstreut, der Inhalt des Aschenbechers war ausgekippt.

»Das Geld haben sie aber nicht mitgenommen«, sagte Hayden.

»Nein.« Sie schloss den Schrank und ging zu ihm.

»Rufst du die Polizei?«

»Später. Zuerst müssen wir von hier verschwinden.«

Hayden stand in der Tür und bewegte sich nicht, er sagte nichts, sondern sah sie nur an. »Komm schon, Hayden. Beweg dich.« Sie atmete auf, als er endlich ging, Erinnerungen schossen durch ihren Kopf – sie sah sich selbst, als sie noch jünger war als er und losrannte, um ihre Tasche zu holen, weil sie mehr Angst vor dem Zorn ihrer Mutter als vor dem lauernden Vater hatte. Wenn sie ihm entkommen wollten, musste Hayden ihr gehorchen, und sie musste Geduld mit ihm haben. Eine Fähigkeit, die sie beide nicht sonderlich gut beherrschten.

Während sie auf ihn wartete, lief sie das Wohnzimmer der Länge nach ab, wollte noch das Büro kontrollieren, doch dafür war keine Zeit mehr. Als sie zur Haustür ging, stand Hayden im Flur und sah sie entschlossen an.

»Wohin gehen wir?«

»Das weiß ich noch nicht genau.«

»Was ist mit Dad?«

Das war eine berechtigte Frage. Sie wusste nicht, wie sie darauf antworten sollte. »Das können wir im Auto besprechen.« Sie öffnete die Tür.

»Nein.« Hayden stand im Sonnenstrahl, der durch die Tür in den Flur fiel, und verschränkte wieder die Arme vor der Brust.

Sie hätte ihn am liebsten durch die Tür geschoben, wie ihre Mutter das getan hätte. »Wir haben jetzt keine Zeit, rumzustehen und darüber zu diskutieren. Erst gehen wir raus, dann reden wir.« Sie drehte sich um und wollte gehen.

Aber er war noch nicht fertig. »Was ist denn schon dabei, wenn eingebrochen wurde? Sie sind weg und haben noch nicht mal dein Geld mitgenommen. Keine große Sache. Wir können die Polizei rufen.«

Die strahlende Nachmittagssonne gab ihr das Gefühl, ausgesetzt zu ein. Sie spähte kurz in die leere Nachbarschaft und knallte dann die Tür wieder zu. »Hayden, das war kein Einbruch. Die Person, die das gemacht hat, hat nach irgendwas gesucht. Vielleicht kommt sie zurück, und falls sie das tut, wollen wir nicht da sein.«

Er sah sie kurz an. »Wer war es?«

»Jemand, der mich sucht.«

Sie sah die tiefe Missachtung in seinen Augen, als er den Finger hob und auf sie zeigte. »Dann geh du, ich warte auf Dad.«

Sie schob ihn beiseite und schrie ihn an. »Max kommt nicht zurück. Egal wo er jetzt ist, er wird nicht einfach die Treppe raufkommen und hier reinspazieren. Aber das Arschloch, das hier war, könnte wiederkommen, und du hast keine Ahnung, was das bedeutet.«

»Du kannst mich nicht zwingen zu gehen.«

Sie wünschte, dass sie das nicht müsste. Sie wünschte, er würde sich fünf verdammte Minuten lang einfach mal fügen. »Hör endlich mit dem bockigen Kleinkindgetue auf, Hayden. Du bist vierzehn. Es ist an der Zeit, erwachsen zu werden. Irgendwas ist deinem Dad passiert. Er hat sich nicht verlaufen und ist auch nicht einfach abgehauen. Es muss was anderes sein. Etwas Schlimmes. Und wir sind in Gefahr, wenn wir hierbleiben.«

»Was weißt du schon von Gefahr? Du bist nur eine verdammte Kellnerin. Du verdienst dein Geld mit verdammtem Kaffeemachen. Was weißt du schon?«

Rennie hatte gehofft, ihn zu verängstigen, doch so sicher wie er hier stand, bekam sie es selbst mit der Angst zu tun. Sie wandte sich ab und schlug mit der flachen Hand an die Wand. »Herrgott, Hayden!« Sie schob sich an ihm vorbei ins Wohnzimmer, stapfte durch den Raum und schrie zwischen zusammengepressten Zähnen hervor. »Das hätte niemals passieren dürfen.« Sie nahm ein Kissen vom Boden, warf es an die Wand und schrie das leere Zimmer an. Vor Wut und Enttäuschung drehte sie sich irgendwann wieder zu ihm um, ging auf ihn zu, und die Worte sprudelten nur so aus ihrem Mund.

»Denk bloß nicht, du würdest mich kennen. Ich bin kein netter Mensch. Ich habe schlimme Dinge getan. Aber der Mann, der hier drinnen war, ist noch viel schlimmer. Er ist mein Vater und hat lange darauf gewartet, mir endlich etwas anzutun. Er wird dir auch was antun. Vielleicht hat er Max auch schon etwas angetan. Hayden, was ich weiß, rettet dir das Leben. Was ich weiß …«

Sie blieb stehen, sie bemerkte, dass sie ihn rückwärts in den Flur gedrängt hatte und er mit aufgerissenen Augen und offenem Mund dastand und sie viel mehr gesagt hatte, als sie gewollt hatte. Sie hätte ihre Wut nicht gegen ihn richten sollen. Sie fuhr sich mit der Hand über das Gesicht und zwang sich durchzuatmen. Hayden sah sie verunsichert an.

35

»Tut mir leid, ich …«, fing Rennie an, doch dann wurde ihr klar, dass sie rein gar nichts erklären wollte. »Können wir einfach nur in das verdammte Auto steigen?«

Diesmal sagte Hayden nichts, er nahm nur seine Tasche und wartete, bis sie die Haustür zugemacht hatte. Sie blinzelte im grellen Licht, sah prüfend nach links und rechts auf die Straße, ging dann zum Parkplatz und versuchte ihre Emotionen wieder unter Kontrolle zu bringen. »Tasche auf den Rücksitz«, sagte sie zu ihm und warf ihren Rucksack hinein.

Sie wendete und fuhr die Einfahrt hinunter, war froh, dass sie den Subaru unter sich hatte, und fuhr weiter, bevor sie wusste wohin. Sie blickte zum Point, entschied sich aber doch für die andere Richtung, ihr Instinkt führte sie aus Haven Bay weg.

Hayden sagte erst wieder etwas, als sie auf der Schnellstraße waren. »Wohin fahren wir?«

»Nach Norden.« Das war die einzig mögliche Richtung. Haydens Mutter war in Cairns, Sydney hatte keinen Sinn. Seine Großeltern wohnten weiter die Küste hinauf in Yamba – bis dahin war es ein weiter Weg, mindestens acht Stunden Fahrt, und es war bereits halb vier Uhr nachmittags. Doch auf halbem Weg konnte sie ihn in einen Zug setzen. Für sie zählte nur, dass sie ihn so weit wie möglich von Haven Bay wegbrachte. Auch Joanne war irgendwo im Norden. Rennie war sich allerdings nicht sicher, wo, oder ob sie dort hinfahren wollte, doch wenigstens war es eine Alternative. Eine von mehreren.

Sie fuhr auf die Autobahn, schaltete in den fünften Gang und fuhr ein wenig über dem Tempolimit. Mit beiden Händen klammerte sie sich an das Lenkrad, beobachtete den Verkehr hinter sich, und das gleichmäßige Dröhnen des Dieselmotors sowie die Musik im Radio bildeten das Hintergrundgeräusch zu dem gespannten Schweigen zwischen ihnen. Das war vertraut und wiederum nicht vertraut, dachte sie. Mit Jo hatte sie unzählige Male Orte verlassen müssen, und jedes Mal war es nervenaufreibend und eilig gewesen und hatte etwas zurückgelassen. Sie selbst war immer nur mit ihrer Schwester geflohen, nie mit einem aufsässigen Kind, das sie hasste.

Wie konnte es so weit kommen? Was zum Teufel war falschgelaufen? Sie wollte doch einfach nur eine Zeitlang ein normales Leben führen. Mit jemandem, den sie liebte. War das zu viel verlangt? War sie nicht gut genug, großzügig genug oder dankbar genug gewesen? Oder war das irgendein beschissener Scherz des Schicksals, das ihr zuerst etwas gab, um es ihr dann wieder wegzunehmen, bevor ihre Zeit um war?

Ihr Max zu nehmen, damit er für ihre Sünden büßte?

Sie hätte am liebsten laut geschrien und geflucht und getobt. Doch Hayden war bereits Zeuge ihrer Wutausbrüche geworden. Sie krallte sich am Lenkrad fest, bis ihre Knöchel weiß wurden, biss die Zähne zusammen, bis ihr Kiefer schmerzte, mahnte sich zur Vernunft, um den Wagen nicht zu Schrott zu fahren und ihrem Vater den Job abzunehmen, sie zu töten.

Durch das Klingeln in ihren Ohren hörte sie Haydens Stimme. »Was ist?«

»Dein Handy klingelt.«

Sie brauchte einen Augenblick, bis sie es auch hörte. Die Freisprechanlage im Auto trillerte leise. Beide Handys lagen tief unten im Rucksack, man konnte nicht hören, welches von beiden klingelte. Max, bitte sei du es, Max. Sie drückte den Knopf auf dem Armaturenbrett. »Hallo?«

»Katrina?« Der Empfang war schlecht, die Stimme schwer zu verstehen. Sie hoffte, dass es Evan war, war sich aber nicht sicher.

»Ja?«, sagte sie misstrauisch, hielt ihren Blick auf die Straße geheftet, während Hayden sie plötzlich ansah.

»Hier ist Evan.«

»Er hat mich gefunden. Er war im Haus.«

Es folgte ein Schweigen, das so lange dauerte, dass sie sich fragte, ob die Verbindung unterbrochen worden war. »Nein, Kat. Er liegt im Krankenhaus.«

»Wo?«

»In Sydney.«

»Dann hat man ihn eben entlassen, und er ist hergekommen. Er muss heute Nachmittag in meinem Haus gewesen sein.«

»Das kann er nicht gewesen sein. Er ist krank.«

»Schwachsinn. Sie wissen doch, wie er ist.«

»Ich habe mit jemandem gesprochen. Sie sind extra in sein Zimmer gegangen.«

Sie zögerte, das Blut pochte in ihrem Schädel. »Dann haben sie den falschen Mann gesehen.«

»Katrina, hör zu. Ich habe mit seinem Bewährungshelfer gesprochen. Er wird nirgendwo mehr hingehen. Er hat einen Gehirntumor. In fortgeschrittenem Stadium. Er liegt im Sterben.«

Die Worte waren wie ein Schlag ins Gesicht. Ihre Arme erschlafften, sie nahm den Fuß vom Gaspedal, ihr Herz pochte wie wild an ihre Rippen. Ihr Vater lag im Sterben? Er würde vom Erdboden verschwinden? Er würde sie nie wieder verfolgen?

»Katrina, bist du noch dran?«

»Sind Sie sicher? Absolut sicher?«

»Ja. Es ist vorbei, Kat. Diesmal endgültig.«

Sie fing innerlich zu zittern an, das Zittern breitete sich bis zu ihrer Brust aus, ihren Oberschenkeln, Armen, Händen. Ein Wagen fuhr heran, hupte.

Evans Stimme klang laut und besorgt. »Wo bist du?«

Auf der Autobahn mit einem Kind im Auto und einem Kloß im Hals. »Ich kann jetzt nicht reden.« Sie legte auf, hörte ein wütendes Hupen und fuhr auf den Sicherheitsstreifen. Erde spritzte auf, als sie auf die Bremse trat. Noch bevor der Wagen völlig zum Stillstand gekommen war, riss sie die Tür auf.

»Bleib sitzen«, sagte sie zu Hayden und stieg aus. Der Wind zerrte an ihren Haaren und Kleidern, sie rannte zur Leitplanke, hielt sich mit beiden Händen daran fest, starrte die steile, bewaldete Böschung hinunter und rang um Luft. Sie wartete darauf, dass ihr Magen sich entleerte, doch leider kam nichts. Nur dicke heiße Tränen stiegen ihr in die Augen und fielen wie Regentropfen in die Rinne unter ihr. Es war vorbei. Zu Ende. Grenzenlose, unfassbare Erleichterung breitete sich in ihr aus.

Durch den Verkehrslärm hörte sie auf dem Seitenstreifen ein Knirschen, blickte auf und sah Hayden neben dem Auto stehen. »Habe ich nicht gesagt, du sollst dich nicht vom Fleck rühren?«

Er öffnete den Mund und wollte etwas sagen, schloss ihn dann aber wieder und blickte ängstlich zum Verkehr. »Dieser Typ ist wieder am Telefon.« Er hielt das Handy hoch.

Sie wusste nicht, ob ihre Beine sie tragen würden. »Wirf es mir her, und pass auf den Verkehr auf.« Sie fing das Handy auf. »Evan, tut mir leid. Ich musste die Straße verlassen.«

»Wer ist der Junge?«

»Max' Sohn.«

»Du hast ihn mitgenommen?«

»Irgendwer hat bei uns eingebrochen. Ich dachte, er wäre in Gefahr.«

»Wo bist du jetzt?«

»Auf der Autobahn. An einer unguten Stelle. Ich muss weiterfahren.«

»Wo willst du hin?«

»Weiß ich noch nicht.« Sie legte auf und starrte auf den Busch.

Jemand war in ihrem Haus gewesen, hatte die Waffe gefunden und sie mitgenommen – und es war nicht ihr Vater gewesen.

Dritter Teil

GEHEIMNISSE

36

Rennie ging auf dem Sicherheitsstreifen der Autobahn auf und ab, es war ihr egal, dass die Fahrzeuge an ihr vorbeidonnerten. Sie war mit ihrem Latein am Ende. Die Möglichkeit, dass ihr Vater auf freiem Fuß war, war verpufft, er würde sie nie wieder bedrohen. Die letzte Möglichkeit war jetzt, dass Max das Geld genommen und sie verlassen hatte.

War Max im Haus gewesen? Hatte er seinen Schlüssel benutzt, wie Detective Duncan vermutete? War er wegen irgendwas zurückgekommen? Wegen ihnen? Hatte er nur einen schlechten Zeitpunkt erwischt, und niemand war da gewesen, oder hatte er das alles so geplant?

Falls er die Glock gefunden hatte, hatte er auch alles andere gefunden – das Bargeld, ihren Ausweis, das Foto. Was würde er damit anfangen? Und warum sollte er die Waffe nehmen – damit Rennie sie nicht gegen ihn richtete, wenn sie die Wahrheit erfuhr?

Oder war er in Schwierigkeiten? Hatte er am Ende doch das Geld genommen und überlegt, dass eine Waffe nützlich sein konnte?

Max, was hast du getan?

Sie sah zum Auto. Hayden saß mit gesenktem Kopf wieder auf dem Beifahrersitz. Sie waren knapp eine Stunde von Haven Bay entfernt und sieben Stunden von seinen Großeltern. Wenn sie ihn in einen Zug setzte, würde er vermutlich an der nächsten Station wieder aussteigen und sofort zurückfahren.

Sie lief noch eine Weile auf und ab, dachte über Yamba nach, über Jo und daran, nach Norden zu fahren. Falls Max sie tatsächlich verlassen hatte, welchen Sinn hatte es dann noch, nach Haven Bay zurückzugehen? Ohne ihn war es nicht mehr ihr Zuhause.

Ein dicker Laster rauschte nur wenige Meter an ihr vorbei, die Erde bebte, er wirbelte Kies auf, der ihr Gesicht traf. Was immer sie vorhatte, zuerst musste sie von hier verschwinden. Als sie sich wieder auf den Fahrersitz gesetzt hatte, sah sie den Rucksack zwischen Haydens Füßen und zwei Plastiktüten auf seinem Schoß. »Hayden!«

Er sah ohne Schuldbewusstsein zu ihr auf, doch nicht sein Verhalten war es, das ihre Aufmerksamkeit erregte.

»Was zum T…?« Sie schnappte sich den Plastikbeutel mit dem Reißverschluss. Er enthielt die wenigen Dinge, die sie zu ihrer Identifizierung behalten hatte: die Geburtsurkunde, einen alten Führerschein, Evans Telefonnummer für den Fall, dass ihr Handy mal den Geist aufgab. Zudem enthielt er ein blaues Band von einer Schulveranstaltung, eine Bronzemedaille fürs Schwimmen, ihr Schulzeugnis. Und das Foto: Katrina, Joanne und ihre Mutter Donna. Es war irgendwo in einem Park aufgenommen worden, die Farben waren inzwischen zu Sepia verblasst – Joanne machte ihrer Mutter Hasenohren, Donna grinste, und Katrina schnitt Grimassen. Ein Beweis dafür, dass sie einmal eine glückliche Familie gewesen waren.

Katrina wusste, was in dem Beutel gewesen war, als sie das letzte Mal hineingesehen hatte, doch jetzt war noch etwas anderes drin. Ein Foto.

Sie hatte es zuvor schon einmal gesehen, aber nicht in ihrem Rucksack. Sie und Max im Garten beim Gemüsebeet, das Haus seiner Großmutter stand hinter ihnen, ein herrlich blauer Himmel. Sie zog es heraus.

»Wo hast du das her?«, zischte sie Hayden an.

»Aus dem Rucksack.«

»Nein. Das hier!« Sie hielt ihm das Bild vor die Nase.

»Das gehört mir nicht. Ich habe es da drin gefunden.«

Sie drehte es um.

Max hatte mit seiner krakeligen Schrift einen Satz daraufgeschrieben: »Wenn du gehst, darf ich dann mitkommen?«

Rennie starrte auf die Worte, ihr Herz pochte wie wild.

Und jetzt wusste sie es. Ganz ohne Zweifel.

Max hatte sie nicht verlassen.

Sie hatte keine Ahnung, wie lange das Foto bereits in ihrem Rucksack gelegen hatte. Vielleicht schon seit Jahren. Möglicherweise hatte er es heute Nachmittag reingelegt, als er die Waffe genommen hatte. Es spielte keine Rolle. Das Einzige, was zählte, war die Nachricht auf der Rückseite.

Max war kein komplizierter Mann. Er änderte nicht laufend seine Ideen oder Bedürfnisse. Er war kein unentschlossener Mensch, er schlug sich nicht ständig mit Zweifeln herum. Er lebte und liebte. Er hatte seine eigenen Verluste zu beklagen, versuchte das Richtige zu tun, er hatte Albträume und panische Angst vor der Dunkelheit.

Er hatte seine Meinung nicht geändert.

Wenn dieses Foto schon seit Jahren hier drinnen lag, hatten sich seine Gefühle nicht verändert.

Und falls er das Foto erst heute reingelegt hatte, dann schickte er ihr damit eine Nachricht.

So oder so, er wollte ihr damit etwas sagen. Dass er von Katrina wusste und Rennie trotzdem liebte.

Und es sagte ihr, dass sie nie nach Hinweisen suchen musste, wer er war. Dass sie ein verdammter Trottel gewesen war, der ihm misstraut hatte. Sie war nicht die ganze Zeit nur aus Selbstgefälligkeit bei ihm geblieben. Sie war geblieben, weil sie ihm vertraute und weil es nie einen Grund gegeben hatte, ihn zu verlassen. Weil er sie liebte. Was auch immer vorgefallen war, was immer er getan hatte, er war derjenige, dem man vertrauen musste.

Und jetzt musste sie ihn finden.

Sie ließ den schweren Motor an und fuhr auf die Autobahn zurück.

»Wie viel Geld ist das?«, fragte Hayden.

Noch vor drei Minuten hätte sie zu ihm gesagt, dass ihn das verdammt noch mal nichts angehe. Doch jetzt konnte sie ihm nur die Wahrheit sagen. »Ein paar Tausend!«

»Boah.«

»Tu es wieder in den Rucksack. Den anderen Beutel auch.«

Er tat es und machte den Rucksack zu. »Warum hat der Typ dich Katrina genannt?«

Er hatte vermutlich in den vergangenen paar Stunden genug gehört und gesehen und ein Recht darauf, die Wahrheit zu erfahren. »Das war mal mein Name.«

»Weiß Dad, dass du ihn geändert hast?«

»Nein.«

Er schwieg. Sie wollte ihm nicht zuvorkommen.

»Wer war der Typ am Telefon?«

»Ein Polizist. In Rente. Ein Freund.«

»Wer stirbt?«

»Mein Vater.«

Die nächste Pause dauerte länger. Vielleicht verglich er die Väter und verdaute die Informationen.

»Bist du deshalb vorhin so ausgerastet? Weil er im Sterben liegt?«

Ja, vermutlich hatte es wie ein Ausraster gewirkt. »Ja. Ist das alles?«

»Ich denke schon.«

»Gut. Ich muss nachdenken.«

Nach fünf Kilometern kam eine Ausfahrt. Sie musste entscheiden, was mit Hayden passieren sollte, bevor sie sie erreichte.

Jemand war in ihrem Haus gewesen, und ihre Glock war verschwunden. Falls es Max gewesen war, war das einzige Problem, ob er wusste, wie man sie benutzte. Wenn er es nicht gewesen war, besaß jemand anderer eine tödliche Waffe – und die Frage war, warum hatte er sie genommen? Nur für alle Fälle oder weil er vorhatte, sie zu benutzen? Es gab keinerlei Möglichkeit, es zu erfahren, ohne zu wissen, warum er da gewesen war.

Sie stellte sich das Büro vor, die heruntergefallenen Notizen, die offenen Schubladen im Aktenschrank. Jemand hatte alles durchsucht. Wenn sie herausfand, was noch fehlte, konnte sie vielleicht rausfinden, wo sie nach Max suchen musste. Sie dachte an das Passwort auf dem Computer, die Zahlenreihe in seinem Büro in Toronto. Sie befühlte ihre hintere Hosentasche. Die Seite aus seiner Schublade war noch da.

Hayden war in seinem Sitz zusammengesackt und starrte auf die Landschaft, die an ihnen vorbeiflog. Er kannte sich mit Computern besser aus als sie. An manchen Besuchstagen redete er stundenlang über den Computer, den er zu Hause hatte, in den Schulferien den ganzen Tag über. Vielleicht konnte er Max' Sicherheitssystem knacken. Die Person mit ihrer Waffe war ein Risiko, doch sie waren eingebrochen und hatten das Haus durchsucht, als niemand zu Hause war. Warum sollten sie noch mal zurückkommen?

»Wie gut kannst du dich in einen Computer einhacken?«, fragte sie ihn.

»Ein bisschen.« Er wirkte verschlossen. Sie nahm an, dass das mehr als nur ein bisschen heißen sollte.

Noch zwei Kilometer bis zur Ausfahrt. Wenn er ihr helfen wollte, dann nur zu ihren Bedingungen.

»Hayden, wir müssen reden. Können wir das mal, ohne zu streiten?«

Er zuckte die Achseln.

Das musste reichen. »Ich habe mich geirrt. Ich dachte, ich wüsste, was Max passiert ist und wer bei uns eingebrochen ist. Aber es ist anders, als ich dachte, trotzdem geht hier irgendwas vor. Ich weiß nicht, was es ist, aber ich gehe davon aus, dass die Antwort oder zumindest ein Teil davon im Haus zu finden ist. Ich werde dorthin zurückfahren. Du könntest mir vermutlich helfen, aber du darfst nur mitkommen, wenn du tust, was ich dir sage.«

»Warum?«

»Weil wer immer in das Haus eingebrochen ist, eine Waffe hat.«

»Woher weißt du das?«

»Sie war in meinem Rucksack, jetzt ist sie weg.«

»Du hattest eine Waffe?«

»Ja.«

Er sah sie lange und ernst an. »Warst du mal Polizistin?«

Sie hob eine Augenbraue und überlegte, welche Szenarien er sich für sie überlegt hatte. »Nein.«

»Warum hast du dann eine Waffe?«

»Menschen wie ich brauchen eine Waffe. Wirst du tun, was ich dir sage?« Er sah aus, als wüsste er nicht, ob er irgendwo mit ihr hingehen wollte. »Du musst nicht mitkommen. Ich kann dich zum Bahnhof bringen und in einen Zug zu deinen Großeltern setzen.«

»Nein, ich will helfen, Dad zu finden.«

»Dann musst du tun, was ich dir sage.«

»Okay. Was ist im Haus?«

»Der Computer.«

Angst trieb Max immer weiter an, er krabbelte in der Dunkelheit, rief nach Rennie, hoffte und fürchtete zugleich, dass sie mit ihm hier unten war. Hatte ihre Vergangenheit sie eingeholt? Hatte sie Gewalt nach Haven Bay gelockt? Furcht und Wut fühlten sich gleich an.

Er hatte nicht die Kraft, das Tempo beizubehalten, er bekam kaum noch ein Knie vor das andere. Er konnte sich nicht retten, geschweige denn die Frau, die er liebte. Er fiel gegen die Wand, krallte seine Fäuste in den trockenen Sand unter seinen Händen, fühlte einen Stein und warf ihn. Er empfand Enttäuschung, Sinnlosigkeit und eine plötzliche Gereiztheit.

Der Aufprall klang nah. Sehr nah – und hörte sich anders an als der Klang, der von den Felsen kam. Schärfer, zinnhaltiger. Er streckte eine Hand aus und tastete sich vor. Zuerst mit den Fingerspitzen, dann fuhr er mit der ganzen Hand über die kühle, raue, weiche Oberfläche einer Ziegelwand – und etwas tauchte in seiner Erinnerung auf.

Er zog sich an der Mauer empor, tastete nach oben, nach unten, nach rechts und links. Er war in einem Tunnel, dessen Decke gewölbt war, zwischen den einzelnen rechtwinkligen Steinen quoll Mörtel hervor. Er kniff seine Augen zusammen und versuchte sich zu erinnern. Woher kannte er das? Er entspannte sein Gesicht, kämpfte um seine Erinnerung, atmete gleichmäßig und betete, sie möge so lange wie möglich bleiben. Es war … dunkel. Rennen … schreien.

»James!«, rief Max. Er war noch ein Kind, der Klang seiner Schritte und sein irres Lachen hallten um ihn herum wider. Er hielt eine Taschenlampe in der Hand, doch die funktionierte nicht. Das spielte keine Rolle: Er musste einfach immer geradeaus laufen. »James, langsamer!« Seine Fingerspitzen wurden zerschrammt, als er sie an der Wand entlanggleiten ließ, also versuchte er, nicht direkt dranzufassen.

Eine Wand? War es dieselbe Wand?

Wie viele gab es davon?

Er rutschte um die Ecke, trottete durch die Tür, hangelte sich hoch ins grelle Sonnenlicht hinaus, das in seinen Augen schmerzte, fiel lachend und keuchend auf den Boden, außer sich wegen der Geschwindigkeit, der Dunkelheit und des Nervenkitzels.

»Du bist ein verdammtes Arschloch, Max.« James war über ihm, schwitzte und war wütend.

»Was? Das war ich nicht. Die Batterie hatte keinen Saft mehr.«

»Schwachsinn. Das hast du absichtlich gemacht.«

Max rappelte sich auf. »Was ist denn los? Die Taschenlampe hat schon mal den Geist aufgegeben.«

»Wir waren verdammt weit da drin.« James ging vor ihm auf und ab. »Du hältst dich wohl für verdammt schlau. Verdammt schlau und verdammt witzig. Das bist du aber nicht. Du bist ein Arschloch, verpiss dich einfach.«

Damals waren sie beide Arschlöcher, Teenager mit Hormonschwankungen. Max erinnerte sich, wie er sich schiefgelacht hatte, als er herausfand, dass sein Cousin sich im Dunkeln fürchtete. Und an seinen pathetischen Zuruf, als James zwischen den Bäumen verschwand. »Verpiss du dich!«

Max schüttelte den Kopf. Verrückt, dass nun Max derjenige war, der Angst vor der Dunkelheit hatte. Und warum fiel ihm das ausgerechnet jetzt ein? In dieser Erinnerung gab es keine Ziegelwand. Die Taschenlampe war ausgegangen, sie …

Moment mal. Er sah, dass es direkt zwischen seinen Augen hing, blinzelte und ermutigte es hervorzukommen.

Es war nur ein Lichtschimmer. An, dann wieder aus.

»Ja, okay, sehr witzig, Max. Du kannst das verdammte Ding jetzt wieder anmachen.« Es war Pav.

»Nein, Kumpel, im Ernst. Die Taschenlampe ist aus.«

»Zeig mal.«

»Du kannst sie so lange anschauen, wie du willst, wenn du noch Batterien dabeihast.«

Pav tastete sich an Max' Arm entlang, bis er die Taschenlampe in seiner Hand fand. Max lauschte ein paar Schlägen, einem auf- und wieder zuschraubenden Geräusch, einem Rattern und Worten auf Polnisch.

»Hast du in letzter Zeit viele Karotten gegessen?«, fragte Max.

»Die müsste man im Atommüll anbauen.«

»Ah … warum das?«

»Damit die Augen in der Dunkelheit glühen.«

»Das sind ja rosige Aussichten. Wie wäre es stattdessen mit einem Telefon?« Max zog sein Handy aus der Hosentasche, klappte es auf, und ein düsterer blauer Glanz beleuchtete seine Hand. »Besser als nichts.« Er drehte es herum, zeigte es Pav und sah hinter ihm im Dämmerlicht die Ziegelwand. Zwischen den Ziegeln quoll der Mörtel aus den Fugen.

Genau wie der unter seinen Händen.

War er wieder hier? »Oh, verdammt.«

Er kannte die Stelle. Er und James waren an dem Tag daran vorbeigelaufen, als die Taschenlampe ausfiel. Die Mauer wurde errichtet, weil die Gemeinde sich Sorgen wegen der Sicherheit machte und Angst hatte, dass Kinder sich dort verlaufen könnten. Es gab immer noch ein paar unerforschte Kilometer – der Weg war lang, sehr lang, wenn man ihn auf Händen und Knien und mit Schmerzen zurücklegen musste.

Er sank wieder auf seinen Hintern, lehnte sich an die kühle, klumpige Oberfläche und versuchte nicht an die Entfernung zu denken. Er sagte sich einfach, dass der Weg jetzt geradeaus zum Ausgang führte.

Außer der Gemeinderat hatte noch mehr Wände hochziehen lassen. Er war seit Jahren nicht mehr hier unten gewesen. Vermutlich mit Pav das letzte Mal. Er wohnte erst seit ein paar Monaten mit Trish im Ort, und Max hatte mal wieder den Fremdenführer gespielt.

Damals fand er Pav nett, er mochte seine lässige Art, sein Lachen, das wie ein Donnerschlag klang, und seinen coolen Akzent. Später wurde er einer von den Freunden, die man brauchte, wenn das Leben zur Hölle wird. Er urteilte nicht, sagte nicht, dass es irgendwann besser würde, und gab keine Ratschläge. Er hörte einfach zu, nickte und sagte nur, dass es im Leben eben manchmal einfach so käme. Vielleicht war das typisch polnisch oder europäisch, wo Tod und Zerstörung über die Jahrhunderte regelrechte Schneisen geschlagen hatten und die Menschen etwas vom Schrecken und Überleben wussten und wie man aus Trümmern einen Neuanfang startet.

Max stützte sich auf Hände und Knie, fand links von sich die Wand und startete aufs Neue. Herrgott, es tat so weh. Seine Handflächen und Kniescheiben waren wund, sein Rücken schmerzte, und seine Arme zitterten – und das war nur ein neuer Schmerz auf einer langen Liste. An die anderen Schmerzen wollte er gar nicht denken. Sie sagten ihm, dass er durstig, krank und schwach war. Zu schwach. Dass er sterben würde, wenn er nicht bald den Ausgang fand. Oder vielleicht auch dann starb, wenn er ihn finden sollte.

37

Rennie fuhr schnell und konnte es kaum erwarten, nach Hause zu kommen und sich ein Bild zu machen. Das war neu für sie – an einen Ort zurückzukehren, statt weiterzufahren, auf alten Wegen zu gehen, statt neue zu suchen. Und es machte ihr Angst, nicht zu wissen, was sie erwartete und wie sie damit umgehen sollte.

Sie ging alles durch, was sie wusste. Jede einzelne Information. Das Blut auf dem Parkplatz, der dumpfe Schlag am Gartenzaun, die unvollständige Nachricht, das durchsuchte Handschuhfach, das Passwort im Computer, die Anrufe im Café – sie drehte sie hin und her und war sich nicht sicher, was direkt mit Max zu tun hatte und was nicht. Vielleicht alles, vielleicht nichts.

Das Blut bereitete ihr am meisten Sorgen. Vielleicht war es nicht seins, aber falls er doch verletzt war, war nicht auszudenken, was die frühe Sommerhitze ihm antun konnte. Er war erst seit vierundvierzig Stunden verschwunden – fast zwei Tage –, doch gestern war es windig gewesen, und heute lag die Temperatur weit über zwanzig Grad. Sie dachte an Blutverlust, Gehirnerschütterung, Dehydrierung, Infektion, innere Blutungen. Wie lange würde er überleben können? War er schon tot?

Sie musste wieder an die Durchsuchung des Hauses und des Handschuhfachs denken. Irgendwas hatte das mit Max' Verschwinden zu tun.

Im Grunde sah das alles nach keinem richtigen Einbruch

aus. Weder waren die Türen aufgebrochen noch die Fenster eingeschlagen worden. Das Metallblech an der Eingangstür war auch nicht zerkratzt. Hatte Max seinen Schlüssel benutzt? Hatte er ihn jemandem überlassen – oder hatte ihn jemand an sich genommen? Sie verweilte einen Augenblick bei diesem Gedanken.

Ja, es war möglich, dass jemand von außerhalb Max auf dem Parkplatz überfallen, seinen Schlüssel genommen und dann abgewartet hatte, bis niemand da war und er Haus und Auto durchsuchen konnte. Sie wünschte sich, dass es so wäre, dass eine unbekannte Person Max zufällig ausgesucht hatte, weil er alleine auf einem dunklen Parkplatz stand. Doch ihre Erfahrung ließ sie diese Version bezweifeln, und ein mulmiges Gefühl stieg in ihr auf.

Das sah nicht nach einem Raubüberfall aus, jedenfalls nicht nach einem gewöhnlichen, bei dem es um Fernseher, Stereoanlage oder Computer ging. Und wer klaute schon einen Schlüssel, um nur Schränke und Kommoden zu durchwühlen? Aufklärung, Panikmache, ein übler Scherz? Nein, das hier war etwas anderes. Irgendjemand hatte etwas gesucht.

Kannten sie Max? Hatte er sie deshalb so nah an sich herangelassen, dass sie seinen Schlüssel nehmen konnten?

Oder war etwas anderes passiert? Hatte ihn jemand auf Trishs Geburtstagsparty gestohlen?

Dann musste es jemand sein, den Max kannte, den sie vielleicht beide kannten. Und dieser Gedanke brachte ihr Blut in Wallung, und sie wurde wütend. So etwas passierte nur in ihrem Leben, es gehörte nicht hierher.

Die Sonne ging langsam unter, und die Schatten wurden länger, als sie auf den Parkplatz vor dem Haus fuhr. Ihr Vater bedrohte sie nicht länger, trotzdem musste sie vorsichtig sein. Irgendwer hatte ihre halbautomatische Pistole an sich genommen.

Sie befahl Hayden, im Auto zu warten, während sie die Umgebung des Hauses kontrollierte. Sie wollte ihn auf die Probe stellen und gleichzeitig überprüfen, wie sicher es war. Außerdem hoffte sie, dass er nicht auf sie hörte, damit sie ihn laut und deutlich in die Schranken weisen konnte.

Als sie zurückkam, machte er die Tür auf, blieb aber im Wagen sitzen. Sie befahl ihm, auf der Veranda zu warten, während sie durch das Haus ging und schnell und leise alle Zimmer kontrollierte. Soviel sie sah, war niemand mehr da gewesen, seit sie losgefahren waren. Sie stand neben der Tür zum Büro und winkte Hayden herein. Er setzte sich vor den Bildschirm und sagte: »Wonach soll ich suchen?«

»Zuerst einmal müssen wir an Max' Dateien kommen. Er hat sie mit einem Passwort verschlüsselt. Das ist aber nicht dasselbe, das wir auch für unsere Mails benutzen. James konnte es nicht knacken.«

»Onkel James kennt sich mit Computern überhaupt nicht aus.«

»Gut, dann lass mal sehen, was du draufhast.«

Sie stellte sich hinter ihn und ging die Post-its durch, die immer noch über dem Schreibtisch klebten. Sie sammelte die auf, die auf den Tisch gefallen waren, und fragte sich, ob jemand sie bei der Durchsuchung des Zimmers gezielt ausgewählt hatte oder ob sie einfach heruntergefallen waren. Das, was daraufstand, war genauso unverständlich wie die hingekritzelten Worte, Zahlen, Daten und Namen auf den Zetteln, die am Regal hingen. Sie durchsuchte, was darauf lag: Telefonbücher, Ratgeber, Betriebsanleitungen für Minengeräte und dicke Ordner. Es waren insgesamt fünf Ordner, die alle ordentlich in einer Reihe nebeneinanderstanden.

Im ersten Ordner waren Unterlagen zur Renovierung des Hauses. Im nächsten Arztrechnungen. Den Rest blätterte sie nur schnell durch – Privatkredite, Kinderunterhalt, Kopien von Haydens Zeugnissen. Alles wirkte erstaunlich geordnet. Und war für niemanden außer für Max von Interesse.

Sie zog an der halb offenen Schublade im Aktenschrank. Sie enthielt zahlreiche Hängeregister. Sie ging die farbigen Tabulatoren schnell durch: Versicherung, Gerichtsunterlagen, Garantien, Auto – sie war überrascht, wie organisiert Max war, und konnte sich nicht erklären, warum sie durchsucht worden waren. Wer konnte ein Interesse an so etwas haben? Sie war wütend und fluchte leise.

»Hast du was gefunden?«, fragte Hayden.

»Nein.« Sie knallte die Schublade zu.

»Was suchst du denn?«

Genau. Wonach zum Teufel suchte sie überhaupt? Woher sollte sie wissen, dass sie gefunden hatte, was sie suchte, wenn es vor ihr lag? Oder ob jemand irgendwas genommen hatte? Sie fuhr sich mit den Händen durchs Haar und blickte in Haydens sorgenvolles Gesicht. »Mach weiter. Ich geh kurz raus«, und trete nach irgendwas …

Sie lief im Wohnzimmer auf und ab, brauchte Platz, um Stress abzubauen, wollte aber nicht, dass ihr jemand dabei zusah. Schlafmangel und zu wenig Essen forderten ihren Tribut. Ihre Augen brannten, ihr Verstand ließ nach, und sie hatte ein flaues Gefühl im Magen. Sie riss die Kühlschranktür auf, zupfte eine Handvoll Weintrauben ab und holte eine Flasche mit irgendwas Sprudelndem aus der Kühlschranktür. Zwei Minuten später fühlte sie sich besser, das kalte Getränk hatte sie erfrischt, und der Zucker machte ihren Kopf wieder frei.

Okay, vielleicht ging sie die Sache ganz falsch an. Wer auch immer hier drinnen gewesen war, hatte das Büro und den Schrank durchsucht. Vielleicht auch woanders. Das konnte sie nur wissen, wenn sie nachsah.

Sie blickte zu den hinteren Fenstern und in den Garten hinaus, der im späten Nachmittagslicht glänzte.

»Ich gehe ins Atelier«, rief sie. »Bleib im Haus.«

Sie nahm eine große Bratpfanne mit, die eignete sich auf die Schnelle gut als Waffe und war im engen Atelier sicherer als ein Messer. Sie lief schnell über den Rasen, blieb stehen und lauschte, bevor sie die Tür öffnete. Drinnen war es dämmrig, aber immer noch hell genug, dass sie sehen konnte, dass sie alleine war und jemand die große Staffelei in der Mitte des Zimmers verschoben hatte. Nicht viel, vielleicht nur einen Fußbreit, aber sie nahm es mit der Position der Staffelei sehr genau und stellte sie gerne ins Tageslicht in die Mitte des Zimmers. So wie sie jetzt dastand, war jemand achtlos durch den Raum gegangen.

Ihr Herz hämmerte, sie ging durch das Zimmer und suchte nach weiteren Hinweisen, fand aber weder etwas unter den gestapelten Leinwänden noch den Farbbehältern oder dem Bett. Ihr fiel erst wieder etwas auf, als sie den hinteren Teil des Raumes erreichte, wo Max in Kartons an der Wand alle Sachen stapelte, die nicht mehr in sein Büro passten. Aus einem Stapel von vier Schachteln waren jetzt zwei Mal zwei geworden. Ein Pappdeckel stand offen.

Rennie sah entnervt zurück zur Tür und überlegte. Wer immer hier reingekommen war, war schnell durch den Raum und schnurstracks zu den Schachteln gelaufen und hatte dabei die Staffelei verschoben. Jedenfalls hatte jemand die Deckel der Schachteln hochgehoben und hineingeschaut. Hatte es jemand auf Unterlagen abgesehen, die in eine Schachtel passten? Was immer es war, hier ging es um Max, nicht um sie.

Sie lief zum Haus zurück, rannte durch die Zimmer und versuchte sich in die Eindringlinge hineinzuversetzen. Auf der alten Kommode stand ein Bier, wo es nicht stehen sollte, die alten Sofakissen lagen unordentlich herum. Nichts wirkte verwüstet oder zerstört, jemand hatte nur ein paar Gegenstände kaum merklich verrückt. Vielleicht nur zufällig, bei einem Spaziergang durch die Wohnräume eines anderen. Um Schubladen zu öffnen oder Sachen zu berühren, wie ihr Vater. Oder hatte es jemand eilig gehabt? Und die Angst vor einer Entdeckung hatte sie leichtsinnig gemacht?

In Haydens Zimmer lagen Decken und Klamotten auf dem Boden verstreut. Aber das war vermutlich sein Werk. Sie bezweifelte, dass er sich die Mühe machte, irgendwas zusammenzulegen oder auf Kleiderbügel zu hängen, das hieß allerdings, dass jemand anderer die Schranktür und die oberste Schublade in der Kommode offen gelassen hatte. Dort befanden sich allerdings keine Wertsachen – genauso wenig wie auf den Regalen im Bad –, aber vielleicht sah das jemand ganz anders.

Sie ging in ihr Schlafzimmer, zog wieder die Türen des Kleiderschranks weit auf und warf noch einmal einen Blick auf die Unordnung. Büro, Schlafzimmer, Badezimmer. Hatte jemand das wahllos durchsucht, oder steckte System dahinter? Hatten sie zuerst an den offensichtlichen Stellen gesucht oder an einer Stelle begonnen und sich dann systematisch durch das ganze Haus gearbeitet?

Und warum hatten sie in jedem Zimmer nachgesehen? Was konnte dort versteckt sein?

Keine Akten oder Ordner. Wer bewahrte so was schon im Badezimmer auf? Vielleicht Schmuck, aber sie besaßen keinen. Taschentücher, Stifte, Kondome, Kerzen. Nein. Etwas …

Sie ließ noch einmal ihren Blick durch den ganzen Kleiderschrank schweifen. Okay, halt dich nicht mit Kleinigkeiten auf.

Ihr Blick glitt langsam an ihren wenigen Sachen rauf und

runter, dann an denen von Max. Die Unterwäsche, die sie zusammengelegt und geordnet hatte, lag jetzt durcheinander in der Schublade, jemand hatte dazwischen nach etwas gesucht. Sie schaute auf das Regal darüber. Was lag vorher darauf?

Sie dachte an heute Morgen zurück, als sie Max' Sachen aufgeräumt, Ordnung in sein Chaos gebracht und versucht hatte, etwas über ihn herauszufinden. Es war wie ein Spiel, das sie als Kind immer gespielt hatte. Wer jeden Gegenstand auf dem Tisch aufzählen konnte, hatte gewonnen. Sie konnte das gut, ihre Mutter hatte sie darauf trainiert zu beachten, was sie sah. Rennie, denk nach.

Sie ging alles Stück für Stück durch, schloss die Augen, listete gedanklich alles auf und prüfte, ob es noch im Schrank war. Zuerst seine Sachen auf dem Regal: Sie waren alle vorhanden. Dann die Unterlagen: Soweit sie sich erinnerte, fehlte auch hier nichts. Der Kleinkram im Aschenbecher: Sie hatte die Gummiringe vergessen. Hatte sie sonst noch was ausgelassen?

Sie ging noch einmal alles durch: Gummiringe, einzelner Manschettenknopf, Münzen, Büroklammern, Heftzwecken. Es war alles da, bis auf…

Den USB-Stick. Klein, schwarz, glänzend. Sie fand die Plastikkappe und legte sie wieder zurück.

Sie sah die Sachen auf seinem Regal durch, hob sie hoch und schob sie beiseite, durchsuchte alles. Dann suchte sie auf dem Teppich, zwischen seinen Schuhen, zwischen ihren.

Der USB-Stick war weg.

Max musste beim Kriechen immer öfter pausieren. Er ließ die Wand nicht aus den Augen, schob nur seine Hände voran und zog die Knie nach.

Pav hielt nun Einzug in seine Erinnerungen: an die Zeit

mit ihm hier unten, sein tiefes, rollendes Lachen, das von den Wänden zurückgeprallt war. Die Nächte in seinem Garten, Wodka und Bourbon, Trish, die immer wieder kurz vorbeikam, um Essen zu bringen oder leere Teller mitzunehmen, und keineswegs unglücklich schien, dass sie im Haus ihre Ruhe hatte. Das waren schöne Zeiten gewesen, nicht so wie jene, als Max sich ständig Vorwürfe gemacht und alles getrunken hatte, was er in die Finger bekam.

Dann war Rennie hinzugekommen, und sie waren zu viert. Grillabende auf Max' neuer Terrasse, kalte Nächte um das Feuer, die Feier, als Rennie ihr erstes Bild beendet hatte, Trinksprüche mit Champagner am Seeufer zu irgendeinem Geburtstag, Haydens Geburtstagsfeier und Pav, der den laut protestierenden und lachenden Teenager über die Schulter legte, weil der Junge ihn dazu herausgefordert hatte.

»Erinnerst du dich noch, als ich dir erzählt habe, dass ich mal etwas Schreckliches getan habe?«, sagte Pav.

Sie saßen auf Max' Terrasse. Der Lichtschein aus dem Wohnzimmer fiel auf das Holz, aus den Atelierfenstern leuchtete grelles Licht. Für ein Feuer war es nicht kalt genug und für ein T-Shirt nicht warm genug. Wann war das gewesen?

»Vorsicht, Kumpel«, sagte Max. »Vielleicht muss Trish uns umbringen, wenn du darüber redest.«

Pav lächelte kurz und etwas gezwungen. »Es hat sich herausgestellt, dass Trish recht hatte. Es hat uns hier eingeholt.«

»Was hat euch hier eingeholt?«

Er trank einen Schluck Wodka, stützte die Ellbogen auf die Knie und betrachtete sein Glas. »Ich habe jemandem etwas abgenommen, und er will es zurück.«

»Was hast du ihm genommen?«

»Geld.«

Max schwieg, hob die Augenbrauen. »Wie viel?«

»Gar nicht mal so viel, wenn man bedenkt, wie viel Geld rein- und rausfloss. Aber dann habe ich herausgefunden, woher das Geld kam, habe etwas gesehen, das ich nicht sehen sollte, und dann war es nicht mehr sicher für mich zu bleiben. Ich war schon mit Trish zusammen. Wir hatten uns gerade erst kennengelernt, ich wollte sie nicht mit reinziehen, weißt du, also habe ich ein paar Handvoll Geld genommen. Ich habe mir was ging in die Taschen und unter mein Hemd gestopft. Habe einen Kerl niedergeschlagen. Wahrscheinlich habe ich ihm den Kiefer gebrochen. Ich habe ihn in einem Lagerraum eingeschlossen, und dann …«, er zuckte die Achseln, »… bin ich einfach mit dem Geld abgehauen. Direkt an ihnen vorbei, als ginge ich zum Rauchen.«

»Mist.«

»Ja.«

»Wo war das?«

»In Serbien. Damals hieß es eigentlich noch Jugoslawien. Wir haben den ersten Zug genommen, sind über die Grenze gefahren und haben so lange kein Hotel genommen, bis wir in Norwegen waren.«

»Norwegen?«

»Dort ist es beschissen kalt.«

»Und wo ist jetzt das Problem?«

Er trank noch einen Schluck Wodka. »Der Typ, dem ich das Geld geklaut habe, ist nach dem Bosnienkrieg hierhergekommen. Er hat eine Importfirma, importiert alle möglichen Lebensmittel. Eines Tages kam zufällig sein Vertreter bei mir vorbei. Er kommt auch von dort. Er hat mich erkannt und es seinem Boss erzählt. Der will jetzt sein Geld zurück.«

»Hast du es noch?«

Pavs Blick sprach Bände. »Ich führe ein Café in Haven Bay, das ist keine florierende Metropole. Wenn Trish das

Haus nicht gehören würde, könnten wir uns das Leben hier gar nicht leisten.«

»Und was hast du jetzt vor?«

Er atmete tief durch die Nase ein, stieß die Luft durch den Mund wieder aus und nahm sich für die Antwort ein wenig Zeit. »Ich wollte dich fragen, ob du mir was leihen kannst.«

38

»Ich bin drin!«

Im Schlafzimmer hörte Rennie Haydens Schrei und lief ins Büro. Er stand da und streckte wie ein siegreicher Boxer die Fäuste in die Luft. Sie grinste. Er hielt ihr die Hand zum Abklatschen hin, sie hob ihre, der Knall ihrer Handflächen war härter als gedacht und fühlte sich seltsamerweise sehr freundschaftlich an.

»Gut gemacht.« Sie lief zum Stuhl, aber er war noch nicht fertig.

»Ich habe Millionen Kombinationen probiert«, sagte er, setzte sich hin und griff nach der Maus. »Alle Spitznamen von Dad, Worte, die er sich ausgedacht hat, Orte, an die er geht, oder Boote, mit denen er gesegelt ist …«

»Und was kam raus?«

»Da steht es.« Er zeigte auf die Reihe Post-it-Zettel. »Ich habe einfach alles probiert, dann habe ich das gesehen: DallasWertvoll. Erste Buchstaben groß, ohne Zwischenraum.«

Rennie fand die Worte auf einem Zettel, der über dem Bildschirm hing.

»Dallas hieß mit Nachnamen nicht Wertvoll«, sagte Hayden. »Er hieß Brownston.«

»Dallas Brownston?« Der Name sagte ihr etwas, sie wusste aber nicht mehr woher.

»Er war bei dem Grubenunglück mit Dad zusammen. Er ist mein Patenonkel. War mein Patenonkel.«

Rennie runzelte die Stirn, sah auf den Bildschirm und

dann auf das Post-it. Er benutzte den Namen seines toten Kumpels als Passwort? »Wertvoll?«

Hayden zuckte die Achseln, als wäre das Schwachsinn, aber so war Dad eben.

Nein, da war noch mehr. Sie richtete sich auf, dann fiel es ihr wieder ein. Als sie die ersten Male bei Max übernachtet hatte, hatte er sie immer wieder zu Tode erschreckt, weil er im Schlaf schrie. Als er einmal einen besonders schlimmen Albtraum hatte, war sie ihm auf die Terrasse gefolgt, hatte unter einer Decke im Lampenschein gesessen und nur zugehört, als er von Dallas zu erzählen begann – über die bekloppten Sachen, die sie gemacht hatten, ihre gemeinsamen Reisen, die Kinderstreiche, das Segeln, Fußball. Sie hatte sich gefragt, warum er mitten in der Nacht um drei Uhr daran dachte. Dann erzählte er ihr von ihrem letzten Gespräch unter dem Felsbrocken in der Dunkelheit. Er sah sie nicht an, bewegte sich nicht, sprach gerade laut genug, dass sie es hören konnte. Da hatte er das Wort benutzt: *Wertvoll.* Er hatte es immer wieder gesagt. *Ich will wertvoll sein. Ich weiß nicht, wie man wertvoll wird. Anscheinend weiß ich nur, wie man alles versaut.*

Rennie erinnerte sich, wie hilflos sie sich gefühlt hatte. Sie saß nur eine Armlänge von ihm entfernt und wusste trotzdem nicht, wie sie ihn berühren sollte. Sie wusste nicht, worum es ging, sie wusste nur, dass er betrogen worden war – von seiner Frau, von der Bergbaufirma, von der Versicherung, vom Schicksal. Sie wusste nicht, wie man Mitgefühl zeigte oder jemanden tröstete, darum rutschte sie einfach näher an ihn heran, legte die Decke auch um seine Schultern, küsste seinen Hals und hoffte, dass er verstand, dass sie, um ihn zu beschreiben, selbst nach so kurzer Zeit das Wort wertvoll für untertrieben hielt.

»Und wonach suchen wir jetzt?«, fragte Hayden und legte die Finger auf die Tastatur.

Nach Max. Sie suchte nach Max. Sie wollte ihn zurückhaben und hoffte inständig, dass er nicht beschlossen hatte, seinem Freund Dallas zu folgen.

Sie hockte sich neben Hayden. James vermutete, dass Max der Firma das Geld geklaut hatte, und hatte versucht, sich auf dem Computer einzuloggen, um seinen Verdacht zu bestätigen oder Spuren zu finden – doch sie wusste nicht welche. Sie fragte sich allerdings, warum Max sie mit dem Passwort DallasWertvoll schützte. Vielleicht war etwas auf dem Computer, das man nicht auf einen USB-Stick laden konnte. Etwas, das für jemand anderen wichtig sein konnte. »Ich weiß es nicht. Wir sehen einfach mal nach, was wir finden.«

Auf dem Computer waren die normalen Betriebsprogramme, Musikdateien, Spiele, ein paar Filme. Fotodateien. Er hatte drei Kameras für verschiedene Anlässe in verschiedenen Größen. Hatte er vielleicht irgendwelche Fotos gemacht, die jemandem missfielen? So etwas konnte man leicht auf einen USB-Stick kopieren. »Öffne das mal«, sagte sie und zeigte drauf, Hayden klickte zweimal.

Eine große Datei ging auf, die beinahe tausend Fotos enthielt. Als sie die ersten Vorschaubilder sah, blinzelte sie. Es würde ewig dauern, sie durchzugehen. Aber wenn er wusste, dass er überaus heikle Bilder besaß, die er sogar mit einem Passwort verschlüsselte, würde er sie dann zwischen anderen Fotos verstecken? Andererseits: Gab es einen besseren Ort? Mist. »Komm, wir schauen uns erst die anderen Dateien an. Wenn es sein muss, können wir uns die Fotos auch nachher noch ansehen.«

Es gab noch weitere Ordner, die Max mit für ihn typischen, skurrilen Namen versehen hatte. Etwa *Her mit dem Geld* für Rechnungen, *Tu es Baby* für alles, was Arbeit betraf, die er mit nach Hause nahm. Rennie berührte mit der Fingerspitze den Bildschirm. »WZT – was ist das für ein Ordner?«

»Was zum Teufel«, sagte Hayden. Das sollte kein Schimpfwort oder eine Frage sein, es steckte auch keine Pose dahinter.

»Was?«

»Das bedeutet WZT«, sagte er. »Was zum Teufel.«

Für einen Computerordner? »Öffne ihn.«

Auf dem Bildschirm tauchte ein Verzeichnis auf. Nichts Offensichtliches.

»Komm, wir schauen uns das mal an.«

Hayden scrollte die Liste runter, öffnete und schloss Dateien. Sie enthielten Rechnungen, Zahlenreihen, Kontoauszüge der MineLease und ein einzelnes Dokument.

Rennie stand auf, blickte aber weiter auf den Bildschirm und spürte, wie die Angst langsam in ihr aufstieg.

»Was ist das?«, fragte Hayden.

Es war eine Aufstellung von Geldreserven, Überweisungen und Konten. War es das, wonach James gesucht hatte?

»Mist.« Sie lief ein paar Schritte durch das Zimmer. Von Geschäftsführung oder wie man einen Betrug einfädelte, verstand sie nichts. Wenn sie sich außerhalb des Gesetzes bewegt hatte, dann zum eigenen Schutz, zur Flucht oder zum Überleben, aber nicht wegen Betrugs oder übler Tricks.

Hayden beobachtete sie, als sie wieder näher kam, und wartete auf neue Anweisungen. Max war es nicht, sagte sie sich. Er hatte das Geld nicht genommen; sein Passwort lautete DallasWertvoll. Doch eine Stimme in ihrem Kopf erinnerte sie daran, dass er auch einen Mann überfallen hatte, manchmal tagelang verschwand und seine Frau betrog. Was hatte er noch alles getan?

Sie biss die Zähne zusammen. »O. k., Hayden. Geh zu den Rechnungen zurück.«

Er öffnete alle sechs auf dem Bildschirm. Es waren Abrechnungen dabei, die in den letzten zwölf Monaten eingegangen waren, mit verschiedenen Beträgen, die letzte und bei Weitem größte Rechnung datierte auf letzte Woche.

Rennie kniete sich wieder neben Hayden und addierte alles kurz zusammen. »Hier geht es um mehr als eine halbe Million Dollar.« Das schien viel Geld zu sein, doch James hatte sie ja einmal freundlich daran erinnert, dass die Mine-Lease mit schwerem Gerät handelte.

»Sie kommen alle von demselben Unternehmen. Spielt das eine Rolle?«, fragte Hayden.

»Das weiß ich noch nicht. Ruf die Zahlen auf.«

»Die von der Bank oder die anderen?«

Sie runzelte die Stirn. »Ein paar von beiden.«

Es dauerte ein paar Minuten, in denen sie zwischen den verschiedenen Dokumenten hin und her schaute, bevor ihr klar wurde, was sie da sah. Die Kontoauszüge waren Kopien von Originalunterlagen, wie sie Banken normalerweise per Post verschicken. Die Zahlenreihen schienen identisch, basierten aber auf elektronischen Daten, vielleicht waren sie aus dem Onlinebanking kopiert worden? Aber warum beides? Vielleicht waren die Scans Nachweise. Vielleicht taugte die Online-Version für ein anderes Dokument. Vielleicht hatte sie keine Ahnung. Die Zahlenreihe enthielt fett gedruckt ein paar Daten, Kontonummern und Überweisungsbeträge.

»Öffne die noch mal.« Sie zeigte auf eine Datei. Sie enthielt das geschriebene Dokument. Das erste Mal hatte sie es nur überflogen – nun nahm sie sich ein paar Minuten Zeit, um es zu lesen.

Es war kein offizieller Bericht – so viel war klar. Es wirkte eher wie schnell hingetippte Stichworte. Firmennamen, Auftragskennzeichen, ein paar Orte an der Küste – Coffs Harbour, Forster, Byron Bay – der Name S Baskin, manchmal Sondra Baskin, tauchte ein paar Mal auf. Und manche Zahlen waren fett gedruckt.

»Kannst du in einem separaten Fenster eine Seite mit Zahlen öffnen, damit wir die fett gedruckten Zahlen miteinander vergleichen können?«

Hayden schob so lange die Dokumente hin und her, bis das andere Dokument neben einer Seite mit Zahlen auftauchte. Die fett gedruckten Zahlen waren dieselben. Daten, Kontonummern und Dollarbeträge.

Rennie zog das Blatt aus ihrer Hosentasche, das sie aus Max' Büro mitgenommen hatte. Daten, Beträge, Konten. Auch hier stimmten ein paar Zahlensätze überein – nur dass diese von Max per Hand verfasst worden waren. Auf seiner Schreibunterlage stand der vierte Zahlenblock.

Hatte James sich mit Max über dieses Geld gestritten?

James hatte erzählt, dass er das Geld über die Konten zurückverfolgt und es vergangene Woche Max mitgeteilt habe. Offenbar hatte er alles zusammengetragen, die Notizen geschrieben und sie dann Max überreicht.

Sie dachte an den Streit, den Amanda mitgehört hatte, und an jenen, von dem James ihr erzählt hatte. Hatte James am Montag entdeckt, dass Geld fehlte, dann die Woche damit verbracht, die Konten durchzusehen, alles zusammengetragen und dann am Freitag Max damit konfrontiert?

Hayden tippte mit seinem Finger auf ein Datum auf dem Bildschirm. »Das ist mein Geburtstag.«

Sechsundzwanzigster August. Dieses Jahr war er auf einen Sonntag gefallen, Rennie erinnerte sich noch, wie begeistert Max gewesen war, dass er ihn seit Langem mal mit Hayden feiern konnte. Er hatte einen Grill aufgebaut, Ballons aufgeblasen und die üblichen Verdächtigen eingeladen. Es gab Berge frischer Garnelen, Hähnchenkebab und Kartoffelsalat. Trish hatte einen Schokoladenkuchen mitgebracht, und alle hatten so laut »Happy Birthday« gesungen, dass die ansässige Vogelschar die Flucht ergriff.

Rennie zog die Maus unter Haydens Hand weg und klickte auf andere Dateien. Es gab keine weiteren Rechnungen mit diesem Datum, doch in den Kontoauszügen war die Zahl hervorgehoben und stimmte mit einer Zahlung von einem Konto der MineLease überein. Nicht an einen Kunden. Ein Ferienort in Coffs Harbour hatte sechshundertfünfunddreißig Dollar erhalten.

»Hä?«, sagte sie verwirrt.

»Was schaust du da an?«, fragte Hayden.

»Genau an dem Wochenende war jemand in Coffs Harbour. In den Aufzeichnungen steht was von Coffs Harbour.«

»Dad nicht, der war an dem Wochenende auf meiner Party.«

»Hmm.« Was war an dem Datum besonders?

»Weißt du noch? Dad, Pete und ich waren schwimmen und haben uns fast den Arsch abgefroren. Pav ist erst sehr spät gekommen, Trish hat ihn stundenlang angeschrien. Und Tante Naomi hat in den Garten gekotzt. Es war toll.«

Rennie hob belustigt die Augenbrauen, als er die Party schilderte. Nach dem Fest hatte er eher gleichgültig gewirkt, aber offensichtlich hatte es ihm besser gefallen, als sie angenommen hatte. Sie dachte wieder an die Feier. Das Schwimmen im See war die Strafe dafür, dass sie den Wettbewerb im Garnelenschälen verloren hatten, sie waren fast blau gefroren aus dem See gestiegen. Naomi war nach einigen Wochen Schwangerschaftsübelkeit wieder mal zu den Büschen gelaufen, hatte sich übergeben, sich den Mund abgewischt und lachend gesagt: »Na ja, jetzt ist das Frühstück wieder mal draußen.« Es war bereits dunkel, als Pav endlich mit Bier und Entschuldigungen auftauchte. Rennie erinnerte sich nicht mehr, wo genau er gewesen war, aber er kam wohl von oben an der Küste, das wusste sie noch. Trish hatte sich Sorgen gemacht, weil er nicht angerufen hatte. Sie stand im Wohnzimmer und schrie so laut, dass alle auf der Terrasse sich abwandten und peinlich berührt das Gesicht verzogen.

Rennie starrte auf die Kontoauszüge. Sechsundzwanzigster August. Coffs Harbour lag nördlich von hier. Pav … war am Tag von Haydens Party an der Küste gewesen.

Als heute das Haus durchsucht wurde, war er nicht im Skiffs.

Und er hatte sie zu Tode erschreckt, als er gestern Abend durch die Dunkelheit schlich – derselbe Abend, an dem auch das Handschuhfach im Auto durchsucht wurde.

Ein kalter Schauer lief ihr den Rücken hinunter. Wäre sie ein anderer Mensch gewesen, der, der sie sein wollte, als sie nach Haven Bay gekommen war, hätte sie sich vielleicht gesträubt, jemanden zu verdächtigen, den sie mochte. Doch so ein Mensch war sie nicht. Sie wusste aus eigener Erfahrung, dass Kriminalstatistiken recht hatten: Die Menschen, die einem am nächsten standen, waren die gefährlichsten. Und Pav war sicher kein Engel. Er hatte unzählige Narben auf seinen Händen und Unterarmen, und die kamen sicher nicht alle von der Küchenarbeit. Sie hatte solche Narben schon vorher bei anderen gesehen. Bei taffen Männern mit Motorrädern und Waffen, die Schlimmeres als sie auf dem Kerbholz hatten. Solche Narben zog man sich bei Faustkämpfen, Messerstechereien oder Prügeleien zu. Pav hatte vorher in Jugoslawien Ärger gehabt, dann war er mit Trish geflohen, doch keiner von beiden sprach je darüber. Und Pav hatte eine dunkle, jähzornige Seite, mit der er das Personal in Schach hielt.

Sie ließ ihren Blick über den Monitor gleiten und verglich die Daten mit denen im Kalender. Ein Freitag im April, ein Dienstag im Juni, ein Mittwoch, ein Montag – beliebige Tage im vergangenen Jahr. Sie prüfte die Summen – es handelte sich stets um ausgehende Zahlungen, ein paar Online-

Überweisungen, andere waren mit Kreditkarte bezahlt worden, kleine und große Beträge.

»Was jetzt?«, fragte Hayden.

»Warte«, sagte sie und legte ihre Hand auf seine Schulter, damit er blieb, wo er war. »Lass mich überlegen.« Pav war sechs Tage die Woche im Café, das bedeutete aber nicht, dass er keine Beträge ausgegeben oder bewegt hatte. Und er hätte auch das Haus und den Wagen durchsuchen können. Heute Nachmittag war er nicht bei der Arbeit gewesen, und er hatte nicht erklärt, weshalb er vergangene Nacht bei ihr herumgeschlichen war.

Hatte er den USB-Stick gesucht? Hatte er von Max gehört und wollte ihm helfen, die Spuren zu verwischen?

Oder war auch er in die Sache mit dem Geld verwickelt? Er und Trish steckten manchmal in Geldschwierigkeiten. Waren sie so groß, dass Max ihnen mit Geld aus der Firma ausgeholfen und James nichts davon erzählt hatte?

Gestern hatte ihr Trish erzählt, dass Pav und Max sich oft stundenlang unterhielten, nachdem er aus der Reha entlassen worden war. Er hatte Pav auch von seinen Affären erzählt. Es war wie die Beichte bei einem Mann, der selbst ein paar Sachen auf dem Kerbholz hatte, wie Trish es ausdrückte. Worüber hatten sie sich noch unterhalten? Und was hatte Pav verbrochen?

Sie hatte Worte dafür: Erpressung, Verschleierung, Schulden.

Seine Haut brannte, sein Herz raste und drohte zu zerspringen, er drückte sich wie ein kranker Hund an die Wand. Wie weit war er gekommen? Sein Körper sagte, bis nach China, sein Verstand hingegen sagte, bei Weitem nicht weit genug.

Er biss die Zähne zusammen, schob einen Arm voran, der andere war unter ihm abgeknickt. Seine Wange schabte über den Felsen, er fiel. Seine Rippen schmerzten, seine Lunge verkrampfte sich. Er hätte geschluchzt, wenn er nur die Kraft dafür gehabt hätte. Er hätte ungeniert und hemmungslos geheult, weil er den Tod vor sich sah.

Sein Körper war erschöpft, doch sein Geist schwelgte noch in Erinnerungen. Nicht in Eile, als würde sein Leben noch einmal kurz vor seinen Augen vorbeiziehen, sondern in langsamen, entschlossenen Vorwärtsbewegungen, als wollte er sich noch einmal auf den neuesten Stand bringen, bevor die Lichter endgültig ausgingen.

Es hatte ihm viel bedeutet, dass Pav ihn um ein Darlehen gebeten hatte, und gedacht, er könnte ihm helfen, ohne die Freundschaft zu gefährden. Max hätte ihm das Geld gegeben, wenn er es gehabt hätte, aber es steckte fast alles in der MineLease – heute machte er sich Sorgen, wenn er Schulden hinterließ, darüber hätte er sich vor dem Grubenunglück nie Gedanken gemacht.

Sein Gespräch mit James, bei dem es darum ging, einen Teil seines Profits aus dem Unternehmen abzuziehen, war nicht gut gelaufen. Es fand sechs Monate früher als geplant statt und beschwor einen dieser seltsamen Momente herauf, bei denen man schwören konnte, dass James einen hörte, aber nicht verstand und einen Übersetzer brauchte. Sein Gesicht wurde ausdruckslos, seine Lippen schmal, er schien sich beherrschen zu müssen.

Max hatte seine Arme verschränkt und gewartet, hatte sich James' Beschwerden darüber angehört, dass ein Geschäft kein Selbstbedienungsladen und es unverantwortlich sei, einfach planlos Geld abzuziehen. Max hatte sich zurückgehalten und nicht spontan irgendwas dazu gesagt, sondern ihn weiter über Pläne, Strukturierungen und Prognosen reden lassen. James sagte, dass sie das Geld möglicherweise irgendwann gebrauchen könnten und es dann nicht mehr da sei, wenn Max es abzöge, und dass er außerdem ganz genau wisse, dass es dieses Jahr noch eng werden könnte und er seine Zeit besser in die Kundengewinnung investieren solle, als daran zu denken, Geld zu verschwenden.

Max hatte oft genug erlebt, dass James herablassend wurde, und wusste, dass man ihn dann am besten reden ließ. Doch diesmal war er sauer. Er wollte das Geld nicht für sich. James hatte gar nicht danach gefragt. Er hatte sich einfach ausgelassen, als wäre Max der Faule und Inkompetente von beiden.

Er schmorte eine Weile vor sich hin, setzte sich dann aber an den Computer, um sich selbst ein Bild von der Lage zu machen. Vielleicht konnte es sich die Firma ja doch leisten, Pav zu helfen.

James wurde dem Ruf eines geizigen Buchhalters gerecht, deshalb hatte Max ihn auch in die Firma geholt. Er kümmerte sich um die Rechnungen, jagte Zahlungsmuffel, erstellte regelmäßig Bilanzen, behielt das Budget im Auge und gab acht, dass sie sich nicht verkalkulierten. Sie hatten verschiedene Konten, James verschob das Kapital, kümmerte sich darum, dass genügend Geld vorhanden war, um Verluste auszugleichen und so viele Zinsen wie möglich zu bekommen. Zuerst konnte Max es nicht richtig zurückverfolgen und hätte James fast um Hilfe gebeten, aber die Auseinandersetzung mit ihm saß ihm noch in den Knochen, darum beschloss er, es zu lassen.

Es dauerte eine Weile, doch dann hatte er das Wesentliche begriffen, James hatte recht: Die Firma machte Profit, aber nicht so viel, wie Max vermutet hatte. Er sagte zu Pav, er könne ihm einen Teil der Summe zur Deckung seiner Schulden leihen – genug, um kurzfristig seinen »Lieferanten« zufriedenzustellen und mit ihm eine Art Rückzahlungsvereinbarung zu treffen. Wenn der Kerl zwanzig Jahre ohne das

Geld ausgekommen war, konnte er bestimmt noch ein wenig länger warten.

»So ein Typ ist der nicht«, sagte Pav. Sie saßen wieder im Garten, doch das Gespräch lief nicht gut. Pav war aufgewühlt, machte sich Sorgen und trank etwas zu schnell. »Er braucht kein Geld. Er will es, weil ich es genommen habe.«

»Welcher Idiot lässt überhaupt Tausende Dollar in einem Café rumliegen?«

»Das war kein Geld aus dem Café. Es kam durch die Hintertür rein.«

Max runzelte fragend die Stirn.

»Mädchen und Drogen, Max. Das waren böse Leute, die Verbrechen begingen. Was ich an dem Abend gesehen habe, hat genügt, damit ich so schnell wie möglich verschwand.«

»Das klingt ja wie in *Der Pate*.«

»Jedes Land hat seine eigene Version davon.«

»Und dieser Kerl ist jetzt hier?«

»Ja, und er hat ein paar Freunde mitgebracht.«

39

Rennie ließ zum wiederholten Male ihren Blick über die Dateien auf dem Bildschirm schweifen. WZT enthielt Kontoauszüge und Bankunterlagen, doch keine vertraulichen Informationen. James hatte die Datei bestimmt auch, Kopien davon gab es im Büro und an anderen Orten. Warum sollte die jemand stehlen wollen?

Vielleicht war auf dem USB-Stick etwas ganz anderes gewesen. Sie schüttelte den Kopf. Es waren jetzt mehr Karten im Spiel, aber welche wurden ausgespielt? »Komm, sehen wir uns noch mal die Fotos an.«

»Okay.«

Sie sah zu, wie Hayden klickte und die übereinandergelegten Dateien verschob, die eine nach der anderen verschwanden – Stichworte, Zahlen, Rechnungen, Bankauszüge.

»Warte«, sagte sie erneut.

»Was ist?«

Sie sah sich die Dateiliste an. »Ich bin mir nicht sicher.«

Sie fing von oben an, fuhr mit dem Finger den Bildschirm runter. Die Bankauszüge hießen bnkaszg, die Kopien kpn, die Rechnungen waren nummeriert rech1 bis rech6. Die letzte in der Reihe hieß wasUk. Sie tippte drauf. »Was bedeutet das?«

»Soll ich das noch mal öffnen?«

»Nein, wir wissen ja, was sie enthält, aber … aber irgendwie dachte ich, die Buchstaben würden etwas bedeuten, eine

Abkürzung für einen Kunden vielleicht. Aber das enthält nichts davon. Es sind Notizen über irgendwelche Daten und Bankzeug. Stichworte, ein paar Fragen. *Was* könnte für irgendwas stehen, aber wofür stehen *U* und *k*?«

Im Zimmer war es mucksmäuschenstill, als hätte sie mit ihrer Frage direkt den Lautlosknopf gedrückt. Hayden kratzte sich am Kopf. Rennie hörte das Blut in ihren Ohren rauschen.

»Das *U* könnte für *und* stehen«, schlug er vor. »Dad hat das auch schon mal für eine andere Datei benutzt.«

»Okay, es könnte *was und k* bedeuten«, sagte sie.

»*Was und k.*«

»Ja, das könnte zu Dad passen. Das ist etwas, was nur er versteht.« Er grinste sie an, als hätte sie soeben ein Onlineexamen bestanden.

Sie lächelte nicht zurück. Hayden hatte recht; es war typisch für Max, allem Namen zu geben. Dateien, Unterlagen und den Ordnern im Regal über dem Schreibtisch. Aber warum wählte er so seltsame Dateinamen?

Rennie stand auf, ihr Herz schlug bis zum Hals, während sie alles, was sie wusste, noch einmal durchging. James hatte gesagt, er habe das fehlende Geld über die Firmenkonten zurückverfolgt, nachdem er festgestellt hatte, dass es fehlte. Sie hatten sich gestritten, er hatte Max vielleicht des Diebstahls beschuldigt. Sie ging davon aus, dass die WZT-Datei Nachforschungen enthielt, die James angestellt und die er Max als unleugbaren Beweis vorgelegt hatte.

Und wenn es nicht so war?

Was, wenn sie gestritten hatten, weil Max Unregelmäßigkeiten entdeckt hatte – du bist hier der Buchhalter, warum ist dir das nicht aufgefallen? Was, wenn Max ein paar Nachforschungen angestellt, sich Zahlen notiert und Notizen auf seiner Schreibunterlage gemacht hatte? Dann hatte er alles aufgeschrieben, war zu James gegangen und hatte ihm seine Ergebnisse vorgelegt: »Was zum Teufel soll das heißen?«

Hayden blickte zu ihr auf. »Was ist los?«

Sie antwortete nicht, sondern ordnete weiter die Gedanken in ihrem Kopf.

Gestern und heute Morgen hatte James hier drinnen gesessen und versucht, Max' Passwort zu knacken. Er hatte gesagt, er hoffe Spuren zu finden, die zu dem Geld führten, doch als Max dann nicht mehr nach Hause kam, hatte James vielleicht beschlossen, die belastende Datei auf dem Computer zu vernichten.

Sie atmete tief durch. Max wurde vermisst, und sein Businesspartner, sein Cousin, hatte wertvolle Zeit damit vergeudet, nach Dateien zu suchen statt nach Max.

»Was?«, fragte Hayden noch einmal.

»Ich glaube …« Sie sah den hoffnungsvollen Blick in seinen Augen und wandte sich ab. James war sein Onkel; sie wusste nicht, ob sie es ihm erklären konnte, ohne verletzend zu werden. Sie hörte hinter sich Haydens Stuhl klappern, und als sie sich wieder umdrehte, dachte sie an James. Wie sie ihn heute Morgen von der Tür aus beobachtet hatte – als er die unterste Schreibtischschublade schloss. Hatte er sie durchsucht? Wo hatte er noch nachgesehen? In den Ordnern auf dem Regal? Im Aktenschrank?

War er zurückgekommen und hatte noch weitergesucht?

»Vielleicht kann Onkel James das herausfinden.« Hayden zog sein Handy aus der Tasche. »Ich rufe ihn an und sage ihm, dass ich Dads Passwort geknackt habe.«

Rennies Hand schoss wie ein Stoppsignal nach vorne. »Nein, warte.«

Als sie sein überraschtes Gesicht sah, zögerte sie, Max und James waren doch Cousins. Sie waren zusammen aufgewachsen, arbeiteten zusammen, waren eng verwandt. Normale

Menschen, normale Familie. Nicht ihre. Ihre Familie hatte ihr Urteilsvermögen verzerrt und ihr instinktives Misstrauen als erste Reaktion eingebläut.

Hatte sie was falsch verstanden? Zog sie zu voreilig Schlüsse?

Schließlich konnte James genauso Dateien mit sonderbaren Namen versehen. Vielleicht lag das in der Familie. So wie in ihrer Familie Jähzorn an der Tagesordnung war. Sie dachte aber auch daran, dass James am Sonntag in den frühen Morgenstunden herumgefahren und nach Max gesucht hatte, dann ins Büro gegangen und am nächsten Tag wieder raus ins Gelände gefahren war. Er hatte Hayden beim Point gefunden.

Er hatte Max aber auch des Betrugs beschuldigt.

Plötzlich schrie Hayden ihr laut und wütend ins Gesicht. »Was? Was ist los? Es geht hier um meinen Vater! Du bist nicht einmal mit ihm verheiratet! Ich sollte wissen, was hier los ist!«

Sie war versucht, mit ihm über ihren Verdacht zu sprechen, seine Meinung einzuholen, doch Hayden war noch ein Kind, und James war sein Onkel – sein Instinkt war genauso verzerrt wie ihrer. »Hayden, ich verstehe es selbst nicht genau. Ich weiß nicht, was die ganze Sache mit der Bank soll. Ich überlege nur …«

Ihr Handy klingelte, der Ton hörte sich in der angespannten Atmosphäre zwischen ihnen wie eine Kreissäge an. Sie nahm das Handy vom Schreibtisch, sah auf das Display und prüfte die Nummer. Der Name ließ alle Alarmglocken in ihrem Kopf klingeln.

James.

Und jeder Zweifel, den sie noch vor ein paar Sekunden hatte, wurde von ihrem Bauchgefühl überrollt. Sie wusste nicht, was zwischen ihm und Max vorgefallen war, hatte für nichts Beweise, doch momentan schien Misstrauen die sicherste Alternative.

Sie ging nicht dran.

»Wer war das?«, fragte Hayden.

Er war schon wieder sauer auf sie. Ihre Erklärungen würden ihn nicht überzeugen, auf sie zu hören, aber sie wusste, dass es wichtig war.

»Es hätte Dad sein können.«

»Ich weiß …«

Es klingelte wieder. Diesmal bei Hayden.

»Hey, Onkel James. Ich habe Dads Passwort auf dem Computer geknackt.«

Als Rennie die undeutliche Stimme am Telefon hörte, wäre sie am liebsten losgelaufen. Alte Angewohnheit, doch diesmal musste sie bleiben. Sie sah sich im Büro um, während Hayden telefonierte, und versuchte herauszufinden, was hier drinnen vorgefallen war. Heute, gestern. Als Max das Passwort eingegeben hatte.

Hayden antwortete auf eine Frage. »Ja, ich kann seine Dateien öffnen. Das habe ich schon.«

Der Zettel aus ihrer Tasche lag noch auf dem Schreibtisch. Rennie sah die Zahlenreihen darauf. Daten, Konten, Dollar. Sie hörte ihre eigene Stimme, die vor einer halben Stunde noch gesagt hatte: *Hier wurden mehr als eine halbe Million Dollar berechnet.* James und Max hatten sich um Geld gestritten. Mehrere Hunderttausend waren eine Menge Geld. *Wütende, laute Stimmen*, hatte Amanda über den Streit am Montag gesagt.

Und was war mit Freitag? Wie wütend waren sie da aufeinander gewesen?

Auf dem Parkplatz war Blut gewesen.

»Sie ist auch hier«, Hayden machte eine Pause. »Ja, wir haben es beide durchgesehen.«

James machte sich Sorgen um das Geld. Er war zweimal hier gewesen und hatte versucht, sich auf Max' Computer einzuloggen. War er aus demselben Grund auch im Büro und auf dem Gelände gewesen?

»Oh, und jemand hat hier eingebrochen.« Pause. »Nein. Kaputt war nichts.« Pause. »Na ja…« Er sah Rennie an. Die Waffe?

Sie schüttelte nachdrücklich den Kopf.

»Renée kontrolliert noch alles. Glaubst du, das hat was mit Dad zu tun?«

Sie hörte James reden, es interessierte sie nicht, was er sagte – sie interessierte nur, was er heute Nachmittag vorgehabt hatte. Er hatte ein paar Stunden, bevor Rennie und Hayden aufgetaucht waren, das Büro verlassen, und vor drei waren sie nicht wieder zu Hause gewesen. Genügend Zeit, um ins Haus einzudringen und die Zimmer zu durchstöbern. Hatte Max ihm irgendwann einen Schlüssel von dem Haus gegeben? Vielleicht musste er ihn gar nicht stehlen.

Hayden redete wieder. »Nee. Wir waren im Auto und sind ein bisschen rumgefahren, sie hat mit 'nem Polizisten geredet, dann sind wir wieder zurückgefahren. Da habe ich Dads Passwort geknackt.« Pause. »Wir haben versucht herauszukriegen, was das Zeug bedeutet. Vielleicht kannst du das verstehen.«

Rennie riss den Kopf herum. Nein, sie wollte nicht, dass er herkam. Zuerst wollte sie selbst herausfinden, was los war. Im Moment hatte sie keine Ahnung. Es war alles so verwirrend. Sie wusste nicht, ob Max' Verschwinden mit dem Geld oder mit etwas anderem zu tun hatte. Ob alles zusammenhing. Ob Max überfallen worden war und James die Gelegenheit genutzt hatte, um Beweise an sich zu nehmen, und jetzt Max beschuldigte, obwohl er selbst schuld war. Oder ob James…

»Warte einen Moment, ich gebe sie dir.« Hayden hielt ihr das Handy hin. »Er will mit dir reden.«

Sie starrte das Telefon an und hörte ihre Schwester sagen: *Wir nehmen keinen Kontakt auf, wir lassen ihn nicht an uns heran.* Als sie das Handy entgegennahm, fuhr sie wie nebenbei mit dem Finger über die Tasten. »Ja. Hallo, James?« Sie zuckte die Achseln und hielt ihm das Handy wieder hin. »Die Leitung wurde unterbrochen.«

Dann fielen ihr andere Telefonate ein. Wie sie frenetisch herumtelefoniert hatte, als Hayden verschwunden war. Naomi hatte gesagt, James sei im Büro gewesen. War er das wirklich? Oder durchsuchte er stattdessen das Handschuhfach?

Sie überlegte, wie oft sie versucht hatte, Hayden anzurufen, und wie sauer sie gewesen war, dass er bei ihr nicht dranging, während er mit James geredet hatte. »Du warst doch gestern Abend am Point, hat James dir da gesagt, von wo aus er anrief?«

»Nein.«

»Wie lange hat er gebraucht, bis er bei dir war?« Von der MineLease in Toronto bis zum Garrigurrang Point waren es mindestens fünfundzwanzig Minuten Fahrt. Aber nicht mehr als acht Minuten, wenn er von ihrem Parkplatz aus losgefahren war. Irgendwas dazwischen, wenn er auf dem Heimweg gewesen war.

»Ich weiß es nicht. Vielleicht zwei Minuten.«

Rennie zögerte. »Was meinst du mit zwei Minuten? Dass er fast gar keine Zeit gebraucht hat, oder wirklich zwei Minuten?«

»Ich habe die Zeit nicht gestoppt.«

»Ja, aber was jetzt?«

»So wie ich gesagt habe – zwei Minuten. Ich habe aufgelegt, bin hoch zum Bunker geklettert, habe meine Sachen geholt, bin raufgelaufen, und da stand er schon. Zwei Minuten.«

»Man braucht mehr als zwei Minuten, bis man vom Tor dort hinkommt.«

»Von da kam er auch nicht. Er hat den Weg genommen, der hinunter in den Park führt.«

»Er ist vom Park aus raufgekommen?« Da brauchte man sogar noch länger, in der Dunkelheit mindestens zehn Minuten.

»Nein, er ist den Wanderweg hochgefahren.«

Rennie blinzelte. »Seid ihr auch so wieder hinausgefahren?«

»Ja, er sagte, das Tor sei geschlossen.«

»Und wie lange habt ihr die Straße runter gebraucht?«

Er zuckte die Achseln. »Ein paar Minuten.«

Wieder verschob sie Karten in ihrem Kopf. Fakten und Vermutungen.

Zwei Minuten rauf, zwei Minuten runter. Er musste schon am Garrigurrang Point gewesen sein, als er Hayden anrief. Wenn er schon nach ihm suchte, wäre es am vernünftigsten gewesen, oben durch das Tor zu fahren. Doch als er hinauffuhr, musste er gemerkt haben, dass das Tor verschlossen war; vermutlich hatte er beschlossen, nicht reinzugehen, sondern wieder hinunter in den Park zu fahren und in der Dunkelheit den Weg zu suchen. Dann hatte er Hayden angerufen.

Aber warum? Er konnte nicht wissen, dass Hayden da oben war. Es war bloß eine Vermutung, weil Hayden ein paar Geschichten über Max und James gehört hatte, als sie draußen übernachtet hatten. James war den ganzen Tag herumgefahren, zwischen Gelände, Büro, Zuhause und wer weiß wo sonst noch. Warum hatte er nicht angerufen, als er das Tor verschlossen vorfand, sondern hatte nach dem Fußweg gesucht, bevor er anrief. Außer …

Er war bereits da oben im Busch.

Noch eine Möglichkeit, die sie in Betracht ziehen musste.

Streit im Büro. Blut auf dem Parkplatz. Der Versuch, sich auf Max' Computer einzuloggen. James hatte der Polizei von dem fehlenden Geld erzählt. Er hatte gesagt, er stimme mit Detective Duncans Vermutung überein, dass Max sich vielleicht aus dem Staub gemacht habe.

Warum hatte er das gesagt? Max konnte immer noch zurückkommen und alles erklären. Außer …

Er wusste, dass Max nicht zurückkommen würde. »Oh, Mist.« Sie schob sich an Hayden vorbei und lief in den Flur, ganz instinktiv.

»Was ist los?«, rief Hayden ihr hinterher.

Sie lief weiter den Gang entlang.

Dann packte Hayden sie am Arm. »Sag es mir!«

Was sollte sie ihm sagen? Was wusste sie schon? Dass James mit seiner Vermutung goldrichtig gelegen und er seinen Neffen beim ersten Versuch gleich gefunden hatte?

Vielleicht war er auf dem Heimweg gewesen. Vielleicht hatte er sich gedacht, Garrigurrang wäre einen Versuch wert, und wusste, dass das Tor am Sonntagabend geschlossen wurde. Doch er kannte die einzige andere Zufahrt und rief Hayden an, bevor er hinaufeilte. Ja, es war gut möglich, dass sie voreilig Schlüsse zog.

Doch Vorsicht und ihr Instinkt hatten sie bis jetzt am Leben erhalten.

»Wo hast du oben am Point nach Max gesucht?«

Hayden biss die Zähne zusammen und stieß einen Seufzer aus.

»Komm schon, Hayden. Du weißt doch so viel wie ich. Ich rate auch nur herum. Ich habe keine Ahnung, was das Zeug auf dem Computer zu bedeuten hat. Ich will einfach noch woanders nachsehen.«

»Am großen Felsen und bei der Schützenstellung.«

»Was gibt es da oben noch?«

»Nur Busch.«

Sie sah weg und überlegte. »Du hast vorher noch etwas gesagt … dass du zuerst zum Bunker und dann zur Spitze gegangen bist.«

»Ja.«

»Was ist unter dem Bunker?«

»Der Eingang zu den Tunneln.«

»Da unten gibt es Tunnel?«

»Ja.«

»Hast du dort auch nach Max gesucht?«

»Nein, ich kam nicht rein.«

»Wo führen die hin?«

»Zwischen die Schützenstellungen. Einer führt direkt zur Wasserflugzeugbasis in Rathmines, er wurde aber schon vor Jahren zugemauert.«

»Aber die anderen sind noch offen? Kann man drinnen rumlaufen?«

»Nicht wirklich. Vor den Eingängen hängen jetzt Schlösser, aber Dad hat gesagt, dass sie als Kinder immer reingegangen sind.«

»Wer *sie*?«

»Dad und Onkel James.«

40

Die Erinnerungen tauchten immer langsamer auf, sie schienen sich einen riesigen Berg hinaufzuschleppen. Max hatte keine Ahnung, ob sie am Ende einer chronologischen Reihenfolge standen, jedenfalls hoffte er, dass noch welche nachkämen. Denn bisher waren keine darunter, die er bis an sein Lebensende mit sich herumschleppen wollte.

Er und Pav hatten getrunken. Pav überlegte hin und her, wie er Geld auftreiben konnte. Max ermutigte ihn, zu einem Anwalt oder zur Polizei zu gehen und sich keinesfalls in Schwierigkeiten zu bringen.

Nach allem, was Pav getan hatte, um Max aus der Patsche zu helfen, wollte er ihm einen Gefallen tun, darum dachte er noch einmal über die Tabelle nach, versuchte James' System zu begreifen und Wege zu finden, doch noch etwas Geld zu verschieben und seinen Profit abzuziehen.

Max hechelte wie ein Hund, seine Erinnerungen krochen nur langsam heran, aber er wusste noch, dass er die Kunden- und Rechnungslisten sowie die Bankauszüge durchging – und ihm plötzlich siedend heiß geworden war, als er endlich begriff, was er vor sich hatte. Er schob seinen Stuhl zurück, seine Hände prickelten vor Anspannung. Es war so einfach.

Er nahm sich ein paar Tage Zeit, um alles zusammenzufügen, nahm die Unterlagen mit nach Hause, sah sie noch einmal durch, während Rennie arbeitete.

Dann holte er zu seinem ersten Schlag aus.

War Max im Tunnel? Befand er sich am Garrigurrang Point unter der Erde?

Rennie starrte Hayden an, als ihr die Frage durch den Kopf schoss. Wie war er dort hingekommen? Und warum?

Die Gedanken rasten nur so durch ihren Kopf. Wild durcheinander.

Versteckte sich Max da oben, so wie er es als Kind getan hatte? Aber vor wem? Oder wovor?

Warum war James gestern Nacht dort gewesen? Wollte er Max treffen? Oder hatte er Max und nicht Hayden da oben vermutet?

Und was zum Teufel hatte Pav mit der ganzen Sache zu tun? War er etwa auch darin verwickelt? Oder machten Max und Pav gemeinsame Sache, und James hatte es herausgefunden? Oder waren es Pav und James gewesen, hatte einer versucht, den Computer zu knacken, während der andere das Haus durchsuchte?

Rennie stand im Flur mit mehr Fragen, als sie beantworten konnte. »Komm mit.« Sie drehte sich um und rannte ins Wohnzimmer.

»Wo gehen wir hin?«, fragte Hayden und folgte ihr.

»Zum Point.«

Sie zog die Schublade der Anrichte auf und holte eine Taschenlampe samt Ersatzbatterien heraus. Es war noch nicht dunkel, aber das würde nicht mehr lange dauern.

»Ich habe doch da oben schon nachgeschaut.«

Sie ging in die Küche, füllte eine Flasche mit Wasser, packte Fruchtsaft und eine Handvoll Müsliriegel ein, kramte noch eine kleinere Taschenlampe heraus und reichte sie Hayden. »Wir müssen noch mal nachschauen.« Während sie durch das Zimmer ging, nahm sie ihren Rucksack, der am Boden stand, packte die Sachen rein, schob ihr Handy in die Hosentasche und lief ins Schlafzimmer.

Hayden stand an der Tür, als sie ihre Schuhe abstreifte und Joggingschuhe anzog. »Aber …«

»Hayden, ich hab keine Ahnung. Ich weiß nicht, was die Dateien bedeuten, und ich weiß auch nicht, warum Max am Point sein sollte.« Sie lief wieder durch das Zimmer in den Flur und redete weiter. »Ich weiß nur, dass wir nirgendwo anders suchen können. Wenn wir hier sitzen bleiben und weiter Zahlen kontrollieren, finden wir ihn auf keinen Fall.« Und Detective Duncan eilte bestimmt nicht zum Point, wenn sie ihn anrief und ihm ihre Vermutung über Max' Verbleiben schilderte. Jedenfalls nicht, solange alles, was sie sagte, auf reiner Spekulation beruhte. Und erst recht nicht, wenn es ihre Vermutungen waren.

Er folgte ihr ins Badezimmer. »Vielleicht sollten wir auf Onkel James warten. Er wollte gleich da sein.«

Rennie zog ein kleines Erste-Hilfe-Kästchen aus dem Schrank und stopfte es in den Rucksack. »Nein.« Es konnte schon sein, dass James Max helfen würde, aber es bestand ebenso die Möglichkeit, dass er ihm nicht half. Er gehörte zur Familie, trotzdem wollte sie kein Risiko eingehen.

»Ich kann doch hier auf ihn warten.«

Wenn James bereits auf dem Weg war, blieb keine Zeit für eine weitere Diskussion mit Hayden, also ging sie auf ihn zu. Sie war nur ein oder zwei Zentimeter größer als er, aber ihre Worte würden ausreichen. »Jemand hat hinten im Schrank meinen Rucksack gefunden, den Inhalt durchsucht, das Geld darin zurückgelassen und meine Waffe genommen. Niemand tut das, wenn er nicht vorhat, sie zu benutzen. Sie waren schon einmal im Haus. Ich werde dich nicht hierlassen.«

Er sah sie ängstlich an. Gut. Das war besser als Übermut und Feindseligkeit.

»Du hast mir im Auto etwas versprochen. Jetzt ist es an der Zeit, dass du es hältst. Tu, was ich dir sage, okay?«

Sein Adamsapfel bewegte sich rauf und runter, er schluckte. »Okay.«

»Keine Fragen mehr. Dein Job ist es, die Augen offen zu halten und wachsam zu bleiben. Hast du das verstanden?« Das waren die Worte ihrer Mutter. Rennie hätte nie gedacht, dass sie einmal so mit einem Kind sprechen würde.

Er nickte.

»Gut. Wir gehen.«

Sie schaltete die Lichter auf der Terrasse und der Einfahrt ein, verbannte die kriechenden Schatten der Dämmerung und blickte dann die Straße hinunter, bevor sie Hayden zum Parkplatz führte. Dann ging sie zur baufälligen Garage und hob das Tor, innen stank es nach Schimmel und altem Öl. Hier stand ihr alter Kombi, den sie sich von ihrem Hungerlohn gekauft hatte, nachdem Joanne Haven Bay mit dem Auto verlassen hatte, das sie sich teilten. Das Auto interessierte sie nicht. Sie brauchte das Werkzeug, das auf der Werkbank lag. Es war Max' Werkzeug, und sie musste ein wenig herumkramen, bis sie fand, was sie suchte. Als sie fertig war, packte sie ein paar Schraubenzieher, eine Eisensäge, eine kurze Brechstange und einen Holzhammer in den Rucksack und warf den Bolzenschneider auf den Rücksitz des Autos.

Sie machte die Scheinwerfer an, sah noch einmal wehmütig zum See und überlegte, ob das das letzte Mal war. Sie hoffte, dass es eine andere Erklärung gab als die, die in ihrem Kopf langsam Gestalt annahm.

Geld, Überfall. James, Pav.

Sie wollte nicht, dass es so war. Max zuliebe. Sich selbst zuliebe. Sogar für Hayden.

Er sagte im Auto keinen Ton, starrte mit abgewandtem Gesicht aus dem Fenster und ballte die Hände zu Fäusten. Hoffentlich hielt er sich an ihre Abmachung und lehnte sich nicht auf.

Sie fuhr auf die Hauptstraße und dann auf die Garrigurrang Road, folgte ihr bis zur letzten Straße vor dem Reservat und fuhr dann den Hügel hinauf zum Tor. Vermutlich war es zugesperrt, aber von dort kannte sie den Weg zu den Schützenstellungen, und es lag näher zur Straße – kürzere Entfernung, um zu rennen, wenn es sein musste. Sie fuhr an den Straßenrand, machte die Scheinwerfer aus, aber nicht den Motor.

»Weißt du, wo die Schützenstellung nahe am Feldweg ist, die mit dem großen Bunker?«

»Ja.«

»Lauf da hin, ich komme in fünf Minuten nach.« Für den Anfang schien ihr das der beste Ort zu sein: Er war in der Dunkelheit leicht zu finden, und wenn Max nachts hierhergekommen war, ob freiwillig oder nicht, schien er am naheliegendsten.

»Und was machst du?«

»Ich parke den Wagen und laufe zurück. Alleine bin ich schneller.«

Er nickte, rührte sich aber nicht von der Stelle.

»Bleib, so weit es geht, neben dem Weg. Falls du die Taschenlampe brauchst, halte sie gesenkt und versuche so wenig Licht wie möglich zu machen. Wenn du angekommen bist, versteck dich. Sollte das Gitter offen sein, geh nicht in den Tunnel. Warte einfach auf mich. Sollte ich länger als fünf Minuten brauchen, bleib, wo du bist, lauf nicht herum.«

Er verzog das Gesicht. »Suchen wir nicht einfach nur nach Dad?«

Sie klang wie ihre Mutter, spulte hastig und eindringlich Anweisungen ab. Sie ruderte ein wenig zurück. »Natürlich. Aber wir sollten dabei so vorsichtig wie möglich sein.«

Sie sah ihm nach, als er den unebenen Weg hinaufging. Es wurde immer dunkler, wenn er zum Hügel kam, würde er die Taschenlampe brauchen. Sie fuhr ein paar Blocks weiter, dann nach rechts, wieder nach rechts und stellte Max' Wagen zwischen die anderen Autos. Vielleicht war das übervorsichtig, doch Vorsicht hatte sich für sie bisher stets bezahlt gemacht.

Das Werkzeug wog schwer im Rucksack. Also nahm sie bis auf das Geld und das zweite Handy alles heraus, was vorher drin gewesen war – sie hoffte nur, dass sie keines von beiden benutzen musste, aber falls Max tatsächlich hier oben in einem der Tunnel war, musste sie vielleicht wieder einmal Hals über Kopf fliehen, und vielleicht hatte sie dann nicht mehr die Zeit, zum Auto zurückzukehren. Sie schulterte den Rucksack und rannte los. In einer Hand hielt sie die Taschenlampe, den Bolzenschneider hatte sie über die andere Schulter gehängt.

Der Himmel war tiefgrau, als sie das Ende des Wegs erreichte. Der Schein der Straßenlaternen lag inzwischen weit hinter ihr, sie konnte kaum noch den Boden unter ihren Füßen sehen. Das Tor war verschlossen, doch nur für Fahrzeuge, zu Fuß kam man daran vorbei. Rennie umrundete es und machte die Taschenlampe an, als sie bemerkte, dass ihre Füße im Gras versanken. Sie leuchtete kurz mit der Lampe die Umgebung ab. Zu beiden Seiten des schmalen Fußwegs stand dichtes Gebüsch. Sie schnaufte, nur das leise Rascheln des Windes im Gebüsch war zu hören.

Vorsichtig lief sie über den unebenen Boden, rannte an der ersten Stellung vorbei, die weiter vorne durch ein Loch im Gebüsch zu erkennen war. Kurz darauf sah sie ein wenig abseits auf der rechten Seite, nicht weit vom Weg entfernt, die zweite Lichtung. Der Strahl ihrer Taschenlampe hüpfte über Baumstämme, wirre Zweige und spitze Nadeln.

Sie stieg durch das Gestrüpp und stand kurz darauf an einer niedrigen Mauer, die um einen eingesunkenen, rissigen und überwucherten kreisrunden Zementblock führte. Er war ungefähr sechs Meter breit und einen halben Meter tief, und sie fragte sich kurz, welches Geschütz hier wohl vor über sechzig Jahren positioniert gewesen war. Von Hayden fehlte jede Spur.

Es musste inzwischen vier Jahre her sein, seit sie das letzte Mal mit Max durch die Anlage gelaufen war. Ihre Füße knirschten auf den Steinen am Rand des Zementblocks, ruhig hielt sie die Taschenlampe vor sich und hoffte, die Öffnung zum Bunker zu finden.

»Renée. Hier lang«, rief Hayden leise von der anderen Seite. »Hier sind die Stufen.«

»Alles in Ordnung?«, fragte sie, als sie bei ihm war.

»Ja.« Er schien sich tatsächlich zu freuen, sie zu sehen. Ihr ging es genauso.

Der Eingang war nicht viel größer als eine Luke: Drei steile Stufen gingen nach unten in eine Richtung, vier in die andere. Sie führten in einen unterirdischen, viereckigen Raum aus Zement, in dem man kaum aufrecht stehen konnte. Der Fußboden war mit einer dünnen Schicht aus Erde und verfaulten Blättern belegt, die durch die schmale Öffnung in der Wand hereingetragen worden waren. Sie war so schmal, dass man gerade hindurchsehen konnte. Trotz der Hitze am Nachmittag war es hier drinnen recht kühl und roch nach feuchtem Zement und verfaulten Blättern. Der klamme, enge Raum schnürte ihr die Kehle zu.

»Wo ist der Tunnel?«, fragte Rennie.

»Hier entlang.« Seine Stimme hallte sanft von der harten Oberfläche wider, sie leuchtete mit ihrer Taschenlampe eine weitere Treppe hinunter, die von jenen Stufen verdeckt wurde, auf denen sie heruntergekommen waren.

Dicke Spinnweben hingen von der Decke und in den Winkeln, sie duckte sich mehr, als nötig gewesen wäre, um ihnen aus dem Weg zu gehen. Der kurze Weg war gerade breit genug für ihre Schultern, der Bolzenschneider schrammte am Mörtel an der Wand entlang.

Sechs Stufen führten direkt nach unten in einen weiteren Raum, der rechteckig und kleiner als der obere war. Das Licht aus Haydens Taschenlampe zuckte über die Wand. Es war dunkel hier drin, auf der anderen Seite des Raumes in der Mitte der Betonwand war ein Gittertor.

Sie zögerte, ihr Herz hämmerte, sie atmete kurz. Warum sollte Max hier unten sein? Das ergab keinen Sinn. Er war bei lebendigem Leibe in einem Kohlenbergwerk begraben worden; er wachte deswegen immer noch schweißgebadet nachts auf. Er würde niemals freiwillig an so einen Ort gehen. Kein Wunder, dass er nie von den Tunneln sprach.

Rennie wollte da auch nicht reingehen. Sie hatte noch nie Probleme mit Klaustrophobie gehabt, aber so ein Ort stellte jedes Nervenkostüm auf die Probe. Und ein Tunnel fühlte sich wie eine Falle an, die jeden Moment zuschnappen konnte. Doch sie war hergekommen, um nach Max zu suchen; und sie würde nicht gehen, bevor sie ihn nicht gefunden hätte.

Sie ging durch den Raum und richtete ihre Taschenlampe auf das Metallgitter, das die Öffnung verschloss. Es sah wie eine Gefängnistür aus – solide Balken bildeten ein Gitter bis zum Boden. Dahinter lag ein breiter Tunnel, der in den Felsen geschlagen worden war, beide Seiten des Tunnels waren, so weit sie sehen konnte, mit Graffiti besprüht. Dahinter wurde der Lichtstrahl von der Dunkelheit verschluckt. Hier unten hätte ein Monster schlafen können, und sie hätte es nicht gemerkt. Vielleicht war da sogar eines.

Sie ließ die Taschenlampe über das Tor kreisen und sah sich die Scharniere auf der einen Seite an, die von Nieten gehalten wurden – sie ließen sich unmöglich bewegen. Auf der anderen Seite hing ein Schloss an einem schweren Riegel. Das Gittertor wirkte verwittert und rau, die graue Farbe blätterte ab. Nur das Schloss davor war glatt und sauber und kein bisschen zerkratzt.

Es war neu.

41

Vielleicht ließ der Tod noch eine Weile auf sich warten, dafür schien er gleich das Bewusstsein zu verlieren. Max wollte die Erinnerung ausschalten und sich an irgendeine alte, herzerwärmende klammern, aber dann würde er niemals erfahren, weshalb er in einem Loch sterben musste. Also beobachtete er weiterhin, wie die Erinnerungen herangetaumelt kamen, und hoffte, dass etwas käme, das ihn nicht zur Hölle schickte.

James war wie immer arrogant. Er versuchte es auf seine herablassende Art, doch Max wusste bereits, weshalb nicht genügend Geld da war, um Pav zu helfen. Zumindest hatte er herausgefunden, dass sie knapp bei Kasse waren … Wie knapp eigentlich? Er konnte es nicht fassen … Fünfhunderttausend plus Spesen? Als er der Sache nachging, stellte sich heraus, dass James, sein selbstherrlicher Cousin ohne die geringste Menschenkenntnis, sich in die strenge, spießige Controllerin eines ihrer wichtigsten Kunden verknallt hatte.

Der Streit zog sich über Tage hin und ging weit über das Geschäftliche hinaus. Max stöhnte und zitterte, während er im Dreck saß und daran dachte. James brauchte das Geld, um sein neues Leben zu finanzieren. Er wollte nur so lange bleiben, bis das Baby da war, damit er es sehen konnte. Wie jeder unmoralische Vollidiot war auch er sich keiner Schuld bewusst. Er scherte sich einen Dreck darum, dass Max sein Cousin war, dass Naomi, die sein Kind im Leib trug, am Boden zerstört sein würde. Für James war das offenbar alles kein Problem: Er war nur mit Max in das Geschäft eingestiegen, weil alle ihm gesagt hatten, dass Max ihn brauchte; Naomi war eine attraktive Frau, sie würde schon einen anderen finden; Max falle ohnehin immer wieder auf die Füße.

Als Max sich das nächste Mal mit Pav traf, hätte er ihm am liebsten alles erzählt, was sein Cousin gesagt hatte. Er hatte sich jahrelang bittere Vorwürfe gemacht, dass er seine Ehe ruiniert hatte, während James das alles offenbar ohne Gewissensbisse gelang. Doch Pav hatte seine eigenen Probleme, darum sagte Max ihm, dass er ihm nur zehntausend Dollar leihen könne. Er wollte es von dem, was bei der MineLease übrig geblieben war, nehmen; es war sowieso alles vorbei. Die Lage war beschissen. Max war schon einmal pleitegegangen, und Pavs Lieferant stieß fiese Drohungen aus – er brauchte es dringender.

Rennie presste ihr Gesicht an die Gitterstäbe und schrie.

»Max!«

Der Schrei hallte überall wider, im Tunnel und im Bunker. Doch ihm folgte nichts als Stille.

Hayden stand neben ihr und klammerte sich wie ein Gefangener an die Stäbe. »Dad? Ich bin's, Dad. Hayden.« Er schrie so, als hätte Max damit einen zusätzlichen Grund zu antworten. Als keine Antwort kam, versuchte er es erneut. »Dad! Bist du da drin, Dad?«

»Vielleicht ist er zu weit weg und kann uns nicht hören«, sagte sie zu ihm und nahm ihren Rucksack ab. Oder vielleicht ist er verletzt und ohnmächtig. Oder tot. »Hältst du mal meine Taschenlampe? Richte beide Lampen auf das Schloss.«

»Das Schloss hängt außen.« Wegen der niedrigen Decke hallte Haydens Murmeln laut. »Wie konnte er sich selbst einsperren?«

Der Riegel und das Vorhängeschloss waren so dicht an der Wand, dass man sie von drinnen nicht mit einem Schlüssel öffnen konnte.

»Vielleicht hat ihn jemand eingesperrt.«

Haydens Gesicht war im schwachen Licht kaum mehr als ein Schatten, doch langsam schien er zu begreifen, und die Sorge stand ihm ins Gesicht geschrieben. Sie nahm den Bolzenschneider in beide Hände und wünschte sich, Hayden wäre nach Cairns gefahren, dann hätte er nur einen Streit mit seiner Mutter und ein Telefonat mit seinem Vater aushalten müssen.

Das Schloss war riesig: Das Gehäuse war so groß wie ihre Handfläche, die Kette so dick wie ihr kleiner Finger. Sie spreizte den Bolzenschneider so weit auf wie möglich, setzte ihn am Metallbogen an, ahnte aber schon, bevor sie zudrückte, dass das Werkzeug zu schwach war. Sie drückte trotzdem zu, doch die Schneide rutschte ab. Sie ging näher heran, veränderte den Winkel und biss die Zähne zusammen, ihre Arme zitterten vor Anstrengung.

Nichts. Nicht einmal ein Kratzer an dem Bogen.

»Lass mich mal versuchen«, sagte Hayden.

Seine Muskeln waren auch nicht größer als ihre, trotzdem reichte sie ihm den Bolzenschneider, hielt die Taschenlampen hin und sah zu, wie er sich bemühte, aber ebenfalls nichts ausrichtete.

»Mist!« Er trat frustriert gegen das Gitter.

Der Hall klang in ihren Ohren nach. »Okay, lass uns was anderes versuchen.«

Sie zog die Eisensäge aus dem Rucksack und fing an, das Metall zu bearbeiten, doch die Säge war alt und stumpf und würde beide auspowern, bevor sie irgendwas erreichten. Während Hayden sich an die Arbeit machte und den Raum mit Sägegeräuschen erfüllte, richtete sie das Licht der Taschenlampe auf den Boden und lief den Raum ab.

»Wir könnten doch Onkel James anrufen. Er hat immer Werkzeug im Auto«, sagte Hayden und ließ die Säge ein wenig baumeln.

Was sollte sie ihm darauf antworten? Dass sein Onkel vielleicht derjenige war, der die Waffe genommen hatte? Dass er James, den er liebte, nicht vertrauen sollte? Sie wollte keinen weiteren Streit heraufbeschwören oder ihm einen Grund zum Ungehorsam liefern. Jedenfalls nicht jetzt, wo sie endlich zusammenarbeiteten.

»Später.«

Sie holte die Brechstange aus ihrem Rucksack und versuchte sich damit am Schloss. Es bewegte sich nicht, bog sich noch nicht einmal, aber es stand gut unter Spannung. Sie stemmte sich mit ihrem ganzen Gewicht dagegen und versuchte es erneut. Der Schweiß trat ihr ins Gesicht, unter die Arme.

»Leg die Taschenlampe auf den Boden, und hilf mir«, sagte sie zu Hayden. Sie legte ihre Hände an die Brechstange, ihre Köpfe berührten sich fast dabei. Er stöhnte. »Mach weiter«, sie stemmte sich dagegen. Sie musste es einfach schaffen …

Mit einem Schnalzen brach der Metallbogen des Vorhängeschlosses, die Brechstange knallte auf den Betonboden, und sie stießen mit den Köpfen zusammen.

Hayden schrie auf.

Rennie lachte und griff nach dem Riegel, doch er bewegte sich nicht: Er war total verbogen. »Nein, nein!«, sie rüttelte an den Stäben, ließ los, lief durch den Raum und brodelte innerlich vor Wut.

Was zum Teufel hatte sie hier unten zu suchen? Das war doch reine Zeit- und Energieverschwendung! Max konnte überall sein. An unzähligen Orten. Was auch immer passiert war, er wäre niemals freiwillig in diesen Tunnel gegangen.

Nicht einmal bei helllichtem Tag, im grellen Scheinwerferlicht und mit all seinen Freunden. Nicht einmal gefesselt, geknebelt und mit vorgehaltener Waffe bedroht. Er musste bewusstlos oder tot reingezogen worden sein.

Sie hockte sich in eine Ecke, während sich Hayden mit der Taschenlampe über den Riegel beugte.

Warum sollte jemand Max hierhergebracht haben? Der Platz war schwer zu erreichen, man konnte kaum manövrieren, und außerdem war er nur fünf Minuten von der Hauptstraße entfernt.

»Der Riegel ist ziemlich verbogen, den können wir nicht bewegen«, sagte Hayden.

Sie starrte in die Finsternis hinter den Gitterstäben. Dort war es dunkel und feucht, vom Buschland isoliert, einen Meter unter der Erdoberfläche und schalldicht durch die verschiedenen Schichten Zement. Warum also nicht hierher?

Sie stand entschlossen auf, erschöpft, verschwitzt und wütend – über das verschlossene Tor, über die letzten achtundvierzig Stunden, über den Gedanken, dass irgendwer Max an einem Ort abgeladen hatte, an dem er sich zu Tode fürchten würde.

»Lass es uns einfach versuchen.«

Sie holte den Schlaghammer aus ihrem Rucksack, stellte sich vor das Gitter, holte aus und schlug. Der Knall erschütterte die Luft, doch als sie noch einmal und dann immer wieder zuschlug, wurde der Ton langsam zu einem gleichmäßigen Donnergrollen, dessen Echo von überall auf sie eindrang. Als sich der Riegel endlich löste, trat sie einen Schritt zurück, völlig außer Atem und zitternd vor Entschlossenheit.

»Jaaaa!« Hayden riss das Gittertor auf und trat über die Türschwelle.

Sie packte ihn am Arm. »Warte!«

»Aber Dad könnte doch da drin sein.«

»Richtig, also lass es uns vorsichtig angehen und nicht einfach in der Dunkelheit rumtapsen. Vielleicht ist er auch so reingekommen.«

Er blickte sie über die Schulter an. »Du meinst, er ist reingegangen, und jemand hat dann versehentlich das Tor hinter ihm zugesperrt?«

Nein, so konnte es nicht gewesen sein. Wenn Hayden einen Augenblick nachdachte, würde er selbst darauf kommen, doch momentan bastelte er vermutlich noch an einem Happy End. »Ich weiß es nicht. Vielleicht. Aber jetzt müssen wir aufpassen, dass das nicht noch einmal passiert. Kannst du mir erklären, wie es da drinnen aussieht?«

»Ich war noch nie da drinnen. Ich weiß nur, was Dad mir erzählt hat.«

»Hat er dir gesagt, wie das Tunnelsystem angelegt ist? Ist da unten ein großer, langer Gang, der die Bunker miteinander verbindet, oder werden sie durch mehrere Tunnel miteinander verbunden?«

»Ich weiß es nicht, aber es gibt definitiv mehr als einen. Dad hat mir erzählt, dass die Soldaten, die hier oben stationiert waren, den Tunneln Namen gegeben haben. Newcastle Street, Rathmines Road, Haven Bay Hall, so was eben. Sie haben die Namen wie Straßenschilder in die Felswände geritzt, damit sie auch bei Dunkelheit wussten, wo sie waren.«

Sie sah zur Decke und stellte sich die Stellungen darüber vor. Sie waren über das Buschland verstreut, vermutlich lagen zwischen jeder ungefähr zwei Kilometer, wenn sie im Zickzack angeordnet waren. Und wie viele Kilometer lagen unter der Erde? Wie weit konnte jemand Max ziehen? Und bei welchem Bunker waren sie hinabgestiegen?

»Okay, Hayden, ich gehe alleine rein.«

Er wurde wütend. »Aber ich will Dad auch finden.«

Sie drehte die Taschenlampe so, dass der Lichtkegel zwischen sie fiel. »Das weiß ich, aber ich will offen zu dir sein. Dein Dad wird seit zwei Tagen vermisst; falls er hier drinnen ist, kann es sein, dass er in sehr schlechtem Zustand ist.«

»Ich kann ihm helfen.«

»Hayden, vielleicht ist er tot.«

Er wandte ruckartig das Gesicht ab, doch sie hatte die Träne schon gesehen. Das war immer noch besser, als wenn er im dreckigen Tunnel den leblosen Körper seines Vaters sehen müsste. Sie hatte ihre Mutter gesehen, bevor Evan sie in den Streifenwagen zog. Sie lag in der Tür des Wohnmobils, das sie gemietet hatten. Auf der Seite, ihre Haut war grau, das Blut, das aus der Messerwunde auf ihrem Bauch drang, ihr Kleid bedeckte und sich in einer Lache auf ihrem Oberkörper sammelte, hatte jegliche Farbe aus ihrem Gesicht gesogen. Sie hatte auch noch andere Erinnerungen an ihre Mutter, doch lange Zeit war das alles, was sie sah, wenn sie an sie dachte.

Rennie legte eine Hand auf Haydens Arm. »Du willst das nicht sehen. Man bleibt mit schlimmen Erinnerungen zurück.«

Er wandte wieder seinen Kopf zu ihr, sah sie aber nicht an. »Was ist mit dir?«

»Ich habe schon vieles gesehen. Da macht eine Sache mehr keinen großen Unterschied«, log sie.

»Hast du so etwas vorher schon mal gemacht?«

»Was meinst du?«

»Menschen gerettet?«

Er hatte beobachtet, wie sie die Sachen zusammengepackt, Werkzeug benutzt und Befehle geschrien hatte, und hatte sich wohl seinen Reim darauf gemacht – und plötzlich wünschte sie sich um seinetwillen, ein besserer Mensch zu sein, so einer, wie sie sein wollte. Sie wollte jemand sein, der ihm Hoffnung schenken konnte. »Ich habe einmal meiner Schwester das Leben gerettet.« Sie zuckte die Achseln, versuchte zu lächeln, doch das Lächeln erstarb auf ihrem Gesicht, als ihr seine Frage richtig bewusst wurde. »Meistens habe ich meine eigene Haut gerettet. Bisher habe ich niemanden gebraucht, und niemand hat mich gebraucht. Aber jetzt muss ich Max finden, mehr als alles andere auf der Welt.«

Es schnürte ihr die Kehle zu, ihre Augen brannten, sie richtete den Strahl ihrer Taschenlampe wieder den Tunnel hinunter, damit Hayden ihre Tränen nicht sah. »Ich kann mich in der Dunkelheit gut zurechtfinden – das wäre nicht das erste Mal. Sorge du dafür, dass ich hier drinnen sicher bin. Kannst du das tun?« Konnte sie ihm vertrauen?

»Ich warte hier auf dich und passe auf, dass dich niemand einsperrt.«

»Das ist gut, ich will auf keinen Fall eingesperrt werden, aber hier drinnen bist du nicht sicher.«

»Niemand kann mich sehen.«

Er musste es begreifen. »Hör zu, Hayden, ich glaube, dass jemand deinem Dad etwas angetan hat. Es muss jemand sein, der uns auch kennt. Vielleicht ist es dieselbe Person, die auch meine Waffe genommen hat, vielleicht sind aber auch mehrere Personen daran beteiligt. Und vielleicht kommen sie hierher und suchen nach uns. Verstehst du, was ich dir sagen will?«

Er öffnete seinen Mund, wollte etwas sagen, nickte dann aber nur.

»Wenn du hierbleibst und jemand kommt, hast du keine Möglichkeit mehr rauszukommen. Du musst also nach oben gehen und dich im Gebüsch verstecken. Aber bleib so nah, dass du mich siehst, wenn ich rauskomme, und weit genug im Gestrüpp versteckt, dass dich niemand sehen kann. Okay?«

»Und was ist, wenn Onkel James kommt?«

»Mit niemand meine ich niemand, Hayden. Selbst dann nicht, wenn es jemand ist, dem du vertraust.« Sie sah den unsicheren Blick in seinen Augen. »Ich weiß, dass du das nicht hören willst, aber ich steige jetzt in ein Loch hinunter, das nur einen Ausgang hat. Und solange wir nicht genau wissen, was hier gespielt wird, sind wir beide die einzigen Menschen, die einander vertrauen können.« Sie suchte nach einem Ausdruck von Widerstand auf seinem Gesicht. Er leckte sich die Lippen, presste sie zusammen und sah sie an. Was ging in ihm vor? »Wir müssen los.« Sie griff nach ihrem Rucksack, holte einen Riegel und einen Karton Fruchtsaft heraus und reichte sie ihm. »Achte darauf, dass dir die Batterien der Taschenlampe nicht ausgehen.«

Er rührte sich nicht von der Stelle.

»Komm schon, Hayden.« Hatte er Angst, oder dachte er über ihre Anweisungen nach?

Dann ging es ganz schnell. Bevor sie sichs versah, schlang er seine Arme um sie und drückte seine Wange an ihre Schulter. Die typisch ruppige und unbeholfene Umarmung eines Jungen. Es kam so unerwartet und war so untypisch für ihn, dass sie einen Augenblick nicht wusste, wie sie darauf reagieren sollte. Dann legte sie einfach ihre Hand auf seinen Rücken und wartete, dass er sie wieder losließ. Doch er hielt sie fest, also ließ sie ihn gewähren, tätschelte ihn, drückte ihn an sich und umarmte ihn fest.

»Hayden, wir finden ihn. Ich werde so lange nach ihm suchen, bis ich ihn gefunden habe.«

Er löste sich von ihr, fuhr sich mit der Hand über den Mund und wandte sein Gesicht ab.

»Bis gleich«, sagte sie. »Augen auf, okay?«

42

Sie stand in der Öffnung, bis das Licht von Haydens Taschenlampe im Munitionsbunker immer schwächer wurde, dann richtete sie den Strahl ihrer Lampe direkt vor sich in die Dunkelheit, biss die Zähne zusammen und unterdrückte die aufsteigende Furcht.

Max, bitte sei nicht tot. Sei so weit bei Bewusstsein, dass du mich hören und mir antworten kannst.

»Max!«

Ihre Stimme verebbte und wurde von den Tiefen aufgesaugt, die vor ihr lagen. Sie lauschte in die darauffolgende Stille hinein. Alles, was sie hörte, war der Puls, der in ihren Ohren hämmerte.

Sie steckte den Hammer in den Rucksack zurück und ließ die anderen Werkzeuge im Bunker liegen. Dann hievte sie den Rucksack auf den Rücken und war froh, dass der Tunnel hoch genug war, sodass sie aufrecht stehen konnte. Zehn Schritte hinein, dann sah sie die L-förmige Biegung in der Wand vor ihr und den eingravierten Pfeil, der in die Richtung zeigte, aus der sie gekommen war: No. 4, Bennets Bunker. Die Geschützstellung, die am nächsten zur Straße stand, lag also am Ende, nicht am Anfang. Ob das Labyrinth immer komplizierter wurde, je weiter sie voranging?

Sie ging durch die Öffnung in den neuen Tunnel, rief wieder Max' Namen und spähte in den Raum vor sich hinein. Er wirkte eng und endlos. Sie lief weiter, sah an den Wänden Graffiti wie Comicstreifen in Zeitlupe vorbeiziehen. Gekritzel aus Kriegszeiten und neuere Bemalung: MT war hier; Jack Akkers, Korporal, 1943, Fuck you. Überall waren Farbspritzer und Sprühfarbe, Unterschriften in Blockschrift, wie Straßenkünstler sie verwenden; vulgäre Bilder; ein Teufelsgesicht, seine roten Züge tropften wie Blut. Nichts davon trug dazu bei, ihren Atem zu beruhigen.

Die Luft war still und abgestanden, stank etwas süßlich und faulig. Sie leuchtete mit der Taschenlampe nach oben und unten, von Seite zu Seite und hatte Angst, die Ursache des Gestanks zu finden, bevor sie hineintappte. Sie dachte an Fledermäuse und Ratten, als sie es sah: Etwas glitzerte schwach vor ihren Füßen. Schnell richtete sie ihre Taschenlampe darauf… ein Stück…

Es war Max' Uhr.

Er hörte etwas. Ein unregelmäßiges, entferntes Klopfen, das sich wie ein Flüstern seinen Weg durch die dunklen Gänge bahnte. Er versuchte zu rufen, doch seine Stimme hatte keine Kraft mehr, und er hatte noch nicht einmal genügend Flüssigkeit im Leib, um Tränen zu vergießen.

Er schloss die Augen, seine Gedanken taumelten und richteten sich nach innen, zurück in seine Vergangenheit. Er betete, dass er lange genug am Leben bleiben möge, um zu erfahren, woher das Geräusch kam.

Rennie. Sie arbeitete, war wegen des großen Auftrags unter Druck. Er hatte sie tagelang kaum gesehen, dafür war er dankbar. Er schämte sich, James widerte ihn an, er machte sich Sorgen um Naomi und hatte Angst um Pav. Rennie hatte ein feines Gespür für gefährliche Situationen, sie hätte es mitbekommen, doch er wollte sie nicht mit hineinziehen. Sie hatte etwas Besseres verdient – mit diesen Problemen wollte er sie nicht belasten.

Am Ende der Woche begann Max Fragen zu stellen. Mit

James vernünftig zu reden brachte nichts. Sie hatten sich angebrüllt, die Schreie hallten jetzt in seinem Kopf wider und verwirrten ihn. Mit James konnte man kaum vernünftig reden, er war dabei, ein riesiges Chaos anzurichten. Max befahl James, Naomi die Affäre zu gestehen und ihr so die Möglichkeit zu geben, alles zu regeln und ihre Familie um Unterstützung zu bitten, bevor das Baby kam. Er könne den Gewinn bis dato abschöpfen, Max' Anteil inklusive. Max hatte aber darauf bestanden, dass der Rest auf das Firmenkonto zurückfloss – Rechnungen mussten bezahlt und Firmendarlehen zurückgezahlt werden, denn Max wollte sich nicht wegen der Midlifecrisis seines Cousins verschulden. Er sagte ihm auch, dass er zur Polizei gehen würde, wenn nicht bald das Geld auf der Bank wäre. Seltsam, dass das »Du bist doch mein Cousin«-Argument James nur dann einfiel, wenn er fürchtete, etwas zu verlieren.

Max hatte sich an dem Abend vor dem Fernseher betrunken, ein Fußballspiel angesehen und versucht, sich gegen das zu wappnen, was ihm bevorstand. Jetzt spürte er erneut die damalige Benommenheit, war sich nicht sicher, ob es Erinnerung war oder ob seine Gehirnzellen langsam den Geist aufgaben.

Es musste Samstag gewesen sein … Hatte er mit Rennie gesprochen, bevor sie zur Frühschicht aufgebrochen war? Er erinnerte sich nur noch, dass er Schmerztabletten genommen hatte, damit sie nicht merkte, wie schlimm sein Kater war, wenn er später zu Pav ins Skiffs ging. Max hatte Pav in der Küche bedrängt und ihn schwören lassen, dass er sich nicht alleine mit seinem Lieferanten träfe. Er brauchte die Polizei an seiner Seite oder zumindest einen Freund, der zuschlagen konnte. Das war hirnlose Prahlerei, aber ihm war nichts anderes eingefallen.

Dallas. An Dallas dachte er oft.

Nichts – weder Pav noch James, Naomi oder Rennie, das ganze verdammte Chaos – schien es wert zu sein, nicht einmal die Tatsache, dass er diesmal nicht das Arschloch war. Er wollte doch nur …

Ein heftiger, messerscharfer Schmerz durchfuhr ihn. Eiskalt und brennend. In seinen Ohren dröhnte es, sein Verstand kam zum Erliegen, der Puls hämmerte in seinem Hals.

Rennie hob die Uhr auf, ihr Herz raste, das Licht ihrer Taschenlampe hüpfte durch den Raum, als sie die Düsternis nach ihm absuchte.

»Max! Ich bin's, Rennie. Maaaax!« Das Echo schien eine ganze Minute weiterzurollen. Wie zum Teufel sollte sie ihn da hören? Sie wartete, bis das Echo verebbt war, und versuchte es erneut, diesmal rief sie leise durch den Widerhall. »Max, mach ein Geräusch, wenn du mich hörst.« Während sie angestrengt auf eine Antwort lauschte, schien der Gestank im Tunnel intensiver zu werden. Egal, was es war, es musste ganz in der Nähe sein. Sie kroch voran, leuchtete nach unten und blieb stehen.

Auf dem Tunnelboden waren Spuren. Sie sahen nach Schleifspuren von Schuhen und dem Gewicht eines großen Körpers, Hüften und Hintern, aus. Dann sah sie in der Mitte auf dem vor fünfzig Jahren ausgetretenen Fußpfad die Umrisse einer Lache und die eindeutigen Reste von Erbrochenem. »O Gott, Max.«

Ungeduld und Angst trieben sie voran, sie bewegte sich schnell und hielt das Licht der Taschenlampe direkt vor sich gerichtet. Die Graffiti wurden nun immer spärlicher, als hätten sich nur die Stärksten und Mutigsten so weit vorangetraut. Herrgott, sie hoffte, dass es nicht stimmte.

Sie war bereits ungefähr dreihundert Meter gegangen, als sie auf der rechten Seite die Öffnung in der Wand sah. Sie leuchtete mit der Taschenlampe um die Ecke, sah aber nur noch mehr Felswand und dahinter einen langen, dunklen Tunnel. An den Ecken war etwas eingraviert. Sie stand im Wangi Wangi Way, der neue Tunnel hieß East Street. Max, in welche Richtung bist du verschwunden?

Sie rannte weiter und rief nach ihm, erreichte eine weitere Gittertür, die versperrt war, kehrte um und rannte zur Kreuzung zurück. Der Rucksack wippte auf ihrem Rücken, als sie um die Ecke bog und weiterlief. Dann sah sie einen dunklen, feuchten Streifen an der Wand und blieb stehen – Wasser tröpfelte an der Wand herunter und erinnerte sie daran, dass Max seit fast achtundvierzig Stunden vermisst wurde und durch sein Erbrechen noch mehr Flüssigkeit verloren hatte. Dann kam sie an eine weitere Kreuzung: Rathmines Row stand dort in den Fels graviert. War das der Tunnel zur Wasserflugzeugbasis in Rathmines? Hayden hatte gesagt, dass die zugemauert sei.

»Max?«

Sie wartete, ging nach links, hörte ein Geräusch, blieb stehen und spürte, wie sich ihr die Nackenhaare aufstellten.

»Max?«

Das Echo erstarb, Stille umhüllte sie wieder. Sie wartete. Fünf Sekunden. Zehn. Fünfzehn. Da war es wieder. Es war keine Stimme, jedenfalls keine menschliche. Nur ein kurzes, dumpfes … Kratzen. Es klang wie etwas, das kurz über den Felsen schabte. Dann wieder.

Sie unterdrückte das Bedürfnis, ihn beim Namen zu rufen, sah sich um, war sich aber nicht sicher, aus welcher Richtung es kam. Diesmal schrie sie nicht. »Ich höre dich. Mach es noch mal, wenn du kannst.«

Wieder ein Kratzen, dann noch eines. Das Adrenalin tobte durch ihren Körper. »Ich komme!« Sie wirbelte herum, rannte in die andere Richtung, ihre Füße schlugen auf den

Boden, das Licht huschte über die Wände, während sie suchte.

Da fiel der Lichtstrahl ihrer Taschenlampe in der Dunkelheit auf eine Gestalt am äußersten Ende. Auf dem Boden, links gegen die Wand gelehnt.

»Max? Bist du das?«

Die Gestalt bewegte sich nicht. Sie sah nicht wie Max aus. Sie sah nicht wie etwas Lebendiges aus. Sie lief langsamer, war unsicher und spürte nur noch Mutlosigkeit und Angst.

Sie riss sich zusammen. Ihre Stimme klang entschlossen, kompromisslos. Sie klang verdammt großartig. Max ließ den Stein aus seinen Fingern gleiten, froh, dass sie ihn endlich gehört hatte, und hoffte, sie würde sich beeilen und zu ihm kommen. Er wünschte, er hätte sich in die andere Richtung zusammengekrümmt, um mehr als nur den Lichtschein zu sehen, der immer größer und heller wurde. Aber nach der totalen Dunkelheit konnte er kaum blinzeln.

»Max?«

Ihre Stimme klang zögerlich. Vielleicht dachte sie, er wäre tot. Vielleicht war er das ja. Er versuchte zu schlucken, doch sein Hals fühlte sich rau wie Schmirgelpapier an. Er bewegte ein wenig seinen Kopf.

»Max.«

Ein wenig Erde flog auf, dann war sie bei ihm, ihre Finger lagen auf seiner Schulter, sie kroch um seine Füße, dann war ihr Gesicht an seinem. O Gott, ihr Gesicht. Er hatte gedacht, dass er es nie wiedersehen würde. Er wollte lächeln, konnte aber nur einen Mundwinkel hochziehen. Sie nahm sein Kinn in ihre Hände und küsste ihn, drückte ihre weichen Lippen an seine Stirn, an seine Wange, seine Ohren. Sie roch nach Schweiß und Hitze und frischer Luft und Kaffee, und er wünschte, er hätte einen Arm um sie legen und seine Stimme wiederfinden können, um ihr zu sagen, dass er sie liebte.

»Nicht reden. Ich habe Wasser dabei. Warte noch einen Moment.«

Das kühle, himmlische Wasser benetzte seine Lippen, seine Zunge, füllte seinen Mund, prickelte zauberhaft seinen Hals hinunter. Er hustete, würgte und zwang sich zu schlucken.

»Langsam. Ich habe genug dabei. Es wird alles gut. Du schaffst das. Ich bringe dich hier raus. Ich …« Sie weinte. Für einen kurzen Moment bebten ihre Schultern, ihre Lippen zitterten, und eine einzelne dicke Träne quoll aus ihrem Auge und kullerte über ihre schmutzige Wange herunter. Dann riss sie sich zusammen und wischte sich mit dem Handrücken über das Gesicht. »Ich bringe dich nach Hause.«

Er konnte seinen Blick nicht von ihr wenden. Ihr Haar war wirr, voller wilder Entschlossenheit – und zu dem Schmerz, den er in seinem Körper spürte, gesellte sich das Schuldgefühl, dass er sie hier heruntergebracht hatte. »Es tut mir leid, so leid. Ich dachte, du wärest gegangen.« Es war eher ein Krächzen als geformte Worte.

Sie hielt seinen Kopf im Arm. »Schhhhh, alles in Ordnung. Versuche noch ein bisschen was zu trinken.«

Das Wasser spülte seinen Hals ein wenig frei. »Tunnel?«

»Ja, du bist in einem Tunnel unter der Stellung oben am Point.« Sie sah die verkrustete Wunde an seiner Schläfe. »Wo bist du verletzt?«

»Genau da.«

»Tut mir leid. Wo noch?« Sie fuhr mit den Händen über ihn, spürte seine Arme, sein Becken, seine Beine.

»Der Nacken schmerzt, meine Rippen sind gebrochen.«

»Wie steht es mit deiner Hüfte?«

»Ist noch da. Scheint zu funktionieren.«

»Ich habe deine Uhr am Eingang gefunden. Wie bist du bis hierher gekommen?«

»Gelaufen, gekrabbelt, gekrochen.«

»Du kannst also gehen?«

»Nicht, wenn es nicht unbedingt sein muss.«

Sie nahm die Taschenlampe und richtete den Lichtstrahl zuerst in die eine, dann in die andere Richtung, Unbehagen lag in ihrem Blick, als sie sich wieder zu ihm drehte und ihn ansah. »Tut mir leid, Liebling, aber du musst laufen. Hier können wir nicht bleiben. Es ist nicht sicher.«

Er begriff nicht genau, was das Problem sein sollte. »Kannst du jemanden holen?«

»Da ist niemand. Ich bin alleine. Nur du und ich. Ich weiß zwar nicht genau, warum du hier bist, aber ein bisschen habe ich, glaube ich, begriffen. Wir müssen weg, bevor das sonst noch jemand kapiert und nachsehen kommt. Kannst du dich aufsetzen?«

Das war keine richtige Frage, sie zog ihn bereits hoch und drückte ihn an die Wand. Er stützte seinen Kopf dagegen und schloss die Augen, ihm war schwindelig. Er versuchte zu verarbeiten, was sie soeben zu ihm gesagt hatte. Nur Rennie. Sie hatte ihn alleine gefunden. Sie hatte was begriffen. Wusste sie, was passiert war?

Sie richtete seine Beine aus, legte seinen Arm um ihren Hals und duckte sich wie ein Gewichtheber darunter. »Max, ich kann dich nicht tragen. Du musst mir helfen, okay?«

»Ich habe in letzter Zeit ein wenig Gewicht verloren.«

»Ja, du siehst großartig aus.«

»Nicht so großartig wie du.«

Ihre Gesichtszüge wurden einen Augenblick weicher, sie zog einen Mundwinkel nach oben. »Wir haben beide schon mal bessere Tage gesehen. Stütz dich an der Wand ab. Komm, wir gehen.«

Er keuchte, ihm war übel und schwindelig, er war froh, dass seine Beine noch funktionierten und er nicht wieder auf das Gesicht fiel.

»Großartig. Das machst du großartig«, sagte sie zu ihm.

»Ich bin froh, dass du mich gefunden hast.«

»Ich bin froh, dass du noch atmest.«

Während er sich an die Wand gelehnt ausruhte und noch etwas trank, schwang sie sich den Rucksack auf den Rücken und leuchtete mit der Taschenlampe den Gang entlang. Hier unten sah es wie in der Hölle aus. Es war die Hölle, aber sie war besser, wenn man Licht dabeihatte.

»Gut, lass uns gehen.«

Sie trug ihn halb, blieb nahe an der Felswand, damit er sich abstützen konnte, und schleppte ihn in die Richtung, aus der sie gekommen war. War der Eingang dahinten? »Wie nah war ich?«

»Nah?«

»Am Bunker?«

»Ich weiß nicht, wo der nächste ist. Ich bin durch die zweite Geschützstellung gekommen, Nummer vier, die, die am nächsten zum Weg liegt. Dort habe ich auch deine Uhr gefunden. Vermutlich hast du da angefangen. Bei wie vielen Eingängen bist du denn gewesen?«

»Ich habe nie einen gefunden, ich bin einfach auf gut Glück losgezogen und hier gelandet.« Er schloss die Augen. »Hätte ich in die andere Richtung gehen sollen?«

»Nein. Das hast du gut gemacht, Max. Ich habe von diesem Ort erst vor einer Stunde erfahren. Wärest du in die andere Richtung gegangen, hätte dich jemand anderes vielleicht zuerst gefunden.«

Also wollte sie nicht, dass ihn jemand anders fand? »Ich hätte rauskommen können.«

»Nein, Max. Du warst eingesperrt.« Sie blieb stehen und

leuchtete mit der Lampe in den angrenzenden Tunnel. »Brauchst du eine Pause?«

»Ich brauche Urlaub.« Er lehnte sich an die scharfe Kante des Tunnels, holte Luft und ließ sich noch einmal ihre Worte durch den Kopf gehen. Eingesperrt. Damit er nicht mehr rauskam. Damit er da drinnen starb?

»Tut mir leid, Schatz, aber wir müssen weiter.« Sie nahm wieder sein Gewicht auf ihre Schultern.

»Wer hat mich eingesperrt?«

»Ich dachte, du wüsstest das.«

»Ich dachte, ich wäre wieder unten in der Grube. Ich habe vieles gedacht. Ich hätte mit dir reden sollen. Ich wollte dich aus der Sache raushalten.«

43

Er erinnerte sich plötzlich an den Samstagnachmittag, an dem ihm klar geworden war, dass er in großen Schwierigkeiten steckte. Das Leben, wie er es kannte, in dem er sich eingerichtet und das er mühsam aufgebaut hatte, stand kurz davor, in Trümmer zu zerfallen. Um sich abzulenken, hatte er im Garten gegraben, weil er nicht wusste, was er sonst tun sollte. Dann hatte er eine Weile Rennie beobachtet, wie sie vor Trishs Party noch in ihrem farbverschmierten Overall im Atelier gestanden und gemalt hatte. Er sah ihre schlanken, sehnigen Arme, sie hatte ihre Haare zu einem widerspenstigen Knoten aufgesteckt. Egal, was sie durchgemacht hatte, sie hatte es überlebt, war hierhergekommen und liebte ihn. Und es machte ihm Angst, dass sie die Katastrophe mitbekommen und ihn verlassen könnte – so wie sie es immer angekündigt hatte.

Doch vielleicht war es besser so. Sie hatte es zwar nie gesagt, aber er wusste, dass sie ihn liebte. In ihrem tiefsten Inneren, unter all den Schutzschichten, verbarg sie diese Liebe. Wenn sie ging, würde das weniger Schaden anrichten, als wenn sie blieb und dann mit ihm die Scherben aufsammeln musste.

Vielleicht war sie ja gegangen.

Und dann wieder zurückgekommen.

Vielleicht …

»Habe ich dich zum Abschied geküsst?« Jetzt erinnerte Max sich auch an die Party. An den Jungen auf dem Parkplatz, die

Auseinandersetzung mit Rennie, den Ekel davor, dass James auftauchen und den glücklichen werdenden Vater spielen würde. »Ich kann mich nicht mehr erinnern, dass ich die Party verlassen habe. Können wir uns einen Moment ausruhen?«

Rennie sprach schon seit einer Weile nicht mehr. Wahrscheinlich war sie einfach nur erschöpft, doch als er ihr sagte, er wollte sie aus der Sache raushalten, spürte er, wie sie sich versteifte und ihre Schritte unsicherer wurden. Was wusste sie?

Sie ließ nicht zu, dass er sich setzte. Sie stützte ihn an die Wand und gab ihm diesmal Fruchtsaft zu trinken. Er schmeckte grässlich in seinem trockenen Mund, dafür wirkte die Zuckerzufuhr schlagartig. Sie entkrampfte seine Brust, erleichterte ihm das Atmen und gab ihm das Gefühl, als könnte seine Wirbelsäule sein ganzes Gewicht alleine tragen.

»Wo bin ich nach der Party hingegangen?«, fragte er sie, als sie sich wieder in Bewegung gesetzt hatten.

»Ich weiß es nicht. Du bist um zehn Uhr gegangen. Irgendwer hat gesagt, dass du den Wagen auf dem Parkplatz überprüfen wolltest. Dann hat dich niemand mehr gesehen. War es so?«

Stimmte das? Er konzentrierte sich auf den Schein der Taschenlampe, der die bogenförmige Tunneldecke ableuchtete, auf den grob gemeißelten Felsen, den niedergetrampelten Pfad und das Nichts dahinter. Er erinnerte sich wieder, dass er dastand und Rennie eine Nachricht tippte, aber selbst eine geschickt bekam, bevor er zu Ende schreiben konnte. Dann erinnerte er sich an das Licht der Straßenlaternen, das auf dem schwarzen Asphalt des Parkplatzes reflektiert wurde, an seine Schuhe, als er im Lichtschein immer wieder auf und ab ging. Auf dem großen Parkplatz standen verstreut Fahrzeuge. Ein paar Autos in der Mitte, andere in der Nähe des

Pubs, dessen Neonlichter sich in den davor geparkten Autos spiegelten. Musik rockte hinter den Türen. »Ich wollte gar nicht den Wagen kontrollieren. Ich habe eine Nachricht bekommen.«

»Von wem?«

»Ich weiß...« *Wir müssen reden.* »Ich habe mich mit jemandem getroffen.«

»Auf dem Parkplatz?«

»Ja.«

»Mit wem?«

Er lief langsamer und fühlte eine feuchte Spur unter seiner Hand an der Wand. Das war die Stelle, an der er mit der Zunge über den Felsen gefahren war. »Es war... drüben bei dem Pub.«

»Mit wem hast du gesprochen?«

Sie waren zwischen den Autos eingekeilt, ein paar standen nebeneinander, andere Schnauze an Schnauze. *Wer zum Teufel glaubst du, dass du bist?* Die Stimme schlich sich durch einen Spalt in seine Erinnerung. Sie klang tief und aufgewühlt. »Es lief immer beschissener. Er hörte mir gar nicht zu. Er ließ mich nichts erklären. Ich habe zu ihm gesagt... Ich sagte...« Was?

»Hast du mit einem Mann gesprochen?«

»Ja, es war ein Mann.«

Sie fragte nicht weiter. Vielleicht wusste sie etwas, das er nicht wusste. Vielleicht war etwas Schreckliches passiert, seit er hier unten war. Es machte ihm nichts aus, dass er nicht mehr darüber nachdenken musste. Sein Kopf schmerzte, sein Nacken pochte, er hatte das Gefühl, als käme der Fruchtsaft gleich wieder hoch.

Als sie wieder anhielten, nahm ihre Stimme einen scharfen Ton an, den sie vorher nicht gehabt hatte. »Du musst noch was trinken.« Sie hielt ihm den Fruchtsaft hin.

»Diesmal Wasser.« Er beobachtete sie, wie sie ihren Rucksack öffnete, sah die Päckchen mit Essen darin und den Erste-Hilfe-Kit, während sie herumkramte. »Woher wusstest du, dass ich hier bin?«

»Ich wusste es nicht. Hayden hat mir von den Tunnels erzählt.«

»Ist Hayden hier?«

»Er wartet oben auf uns.«

Hayden und Rennie zusammen? Warum war Hayden überhaupt in Haven Bay? »Wie lange war ich hier unten?«

»Ich weiß nicht, wann du hierhergekommen bist, aber du bist seit zwei Tagen verschwunden.«

Herrgott, es fühlte sich viel länger an. Wie ein ganzes Leben. »Warum hast du keine Hilfe mitgebracht?«

Sie antwortete nicht gleich, nahm ihm nur die Wasserflasche wieder ab, wischte die Öffnung ab und trank selbst einen Schluck. »Max, ich weiß nicht, wem wir noch vertrauen können. Wir müssen weitergehen. Hayden ist da oben alleine.«

Die Art und Weise, wie sie das sagte, schürte Angst in ihm – um seinen Sohn, um seine Freunde, darum, was vielleicht passiert war, während er hier in dem Loch gelegen hatte. »Rennie, sag mir, was ist los?«

Sie legte ihren Arm stützend um ihn und zog ihn weiter voran, während sie sprach. »Ich weiß es nicht genau. Ein paar Dinge passen nicht ganz zusammen. Heute Nachmittag habe ich von Hayden erfahren, dass James gestern hier oben war. Er ist mit dem Auto den Fußweg raufgefahren und hat erzählt, er habe nach Hayden gesucht. Aber Hayden meinte, er sei schon da gewesen.«

Max stolperte ein paar Sekunden schweigend weiter voran. Warum suchte James nach Hayden? Und falls er hier oben gewesen war, warum hatte er dann nicht in den Tunneln nachgesehen? »Also … du meinst, James hat das Gelände nicht gründlich genug durchsucht?«

»Ich weiß nicht genau, was James getan hat. Er hat der Polizei erzählt, du hättest Geld genommen. Die Polizei hat die falschen Fragen gestellt – zu dir, zu mir, zu meiner Familie – und ging deshalb davon aus, dass du freiwillig verschwunden bist.«

Sie sah ihn an, als warte sie auf seine Reaktion, und humpelte weiter voran. Doch die blieb aus, er konnte sich das alles selbst nicht erklären.

»Hayden hat das Passwort auf deinem Computer geknackt«, sagte sie schließlich. »Auf dem zu Hause. Wir haben die WZT-Dateien gefunden.«

WZT. Daran konnte er sich erinnern. Er hatte sie erstellt, nachdem er unzählige Notizen hingekritzelt und Bankauszüge gesammelt hatte, und war stocksauer gewesen. Die Datei hätte WZTJ heißen sollen. *Was zum Teufel, James?* Er beschloss seinem Cousin so lange nichts zu sagen, bis er alles zuordnen konnte. Er würde nicht zulassen, dass James wieder einen seiner herablassenden Auftritte nach dem Motto »Du verstehst von Buchhaltung sowieso nichts« hinlegte. Vielleicht hatte ihn diese Mafiageschichte von Pav auch angesteckt. Als Max James eines Tages in seinem Büro erwischte, befürchtete er, dass James alles vertuschen wollte, bevor er ihn damit konfrontieren konnte. Also speicherte er alles auf einem USB-Stick ab, löschte die Unterlagen auf seinem Computer im Büro und versah alles mit einem Passwort.

»Es geht um Geld, das in der Firma fehlt, nicht wahr?«, fragte Rennie.

»Ja.«

»Weißt du, wo das Geld ist?«

»Ein Teil davon.«

Sie blieb stehen, fluchte leise und schob ihn im Tunnel um

die L-förmige Biegung. »Ich glaube, dich hat jemand hier runtergeschafft, der weiß, wo es ist. Jetzt hofft er, dass du gestorben bist und sich damit der Fall erledigt.«

In seinen Ohren und in seinem Schädel pochte es. Wie Pav immer sagte: Verzweifelte Menschen handeln verzweifelt. *Du machst alles kaputt, du Arschloch*. Da war sie wieder, die Stimme. Ganz nah, sie spuckte ihn hinter zusammengepressten Zähnen an. Das Licht auf dem Parkplatz, die Musik aus dem Pub, der salzige Windhauch, der in der Nachtluft vom See herüberwehte.

»War es so, Max?« Ihre großen Augen waren weit aufgerissen, und in ihnen glühte ein Feuer, das er nicht verstand. »Wer war mit dir auf dem Parkplatz?«

Er rieb seine Augen, versuchte sich wieder daran zu erinnern. »In der Nachricht stand: Wir müssen reden. Ich habe mich mit ihm auf dem Parkplatz getroffen und zu ihm gesagt, okay, hier bin ich. Dann rede. Er … hat mir seinen Finger in die Brust gedrückt. Er wollte einfach nicht hören. Dann habe ich zu ihm gesagt … verdammt. Ich weiß nicht mehr, was ich zu ihm gesagt habe.«

Sie presste die Lippen zusammen und leuchtete weiter mit der Taschenlampe vor sich her. Eine rechteckige, helle Öffnung tauchte wie ein Geist vor ihnen auf. Es war der Ausgang. Er wäre am liebsten darauf zugerannt, genau wie an dem Tag mit James. Wäre am liebsten durch den Bunker gelaufen, um sich dann ins Licht zu werfen und endlich frische Luft zu atmen. Doch mehr als ein müdes Ächzen bekam er nicht zustande.

»Bevor wir da hinrennen, musst du etwas wissen.« Rennie sprach schnell und sah ihn dabei nicht an. »Jemand ist bei uns eingebrochen und hat meine Waffe mitgenommen.«

Er hatte so viele Fragen, doch nur eine spielte jetzt eine Rolle für ihn. »Wo ist Hayden?«

Sie schob ihre Schulter unter seine Achselhöhle. »Er versteckt sich draußen im Gebüsch. Solange er da bleibt, wird ihm nichts passieren.«

Herrgott, eine Waffe. Das Gebüsch war doch nicht kugelsicher. Sie schien seine Anspannung zu spüren und lief schneller, richtete das Licht der Taschenlampe so aus, dass es nicht direkt in den Bunker fiel. Ihre Worte kamen stoßweise, sie schob ihn weiter voran. »Max, hör mir zu. Ich gehe als Erste nach oben und sehe mich erst einmal um. Ich muss sicher sein, dass wir alleine sind. Ich habe nur eine Taschenlampe dabei, ich muss dich also leider wieder in der Dunkelheit zurücklassen.«

»Nein. Bring mich einfach nach oben, und ruf die Polizei.«

»Die Polizei würde viel zu lange brauchen. Wir müssen vom Point verschwinden.«

»Lass mich nicht alleine hier zurück.«

»Du kannst doch kaum laufen. Falls da oben tatsächlich jemand ist, kann ich dich nirgends schnell hinbringen.«

»Aber …« Er klammerte sich an ihr fest, dachte nach, resignierte, doch er versuchte nicht die Erinnerungen zu verscheuchen, die sich langsam ihren Weg in seinen Kopf bahnten.

Mehrere Autos, eine gebeugte Gestalt, die nervös im Schatten stand. Max hatte die Arme auf der Brust verschränkt. *Dann rede.*

Wer zum Teufel glaubst du, wer du bist? Ein Finger stach in seine Brust.

Er schob ihn von sich. *Ich habe nur versucht, das Richtige zu tun.*

Rennie hielt ihn ein paar Schritte vor der Tunnelöffnung zurück und drückte ihn an die Wand. »Max, wer war mit dir auf dem Parkplatz?«

Ich gebe dir die Hälfte.

»Er hat mich an den Wagen gedrückt.«

»Wer?«

»Er hatte irgendwas in der Hand.«

»Max.« Sie rüttelte seinen Arm. »War es James oder Pav?« Das war keine Vermutung, sie sagte es nicht so, als würde sie eine Liste von Kumpeln abarbeiten, bis sie auf den richtigen Namen stieß. Es war eine Auswahl: James oder Pav. Der eine oder der andere. »Was hast du gesagt?«

»James kam spät zur Party. Pav hätte sie verlassen und dann zurückkommen können. Und beide hatten genügend Zeit, um heute das Haus zu durchsuchen.«

»Nein, Rennie ...«

»Max, glaube mir. Die gefährlichsten Leute sind immer die, die vorgeben, dich zu lieben.« Sie zog einen Hammer aus ihrem Rucksack. »Warte hier.«

Sie ließ ihm nicht die Möglichkeit, etwas darauf zu erwidern, sondern rannte einfach mit dem Hammer in der Hand den letzten Abschnitt des Tunnels entlang. Er wollte ihr folgen, sie anbetteln, ihn mitzunehmen und vorsichtig zu sein. Doch er konnte nur ein paar Schritte vorwärtstorkeln. Sie stand mit einer Schulter zum Ausgang, leuchtete mit der Taschenlampe durch den kleinen Raum zur anderen Seite. Dann rannte sie zur gegenüberliegenden Wand und verschwand.

44

Sein Blick blieb auf den Schein ihrer Taschenlampe fixiert, dann herrschte plötzlich wieder völlige Dunkelheit. Er biss die Zähne zusammen und zwang sich, langsam durch die Nase einzuatmen. Und dann kam plötzlich die Erinnerung zurück.

Er lief über den Parkplatz, aus dem Pub drang Musik, um ihn herum standen Autos. Fluchen, schlurfende Schritte, ein Schock, als er auf die Karosserie fiel.

»Jetzt bin ich mal dran.«

»Vergiss es. Man arbeitet jeden Tag hart und tut das Richtige und ist dankbar für jeden Tag, den man nicht tot im Loch liegt.«

»Ich habe dir gesagt, dass du die Hälfte kriegst.«

»Du hast hier gar nichts zu verteilen. Außerdem will ich nicht die Hälfte. Ich will, dass du es in Ordnung bringst.« Er riss die Tür auf. *»Setz dich jetzt in den verdammten Wagen, und regle es, bevor ich es für dich tue.«*

Er sah eine Hand, die einen dicken Schlüsselbund hielt. *»Du Arschloch. Du hast Grandmas Haus bekommen. Du schuldest mir was.«*

Der Rest zog in Zeitlupe vor Max' Augen vorbei. Er sah den Arm, der weit ausholte, war kurz überrascht und spürte dann den Donnerschlag in seinem Kopf, das Knirschen seiner Nase, die zur Seite gerissen wurde, sah die Umrisse eines Türrahmens.

Er zuckte zusammen, als wäre er wieder getroffen worden. »Rennie, warte!«

Rennie entdeckte James eine halbe Sekunde, bevor sie die Waffe sah. Er hielt sie nicht auf sie gerichtet, sie wirbelte durch die Luft direkt auf sie zu.

»Du Schwein!«, schrie sie und warf sich auf den Boden. Aber sie war nicht schnell genug, und so traf das harte Metall sie mit einem lauten Krach am Schädel. Es war nicht so schlimm, wie er es geplant hatte, trotzdem sah sie Sterne, während sie fiel, und ihr wurde schwindelig.

Sie rollte zur Seite – hoffentlich weg von ihm –, und als sie sich vorsichtig wieder aufrappelte, lag die Taschenlampe außer Reichweite auf dem Boden und der Hammer in einem Lichtdreieck, das auf die Büsche dahinter gerichtet war. Sie dachte an Hayden und blickte dann zu James auf.

Er stand ein paar Meter von ihr entfernt, in einer Hand hielt er locker die Pistole. Eine schwarze Glock. Ihre. Er folgte ihr nicht und ging auch nicht weiter auf sie los, schien aber überrascht, dass sie bei seinem ersten Schlag nicht zu seinen Füßen zusammengesackt war.

»Du verdammtes Arschloch«, schrie sie ihn an.

Er fuhr sich mit der Zunge über die Lippen und scharrte mit den Füßen. »Herrgott, Renée. Tut mir echt leid. Du hast mich zu Tode erschreckt«, sagte er mit einem entschuldigenden Grinsen, als hätte er ihr nur eines über den Schädel gezogen, weil er nicht gewusst hatte, wer sie war.

Sie antwortete nicht, rappelte sich auf, sah ihn an und suchte nach Warnsignalen in seiner Körpersprache.

»Was machst du hier?« Er klang erstaunt und besorgt zugleich, genau wie an dem Tag, als Max verschwand, und für den Bruchteil einer Sekunde überlegte sie, ob sie sich nicht vielleicht doch irrte – doch er hielt ihre Waffe in der Hand. Das waren genug Gründe, um die Schimpftirade zurückzuhalten, die ihr auf der Zunge lag.

»Was machst du hier?«, fauchte sie.

»Hayden hat erzählt, dass du am Point bist. Ich dachte, du hättest vielleicht was gefunden.«

Hatte Hayden, nachdem er sie verlassen hatte, mit James gesprochen? »Hast du deshalb die Waffe mitgebracht?«

Er hob sie hoch und hielt sie locker in der Hand. »Es erschien mir vernünftig, nach allem, was du über deinen Vater erzählt hast. Man kann ja nie wissen, wer sich so herumtreibt.«

Sie beobachtete, wie er die Pistole hielt: Ihr Griff schmiegte sich in seine Handfläche, seine Finger bewegten sich zaghaft, er wirkte unsicher. Höchstwahrscheinlich hatte er bis heute Nachmittag noch nie eine Waffe in der Hand gehalten, doch auf YouTube konnte man vom Kochen bis hin zum Töten ja alles lernen. Es gab unzählige Videos, wie man eine Pistole lud und abfeuerte. Nach zehn Minuten wusste man, dass die Glock keinen Sicherungshebel hat und man nur einen starken, ruhigen Finger dafür braucht.

Sie sah sich schnell um. Ihr erster Impuls wäre gewesen wegzurennen. Wenn sie schnell genug war, bestand vielleicht die Chance, dass er vor lauter Panik und aufgrund des Rückschlags nicht richtig zielen konnte und sie verfehlte, aber sie hatte keine Ahnung, wo Hayden steckte, und wollte nicht, dass er von einem Querschläger getroffen wurde. Außerdem wartete Max unter ihnen im Bunker nur ein paar Meter von James entfernt.

»Wen hattest du denn erwartet?«, fragte sie und überlegte, ob Pav auch auf dem Weg hierher war.

»Jedenfalls nicht Max, so viel ist sicher. Der ist schon lange über alle Berge, Renée. Er hat das Geld genommen und ist mit einer anderen Frau abgehauen.« Er legte den Kopf schief und lächelte sie mitleidig an. »Ja, genau so ist es. Ich habe es dir vorher nicht erzählt, weil ich dachte, es wäre vielleicht zu viel für dich. Max hatte schon seit Monaten eine Affäre und hat dich betrogen. Jetzt haben er und sein beschissener Kumpel uns beide beschissen.«

Beschissener Kumpel? Dachte er etwa, dass sie ihm mehr glaubte, je schrecklicher er die Situation darstellte? Sie stand kurz davor, ihn anzuschreien, dass sie Max gefunden habe, dass sie die Dateien entdeckt und begriffen habe, dass er Schwachsinn erzählte. Aber sie war sich nicht sicher, wie viel sie wusste.

Max hatte von einer schrecklichen Auseinandersetzung und einer Situation erzählt, die so aus dem Ruder geraten war, dass man sie nicht mehr in Ordnung bringen konnte. Hatten Max oder James versucht, sie in Ordnung zu bringen? War James der Mann auf dem Parkplatz gewesen? Spielte das jetzt überhaupt eine Rolle? Er stand hier, hielt eine Waffe in der Hand und versuchte sie davon zu überzeugen, dass Max abgehauen war. Das alleine sagte schon viel aus. Und wie auch immer Max hierhergekommen war, ob James ihn in den Tunnel gezerrt und das Schloss angebracht oder ihn einfach dort zurückgelassen hatte, damit er krepierte, das hatte Max nicht verdient – ganz egal, was er getan hatte.

»Und warum bist du dann hergekommen?«, fragte sie ihn.

»Am Point ist es im Dunkeln nicht gerade sicher, Renée. Seit Max verschwunden ist, muss doch jemand auf dich aufpassen.«

Sie wusste nicht, ob sie ihn auslachen oder ihm die Faust ins Gesicht schlagen sollte, dann betrachtete sie es aus James' Perspektive. Er musste gesehen haben, wie sie alleine aus dem Bunker geklettert war. Er wusste nicht, dass sie Max gefunden und das Schloss aufgebrochen hatte. Vielleicht dachte er, Max verrotte da unten, und wusste nicht, dass er atmete und ein lebender Beweis gegen ihn war. Er hatte die Waffe nur für den Fall mitgebracht, dass er sie zum Schweigen bringen musste. Vermutlich hatte er sogar den Schlüssel zum Schloss am Gitter und wollte sie mit Max da unten einsperren. Aber vielleicht überlegte er auch, dass das gar nicht nötig war. James war nicht ihr Vater – Mord war nicht sein Ding. Vielleicht sah er ihn nur als letzten Ausweg.

Sie beschloss, auf ihn einzugehen. »Wenn du nach mir gesucht hast, kannst du auch die verdammte Waffe wegtun und mir suchen helfen.« Sie wies auf den Pfad und die Geschützstellung gegenüber. »Du gehst da entlang, ich suche hier.« Sie wirbelte mit den Armen in die Richtung und zeigte auf Nummer fünf, den Bunker, der am nächsten zur Straße stand.

»Klar.« Er rührte sich nicht von der Stelle.

Hinter ihm, am Rande des dreieckigen Lichtstrahls der Taschenlampe, regte sich etwas. Sollte es Pav sein, wollte sie nicht zeigen, dass sie ihn gesehen hatte. Sie tat, als mustere sie im Licht ihrer Lampe den Boden. Angst packte sie plötzlich. Es war Hayden. Er schlich langsam aus dem Gebüsch – still, leise, er beobachtete sie.

Sie hatte ihm befohlen, sich zu verstecken, und ihm gesagt, er solle niemandem trauen. Doch für ihn war sie die Schlampe, die mit seinem Vater schlief, James hingegen war sein geliebter Onkel. Hayden hatte keine Ahnung, wie viel Blut bereits vergossen worden war.

»Hier habe ich schon nachgeschaut«, drängte sie James. »Wir müssen noch die anderen kontrollieren.« Und ihn verdammt noch mal von Max fernhalten.

Er rührte sich immer noch nicht vom Fleck. »Wonach suchen wir eigentlich, Renée? Ich habe schon gestern hier oben nachgesehen. Die Tore sind alle verriegelt. Max ist nicht hier.«

Haydens Schatten bewegte sich im Licht, aus dem Augenwinkel bemerkte sie, dass er den Kopf hob. Dachte er etwa, sie habe irgendwas falsch verstanden und wäre alleine, weil sie Max nicht gefunden hatte? Sie musste ihm unbedingt die Fakten ins Gedächtnis rufen.

»Du hast ja schon an vielen Orten nachgesehen, nicht wahr? Im Haus hast du ihn aber auch nicht gefunden. Dafür hast du den USB-Stick entdeckt. Und meine Pistole.«

Ein kurzes, schiefes Grinsen huschte über James' Gesicht, als müsste er jetzt, wo sie die Waffe erwähnt hatte, nicht mehr den besorgten Cousin spielen. »Ich muss gestehen, die Waffe war ein Bonus. Jedenfalls wirft sie jetzt ein ganz neues Licht auf dich.« Er warf noch einmal einen flüchtigen Blick auf die Pistole in seiner Hand und stieß ein kurzes, wütendes Lachen aus. Rennie wollte ihn wissen lassen, dass er völligen Schwachsinn redete, zögerte aber, als sie sah, wie sich der Schatten im Licht der Taschenlampe bewegte.

»Und da dachte ich die ganze Zeit, du wärest irgendein armer Pechvogel, mit dem Max Mitleid hatte.« Als James antwortete, verzog sich Hayden wieder ins Gebüsch zurück. »Du hast diese stille, skeptische Art supergut drauf. Zuerst hielt ich dich für ein armes, zerbrechliches Vergewaltigungsopfer oder die Frau eines brutalen Ehemannes. Ich dachte, du müsstest ein guter Fick für Max sein, wenn er dich so lange bei sich behielt. Aber heute habe ich herausgefunden, dass du eine Kriminelle bist. Phil Duncan hat gesagt, dass du auf deinen Vater geschossen hast. Das war 'ne echte Überraschung. Da ist es doch nicht verwunderlich, dass ich deine Pistole genommen habe, oder? Ich wollte nicht, dass du sauer wirst und sie vielleicht auf mich richtest.«

Rennie ließ die Beleidigungen über sich ergehen – ihr war scheißegal, was James über sie dachte. Sie war viel mehr an dieser neuen Seite von ihm interessiert. Sein Gesicht zeigte zwar immer noch den undurchdringlich arroganten Ausdruck, doch dazu hatte sich jetzt auch noch eine gereizte Gehässigkeit gesellt. Sie glaubte nicht, dass er die nur vortäuschte, jedenfalls nicht so wie die geheuchelte Unschuld vorher – und das, was sie jetzt sah, schien seine wahren Gefühle mehr widerzuspiegeln als alles, was sie vorher bei ihm beobachtet hatte. War er immer schon so gewesen und hatte das nur hinter seiner undurchdringlichen Maske versteckt? Und trat es nur zutage, wenn er unter Strom stand? Oder hatte es sich erst entwickelt, nachdem er seinen Cousin zum Sterben zurückgelassen hatte?

War dies seine schlimmste Tat, oder würde da noch mehr folgen?

Egal wie die Antwort lautete, sie wollte kein Risiko eingehen. Sie wollte Max aus dem Bunker holen, ihn aus dem Buschland bringen und dafür sorgen, dass er medizinische Versorgung bekam – doch James würde nicht zur Seite gehen und sie einfach machen lassen, so viel war verdammt noch mal sicher. »Also gut, du musst keine Waffe auf mich richten. Ich wollte nur Max suchen. Hilfst du mir jetzt oder nicht?«

»Klar. Du gehst da rüber, ich schaue hier nach.«

»Ich habe dir doch gesagt, dass ich hier unten schon nachgesehen habe.«

»Dann schaue ich eben noch mal nach. Was dagegen?«

»Das ist reine Zeitverschwendung. Das Tor da unten ist verschlossen.«

Er zog eine kleine Taschenlampe aus der hinteren Tasche seiner Jeans und machte sie an, sodass ein heller, schmaler Lichtstrahl auf den Rand der Schützenstellung fiel. »Davon möchte ich mich gerne selbst überzeugen.«

Sie bekam Angst und ging auf ihn zu. »Nein.«

James zögerte, seine Augen wurden zu schmalen Schlitzen. Sie hätte es am liebsten wieder zurückgenommen und etwas gesagt, das ihn davon abbrachte, doch jetzt war es zu spät. Er leuchtete mit der Lampe zum Rand des eingesunkenen Kreises. Als das Licht auf die Öffnung fiel, stieg panische Angst in ihr auf.

Sie hatte Max im Tunnel zurückgelassen, doch er fürchtete sich vor der Dunkelheit. Vielleicht hatte er sich genau wie sein Sohn nicht an ihre Anweisungen gehalten. Hatte er es bis zu den Stufen geschafft? Hatte er etwas gehört, oder wartete er ab, weil er durch den dicken Zement und ein halbes Dutzend Schritte von seinem Cousin entfernt nicht hörte, dass der ihn aus dem Weg räumen wollte?

Sie trat näher, streckte eine Hand aus und hoffte, ihre Stimme wäre laut genug, dass sie bis in den Bunker drang. »James, komm schon. Du vergeudest doch nur deine Zeit.«

Er drehte sich um und sah sie an, der Lichtstrahl fiel auf den Eingang, er hielt die Waffe fest in seiner Hand und richtete sie auf sie. »Komm doch mit, Renée, wir können ja zusammen nachsehen.«

Sie sollte da runter zu Max gehen, wo er sie beide erschießen konnte?

45

Rennie war fast ihr ganzes Leben nur davongelaufen. Und alles in ihr schrie, dass sie das jetzt besser auch tun sollte. Ihre Beine zuckten, ihre Lunge speicherte Sauerstoff, ihr Verstand berechnete den kürzesten Weg. Sie war geübt darin, außer Sichtweite zu bleiben, Aufmerksamkeit zu vermeiden und jeder Konfrontation aus dem Weg zu gehen. Das hatte ihr das Leben gerettet. Doch jetzt ging es darum, jemand anderen zu retten.

»Du Arschloch, ich habe Max gefunden!«, platzte sie wütend heraus und machte ihrem Ärger Luft – eine Warnung an Max und die Wahrheit für Hayden.

James riss den Kopf herum, sah zu den Stufen, die nach unten führten, und schwankte einen Augenblick. Mit offenem Mund starrte er zu dem schmalen Eingang. Rennie hatte keine Ahnung, ob ihm langsam etwas dämmerte, ob er versuchte, eine Entscheidung zu treffen, oder ob er einfach nicht darauf trainiert war, schnell zu handeln. Doch ihr wurde klar, dass er zögerte, also versuchte sie seine Aufmerksamkeit auf sich zu lenken, indem sie jedes Wort zu einer Anklage machte.

»Er ist tot. Du hast ihn getötet! Wegen Geld. Du verdammtes Arschloch!«

Das riss ihn aus seiner Schockstarre, er sah sie an und konnte seine Wut und Angst kaum verbergen. »Renée, du hättest gehen sollen. Es wäre alles in Ordnung gewesen, wenn du einfach gegangen wärest.« Er hob die Pistole – er war ganz ruhig und schien keine Angst zu haben. Er hatte eine Entscheidung getroffen.

Und als sie nun auf den Lauf ihrer eigenen Waffe blickte und begriff, dass sie für den Rückstoß viel zu dicht vor ihm stand, um in Sicherheit zu sein, erfasste sie eine Welle angestauter, tief sitzender Wut. Sie hatte sich jahrelang vor ihrem blutrünstigen Vater verstecken müssen, und jetzt, da sie ihn endlich los war, stand sie hier vor einem arroganten, egoistischen, habgierigen Anfänger! Er hatte ein Verbrechen begangen und hielt eine Waffe in der Hand, als reichte das schon, um zum Mörder zu werden. Sie hatte ihn in Aktion gesehen und wusste, dass er eher langsam reagierte, voreilige Entscheidungen traf und sich immer noch darüber wunderte, was er getan hatte – und er unterschätzte sie. Das war mehr, als sie je auf ihrer Seite gehabt hatte. Sie verstand mehr davon als er, was es hieß, Entscheidungen zu treffen, Risiken zu berechnen, oder von instinktivem Handeln, als er sich je vorstellen konnte. Und sie würde sich nicht von einem blutigen Anfänger über den Haufen schießen lassen.

Sie lächelte, als wolle sie noch etwas Verächtliches hinzufügen, und rannte los. Sie lief schnell in großem Bogen von ihm weg, baute Abstand zwischen sich und ihm auf, verschwand aus seinem Blickfeld und machte es ihm schwer, auf sie zu zielen.

Die schützenden Büsche waren knapp zehn Meter von ihr entfernt, dunkler, unebener Boden voller Baumwurzeln, Steine und abgebrochener Äste lag dazwischen. Sie konnte in der Dunkelheit nichts sehen, lief hinauf, zerkratzte sich die Arme und hoffte, dass sie nicht hinfiel, bevor er sie erschoss.

Der Schuss dröhnte in ihren Ohren, vibrierte durch ihre Brust, ließ ihre Beine weiter und schneller laufen. Als sie das Gebüsch erreichte, spürte sie die messerscharfen Blätter, die ihr Gesicht und ihre Arme zerkratzten, dann dröhnte ein weiterer Schuss. Sie hörte sich schreien, doch der Schrei blieb ihr in der Brust stecken, spürte den Schmerz in ihrer Hüfte, als sie auf den Boden aufschlug, ihre Zähne knirschten. Sekunden später durchbohrte Schmerz ihr Bein.

Sie ließ sich davon nicht aufhalten. Sie keuchte vor Angst, wusste nicht, wie weit sie schon von der Lichtung entfernt war. Sie schob sich auf ihrem Hintern rückwärts, zog sich durch das Gebüsch, ihr linkes Bein fühlte sich immer schwerer an, Erinnerungen an andere Schießereien erfüllten sie mit Angst und Schrecken. Sie stieß mit dem Rücken an einen Baumstamm. Es war ein großer, alter Gummibaum, sie robbte eilig um ihn herum und drückte sich an den Stamm. Ihr Atem ging schnell und unregelmäßig, sie zitterte und kniff die Augen zusammen. Sie sollte nicht hier sein. Er war zu nah. Das war schlecht. Alles war schlecht.

Ihre Finger zitterten, sie tastete ihre Jeans ab nach der Wunde, konnte sie in der Dunkelheit aber nicht finden. Keine glitschige Nässe, kein Riss im Stoff. Das Arschloch hatte sie gar nicht angeschossen. Trotzdem hatte sie sich irgendwie verletzt. Als sie noch weiter nach unten tastete, spürte sie ein schmerzhaftes Stechen an ihrem Schienbein, dann sickerte Blut durch, eine harte Schwellung bildete sich auf ihrem Knochen. Herrgott, hatte sie sich etwa das Schienbein gebrochen?

»Renée!« Das war James, der in der Dunkelheit schrie. »Du kommst nicht weit.«

Sie kniff vor Schmerz die Augen zusammen, atmete durch die Nase ein, bewegte ihre Zehen, ihren Fuß, ließ den Knöchel kreisen, bog ihr Knie. Es tat höllisch weh, und vermutlich musste sie mit ein paar Stichen genäht werden, aber es funktionierte alles noch, alles andere zählte nicht.

»Renée«, rief James erneut. »Ich will dir nicht wehtun. Es

ist nicht, wie du denkst. Es war ein Unfall, ich bin in Panik geraten.«

Na klar, aber das Vorhängeschloss am Gittertor hatte er geplant. Und er hatte gerade zweimal auf sie gefeuert. Egal, wie es auf dem Parkplatz angefangen hatte, jetzt war es Vorsatz. Und tödlich. Sie rollte den Aufschlag ihrer Jeans herunter, lauschte, wie James über die Lichtung ging, und fragte sich, wo Hayden war.

Dann wurde es plötzlich taghell. Lichtschein leuchtete auf und direkt auf das Gebüsch, das scharfe, dunkle Schatten warf. James hatte das Fernlicht an seinem Wagen angemacht. Ihr Instinkt klang genau wie die bellende Stimme ihrer Schwester, die ihr zurief, dass sie eine Chance hätte, wenn sie jetzt losrennen und einfach weiter durch das Gebüsch stürzen würde, bis sie verschwunden wäre.

»Renée, wir haben uns gestritten. Max hat das Geld genommen. Ich wollte ihn aufhalten«, rief James. Er bewegte sich auf der Lichtung, lief aber nicht zur Geschützstellung, er suchte die Umgebung ab. Er dachte, Max wäre tot. Er hatte Hayden nicht gesehen. Er wollte sie.

»Renée, er hatte eine Affäre.«

Nein. Das glaubte sie nicht.

»Wir können das klären.«

Nichts ließ sich jemals klären. Es wurde immer nur schrecklicher. Schrecklicher und brutaler.

»Er hat dich nicht geliebt. Er wollte dich verlassen.«

Was zum Teufel machst du noch hier?, fragte die Stimme ihrer Schwester.

Sie stützte sich an dem Baum ab, schob sich auf die Füße, probierte, wie stark sie ihr verletztes Bein belasten konnte, und zuckte zusammen, als sie den Stich spürte und die Wunde aufplatzte.

»Renée!« Diesmal klang es wie ein wütendes Bellen, er versuchte nicht mehr vernünftig zu reden, sondern zeigte nun offen seine Frustration und Ungeduld.

Als er das nächste Mal sprach, rannte sie los.

Max biss die Zähne zusammen, streckte seine Beine und taumelte aus dem Bunker in die klare Nachtluft hinaus. Sie schmeckte süß, er blinzelte in das Licht der Scheinwerfer, nach zwei Tagen völliger Dunkelheit war er fast blind. Er konnte James hören, sah ihn aber nicht. Er musste irgendwo in der Nähe sein – aber nicht nah genug, dass er ihm ins Gesicht spucken konnte. Das Arschloch schrie hinter Rennie her. Er hoffte nur, dass er sie nicht erschossen hatte.

Sie war weggelaufen, zumindest nahm Max das an. Er war es leid gewesen, in der Dunkelheit zu warten, hatte sich bis zur Biegung in der Treppe gezogen und dann gehört, wie sie Nein geschrien hatte. Er nahm es als Warnung und duckte sich wieder hinter die Wand. Einen Augenblick später fiel das Licht einer Taschenlampe durch den schmalen Eingang. Rennie schrie wieder, auf die Treppe fiel Licht, dann hörte er James' Stimme über sich, er fluchte, es folgten Schüsse. Ihr Hall ließ die Bunkerwände erzittern.

Es drückte ihm die Luft aus der Lunge. Nicht der Knall an sich, sondern das Bild von Rennie in seinem Kopf, wie sie blutüberströmt auf den Boden sank. Sie war gekommen, um ihn zu suchen, und wurde deshalb erschossen. Ihre Waffe, James' Hand, Max' Schuld.

Dann schrie James ihren Namen, Max rappelte sich auf, hielt sich die Rippen, drückte sich an die Wand, lauschte den Lügen, die James in den Busch rief. Einerseits wünschte er sich, sie würde James glauben und um ihr Leben rennen.

Dann hatten seine Augen sich endlich an das Blendlicht gewöhnt, und er sah James. Er stand mit gesenktem Kopf auf der anderen Seite der Lichtung und schien zu lauschen. Er wirkte kräftiger, aggressiv und bedrohlich im Scheinwerferlicht. Vielleicht war es der unheimliche, lang gezogene Schatten, der sich vor ihm ausbreitete. Vielleicht war es die Waffe in seiner Hand. Max' Beine zitterten, sein Herz raste, obwohl er nur ein paar Stufen erklommen hatte, doch das verminderte nicht den Drang, seinen Cousin windelweich zu prügeln.

Das Knacken aus dem Busch war so laut, dass selbst er es hörte. James hörte es auch, hob den Kopf und drehte sich um. Das Geräusch kam aus südlicher Richtung und war näher als die Geschützstellung. Rennie und Hayden waren beide da draußen.

»Renée!«, bellte James.

Ohne nachzudenken und ohne eine Vorstellung, was er als Nächstes machen sollte, schrie Max ihm die ersten Worte, die ihm in den Sinn kamen, entgegen: »Geh. Keinen. Schritt. Weiter.«

James blieb wie angewurzelt stehen. Er starrte über die Lichtung wie jemand, der noch einmal sein Leben an sich vorüberziehen sieht. »Max?«

»Ja, du Arschloch.« Die Anstrengung, seine Stimme zu erheben, zerrte an seinen Rippen.

»Herrgott. Max, alles in Ordnung?«

»Ich atme noch, aber das habe ich nicht dir zu verdanken.«

»Oh, Mann. Ich dachte, du wärest tot.« Er sagte es so, als wäre er fast erleichtert, blieb aber, wo er war, hielt Abstand. Er hatte eine Hand beschwörend gehoben, doch die andere hielt noch immer Rennies Waffe.

»So ein Schwachsinn. Du hast mich in den Tunnel gezogen und dann eingesperrt.«

»Nein, ich bin zurückgekommen und wollte dich holen, doch da hing schon das Schloss davor. Jemand hat es vorgehängt. Das müssen die Förster gewesen sein.«

»James, es ist zu spät. Du hast das Geld genommen und mich hiergelassen, damit ich krepiere. Du hast gerade auf Rennie geschossen.«

Sein lang gezogener Schatten zuckte übertrieben mit den Schultern. »Und, was willst du dagegen unternehmen, Max? Wirst du versuchen, mir die Waffe abzuringen? Du kannst dich doch kaum auf den Beinen halten. Ich müsste nicht einmal auf dich schießen. Ich könnte dich einfach die Treppe runterstoßen.«

Vielleicht hatte er das ja vor. »Damit kriegst du auch nicht, was du willst. Rennie weiß alles. Sie hat mich gefunden, sie weiß von dem Betrug, deiner Affäre mit Sondra, dass du Naomi verlassen wirst, der Schlägerei auf dem Parkplatz.« Das stimmte zwar nicht, aber falls sie noch immer im Gebüsch saß, hörte sie es. »Und sie ist längst auf und davon. Wahrscheinlich ist sie schon unten auf der Straße und hat die Polizei gerufen.« Was Max tatsächlich hoffte, aber auch, dass sie um ihr Leben rannte.

James schwenkte die Waffe in einem großen Bogen herum, aber nicht um sie abzufeuern, sondern vor lauter angestauter Wut. »Das ist deine Schuld, Max. Du hättest es dabei belassen sollen.« James stapfte wütend umher, und bei jedem Schritt wurde seine Stimme lauter. »Ich habe dir doch gesagt, dass ich dir die Hälfte gebe. Aber du musstest ja unbedingt das rechtschaffene Arschloch raushängen lassen, nicht wahr? Du musstest so tun, als hättest du in deinem verdammten Leben noch nie was falsch gemacht. Und du hast Großmutters Haus bekommen. Du schuldest mir was.«

Max spürte die Luft aus dem Bunker hinter sich, erinnerte sich, dass er auf der obersten Stufe zur Lichtung stand. Er trat zwei Schritte vor auf die Lichtung und versuchte zu verbergen, dass er sich kaum auf den Beinen halten konnte.

James war immer noch einige Meter von ihm entfernt, er

hob die Waffe und zielte auf Max. Dessen Gedanken überschlugen sich bei dem Anblick. Das war James, sein Cousin, dem er sein ganzes Leben zu Hilfe geeilt war und der ihn jetzt kaltblütig ermorden wollte. Schock, Angst und Überanstrengung drohten ihm die Beine unter dem Körper wegzuziehen, doch er dachte an Rennie und Hayden und schaffte es irgendwie, aufrecht zu stehen und konzentriert zu bleiben. Wenn James ihn jetzt tötete, würde er die beiden nicht einfach nach Hause gehen lassen. Es gab nicht viel, was Max tun konnte; er war zu schwach, um ihn anzugreifen. Er konnte nur Zeit gewinnen – und er hatte fünfunddreißig Jahre lang erlebt, wie sehr James ihn wenigstens ein einziges Mal übertreffen wollte. Er ließ seine Stimme so skeptisch und verächtlich wie möglich klingen. »Du willst mich umbringen?«

Ein Grinsen spielte um James' Mundwinkel, und er begann herumzustolzieren. »Denkst du vielleicht, dazu wäre ich nicht imstande?«

Es war wieder genau so wie damals, als sie noch Kinder waren, nur dass diesmal James der Stärkere war und Max seinen Verstand einsetzen musste. »Du hast doch gar nicht den Mut dazu«, sagte er, aber nicht herausfordernd, sondern voller Spott.

Und James schluckte es. »Du hältst dich wohl für verdammt …«

Ein leises Geräusch ließ James mitten im Satz innehalten. Max drehte sich um, und das Herz blieb ihm stehen.

»Lass ihn in Ruhe!«, schrie Hayden.

Sein Sohn, sein wunderbarer Sohn.

46

Hayden stand am Rande der Lichtung, mit wütendem Gesicht und geballten Fäusten blickte er zwischen seinem Vater und seinem Onkel hin und her.

»Herrgott, Hayden«, schrie James, bevor Max seine Stimme wiedergefunden hatte. »Was zum Teufel hast du hier zu suchen?« Als er sich umdrehte, änderte auch die Waffe ihre Position.

»James, nicht. Das ist Hayden!«, schrie Max.

Die Waffe wirbelte wieder zurück, sein Cousin schwankte, schien verwirrt zu sein.

»Was zum Teufel ist nur los mit dir?«, zischte Max.

»Das ist alles nur deine Schuld. Du hast das angerichtet. Hättest du den Mund gehalten und mich machen lassen, wäre dein Sohn jetzt nicht hier. Und ich hätte dich nicht in den verdammten Tunnel sperren müssen.«

Max hätte darauf zu gerne geantwortet, sich zwischen Hayden und die Waffe geworfen oder James eine reingehauen, doch er spürte, auf welcher Gratwanderung sein Cousin sich befand. Ein Schritt in die falsche Richtung, und er würde jeglichen Sinn für die Realität verlieren. Er hörte auf, ihn zu provozieren, senkte die Stimme und hoffte, dass James immer noch ein wenig der Alte wäre und mit sich reden ließ.

»Willst du uns beide umbringen? Kaltblütig? Hayden ist vierzehn.«

James' Hände zitterten, als er sich durch das Haar fuhr.

Der Schweiß auf seinem Gesicht glänzte. Sein Blick fiel auf Hayden und wieder zurück.

Max versuchte es erneut, bemühte sich um einen freundlicheren, vertrauteren Ton. »Komm schon, James. Das ist doch purer Wahnsinn.«

»Hayden«, rief James, »dein Dad braucht Hilfe, geh zu ihm, und hilf ihm.« Die Waffe bewegte sich nicht, er hatte seinen Griff nicht gelockert. Doch mit Mitleid hatte das nichts zu tun, er wollte nur seine beiden Zielscheiben enger zusammentreiben.

»Bleib, wo du bist«, sagte Max zu Hayden.

Hayden blieb stehen, doch seine Stimme klang zweifelnd und dringlich. »Dad, du siehst ziemlich schlecht aus.«

»Geh da rüber«, befahl James. »Er blutet. Er kann kaum noch stehen. Er braucht dich.«

»Nein, Hayden. Verschwinde. Jetzt sofort.« Max wollte es rausschreien, aber er brachte keinen Ton aus seinem lädierten Brustkorb hervor. Seine Stimme klang schwach und zittrig, Hayden zögerte.

»Geh verdammt noch mal da rüber, sonst erschieße ich ihn«, schrie James. »Du hast genau drei Sekunden Zeit. Eins …«

»Hayden, hau ab, jetzt.«

»Zwei …«

Dann stand Hayden auch schon weinend neben seinem Vater, hielt ihn fest, versuchte ihn abzuschirmen, und Max' Herz füllte sich mit Liebe und Stolz und Abscheu vor sich selbst. Er hatte es mal wieder versaut. Er hätte James das verdammte Geld geben sollen; er hätte ihm das ganze verdammte Geschäft überlassen sollen. Er hätte ihm und seiner Freundin ein verdammtes Abschiedsgeschenk kaufen sollen. Nun würde sein Sohn sterben und er mit ihm. Und Rennie vermutlich auch.

»Und was jetzt, James?«, fragte er und machte aus dem Hass in seiner Stimme keinen Hehl.

»Halt's Maul!« James lief keuchend auf und ab. Überlegte er es sich anders, oder sprach er sich selbst Mut zu?

»James, tu's nicht.«

Doch die Bitte schien ihn zu einer Entscheidung zu bringen. James streckte den Arm aus, mit dem er die Waffe hielt, und machte einen Schritt auf sie zu. Noch zwei Schritte, und er würde mit dem Pistolenlauf auf Max' Brust stoßen. »Geht die Treppe runter.«

Max schob Hayden hinter sich. »Lass uns gehen. Nimm das Geld. Es ist mir egal. Verschwinde einfach.«

»Dafür ist es jetzt zu spät.«

»Wir sagen nichts. Ich werde dafür sorgen, dass Rennie auch nichts sagt.«

James stieß plötzlich ein schallendes Gelächter aus, das zwischen den Büschen widerhallte. »Und du glaubst, sie tut, was du ihr sagst? Du hältst sie wohl für so einen verdammten Engel, was? Sie ist eine Kriminelle, Max. Wusstest du das? Dachtest du etwa, dass sie dich liebt? Dachtest du wirklich, du wüsstest alles über sie? Sie hat dich benutzt. Sie hat ihren Namen geändert, damit die Polizei sie nicht findet. Sie hat die Beine breitgemacht, damit du glücklich warst, und dich hinter deinem Rücken die ganze Zeit ausgelacht. Aber du tust ja immer das Richtige! Du selbstgerechtes Arschloch. Ab in den Bunker. Beide.«

»Hayden nicht. Lass ihn gehen. Halt ihn und Rennie aus der Sache raus. Egal welcher Mist sich bei dir aufgestaut hat, egal welches Problem du mit mir hast, das betrifft nur uns beide. Also lass uns das klären. Ich und du. Hier und jetzt. Dafür ist es noch nicht zu spät.«

»Die Polizei sucht nach dir. Du bist verdammt noch mal von oben bis unten voll Blut.«

»Ich erzähle ihnen einfach, dass ich ausgeraubt wurde und mich jemand hier abgeladen hat. Und dass Rennie und Hayden mich gefunden haben.«

»Noch mal, Max, es ist zu spät.« Er sprach so langsam, als müsste er es einem Fünfjährigen erklären. »Sie wissen, dass das Geld verschwunden ist, und für mich ist es besser, wenn sie denken, dass du es genommen hast. Verstehst du das nicht? Ich könnte Selbstmord vortäuschen. Sie würden nicht einmal nach mir suchen. Dann wäre Naomi die trauernde Witwe mit dem Baby und du das Arschloch, das für die ganze verdammte Scheiße verantwortlich ist.«

Mit einem Schlag begriff Max, was James da sagte. Er wusste, dass James und Sondra planten, das Land zu verlassen, so viel hatte er ihm entlocken können, als er ihn des Gelddiebstahls beschuldigt hatte. James wartete auf die teuren Pässe mit neuen Namen. Darum war er noch nicht abgehauen, aber er hatte es mit der Angst zu tun bekommen. Er wollte alles – das Geld, die Geliebte, ein neues Leben in den USA. Max hatte versucht, das alles aufzuhalten, er hatte versucht, James dazu zu bringen, seinen Betrug zuzugeben, doch er hatte seinem Cousin nur einen Weg gewiesen, wie er ihn noch besser vertuschen konnte.

»Aber dafür musst du doch Hayden nichts antun. Lass ihn gehen. Lass Rennie gehen.«

James lächelte, als wäre das ein Insiderwitz. »Max, der Held. Der immer dafür sorgte, dass ich wie der Loser der Familie dastand. Der mich hinter dem Rücken ausgelacht hat. Herrgott, du hast deine Frau betrogen und einen Mann krankenhausreif geprügelt, aber das war alles vergessen, als man dich aus dieser verdammten Grube geholt hat. Sogar die Firma hat dir Geld bezahlt, nur weil du noch geatmet hast. Aber diesmal nicht. Jetzt bist du der Verlierer. Die Cops gehen davon aus, dass du das Geld genommen hast. Deine Freunde auch.

Oh ja, und Rennie weiß alles darüber. Sie will ihren Anteil, damit sie die Klappe hält. Mich hat sie auch gevögelt, um das Geschäft zu besiegeln. Wie findest du das?«

James spielte noch eine Weile das eingebildete Arschloch, ließ die Waffe um den Finger wirbeln und breitete die Arme aus, als wollte er sagen: »Na, wer ist denn jetzt der Klügere?«

Max erkannte die Chance und wusste, dass er vielleicht nur die eine hatte. Er schob Hayden weg und stürzte sich auf seinen Cousin. James rührte sich kaum von der Stelle, als sie aufeinandertrafen. Max waren letztlich nichts mehr außer seiner Wut und seinem Instinkt geblieben, und er hoffte, das würde reichen. Während Hayden unsicher dastand, bekam Max die Unterseite von James' Arm zu fassen, der die Waffe hielt, und schob ihn nach oben.

Rennie sprang aus dem Gebüsch, als James zurückwankte und Max seine Faust in die Rippen stieß.

Durch ihr ständiges Leben auf der Flucht hatte sie nicht zu kämpfen gelernt – gegen ihren Vater hatte sowieso niemand eine Chance. Aber sie wusste, wie sie jemanden zu Boden brachte, damit sie weglaufen konnte, und mehr brauchte sie nicht, um Max zu packen und ihn und Hayden aus der Schusslinie zu bringen.

Sie rannte von hinten auf James zu, sah, wie er die halbautomatische Waffe nach oben richtete, aber noch immer fest in seiner Hand hielt. Als sie bei ihm war, ging sie etwas tiefer, breitete die Arme aus und stürzte sich auf ihn. Mit dem gesunden Bein stieß sie sich vom Boden ab, umfasste seine Oberschenkel und trat ihm von hinten in die Kniekehle. Sie spürte, wie seine Beine einknickten, er leicht nach hinten kippte und sich dann nach vorne beugte. Dann gingen sie beide zu Boden, und sie sorgte dafür, dass er im Dreck landete. Er war nicht sonderlich reaktionsschnell. Er überlegte zuerst, bevor er reagierte. Als ihm beim Aufschlag die Luft aus der Lunge gedrückt wurde, hob sie den Kopf, sah nach der Waffe und fragte sich, wie sehr er wohl kämpfen würde, wenn sich das Blatt erst einmal gewendet hätte.

Er knallte mit dem Gesicht voran auf den Boden, sein freier Arm lag unter ihm, den Arm mit der Waffe hatte er über seinem Kopf auf dem Boden ausgestreckt, doch er hielt die Pistole immer noch fest in der Hand. Er war groß und stämmig, und aus ihrer Perspektive wirkte er noch riesiger, und die Waffe schien noch unerreichbarer. Doch er bewegte sich auch wie ein stämmiger Mann. Die Befehle schienen etwas länger zu brauchen, bis sie die Muskeln erreichten, außerdem war er benommen und unerwartet getroffen worden. Als er versuchte wegzurollen und seinen freien Arm löste, rollte sie sich schnell von ihm weg, stieß sich mit den Füßen ab, robbte durch den Dreck und versuchte zur Pistole zu kommen, bevor er wieder ganz bei Sinnen war. Bevor er zielte und abfeuerte.

Sie sah ihm kurz in die Augen – sah, wie er sie vor Wut zusammenkniff, wie überrascht er war, als er sie erkannte. Er stieß sich zur Seite, und sie hechtete los – zu seiner Hand, seinem Handgelenk, seinem Unterarm, alles, was sie zu fassen bekam, nur um ihn aufzuhalten. Sie hatte keine Ahnung, auf wen er zielen wollte, dachte nur, dass er vermutlich zuerst auf sie schießen würde und dass die Kugel sie treffen würde, noch bevor sie seinen Arm zu fassen bekam.

Der Schuss war ohrenbetäubend laut. Sie hörte ihren eigenen Schrei nicht, spürte seinen Körper unter sich, als sie fiel, vermutete, dass der Schmerz später kommen würde, streckte sich, versuchte nach der Waffe zu greifen, solange sie konnte, flog durch den Rückstoß aber wieder hoch. Sie dachte zuerst, jemand schrie verzweifelt nach ihr, bis sie Haydens schrille Stimme erkannte.

»Dad!«

47

Rennie hob den Kopf und sah, dass Max vor Hayden auf dem Boden lag. Er hatte sich zusammengerollt und presste beide Hände in die Seite. Im grellen Licht der Scheinwerfer glitzerte Blut, es sickerte durch seine Finger, breitete sich auf seinem Hemd aus, durchtränkte den Bund seiner schmutzigen Jeans und tropfte auf den Boden.

Dann hörte sie sein Stöhnen und gleich darauf Haydens entsetzten Schrei – und das erinnerte sie an ihre eigenen Schreie. Und die von Jo. Das Gebrüll ihres Vaters, die Schreie der Cops und die des Arschlochs, das sie geschlagen hatte. Gleich darauf die Blaulichter, die ihre Mutter wegbrachten. Ein wirres Durcheinander von Geräuschen erfüllte sie, vernebelte ihr die Sinne und presste Adrenalin und Wut in jede Zelle ihres Körpers.

Dann schob James sie beiseite und versuchte wieder die Waffe auf sie zu richten. Sie rappelte sich auf die Knie, hob ihren Ellenbogen und stieß mit der Spitze in seine Wange. Sie war drahtig, mindestens einen Kopf kleiner als er und hatte die sehnigen Arme einer Läuferin. Der Schlag haute ihn nicht um, drückte aber sein Gesicht zur Seite. Sie stürzte sich auf seine Brust, streckte die Arme aus, war aber immer noch zu weit von der Waffe entfernt. Also senkte sie ihr Kinn, öffnete den Mund und biss kräftig in seine Brust.

Er schrie gellend auf, doch sie wusste, mit einem Minimum an Erfahrung hätte er sie sofort bewusstlos schlagen können. Jedoch der Schmerz machte ihm Angst. Er ließ die

Waffe fallen, versuchte mit der Hand ihren Kopf wegzuschieben und plärrte wie ein kleines Kind. Sie wollte noch fester zubeißen, er sollte bluten, leiden, noch mehr jammern, aber sie ließ von ihm ab und konzentrierte sich auf die Waffe.

Er war schneller. Mit seiner großen Hand packte er sie an den Haaren und zog sie weg. Ihr Nacken schmerzte. Er hob sie von sich runter. Er war vielleicht nicht unbedingt der Schnellste, aber er war stark genug, um sie hochzuheben und sie auf den harten Boden zu schleudern. Der Aufprall ging ihr durch Mark und Bein.

Vielleicht hatte er schließlich doch bemerkt, dass er körperlich im Vorteil war, vielleicht war es der männliche Instinkt, oder er hatte zu viele Filme gesehen, jedenfalls stürzte er sich auf sie und holte wie ein Boxer aus. Er versetzte ihr einen heftigen Fußtritt, ein paar Schläge mit seiner großen Faust – ließ ihr aber reichlich Zeit, sie kommen zu sehen. Sie duckte sich, rappelte sich auf die Füße, hob ihr gesundes Bein und stieß ihm ihre Schuhspitze tief in den Bauch.

Das war ihr bester Schlag, sie hatte ihn von ihrer Mutter gelernt und wusste, dass der jeden Mann schachmatt setzte und ihr Zeit zum Weglaufen ließ. Der Tritt war fest und aggressiv. Sie spürte Rippen und Weichteile. Er hätte ihn umhauen können, wenn sie etwas gewartet hätte. Sie hätte Zeit gehabt, Max mit Haydens Hilfe vom Boden hochzuzerren. Ihr Instinkt riet ihr dazu, doch dann überkam sie noch etwas anderes.

Etwas stieg aus ihrem tiefsten Inneren hoch, dasselbe, das auch ihren Vater antrieb. Etwas Unerklärbares, Hasserfülltes und Zerstörerisches. Es hatte sie lange beschäftigt, ihr Angst gemacht und sie verfolgt. Doch jetzt kam es ihr gerade recht, sie keuchte vor Wut, Schmerz und Wahnsinn – und richtete das alles gegen James.

Sie trat noch einmal zu. In die Rippen, als er auf den Boden krachte. Sie brach ihm die Nase, als er versuchte seinen Kopf zu heben. Sie wollte ihm Schmerz zufügen und ihn in den Tunnel stecken. Ihm heimzahlen, was er Max angetan hatte. Was er Hayden angetan hatte. Ihr selbst. Weil er sie betrogen und ihr Angst gemacht hatte. Für all die Male, in denen sie tatsächlich davongelaufen war. Für das Arschloch, das sie betrogen, sie in Schrecken versetzt und ihr Blut vergossen hatte.

Sie trat hart zu, zielte auf ein Schultergelenk, er packte ihr Bein, zerrte an ihr, sodass sie das Gleichgewicht verlor, zog sie auf die Knie und griff mit den Händen nach ihrem Hals.

»Hört auf! Hört einfach auf damit. Verdammt noch mal hört auf!«

Das war Haydens Stimme, und sie klang wütend. Er hielt die Waffe wie ein Cop im Fernsehen zitternd mit beiden Händen fest.

Rennie war sich nicht sicher, ob er sie auf sie oder auf James gerichtet hatte. Doch das spielte keine Rolle. Der Anblick des weinenden, entsetzten und zornigen Teenagers, der ihre halbautomatische Waffe in der Hand hielt und weniger als einen großen Schritt von ihr entfernt stand, machte ihr mehr Angst als James, der sie auch mit der Waffe bedroht hatte. Und als hätte jemand die Pausentaste gedrückt, gefroren ihre Wut und ihre wahnsinnige Verbitterung – sie waren nicht gelöscht, sondern nur wieder unter Kontrolle, genau wie ihre Finger, die an James' Kragen zerrten.

»Hayden, nein«, sagte sie, ließ James aber nicht los, sie befürchtete, dass beide sich plötzlich bewegen könnten.

»Er wollte Dad erschießen.«

»Nein, wollte ich nicht. Ich wollte die Waffe nicht benutzen«, sagte er langsam und deutlich. »Ich wollte ihm nur was klarmachen. Rennie ist schuld, dass sie losgegangen ist.«

»Schwachsinn. Verdammter Schwachsinn. Ich habe dich

gesehen. Du hast damit direkt auf ihn gezielt. Auf uns.« Die Pistole schwankte und zuckte. »Es war Absicht!«

Rennie wich zurück, James ebenso. Sie lockerte ihren Griff und rutschte weg. Wenn Hayden die Waffe abfeuerte, wollte sie nicht in der Nähe sein.

Max' Stimme drang zu ihnen rüber, sie klang wie ein Flüstern, das geschwächt vom Schmerz und zitternd vor Angst zu ihnen durchdrang. »Hayden. Leg sie weg.«

Sie wollte nicht, dass es so ausging. Das war nicht gut für Hayden. Auch nicht für Max oder für sie selbst.

Für ein Happy End war es zu spät, aber es gab eine bessere Variante als die, in der Hayden den Abzug drückte, seinen Onkel tötete und er damit leben müsste.

»Hayden, tu die Waffe weg.« Sie schob sich mit dem Hintern im Dreck voran und rutschte von James weg. Doch er musste kapiert haben, dass es für ihn sicherer war, wenn er in ihrer Nähe blieb, also streckte er seine Hand aus und packte sie am Handgelenk.

Hayden zuckte zusammen, die Waffe mit ihm. »Nein! Er wird dir wehtun. Er hat schon vorher versucht, dich zu erschießen. Ich habe ihn gesehen.«

»Dann gib mir die Waffe.«

»Gib ihr die Waffe nicht«, sagte James. »Verstehst du denn nicht? Sie wird mich umbringen.«

Hayden antwortete nicht, er blickte zwischen Rennie und James hin und her und atmete schwer.

Angst und Ungeduld lagen in ihren Worten, als sie im Tonfall ihrer Mutter zu sprechen begann. »Hayden, du hast mir versprochen, dass du tun würdest, was ich dir sage. Jetzt sage ich dir, bitte gib mir die Waffe.«

»Aber mein Dad ...« Sein Gesicht wurde knittrig, und frische Tränen kullerten seine Wangen hinab. Die Waffe schwankte. James hielt sie fester am Arm.

Jetzt konnte Rennie ihre Mutter verstehen, der Wunsch, ein Kind zu schützen, wurde umso stärker, je schwieriger die Lage war. Doch Hayden hörte nicht auf Befehle, darum hoffte sie, dass sie genug von Max gelernt hatte, um ihm ein besseres Vorbild zu sein, als ihre Mutter für sie gewesen war.

»Hayden, du hast deinen Vater schon gerettet. Du hast den Computer geknackt, hast mir gezeigt, wo ich ihn finden kann, du bist aufmerksam geblieben und hast James die Waffe abgenommen. Das hast du großartig gemacht. Du kannst richtig stolz auf dich sein. Jetzt musst du die Polizei anrufen und einen Krankenwagen holen, okay? Detective Duncan würde mir nicht glauben, also musst du es ihm sagen.«

Er leckte sich die Lippen und schluckte. Behielt aber die Waffe in der Hand.

»Hayden, ich werde die Waffe auf ihn richten. Er kann sich nicht bewegen. Er wird niemandem mehr etwas antun.«

Er schluckte wieder, dachte noch einen Moment nach.

»Lass Rennie los«, schrie Hayden.

James hob die Arme wie ein Fußballer vor dem Schiedsrichter. »Du brauchst ihr die Waffe nicht zu geben. Ich werde nichts tun.«

Rennie stieß ihn mit dem Schuh fest von sich und rutschte zurück. »Hayden, hör nicht auf ihn.« Schmerz schoss durch ihr Schienbein, als sie aufstand. Sie blickte kurz nach unten und sah, dass ihre Jeans mit Blut durchtränkt war, das auf ihren weißen Joggingschuh tropfte. Sie blickte kurz zu Max rüber, ihr wurde klar, dass er bei Bewusstsein war, sich die Seite hielt und sie voller Schmerz ansah, der nicht nur von den Verletzungen kam. Sie wäre am liebsten zu ihm geeilt und hätte ihn in ein verdammtes Krankenhaus gebracht, stattdessen humpelte sie zu Hayden in dem Wissen, dass die Gefahr noch nicht vorüber war.

»Komm schon, Kumpel«, versuchte James es erneut, doch seine Stimme klang nun aufgeregt. »Sie hat versucht, mich zu töten. Gib ihr die Pistole nicht. Sie hat ihren Vater erschossen, Herrgott noch mal. Sie wird auch mich erschießen. Sie würde nicht lange fackeln.«

Hayden rührte sich nicht von der Stelle. Die Waffe zitterte in seinen Händen, Tränen glitzerten auf seinem Gesicht. In den letzten zwei Tagen hatte sie ihn angeschrien, war total ausgerastet. Sie hatte eine Waffe und Geld, um abzuhauen, hatte ihm erzählt, dass sie das brauche, weil sie kein guter Mensch sei. Sie hatte auf ihren Vater geschossen. Das wären genügend Gründe für Hayden, auf seinen Onkel zu hören. Es gab also immer noch Möglichkeiten, dass die Lage sich zum Schlechten wandte.

Sie überlegte, wie sie ihn dazu bringen könnte, ihr zu vertrauen, sie wollte ihm sagen, dass sein Onkel noch schlimmer war, dass Blutsbande tödlich sein können, aber das musste sie gar nicht. Als sie ihre Hand auf seine Schulter legte, drehte er sich zu ihr um und reichte ihr die Waffe. Einfach so, als hätte er nur darauf gewartet, dass sie endlich zu ihm käme.

»Hayden, das hättest du nicht tun sollen«, fing James an. »Sie ist …«

»Halt den Mund!«, schrie sie ihn an und schob Hayden hinter sich.

Sie war erleichtert, als sie endlich das Gewicht der Glock in ihrer Hand spürte, legte ihre Finger um den Griff, streckte ihren Arm aus und zielte auf James. »Hayden, geh zu deinem Dad. Du musst auf das Einschussloch drücken. Nimm deine Handfläche dazu, und drücke fest zu. Es wird ihm wehtun, aber du musst es tun, okay?«

»Okay«, sagte er leise.

Sie zog ihr Handy aus der hinteren Hosentasche und hielt

es ihm hin. »Mit der anderen Hand rufst du einen Krankenwagen. Zuerst die Wunde, dann den Krankenwagen, okay? Jetzt geh.«

Er glitt sachte über die Erde, während Rennie James im Auge behielt. Seine Aufmerksamkeit war jetzt da, wo sie sein sollte – bei Max. Sie lauschte und war erleichtert, als sie Max leise murmeln hörte. Sie war froh, als sie hörte, dass er stöhnte, denn das hieß, dass Hayden seine Sache gut machte. Doch als sie sah, dass James sich auf seinen Cousin und seinen Neffen konzentrierte, dass er Augen und Lippen zusammenkniff, Ärger und Verachtung sein Gesicht verzerrten und sein Ausdruck hart und gemein wurde – kam ihre Wut wieder hoch. Sie war nicht mehr wild und hemmungslos, sondern angespannt, nachdrücklich und siedend heiß.

Sie sprach so leise, dass nur James sie hören konnte. »Möchtest du vielleicht jetzt dein Bild von mir korrigieren?«

Er drehte seinen Kopf und sah sie an. Sie musste lächeln und war zufrieden, als sie Angst darin sah. »Renée, hör zu …«

»Vergiss es. Alles, was du sagst, macht mich nur noch wütender.«

Er hielt den Mund.

»Mein Vater wollte meine Schwester umbringen, und sie kann einem richtig auf die Nerven gehen. Du hast versucht, Max zu töten, und ich liebe ihn.« Es war nur eine kleine Bewegung, aber sie sorgte dafür, dass er sie mitbekam. Sie legte ihren Finger auf den Pistolenabzug. »Er war mein Vater, und ich habe auf ihn geschossen. Du bist nur ein habgieriges, arrogantes Arschloch.«

Er schnappte nach Luft.

Fünf Sekunden lang dachte sie darüber nach. Es würde laut und chaotisch werden. Das hatte sie schon mal gesehen, war von Kind auf darauf vorbereitet worden. Die Vorstellung machte ihr Angst und beruhigte sie zugleich. James hatte auf

Max geschossen, hatte ihn dabei fast getötet. Er hatte viel Schuld auf sich geladen – und hier waren keine Cops, die sie aufhalten würden.

Ihr Herz hämmerte noch weitere fünf Sekunden, ihr Zeigefinger juckte.

Doch dann dachte sie weiter. Sie dachte an Max und was er sich wohl wünschte. An Hayden und wie er ihr einfach so die Waffe ausgehändigt hatte. An ihr Leben hier und wofür sie gekämpft hatte. An Naomi und ihr Baby, an Trish und Pav, Brenda und Mike – und wie sie sie ansehen würden, wenn sie jetzt abdrückte.

Sie dachte an Katrina und an Renée. An die beiden Seelen in ihrer Brust. Die eine, die sie so gerne sein wollte, und die andere, die sie bedrängte. Heute Abend hatte sie beide Seiten gelebt – die eine, die Max so liebte, dass sie geblieben war, und die andere, die hart genug sein konnte, um ihn zu retten. Katrina würde abdrücken und Schuldgefühle verbergen, bis man sie aus ihr herausprügelte. Rennie war noch nicht auf dem Prüfstand gewesen.

Doch in beiden floss das Blut ihres Vaters.

Während die Sekunden verstrichen und Hayden eindringlich ins Telefon sprach, rann Schweiß an James' Schläfe herab, über seine Wangen, tropfte auf sein Kinn. Er hatte genug Schaden angerichtet. Heute Abend, vorgestern, in den Wochen davor, und das wäre hiermit auch nicht vorbei. Wollte sie selbst auch noch etwas dazu beitragen? Hier hatte sie ein Zuhause. Ein Leben, Menschen, die sie liebte.

»Ein Krankenwagen ist unterwegs«, rief Hayden.

»Gut gemacht«, rief sie zurück.

»Dad sagt die ganze Zeit, dass es ihm nichts ausmacht, dass er angeschossen wurde. Er redet die ganze Zeit von Dallas. Ich glaube, er phantasiert oder so. Ist das schlimm?«

Rennie lächelte. Er wollte sich seinem Freund nicht anschließen; er wollte bloß seine Zustimmung. »Nein, ich glaube, das bedeutet, dass er okay ist.«

Sie sah noch einmal James an, nahm dann den Finger vom Abzug und legte ihn an den Griff. Sie tat es nicht für Max oder Hayden, nicht für Naomi, nicht einmal für sich selbst. Sondern weil sie keine Polizei brauchte, um sie von etwas abzuhalten. Vielleicht hatte sie die nie gebraucht.

»Hayden, du musst noch mal telefonieren. Ruf Detective Duncan an, und sag ihm, dass wir deinen Dad gefunden haben. Seine Nummer ist auf meinem Handy gespeichert. Sag ihm, dass er sich geirrt hat. Und sag ihm, dass er seinen Arsch hier raufbewegen soll. Sag ihm auch, dass jetzt für einen Toast oder ein Sandwich keine Zeit mehr ist.«

48

Rennie öffnete die Augen im sanften Morgenlicht und lauschte Max' ruhigem Atem neben ihr, sie genoss seine Wärme an ihrem Rücken, seine Hand auf ihrer Hüfte, so wie sie es jede Nacht geträumt hatte, die er nicht bei ihr gewesen war.

Es waren insgesamt sechs gewesen – zwei im Tunnel am Point, vier im Krankenhaus. Es war wunderbar, ihn wieder zurückzuhaben. Abgesehen von der Schusswunde war die Dehydrierung am schlimmsten gewesen, dazu Blutverlust, Schock, Infektion, eine Schädelfraktur, sechs Stiche an der Kopfhaut, ein Schleudertrauma, zwei gebrochene Rippen, Gehirnerschütterung und Gedächtnisverlust. Aber das war alles besser als der Tod.

Sie schlüpfte unter dem Laken hervor, zog sich an und schlich leise zu Max' Bettseite. Eine Mullbinde verdeckte knapp seinen rasierten Kopf, die Stiche waren immer noch zu sehen. Die Wunden färbten sich langsam gelb und schienen über sein Auge auf seine Wange zu fließen.

Sie strich sanft mit den Lippen über sein Haar, denn sie wollte ihn nicht wecken, und sog den schläfrigen, leicht antiseptischen Krankenhausgeruch in sich auf, bevor sie ging. Als sie in den Flur hinaustrat, hörte sie die Dusche und überlegte, dass es entweder Mike oder Brenda sein musste. Auf Zehenspitzen lief sie über den Flur und steckte den Kopf ins Wohnzimmer.

Hayden lag im Halbdunkel auf dem Bettsofa ausgebreitet, die Laken umschlangen ihn, als wollten sie ihn gleich hinunterziehen, die Fernbedienung war gerade so außer Reichweite. Der Junge war bereits mit der harten Realität konfrontiert worden, trotzdem änderten sich gewisse Dinge nie.

Er hatte sich so lange eisern beherrscht, bis Max ins Krankenhaus gebracht wurde, doch dann hatte er sich auf einen Stuhl gesetzt und bitterlich geweint, dass selbst Rennie irgendwann mitheulen musste. In den folgenden Tagen beobachtete Rennie, wie sehr ihn die schrecklichen Stunden oben am Point verändert hatten, und fragte sich, wie sie sich wohl selbst nach der Ermordung ihrer Mutter verhalten hatte. Hayden war weder freundlicher noch netter oder weniger launisch, aber seine Feindseligkeit war verschwunden. Er hatte noch immer Angst in den Augen, wirkte ab und zu misstrauisch, war aber respektvoller, wenn er mit Rennie sprach. Allein schon dafür war sie ihm dankbar.

An dem Abend nach Haydens offizieller Aussage bei der Polizei redeten seine Mutter und Brenda lange auf ihn ein, um ihn davon zu überzeugen, nach Cairns zu seiner Stieffamilie zu fahren.

»Was soll ich denn machen?«, fragte er schließlich Rennie.

Sie wusste nicht genau, was er von ihr wollte, vermutlich wollte er nur ihre Meinung hören, doch Brenda sah sie flehentlich an und schien um Unterstützung zu bitten.

Rennie musste sie enttäuschen. »Mach das, wonach dir ist.«

»Dann will ich bei Dad bleiben.«

»Dann bleib.«

»Aber hier ist doch alles noch so verstörend«, beharrte Brenda. »Das ist nicht das richtige Umfeld für einen Teenager.«

»Er ist kein Kind mehr.«

Hayden sah Rennie kurz an, überlegte eine Weile und

schien seine Optionen abzuwägen. »Ja, Oma, ich bleibe.« Er sagte das ganz ohne Aggression. Auch das war neu.

Rennie hörte das leise Surren eines Motors in der Einfahrt und ging hinaus.

»Bist du bereit?«, fragte Joanne, als Rennie ins Auto stieg.

»Nein, aber lass uns trotzdem fahren.«

Joanne war nach Haven Bay gekommen, noch während die Flutlichter der Polizei den Garrigurrang Point erhellten. Als sie von der Schießerei gehört hatte, hatte sie zwei und zwei zusammengezählt und sich auf die Suche nach ihrer Schwester gemacht. Es hatte noch eine ganze weitere Stunde gedauert, bis sie alle im Krankenhaus ausfindig gemacht hatte.

»Ich dachte, du wolltest dich raushalten«, sagte Rennie, die mit ihrem frisch genähten Schienbein dasaß, als Jo sie endlich fand.

»Dann hast du dich eben geirrt.«

»Ich habe dir doch gesagt, dass es diesmal nicht Anthony war.«

»Und habe ich dir nicht gesagt, dass es keine Rolle spielt, wer zum Teufel es war.«

»Diese Botschaft kam gar nicht bei mir an.«

»Du hättest gar keine Botschaft gebraucht.«

In den folgenden Tagen genoss Rennie das Gefühl, Jo wie eine vertraute, stützende Mauer um sich zu haben. Rennie hatte so lange andere Familien beneidet, dass sie ganz vergessen hatte, wie sich die Gegenwart ihrer Schwester anfühlte. Jetzt wusste sie, dass nette Leute mit netten Leben nicht immer nette Familien waren, dass aber die unerschütterliche Bindung zu Joanne ihr alles gab, was sie brauchte.

Sie sprachen nur kurz über Anthony. Es waren kurze, knappe Sätze von Töchtern, die den Tod ihres Vaters herbeisehnten. Ungläubigkeit, Zynismus, Feindseligkeit. Und jetzt, während Joanne fuhr, fragte Rennie sich, ob sie Erleichterung verspüren würden, sobald sie es mit eigenen Augen sahen.

Sie hielten zehn Minuten vom Hospiz entfernt und frühstückten. Jo schaufelte in sich hinein, als müsste sie irgendjemandem etwas beweisen. Rennie trank zwei Tassen starken Kaffee und befürchtete sich zu übergeben.

Sie hatte keine Ahnung, was sie erwartete. Seit elf Jahren hatte sie ihren Vater nicht mehr gesehen, und auch vorher hatte sie ihn kaum gekannt, sie erinnerte sich nur noch dunkel an sein wütendes Gesicht, als sie in jener Nacht auf ihn geschossen hatte, und an seinen verärgerten, reuelosen Gesichtsausdruck später im Gerichtsaal.

Man hatte ihn mit einem frischen weißen Laken zugedeckt, das ordentlich über seine Brust gebreitet war, seine Arme lagen darauf, und in dem rot-weiß gestreiften Pyjama sahen sie wie Zuckerstangen aus.

Rennie stand neben Jo in der Tür, ihre Ohren dröhnten vor Furcht. Sie starrte ihn an und versuchte etwas von der Brutalität in seinem Gesicht zu sehen, die so viele Jahre in ihm gehaust hatte. Seine Augen waren geschlossen, sein Mund stand offen und schien wie mit Hammer und Meißel in die blasse, schlaffe Haut gemeißelt zu sein.

Joanne durchbrach mit brutal lauter Stimme die Stille. »Anthony Hendelsen.«

Seine Augenlider bewegten sich, er suchte mit dem Blick langsam den Raum ab, bis er an ihnen hängenblieb. Dann bewegte er seine Lippen, schien sich zum Sprechen aufzuwärmen, während es Rennie unwillkürlich und vor Angst völlig absurderweise den Magen zusammenzog. Dazu bestand gar kein Grund. Seine Pupillen wanderten, seine Stimme war nicht mehr als Krächzen und Keuchen, als sie endlich den Weg durch seinen Hals fand.

Jo stand unruhig neben ihr und verlagerte ihr Gewicht

von einem Fuß auf den anderen, doch genau das spiegelte wider, wie Rennie sich fühlte. Da gab es keinen Gefühlsausbruch. Keinen Zorn, kein Gefühl, nichts. Und auch kein Mitleid. Nur die Erkenntnis, dass er nie mehr irgendwo hingehen würde. Dass er fast tot war.

Vielleicht würde es sie erst später überkommen, vielleicht würde sie vor Wut schreien, wenn er endlich tot war. Doch im Moment gab es keine Worte. Nichts konnte es erklären, nichts es entschuldigen, nichts würde es ändern. Alles, was sie wissen musste, war, dass es vorbei war.

»Schwein«, Joannes Stimme klang diesmal ruhiger, dafür voller Verbitterung und Abscheu.

»Wir haben gekriegt, was wir wollten. Lass uns gehen«, sagte Rennie.

Sie hatten bereits die halbe Strecke nach Haven Bay zurückgelegt, bevor eine von beiden auch nur einen vollständigen Satz herausbrachte. Dann sprachen sie über eine Zukunft, die sie nie geplant hatten: Sie überlegten, sich ein Plätzchen zu suchen, an dem sie leben wollten, einen Mietvertrag für sechs Monate zu unterschreiben und Möbel zu kaufen.

»Ich kaufe mir einen riesigen gewerblichen Staubsauger«, erklärte Joanne, als hätte sie sich ein Leben lang danach gesehnt.

»Ich kaufe mir Bücher«, sagte Rennie.

Sie lachten beide, die Zukunft stand ihnen offen. Doch am Ende fiel es Joanne schwer, ein ganzes Leben im Voraus zu planen. Sie wollte an Neujahr Rennies Schicht im Skiffs übernehmen … und dann mal sehen.

Rennie hatte auch noch keine Entscheidung getroffen. Bis zu dem Moment, als sie das Hospiz verließ, hatten sich alle Entscheidungen ihres Lebens immer nur ums Überleben gedreht. Sie hatte sich nie erlaubt, darüber nachzudenken, ob sie für immer in Haven Bay bleiben wollte. Sie hatte nie den Entschluss gefasst zu bleiben – sie war einfach nur nicht gegangen. Jetzt fand sie sich auf Seite eins einer neuen Geschichte, doch sie wusste noch nicht, wie die sich entwickeln würde.

Als Jo die Autobahn verließ und sie nur noch zwanzig Minuten von Haven Bay entfernt waren, dachte Rennie noch einmal über das letzte Kapitel nach und sah es mit ganz neuen Augen.

Drei Tage, nachdem Naomi herausgefunden hatte, was für ein Monster ihr Mann war, setzten frühzeitig die Wehen ein. In der besagten Nacht am Point hatte sie von der Schießerei gehört, doch als zwei uniformierte Polizisten an ihrer Tür klopften, ging sie zuerst davon aus, James wäre irgendwie in ein Kreuzfeuer geraten. Doch dann zwang die Wahrheit sie in die Knie, und die Cops mussten einen Arzt rufen.

Zwei Tage später besuchte Rennie sie. Nicht weil sie sich mit ihr über das Drama unterhalten wollte, sondern weil Naomi ihre Freundin gewesen war, als sie eine gebraucht hatte. Sie fand, eine Tasse Tee und ein Toast wären das Mindeste, das sie ihr anbieten konnte.

Naomis Eltern und eine jüngere Schwester waren bei ihr, und sie waren genauso schockiert und erschöpft wie Naomi. Rennie machte Tee und Toast für alle, ging dann mit Naomi ins Kinderzimmer und half ihr, das Kinderbettchen aufzubauen, das nur wenige Stunden zuvor hinten in James' Auto gelegen hatte. Dann hatte er versucht, drei Menschen zu töten. Sie legten ein Laken auf die Matratze, hängten Mobiles auf, stapelten Windeln, lachten darüber, wie winzig sie waren, und beklagten Naomis Verlust.

Sie hatte keine Ahnung von James' Plänen gehabt oder von dem Geld, das er genommen hatte, oder von seiner jahrelangen Affäre: Rennie fragte sich, ob Naomi, die in jeder Geschichte immer das Gute sah, sich nur hatte täuschen lassen – oder ob es sie schützen würde, wenn die ganze Wahrheit erst einmal ans Tageslicht kam.

Gleich am nächsten Tag setzten die Wehen ein. Naomi rief Rennie an und fragte sie, ob sie mit ihr ins Krankenhaus kommen wolle. Sie saß nicht nur da. Sie hielt ihre Hand bei der Geburt, staunte und war stolz, dass sie dabei sein durfte. Rennie hatte keine Ahnung, wie man sich um ein Neugeborenes kümmerte, sie wusste nur, dass Naomis kleines Mädchen in eine harte Welt geboren wurde und eine starke und fähige Mutter brauchte.

Pav hatte nichts mit Max' Verschwinden zu tun und machte sich Vorwürfe, dass er ihn um ein Darlehen gebeten hatte. Er fühlte sich verantwortlich für alles, was passiert war. Rennie hatte Schuldgefühle, weil sie ihn verdächtigt hatte, als endlich die ganze Geschichte raus war – doch jetzt hoffte sie, dass das ein Zeichen dafür war, dass sie langsam lernte, was Freundschaft bedeutete.

Auf Max' Drängen unternahmen Pav und Trish die ersten Schritte, um die Schatten ihrer Vergangenheit hinter sich zu lassen. Rennie machte sie mit Evan Delaney bekannt, der sie jemandem bei der Einwanderungsbehörde vorstellte. Pav hatte in Australien nichts verbrochen, doch die Behörden waren an seinen Informationen interessiert. Genau wie die serbische Polizei.

Evan war ein Ersatzvater für Rennie gewesen und hatte die fehlenden Puzzleteile der Geschichte hinzugefügt. Rennies Anwalt Nathan Bruce-Allen hatte den Bescheid über Anthonys Entlassung zwei Tage vor seinem tödlichen Herzinfarkt zugeschickt bekommen. Er ließ seinen Partner alleine mit einem großen Auslieferungsfall zurück, und die Kanzlei versank völlig im Chaos. Man hielt den Brief für eine Kopie für seine Akten, stufte ihn als nicht dringlich ein und nahm ihn fünf Monate nicht zur Kenntnis, bis Evan Fragen stellte. Rennie fragte sich, was wohl passiert wäre, wenn sie alles fünf Monate früher erfahren hätte. Hätte sie dann auch nach Max gesucht, oder hätte sie einfach nur den Beweisen geglaubt? Hätte sie ihm von Anthony erzählt oder es geheim gehalten und gehofft, Max würde nie in die Lage kommen, die DNA ihres Vaters am Werk zu sehen?

Dann hatte sie gestern zum ersten Mal seit der Schießerei mit Eliza gesprochen. Sie überreichte Rennie eine Visitenkarte und erzählte ihr, ein Mann habe im Lokal angerufen und sei dann vorbeigekommen. Er war Besitzer einer kleinen Kunstgalerie in Newcastle und wollte mit Rennie sprechen, hatte nach allem, was passiert war, aber keine Eile. Sie solle ihn anrufen, wenn sie Interesse habe, sich mit ihm zu treffen. Auch das hatte nichts mit ihrem Vater zu tun, wie sie vorher gedacht hatte.

»Ich brauche nur ein paar Stunden«, sagte Rennie zu Joanne, als sie die Einfahrt hinauffuhren.

»So lange?«

Rennie sah zum Haus hinauf, das dunkle Grau des Holzes wirkte kühl in der Mittagssonne. »Es gibt einiges zu besprechen, und das dauert eben so lange, wie es dauert.«

Nach der Hitze von draußen war es im Flur kühl. Das Auto von Brenda und Mike war verschwunden, im Haus war es still, und Rennie hoffte, dass sie Hayden mitgenommen hatten. Sie wollte kein Publikum.

Zuerst ging sie ins Schlafzimmer, holte den Rucksack aus dem Schrank, schleppte ihn durchs Haus und ließ ihn an der Wand neben dem Hintereingang fallen. Der Duft von Gardenien wehte zu ihr herüber, sie sah Max zu, wie er im Gemüsebeet stand, seine lädierte Seite hielt und nach den Tomatenstauden griff.

Selbst auf diese Entfernung sah man, wie viel Gewicht er

verloren hatte: fünfeinhalb Kilo in zwei Tagen, dann noch eines, als er sich von der Operation erholte. Rennie machte sich Sorgen, dass ihm James' Betrug und Gewalt mehr als nur körperlich zugesetzt und seinen verbliebenen Optimismus nach dem Grubenunglück endgültig zerstört hatten. Doch obwohl James noch immer eine schmerzende Wunde war, wusste Max auch, dass er sich zwischen seinen Sohn und eine Waffe geworfen hatte, das machte es irgendwie leichter.

Als er sie auf die Terrasse kommen hörte, drehte er sich zu ihr um und lächelte sie an.

»Solltest du hier arbeiten?«, fragte sie und nickte zum Gemüse.

»Gartentherapie.«

»Für dich oder das Gemüse?«

Er zuckte die Achseln und verzog dann vor Schmerz das Gesicht. »Beides. Der Kopfsalat sieht nicht besonders gut aus, aber schau mal hier.« Er zog zwei Gurken aus der hinteren Hosentasche seiner Shorts und grinste. »Heute Abend gibt's Essen aus dem Garten.«

Sie musste lachen. Letzte Woche dachte sie noch, er stünde nicht auf Gurken, aber vielleicht tat er das ja doch.

»Du hast gerade Phil Duncan verpasst«, sagte er zu ihr und kletterte vorsichtig auf die Terrasse. Auf der einen Körperseite hatte er sich die Rippen gebrochen und einen schuhförmigen Abdruck an der Stelle, wo James ihn getreten hatte. An der anderen Seite hingen Fäden an der Wunde heraus, wo die Pistolenkugel seinen Körper durchschossen hatte.

»Und was hat er zu seinen Ermittlungen gesagt?«

»Inzwischen sind die Ergebnisse von der Spurensicherung da. Das Blut hinten in James' Wagen ist meines.«

Sie nickte. James hatte versucht, den Wagen zu säubern, nachdem Max verschwunden war, und hatte dann das Kinderbettchen draufgepackt, um den Fleck zu verstecken. Rennie überlegte, dass der dumpfe Schlag, den sie hinten am Gartentor gehört hatte, auch James gewesen sein musste, der versuchte, ins Haus und dann an Max' Computer zu kommen und die Dateien zu vernichten, während sie Hayden abholte. Er wurde wegen versuchten Mordes, Betrugs und einer Reihe anderer Vergehen angeklagt, gab aber nichts zu. Rennie fragte sich, wie sein arrogantes, herablassendes Lächeln wohl bei den Cops ankam.

»Und er hat gesagt, dass du nicht angezeigt wirst«, sagte Max, während sie ihm auf eine Sonnenliege half. »Duncan geht zwar immer noch davon aus, dass es deine Waffe ist, aber er kann es nicht beweisen.«

»Ich frage mich, wie wichtig ihm das ist.« Nach seinem groben Fehler, den er bei Max gemacht hatte, schien der Detective nicht mehr so an ihren früheren Vergehen interessiert.

»Vielleicht brauchst du ja den Anwalt in Sydney gar nicht.« Er klopfte auf das Kissen. Das sollte eine Einladung sein, sich neben ihn zu kuscheln.

Doch sie sah ihn an und hockte sich an den Rand der Sonnenliege. »Max, wir waren bei keinem Anwalt, wir waren bei meinem Vater.«

Nach all der Geheimniskrämerei hatte Rennie ihm endlich alles erzählen wollen, doch er hatte unter Medikamenten gestanden, hing am Tropf und versuchte sich zu erinnern und zu vergessen. Unzählige Freunde und Verwandte hatten ihn besucht, ein Stockwerk höher bekam Naomi ihr Baby. Und jetzt waren sie beide hier, und sie musste ihm endlich ihr Geheimnis enthüllen.

»Phil Duncan hat mich nach deinem Vater gefragt«, sagte Max. »Er hat was von einem Krankenhaus erzählt. Wie geht es ihm?«

»Er liegt im Sterben. Er hat uns nicht erkannt.«

»Das tut mir leid.«

»Nein. Das muss es nicht.«

Dann erzählte sie ihm ihre Lebensgeschichte, angefangen bei den brutalen Schlägen und der daraus folgenden Flucht ihrer Mutter, bis zu dem Tag, an dem sie mit einer Waffe im Rucksack nach Haven Bay gekommen war. Es dauerte lange. Als sie fertig war, saßen sie schweigend in der Stille der Nachmittagssonne.

»Als ich herkam, wollte ich ein anderer Mensch werden«, sagte sie schließlich. »Und ich dachte, das hätte ich geschafft, aber Katrina Hendelsen wohnt immer noch hier drin«, sagte sie und legte eine Hand auf die Brust. »Und das solltest du wissen.«

»Du bist aber auch Renée Carter«, sagte Max.

»Ich fühle mich eher wie eine Mischung. Wie eine Künstlerin mit gewalttätigen Tendenzen.«

»Van Gogh hat sich auch ein Ohr abgeschnitten.«

»Aber das war sein eigenes.«

Er lächelte. Sie lächelte zurück.

»Rennie, ich weiß, wer du bist. Du hast mich gefunden und mich aus dem Tunnel geschleppt, und du hast James davon abgehalten …« Er sah weg.

»Ich hätte ihn am liebsten umgebracht, Max.«

»Ich auch.«

»Aber ich hätte es beinahe getan. Ich stand kurz davor, den Abzug zu drücken.«

»Du hast meinen Sohn beschützt und ihn in Sicherheit gebracht.«

Sie nickte. Deshalb fühlte sie sich auch gut. Vielleicht ein wenig so wie Max und die Kugel, die er abgekriegt hatte. »Letzte Woche hast du mich gefragt, ob ich dich heiraten will. Willst du das noch immer?«

Er zögerte, vielleicht überlegte er, was sie hören wollte. »Ich hatte Angst, alles zu verlieren. Ich dachte, James würde ein verdammtes Chaos hinterlassen und du würdest gehen. Ich wollte aber, dass du bleibst.«

Das war keine Antwort auf ihre Frage, aber sie wusste, was er meinte. Als ihm klar wurde, dass die Sache zu einem Höllentrip werden würde, wollte er sie an seiner Seite haben. Sie wusste jetzt, was das bedeutete. »Muss man dafür verheiratet sein?«

Er griff nach ihrer Hand. »Hier habe ich alles, was ich brauche.«

Sie wollte lächeln, doch vorher musste sie ihm noch mehr sagen. »Max, ich konnte nie Wurzeln schlagen. Ich habe dir von Anfang an gesagt, dass ich nicht bleiben würde. Und bis heute dachte ich, ich hätte keine andere Wahl. Bis vor zwei Stunden habe ich mir nie erlaubt, darüber nachzudenken.«

»Rennie …«

»Bitte lass mich ausreden.« Sie atmete tief durch. »Ich dachte zuerst, dass ich hier nur ein Plätzchen zum Skizzieren finden würde, dass ich dich finden würde, Max, damit hatte ich nicht gerechnet. Ich wollte keine Unterschrift auf einem Stück Papier, damit ich einen Grund hätte hierzubleiben. Aber ich will bleiben. Ich will so lange hier bei dir bleiben, wie du mich haben willst.«

Seine Finger schlossen sich fest um ihre Hand, Tränen traten ihr in die Augen. »Nur damit du es weißt, Liebling, das wird sehr lange sein.«

Daraufhin lächelte sie, legte ihre Hände um sein zerschundenes Gesicht und drückte ihre Lippen auf seinen trockenen Mund. Sie verweilte dort und sagte sich, dass Zugehörigkeit sich wohl so anfühlen müsse.

Als sie sich wieder trennten, zuckte er zusammen und tastete nach dem Stechen in seinen Rippen.

»Du musst dich ausruhen«, sagte sie.

»Ich dachte, wir würden den Handel nicht nur mit einem Kuss besiegeln.«

»Nicht in diesem Zustand, Kumpel«, sagte sie grinsend, stand auf und ging zur Tür. »Aber keine Angst, wir haben viel Zeit.«

»Wo gehst du hin?«

»Jo ist heute Nachmittag alleine im Café. Ich helfe ihr ein bisschen.«

»Und was ist mit dem Rucksack?«

Sie sah zu dem abgenutzten schwarzen Träger in ihrer Hand und blickte vom Haus noch einmal zu ihm zurück. »Den werfe ich jetzt weg.«

»Bist du sicher? Ich meine, er hat dich so lange überallhin begleitet.«

»Ich brauche ihn nicht mehr. Mein Leben passt jetzt nicht mehr hinein.«

Danksagung

Ohne die Mithilfe gewisser Menschen wäre dieses Buch niemals entstanden. Mein Dank gilt:

Dem Verlag Random House, der mir die Möglichkeit gibt zu schreiben, was ich möchte. Vor allem Bev Cousins für ihre Begeisterung und ihren Einsatz – der mich manchmal zur Weißglut gebracht hat! Virginia Grant und Elena Gomes, die mir nie eine Abkürzung gestatteten, und dem übrigen Team bei Random House, das dieses Projekt mit auf den Weg gebracht hat.

Ich danke meinen Agentinnen Clare Forster und Kate Cooper in London, die mich stets motivieren weiterzuschreiben.

Ich danke Cath Every-Burns, die mich in Wangi Wangi herumgeführt und sogar Spinnweben an der Geschützstellung in Kauf genommen hat, um mir die gruseligen Tunnel darunter zu zeigen.

Ich danke Grant Every-Burns für sein Fachwissen und die Ratschläge zum Leben im Untergrund.

Für die Recherche bedanke ich mich wieder einmal bei Sam Findley, kompetent in allem, was Polizeidinge betrifft, sowie bei Lachlan Javis, Dean Grant und Dr. Shaunagh Foy.

Chris, Isolde, Elizabeth, Kandy, Carla, Carol, Simone und Melinda – ohne euch hätte ich es niemals geschafft!

Wendy James, Krimiautorin und schreckliche Kollegin, danke ich, dass sie Ideen mit mir ausgeheckt hat.

Ich danke Dayle White, die ihre Geschichte mit mir geteilt und mich gerne inspiriert hat.

Nikki für ihre unerschütterliche Unterstützung – und dafür, dass sie Rennie sein wollte.

Ich danke Mom und Les, Joan und Brian für ihr Lob.

Und ich danke meiner Familie – Paul, Mark und Claire. Ihr habt dafür gesorgt, dass ich bei Verstand geblieben bin, ihr habt mich zum Lachen gebracht, und ihr wusstet, dass es nicht einfach ist. Ihr seid mein sicherer Hafen – selbst auf der anderen Seite der Welt.

Für diejenigen von Ihnen, die bis hierher gelesen haben, die Geschützstellungen aus dem Zweiten Weltkrieg gibt es tatsächlich. Ich habe dem Ort, an dem sie sich befinden, allerdings einen anderen Namen gegeben. Ich habe ein paar Stellungen hinzugefügt und die Position verändert, um sie der Geschichte anzupassen. Es handelt sich um unterirdische Bunker (in denen es viele Spinnweben gibt), aber soviel ich weiß, mehr auch nicht.